KB178382

한국 현대문학의 풍경과 주변

현대문학
연구총서

53

한국 현대문학의 풍경과 주변

최병우

The Landscape and Surroundings of Modern Korean Literature

많은 학자들은 21세기 초 지구인 중 2억 5천 만 명 이상이 고국을 떠나 살고 있고, 망명객의 수도 급증하여 3천만 명을 넘었으며, 여기에 여러 이유로 단기간 외국에 체류하는 사람까지 포함하면 전체 지구인의 8퍼센트에 달하는 5억 명 이상의 사람들이 이주민이 되어 있는 이주의 시대를 살고 있다고 말한다. 교통의 발달과 국가 간 빈부의 격차가 유발한 이주의 현실에 대해 학자들은 새로운 형태의 유목 사회로 변환하고 있음을 보여주는 것이라 지적하기도 한다.

한민족의 이주 현실도 세계적인 그것과 크게 다르지 않다. 20세기 초부터 생존을 위해 시작된 이산, 한국전쟁 이후 민족의 재편 그리고 보다 나은 미래를 위한 구미로의 이주 등으로 9,000만 명에 달하는 한민족 중 절반이 넘는 인구가 남한에, 그 절반 정도가 북한에 그리고 740만 명 정도가 전 세계 180여 개 나라에 흩어져 살고 있다. 즉 현재 한민족은 단기체류자를 포함해 10퍼센트 정도가 해외에, 90퍼센트 정도는 남북한에 2대 1 정도로 나뉘어 살고 있는 것이다. 이러한 규모의 이산과 이주의 현실은 전 지구인의 이주보다 조금 높은 비율을 보인 것으로 한

민족 역사 상 유례가 없는 일이다.

세계적인 이주 현실은 이주에 대한 학문적 접근이 중요한 위상을 차지하는 계기가 되고, 문학과 문학연구에 있어서도 이주와 이주민의 문제를 시대적인 관심사로 떠오르게 했다. 한국문학에서도 20여 년 전부터 한국 체류 재외한인의 삶을 통한 한민족의 이산과 이주의 현실에 대한 인식과 함께 이주노동자, 결혼이주여성, 다문화가정 등 우리 사회에 터 잡은 이주민의 삶과 소수자로서의 겪는 차별과 고통 등이 그 중요한 주제가 되고 있다. 이에 따라 한국문학 연구자들은 이러한 제재를 다룬 한국 작가들과 재외한인 작가들의 문학작품에 대한 연구를 본격화하고 있다.

한국 학자들이 한민족 이주의 문제를 다루면서 조금은 소홀히 다루어진 분야로 재외한인들이 거주국에서 살아가는 모습을 다룬 작품과 한국인들 속에 들어와 있는 탈북이주민을 제재로 한 작품을 들 수 있다. 최근 몇몇 학자들이 이들 작품에 대해 관심을 갖기 시작했지만 한민족 문학 나아가 한민족 이주라는 주제를 본격적으로 연구하기 위해서 이들 작품에 대한 광범위한 연구가 필요하다. 이 책에서는 이러한 연구의 필요성을 고려하여 탈북이주민 제재 소설과 조선족 작가가 자신들의 삶을 다룬 소설을 고찰한 논문들을 모아보았다.

1부 '탈북이주민의 소설화'에는 탈북이주민을 제재로 한 소설에 관한 논문 세 편을 수록했다. 한국에 거주하는 탈북이주민이 3만 명을 넘어선 현재 그들은 우리 사회의 중요한 한 구성원이 되고 있다. 그들은 북한을 탈출하여 중국에서 체류하다가 제삼국을 월경하여 한국에 입국하여 힘든 삶을 살아가고 있다. 한국소설이 그들에 대해 관심을 갖기 시작한지는 얼마 되지 않았지만 북한에서는 배가 고파서, 중국에서는 잡

한국 현대문학의 풍경과 주변

혀갈까 두려워서, 한국에 오니까 몰라서 못 살겠다는 탈북이주민들의 힘든 삶에 대해 다양한 의미화가 이루어지고 있다. 소수자인 탈북이주민에 대한 이해와 관용으로 차별 없이 공존하기 위하여 문학이 그들에 대해 더 큰 관심과 배려를 할 필요가 있다.

2부 '조선족 문학의 풍경'에는 조선족 작가 김학철에 관한 논문 두 편과 조선족 소설에 나타난 문화대혁명을 살핀 논문을 실었다. 조선족 작가 중 한국에 가장 널리 알려진 김학철에 관한 연구의 대부분은 투사와 작가로서의 의미를 구명하는 데 바쳐졌다. 이 책에 실린 논문에서는 김학철 산문의 현실 비판의 양상을 통계적으로 살펴 그 의미를 해명하고, 김학철과 루쉰이 산문에서 사용한 담론 전개 방식을 대비하였다. 이들 논문은 김학철 산문에 대한 그간의 연구 성과에 한 가지 시각을 더했다는 정도의 의미를 지닌다. 그리고 함께 실은 「조선족 소설과 문화대혁명의 기억」은 조선족이 경험한 문화대혁명의 성격과 소설에 나타난 문화대혁명에 관한 상세한 분석이라는 점에 의의가 있다.

그리고 3부인 '한국 현대문학의 주변'에는 한민족의 이주와는 관련이 없는 논문들을 수록했다. 여기에 실린 논문들은 한국현대소설학회, 한국문학교육학회, 한중인문학회 등에서 개최한 학술대회의 기조발제문들로 학회의 요구가 상당히 반영되어 있다. 그리고 문학영재와 관련한 글은 문학영재 관련 프로젝트 구성원으로 맡은 바를 정리한 바, 프로젝트 전체 방향에 맞추어져 있다.

지향하는 바가 다방면에 걸쳐 있는 논문을 모아 출간하는 책의 제명을 두고 긴 고민을 하였다. 탈북이주민 제재 소설과 조선족 소설은 한국 현대소설의 여러 풍경을 보여주고, 로컬리즘과 문학교육 그리고 인문학연구사 등은 한국 현대문학과 관련한 논의라는 점에 착안하여 책의 제명을 '한국 현대문학의 풍경과 주변'이라 정했지만 단행본의 제명으로서 책의 내용 전체를 함축하지 못한다는 아쉬움을 떨칠 수는 없다. 그러나 이 책에 실린 열 편의 논문은 서로 다른 계기로 쓴 논문들로 일관성은 부족하나 각각의 논문이 그것을 쓴 시기 저자의 학문적 관심사를 보여주어 애정이 간다.

저자가 10여 년간 지속해 온 조선족 소설에 관한 책을 기획하여 열다섯 명의 조선족 소설가에 대한 작가작품론을 수록한 『조선족 소설 연구』를 이 책과 동시에 출간한다. 이 책에도 탈북이주민을 다룬 논문과 조선족 소설을 연구한 논문이 여섯 편 실려 있어, 이번에 함께 출간하는 두 책은 조선족 나아가 한민족 이주와 관련하여 상호텍스트성을 갖는다. 정년퇴임을 맞이하여 발간하는 이 두 책으로 인해 조선족 문학과 이주 문학에 대한 연구자들의 관심이 확대되기를 기대한다.

이 책에 실린 논문을 쓰는 과정에서 작품과 자료의 구득에 도움을 준 많은 분들과 기조발제의 기회를 준 학회 그리고 문학영재와 관련한 프로젝트를 한 해 동안 함께했던 팀원들에게 감사의 마음을 전한다. 그리고 두 권의 책을 흔쾌하게 출간해주신 푸른사상사 한봉숙 사장님께 감사드리고, 책을 예쁘게 편집하고 세심하게 교정을 보아준 편집부 직원들께 깊은 고마움을 표한다.

2019년 1월, 신정동 우거에서
최병우

제1부 탈북이주민의 소설화

제2부 조선족 문학의 풍경

김학철 산문에 나타난 현실 비판

루쉰과 김학철 잡문의 담론 전개 방식

제1부

탈북이주민의 소설화

탈북이주민에 관한 소설적 대응

1. 서론

1990년대 중반 북한이 소위 고난의 행군 시기를 거치면서 북한 주민들의 탈북이 증가했다. 고난의 행군 시기 이전에도 소위 귀순자들이 있었고 외부 상황을 알게 된 유학생들이나 러시아 벌목공들의 북한 이탈도 없지 않았지만, 자연 재해에 따른 경제적 위기로 배급제의 근간이 흔들리고 당시 북한 인구의 1.5%에 달하는 33만 명 정도의 아사자가 발생[1]하면서 극한의 상황을 벗어나기 위한 탈북이 급증한 것이다. 탈북 이

---

1 고난의 행군 시기에 발생한 아사자 수에 대한 북한 당국의 공식 발표는 없다. 탈북이주민들과의 면담 결과 북한 인구의 27%인 300만 명 정도가 아사했다는 지적과 1996년까지 150만 명 정도가 아사했다는 황장엽의 발언 등이 있었다(박명규 외, 『노스 코리안 디아스포라』, 서울대학교 통일평화연구원, 2011, 45쪽). 그러나 대한민국 통계청에서는 북한의 인구 센서스를 바탕으로 이 시기 북한에서 총인구 약 2,100만 명 중 33만 명 정도가 아사한 것으로 추정했다. 통계청, 「1993~2055 북한 인구추계」(홈페이지—새소식—정책뉴스) 참조.

후 중국에서 불법체류자 신분으로 불안한 삶을 영위하던 탈북이주민[2]들은 중국에서 선교 활동을 하던 기독교인이나 전문적인 탈북 브로커를 만나 한국으로 입국[3]하거나 중국 공안에 체포되어 북한으로 강제 송환되고, 상당수는 아직 중국 여러 지역에서 불안하고 간고한 삶을 살아가고 있다.[4]

북한 주민들의 탈북이 본격화되기 시작한 1990년대 중반부터 탈북이 발생하는 배경과 탈북이주민에 대한 지원 방안에 관한 연구가 진행되기 시작하였고, 2000년대에 들어서 탈북 현상과 탈북이주민에 관한 사회과학 분야의 연구가 다양하고 광범위하게 이루어져왔다. 탈북의 원인, 그에 따른 정치·경제·사회적인 변화 그리고 탈북이주민이 처한 현실 문제 등과 관련한 사회과학 분야의 발빠른 학문적 대응에 비해 문

----

2 탈북이주민은 북한 주민이 비법월경하여 중국에 체류하거나, 한국에 입국해 대한민국 국민으로 살거나, 제삼국으로 건너가 난민 자격으로 또는 불법체류하는 사람들이다. 이들에게 새터민, 북한이탈주민, 탈북자, 탈북이주민 등의 용어가 주로 사용된다. 이 중 정부의 공모로 정해진 새터민과 법률 용어인 북한이탈주민은 탈북 후 한국에 입국한 사람들을 뜻하기에 탈북한 사람 전반을 뜻하는 용어로는 부적절하다. 탈북자는 탈북 사실만을 강조하는 데 비해 탈북이주민은 탈북하여 타국으로 이주한 사람이라는 의미를 중층적으로 지닌다는 점에서 본고에서는 탈북이주민이라는 용어를 사용한다.

3 고난의 행군 시기에 탈북한 북한 주민들이 입국하기 전인 1998년까지 947명에 불과하던 북한이탈주민은 이후 3년간 1,043명이 입국했고, 이후 급격히 증가하여 2018년 9월 현재 32,147명에 이른다(통일부 홈페이지−주요통계자료−북한이탈주민정책 참조).

4 중국에 체류하고 있는 탈북이주민은 정확한 통계는 없지만 대략 5만~10만 명 정도 추산되며, 중국 공안들이 체포하여 북한으로 강제 송환한 불법월경자는 매년 5천 명 내외인 것으로 알려져 있다. 박순성 외, 『탈북여성의 탈북 및 정착 과정에서의 인권침해 실태조사』, 국가인권위원회, 2010, 48쪽 각주 19) 참조.

학 분야의 관심은 상당한 시간이 지난 뒤 본격화되기 시작하였다. 우리들의 곁으로 다가온 탈북이주민에 대한 문학의 이러한 더딘 대응은 문학이 그들 삶의 구체적 양상과 그것이 우리들의 삶에 미치는 영향 등에 대한 내밀한 감각이 동반되어야 한다는 점에 기인한다 하겠다.

탈북이주민을 다룬 소설은 1993년 벌목공으로 일하다 한국에 입국하여 같은 동네에 사는 TV수리공 이 씨의 삶을 관찰한 내용을 담은 김지수의 「무거운 생」(『창작과 비평』 1996년 가을호)에서 시작된다.[5] 이후 많은 작가들은 우리 주변에 다가온 탈북이주민의 삶을 소설화하기 시작하여 그들의 탈북 동기와 탈북의 험난한 과정, 중국에서의 신난한 삶과 한국이나 제삼국 정착 과정과 이후의 팍팍한 삶을 제재로 한 작품을 발표하였다. 현재까지 발표된 탈북이주민 제재 소설의 전체 규모는 정확히 파악하기 어렵지만 장단편소설과 연작소설 등이 상당수 출간되었고, 이러한 소설 창작은 문학연구자와 비평가들에게 탈북 문제에 관한 관심을 불러 일으켜 상당한 연구 성과를 축적하였다.

그러나 현재까지의 탈북이주민 제재 소설에 관한 연구는 탈북 현상과 관련한 한두 가지의 주제에 관심을 갖고 그 주제에 맞는 작품 몇 편을 분석하고 평가하는 수준을 넘지 못하고 있다. 탈북이주민 제재 소설이 등장한 초기에 이러한 연구는 새로운 작품군에 대한 평가로서 의의를

---

5 최윤은 「아버지 감시」(『저기 소리 없이 한 잎 꽃잎이 지고』, 문학과지성사, 1992)에서 전쟁 중에 월북했다가 가족과 함께 탈북한 인물이 중국에 머물다 한국의 가족과 연락되고 파리에 있는 아들을 만나 화해하는 과정을 보여준다. 이 작품은 탈북을 제재로 하고 있으나 한국전쟁에서 비롯된 분단의 아픔과 함께 이념에 대한 진정성을 지닌 인물을 그린 점에서 1990년대 중반 이후의 탈북이니 탈북이주민 문제의는 그게 달라 논의에서 제외한다.

지녔다. 이제 탈북이주민이 한국 사회의 소수자로서 우리들의 곁에 다가와 있고, 우리들의 삶에 어떤 형식으로든 영향을 미치고 있으며, 탈북이주민 제재 소설들도 상당량 발표되어 내용과 주제 면에서 다양한 성과를 보이고 있다. 따라서 현재까지 발표된 작품들을 바탕으로 한국 현대소설이 탈북이주민에 어떻게 대응하고 있는가를 살피고, 탈북이주민 제재 소설이 나아가야 할 길을 고민해볼 때가 되었다. 본서는 이러한 탈북이주민 제재 소설과 그에 대한 연구 성과를 반성하고자 하는 데에서 시작한다.

본고는 현재까지 발표된 탈북이주민 제재 소설 중 연작소설 3권[6]과 장편소설 13편[7]을 연구 대상으로 하여 이들 작품이 탈북이주민의 삶을 어떻게 형상화하고 있는지를 밝히는 데 목적이 있다. 탈북이주민 제재 소설들은 시간 순으로 보아 크게 북한에서의 삶, 중국으로의 비법월경 과정, 중국에서 불법체류자로 살아가기, 제삼국으로 비법월경 과정, 한국이나 제삼국으로의 입국 과정, 이주국에서의 삶 등을 제재로 사용한

---

6 박덕규의 『함께 있어도 외로움에 떠는 사람들』, 이호림의 『이매 길을 묻다』, 정도상의 『찔레꽃』 등. 박덕규는 탈북이주민 제재 소설을 포함한 『고양이 살리기』를 출간하고, 이 책에 빠진 작품을 더해 북한이주민과 관련된 소설만을 수록한 『함께 있어도 외로움에 떠는 사람들』을 발간하여 본고에서는 『고양이 살리기』를 논의 대상에서 제외한다.

7 강영숙의 『리나』, 강희진의 『유령』과 『포피』, 권리의 『왼손잡이 미스터 리』, 김영하의 『빛의 제국』, 김정현의 『길 없는 사람들』(전 3권), 박범신의 『소소한 풍경』, 윤정은의 『오래된 약속』, 이건숙의 『남은 사람들』, 이대환의 『큰돈와 콘돔』, 정수인의 『탈북 여대생』, 조해진의 『로기완을 만났다』, 황석영 『바리데기』 등. 이들 중 김영하의 『빛의 제국』은 남파간첩을 제재로 하여 탈북이주민 제재 소설로 다루기 어려우나 작품 중에 한국에 살고 있는 탈북이주민의 불안감이 사실적으로 그려진 에피소드가 등장해 논의의 대상으로 삼는다.

다. 탈북이주민 제재 소설에 나타난 탈북이주민 삶의 형상화 양상을 정리하기 위하여 본서에서는 이들 소설에 나타난 탈북이주민의 삶을 북한에서의 삶, 중국 생활, 국경 건너기, 이주국에서의 삶 등 네 측면으로 나누어 검토하고자 한다. 본고의 연구 대상이 되는 16편의 작품에서이 네 가지 탈북이주민의 삶 중에서 어떤 것에 치중하여 어떻게 형상화하고 있는가를 정리하고, 이를 바탕으로 탈북이주민 제재 소설이 나아가야 할 방향을 제언하고자 한다. 이런 점에서 본고는 탈북이주민 제재소설을 분석하거나 해석한 본격적인 논문이 아니라 향후 탈북이주민제재 소설을 연구하는 데 필요한 기초적인 작업에 지나지 않는다는 한계를 갖는다.

2. 북한에서의 기아와 공포

탈북이주민의 삶을 형상화함에 있어 작중인물의 파란만장한 삶의 출발점이 되는 북한에서의 삶, 특히 기아 체험은 탈북이주민 제재 소설의중요한 제재로 선택된다.[8] 북한에서 탈북 현상이 본격화된 것은 1990년대 중반이다. 김일성이 사망하고 난 뒤 연이은 자연재해로 식량난과 경

---

8 『길 없는 사람들』, 『왼손잡이 미스터 리』, 『바리데기』, 『찔레꽃』의 「함흥·2001·안개」, 『탈북 여대생』, 『유령』, 『오래된 약속』, 『포피』 등에는 북한에서의 비참한 현실이 상당히 자세하게 그려져 있고, 『큰돈과 콘돔』, 『남은 사람들』, 『로기완을 만났다』 등의 장편소설과 『이매, 길을 묻다』, 『함께 있어도 외로움에 떠는 사람들』 등 연작소설에서는 북한에서의 삶이 아주 소략하게 서술될 뿐이다. 반면 『빛의 제국』에서는 주인공이 산첩으로 넘싸뇌기 선의 싋픈 시실이, 『리나』와 『소소한 풍성』에서는 뇍에서의 힘들었던 삶이 간단히 기억될 뿐이다.

제 위기가 심각해져 사회주의 북한 사회를 유지하는 사회경제적 근간인 배급제가 와해되자 북한 주민들의 삶은 크게 동요한다. 식량 배급이 되지 않는 상황에서 국난의 시기를 정신력으로 극복하자는 고난의 행군이 시작되자, 노동력이 없거나 상황이 여의치 못한 주민들부터 극도의 궁핍에 빠지고 수많은 아사자들이 발생하는 극한의 상황에 내몰린다. 북한 주민들이 살아남기 위한 투쟁에 나서 땔감과 식량을 구하기 위하여 유리하는 사람들이 속출하자 중국과의 국경 지역 주민들은 배고픔을 벗어나고 굶어죽지 않기 위해 법으로 금지된 중국으로의 월경을 감행한다.

탈북이주민의 삶을 최초로 소설화한 장편소설인 『길 없는 사람들』에는 아버지의 명에 따라 탈북하여 한국으로 입국하려는 국군포로의 아들 권장혁과 가난 때문에 중국 연변의 이모 집에 장기 체류하던 남파간첩 출신 미전향 장기수의 딸 김지숙을 주인공으로 설정하여 북한의 경제 실상과 공포정치의 폭력성 등이 비교적 상세하게 그려져 있다.[9] 이후에 발표된 탈북이주민 제재 소설들에 그려지는 북한의 현실은 살기 위해 장마당에 나서고 꽃제비가 되고 아사에 이르는 고난의 행군 시기의 극심한 궁핍과 교화소나 수용소에서의 정신적·육체적 고문과 인권 유린 그리고 북한 사회에 만연한 부조리와 권력 남용 등이 주를 이

---

9 이 작품은 두 주인공을 중심으로 한중수교를 전후한 시기에 심각하게 전개된 남북의 첩보전과 북한과 마약왕 쿤사 조직의 마약을 둘러싼 갈등 그리고 북한의 군부와 탈북한 북한인을 이용하여 김정일 정권을 무너뜨리려는 시도와 실패 과정 등이 흥미진진하게 전개된다. 이런 점에서 이 작품은 대중소설 중 탐정소설의 하위 장르인 스파이 소설로 분류할 수 있을 것이다. 조남현, 『한국 현대소설 유형론 연구』, 집문당, 1999, 217쪽.

룬다. 대부분의 탈북이주민 제재 소설에서는 이러한 부조리한 현실과 비법적인 인권 탄압 그리고 인간으로서 자존감마저 무너뜨리는 궁핍 등이 작중인물이 탈북하는 이유로 제시되고 있다.[10]

함흥에 살던 여고생 충심이 방학 중에 건어물을 팔아 돈을 마련하려 남양 이모 집에 갔다가 사촌동생 미향과 장마당에서 탈북 거간꾼의 꾀임에 빠져 탈북하는 내용을 담은 「함흥·2001·안개」에는 경제난으로 허덕이는 북한의 실상과 그 시기 등장한 장마당의 모습이 잘 그려져 있다. 『탈북 여대생』에는 북한의 심각한 경제난과 식량 부족으로 먹고 살기가 어려워져 탈북한 여대생 설화가 작가에게 이야기하는 형식으로 고난의 행군 시기 북한의 경제적 궁핍과 아사 상황으로 몰려 유리걸식하는 북한 주민들의 모습을 자세하게 서술하고 있다. 『오래된 약속』에는 노동영웅이라는 직함까지 받았던 여성 노동영웅 만금이 식량 배급이 끊어져 장마당에서 아사할 지경에 이르렀다가 그녀를 불쌍히 여긴 중년의 여성 탈북 브로커의 도움으로 월경하는 과정을 그린 1부에서 고난의 행군 이후 절박한 상황에 내몰려 가족을 버리고 자기 살길만 찾는 북한 주민들의 비극적인 삶과 탈북했다 중국 공안에 체포되어 송환된 사람들이 교화소에서 겪는 극심한 고통이 대화를 통해 상세하게 이야기된다. 『유령』의 주인공 나는 고난의 행군 시기에 아사를 피해 탈북하여 한국으로 왔으나 한국인들의 극심한 개인주의를 경험하고는 서로가 서로에 관심을 가져주는 북한 사회를 그리워하기도 한다. 이 작품은 북

---

10 고난의 행군 시기에 탈북한 탈북이주민과의 면담에 따르면 배가 고프지 않았다면 공화국을 배반하고 탈북하여 한국으로 오지 않았을 것이라는 것이 지배적이다. 김종군·정진아 편, 『고난의 행군 시기 탈북자 이야기』, 박이정, 2012 참조.

한의 현실이 비교적 객관적으로 그려지고 있다는 점에서 독특한 면모를 보인다. 이외에도『큰돈과 콘돔』,『남은 사람들』,『로기완을 만났다』등의 작품에서는 극심한 가난 속에 아사지경으로 내몰리는 북한의 비참한 현실이 소략하나마 사실적으로 서술되고 있다.

또 적지 않은 탈북이주민 제재 소설에서는 권력자들이 부조리한 횡포를 부리는 북한의 현실과 정치적인 이유나 탈북 후 중국에서 송환되어 감금되는 교화소와 정치수용소에서의 처참한 생활이 제재로 사용된다.『왼손잡이 미스터 리』의 주인공인 북한 지도부 가족 진료소의 외과의사 리지혁은 할머니가 김일성의 얼굴이 인쇄된 신문지로 밥상을 덮었다는 어이없는 이유로 고발되어 무산군으로 추방되고, 탈북했다 송환되어 집결소에서 지옥과 같은 생활을 한다. 이 작품에는 북한 사회에 만연한 궁핍과 기아 체험과 함께 사회에서 격리되어 감금 생활을 하는 집결소의 열악한 상황과 최소한의 인권조차 유린당하는 현실이 그려져 있다.『바리데기』에는 북한의 가난한 현실과 외삼촌이 중국으로 건너갔다는 이유만으로 아버지는 조사받으러 가서 고생하고, 어머니와 언니들은 다른 지방으로 강제 이주되고, 할머니와 바리는 살길을 찾아 중국으로 건너가 가족이 해체된다. 또『포피』에는 기아가 만연한 북한에서 주민들의 아사를 막기 위해 자신의 몸을 돌보지 않고 불철주야 최선을 다하는 충직한 리당서기인 큰아버지가 군과 간부부터 챙기라는 당 방침을 어기고 주민들에게 식량을 나누어주었다는 이유로 사형당하는 상황을 통해 기아와 아사가 속출하는 북한의 비극적 경제 상황과 북한 사회의 부조리한 실상 등이 그려져 있다.

3. 불법체류의 고통과 강제송환의 두려움

북한의 지정학적인 특성상 탈북은 중국과의 국경을 이루는 강을 건너 중국으로 가는 것[11]이기에 탈북이주민 제재 소설에는 탈북 이후 중국에서의 생활이 중요한 제재로 등장한다.[12] 탈북은 기아를 면하기 위해서든 억압을 피해서든 아는 사람 없고 말도 통하지 않는 타국으로 대책도 없이 불법적으로 이주하는 일이다. 탈북이주민을 보호해주는 제도적 장치가 전혀 없는 상황에서 탈북이주민 앞에 놓인 미래는 암담할 수밖에 없다. 더욱이 중국 정부는 중국과 북한 사이에 맺어진 협약에 따라 중국에 거주하는 탈북이주민을 체포하여 북한으로 송환하고 있다.[13] 또 불법체류자 신분인 탈북자들은 중국 내에서 어떠한 법적 보호를 받지 못해 인간 이하의 생활로 떨어지거나 열악한 노동 현장에서 착취당하기도 한다. 이처럼 중국에서 떠도는 탈북이주민들은 강제 송환되면 교화

---

11 압록강은 수량이 많아서 월강이 쉽지 않기에 대부분 북한 주민의 탈북은 두만강을 통해 이루어진다. 이는 28,000명이 조금 넘는 탈북이주민들 중 함경북도 출신이 17,800명 정도, 양강도 출신이 3,600명 정도로 전체의 75%에 달한다는 점에서도 확인이 되는 바이다. 통일부, 앞의 자료 참조.

12 『길 없는 사람들』, 『바리데기』, 『찔레꽃』의 「늪지」, 「풍풍우우」, 「소소, 눈사람 되다」, 『탈북 여대생』, 『리나』, 『오래된 약속』, 『포피』 등에는 중국에서의 힘든 삶이 중요한 제재로 등장함에 비해, 『왼손잡이 미스터 리』, 『큰돈과 콘돔』, 『이매, 길을 묻다』, 『로기완을 만났다』, 『남은 사람들』, 『유령』 등에는 기억 속에서 간단히 언급되어 주제를 드러내는 기능을 한다. 반면 『빛의 제국』, 『함께 있어도 외로움에 떠는 사람들』, 『소소한 풍경』 등에는 중국에서의 삶이 거의 그려지지 않고 있다.

13 중국 정부의 탈북이주민에 대한 강제 송환이 국제 난민 협약에 위배된다는 지적이 적지 않지만, 중국 정부는 국제 여론에도 불구하고 탈북이주민들을 체포하여 북한으로 송환하는 일을 그치지 않고 있다. 중국 정부의 탈북이주민에 대한 처리 방법의 변화와 그 문제점에 대해서는 박명규 외, 앞의 책, 73~76쪽에 상론되어 있다.

소로 가야 한다는 공포와 법적 보장을 받지 못하는 불법체류자 신분 때문에 이중적으로 인권 침해에 시달린다. 이런 점에서 탈북이주민 제재 소설에는 탈북 후 처음 접하는 중국에서 경험하는 불안과 공포 그리고 비인간적인 차별 속에서 살아가야 하는 비극 등이 인간주의적 입장에서 조명되고 있다.

『길 없는 사람들』에는 탈북하여 중국에 머물고 있는 북한 사람들을 강제 송환하는 장면이 구체적으로 그려진다. 일반적인 탈북이주민과는 조금 다른 경우이기는 하지만 한국의 가족들이 미전향 장기수의 석방을 국제사회에 탄원하면서 북한에 살고 있는 그의 딸 김지숙의 행방을 찾으려는 보위부 요원들이 그녀가 중국으로 비법월경한 것을 알고 중국까지 쫓아와 그녀를 붙들어 몇몇 탈북이주민과 함께 북한으로 송환하려 하는 위기 상황에 권장혁이 나타나 일행을 구하는 장면이 나온다. 이 장면에서 중국 공안에 붙들려 북한으로 강제 송환되는 사람들은 송환 후 닥칠 일 때문에 공포에 질려 삶을 포기한 채 묵묵히 끌려갈 뿐이다. 『포피』에서는 인신매매단에 의해 가난한 조선족 농민에게 팔려간 여성들이 어쩔 수 없이 부부 생활을 해야 하는 비인간적 상황에서도 중국 공안들이 마을에 나타나면 강제 송환되어 불법탈출한 죄로 교화소에서 갇혀 겪어야 할 고통이 두려워 마을에서 멀리 달아나거나 동굴에 숨기도 한다. 동굴까지 공안들이 따라와 조선족들과 사실혼 관계에 있는 탈북 여성들을 체포하자 조선족들은 자신들에게 돌아올 처벌이 두려워 자리를 피하거나 모르는 일이라 발뺌을 하고, 북한 여성들은 어쩔 수 없이 공포에 질린 채 공안에게 끌려간다. 『오래된 약속』에서 탈북 브로커를 만나 중국으로 건너온 만금도 중국에서 고생을 하다가 만난 탈북 운동가의 도움으로 한국 입국을 원하는 북한 사람들과 한 아파트에서 지낸다. 그들은 북한으로의 강제 송환이 두려워 아파트에 아무도 살지 않는 것처럼 숨죽이고 생활하여 중국 공안 눈을 피해야 하는 불편한 생활도 감내한다. 북한으로의 강제 송환은 탈북이주민들이 탈북 이후 겪게 되는 핍박과 고통의 원인이라는 점에서 탈북이주민 제재 소설에서 구체적으로 서술되며, 작중인물들에게 정신적 외상으로 남는 것으로 그려지기도 한다.

『바리데기』의 여주인공 바리는 중국으로 건너가 조선족들의 도움을 받아 근근히 생명을 유지한다. 그러나 가족을 찾아 북한으로 건너간 아버지가 돌아오지 않고 할머니마저 돌아가시자 어린 바리는 먹고살 방도를 찾아서 조선족 아저씨들의 추천을 받아 연길의 발안마사가 되어 연변과 대련 등지에서 힘든 생활을 한다. 연작소설 『찔레꽃』에 실린 일곱 편의 단편소설 중에서 「늪지」, 「풍풍우우」, 「소소, 눈사람 되다」 세 편에는 탈북한 소녀 충심과 미향이 중국에서 겪는 고통스러운 삶이 사실적으로 그려진다. 「늪지」에서 북한 남양의 장마당에서 인신매매단에 속아 중국으로 건너온 고등학생 충심과 미향은 도시에서 멀리 떨어진 농촌으로 팔려가서 중년의 조선족 남자와 강제로 부부 생활을 하게 된다. 또 「풍풍우우」에서는 밤낮으로 육체적으로 시달리고 아이까지 갖게 된 어린 미향이 정신이상이 되어버리고, 충심은 자기 마을의 잔치에 하객으로 온 인신매매단원 춘구의 도움을 받아 미향까지 데리고 목단강으로 도망친 뒤 미쳐버린 미향을 고향인 남양으로 보내고 싶어 한다. 그리고 「소소, 눈사람 되다」에서는 탈출에 성공한 충심이 심양에서 이름을 미나로 바꾸고 조선족 행세를 하며 안마사로 일하다가 논을 빌려

간 조선족이 불법체류자라고 신고하여 공안의 쫓김을 받고, 옮겨간 발안마 집에서 한국인을 만나 이야기를 나누는 중에 한국으로 가고 싶기는 하지만 공화국을 배신하기도 어렵다는 한탄을 한다. 이와 같이 『찔레꽃』에는 탈북 이후 중국에서 인신매매단에 의해 강제 결혼을 하게 되는 비극적 현실과 중국 공안에 체포되어 북한으로 강제 송환될지 모른다는 불안감 등이 잘 그려져 있다. 이외에도 『소소한 풍경』에는 탈북 이후 조선족에게 팔려가 성적 시달림을 받는 여성들의 삶이, 『포피』에는 탈북 후 인신매매단에 걸려 농촌의 조선족과 결혼한 어머니가 남편 형제들에게 육체적인 시달림을 받으면서도 아편을 키워 돈을 벌어 가족의 신임을 얻고, 자기에게 마음이 있는 시동생의 도움을 받아 딸과 함께 도시로 탈출하는 이야기가 등장한다.

『리나』에는 탈북 이후 제삼국으로 건너가려던 주인공 리나가 서남 지역 국경을 넘다가 가족과 헤어진 뒤, 중국에서 겪는 고통스러운 삶이 작품의 거의 전부를 차지하고 있다. 리나는 주민들에게 붙들려 화학공장에서 강제노동을 하고 탈출하여 선교사를 만나 국경을 건너다가 어느 마을에서 홀로 떨어져 인신매매단에 붙들려 여러 지역을 돌아다닌다. 노래도 팔고 매춘도 하고 공단 지역에서 노동도 하고 살인도 하는 등 상당 기간 동안 힘들고 거친 삶을 살다가 신축 공장이 폭발하여 폐허가 된 마을에서 주검처럼 얼마간 지낸 뒤에 마음을 다잡아 한국[14]으로 가기 위해 북쪽으로 가서 국경을 넘기로 한다. 이 작품은 다른 탈북

---

14 이 작품에는 국가명이 드러나 있지 않다. 리나 가족이 최종 목표로 한 나라는 P국으로 되어 있다. 작품의 내용으로 보아 '탈북–중국–제삼국–한국'이라는 공간 이동이 상정된다.

이주민 제재 소설과 달리 리나가 국경 건너기에 실패한 이후 경험하는 공간은 중국 변경 지역으로 그곳에서 벌어지는 강제노동, 인신매매, 마약, 매춘, 다국적기업의 횡포 등 다소 비현실적인 상황은 현대사회에 만연한 각종 병폐를 고발하기 위한 서사적 장치로 이해할 수 있다.

조선족 작가 금희는 단편소설 『옥화』에서 조선족이 바라본 탈북이주민의 모습을 소설화한 바 있다. 이 작품은 무기력하고 게으르며 타인들의 도움을 당연하게 여기고 수시로 무엇인가를 요구하는 탈북이주민의 모습에 기가 막혀 하고 또 분노하는 조선족들의 모습을 그림으로써 중국에 떠도는 탈북이주민에 대한 조선족의 시각을 보여준다. 중국에 사는 조선족들은 탈북이주민들과 함께 살면서 그들을 직접 경험하고 많은 경우 동족으로서 그들에게 도움을 주고 살아갈 수밖에 없다. 이 작품의 말미에서 작중화자가 자신들이 탈북이주민들이 가지고 있는 내면의 아픔을 이해하지 못한 채 가진 자들의 거만한 시혜적 태도를 가졌던 것은 아닐까 반성하는 것은 그들의 삶을 곁에서 지켜본 조선족 작가의 예민한 감각을 드러낸 것으로 주목할 만하다. 이 작품에서 볼 수 있듯이 탈북이주민들이 중국에서 경험하는 삶을 형상화하는 데 있어 송환의 공포나 인신매매와 같이 사회적 이슈가 될 주제와 함께 그들이 가지고 있는 보다 내밀한 아픔과 정신적 외상들을 복합적인 시각에서 살펴볼 필요가 있을 것이다.

4. 험난한 국경 건너기의 과정

중국에서 불법체류하고 있는 탈북이주민은 중국에 있는 내안빈국 닝

사관으로 진입하거나, 태국, 미얀마, 라오스, 몽고 등 중국과 국경을 접한 나라로 월경하여 해당국 한국 영사관의 도움을 받아 최종 목적지인 한국으로 입국하게 된다. 그리고 일부 탈북이주민들은 여러 경로를 거쳐 유럽이나 미국 등 제삼국으로 건너가 불법체류하거나 난민 자격을 얻어 새로운 삶을 살아가기도 한다. 탈북이주민은 목숨을 걸고 두 번의 국경을 건너야 하며, 이 과정은 그들에게 매우 고통스러운 기억으로 남아 있게 된다는 점에서 탈북이주민들의 국경 건너기는 탈북이주민 제제 소설의 중요한 제재가 된다.[15] 이 장에서는 국경을 건너는 과정에서 겪는 정신적 육체적 고통과 탈북 브로커의 문제 그리고 한국 입국의 과정에서 한국 정부의 태도 등을 중심으로 이 문제들이 각 작품에 어떻게 그려지고 있는지를 살핀다.

　신분증이 없는 탈북이주민이 두 번의 국경을 건너는 과정은 길고도 고통스러운 시간의 연속이다. 국경 건너기의 과정에서 겪는 고통과 비극은 작가들이 인도주의적인 시각에서 그들의 삶을 바라보게 한다. 『오

---

15 『빛의 제국』, 『소소한 풍경』, 『포피』 등에는 국경 건너기가 제재로 등장하지 않는다. 탈북 과정은 『길 없는 사람들』, 『왼손잡이 미스터 리』, 『큰돈과 콘돔』, 『찔레꽃』의 「함흥 · 2001 · 안개」, 『탈북 여대생』, 『로기완을 만나다』, 『오래된 약속』 등에서 자세하게 그려지고, 『바리데기』, 『남은 사람들』, 『리나』, 『유령』 등에는 간단히 다루어진다. 반면 『이매 길을 묻다』, 『함께 있어도 외로움에 떠는 사람들』 등에는 탈북 과정이 구체화되어 있지 않다. 한국 입국 과정은 『길 없는 사람들』, 『왼손잡이 미스터 리』, 『큰돈과 콘돔』, 『이매 길을 묻다』, 『찔레꽃』의 「얼룩말」, 『오래된 약속』 등에는 중요한 제재로 등장하고, 『남은 사람들』, 『유령』 등에는 간단히 서술되고 있으며, 『탈북 여대생』, 『함께 있어도 외로움에 떠는 사람들』 등에서는 다루어지지 않는다. 그리고 『바리데기』, 『로기완을 만나다』, 『리나』 등에는 제삼국으로의 국경 건너기가 중요한 제재가 된다.

래된 약속』에는 탈북이주민들이 두 번에 걸쳐 국경을 건너는 과정이 작품의 전체 내용이 되고 있다. 이 작품은 만금이라는 중년 여성이 탈북 브로커의 도움으로 죽을 고비를 거쳐 국경수비대가 지키는 두만강을 건너 중국에 도착해 조선족의 도움으로 탈북을 지원하는 한국 사람들을 만나는 과정을 담은 1부, 한국인 탈북 운동가들의 도움으로 제삼국으로 건너갈 기회를 엿보면서 중국 공안에 걸리지 않을까 두려워하며 아파트에서 여러 탈북이주민과 한국인들이 공동 생활을 하는 과정에서 겪는 갈등을 담은 2부, 한국인 탈북 운동가의 도움으로 상해를 거쳐 서남지방으로 가서 강을 건너 제삼국으로 가는 위험천만한 탈출 과정을 리얼하게 그린 3부로 이루어져 국경 건너기의 전 과정을 보여준다. 1부와 2부가 만금이라는 탈북 여성을 초점화자로 하고 있음에 비해 3부는 탈북 조직을 도우러 위험을 무릅쓰고 중국으로 건너온 여성 탈북 운동가의 시각에서 그려져 있는 이 작품은 탈북 과정에서 겪는 탈북 운동가와 탈북이주민 사이의 심리적, 이념적 갈등과 탈북의 과정 중에 겪는 위험이나 험난한 탈북 과정이 현실감 있게 그려진다.

이외에도 여러 탈북이주민 제재 소설에는 정도의 차이는 있지만 국경 건너기 과정에서 겪는 위험과 고통이 서술되고 있다. 『길 없는 사람들』에서 권장혁은 물이 불은 두만강을 헤엄쳐 건너다가 거센 물살에 휩쓸려 실신하여 몇십 리를 떠내려가며 생사를 넘나들다가 조선족의 도움을 받아 겨우 국경을 넘는 데 성공하고, 태국 국경을 넘기 위해 정글을 헤치고 나가는 도중에는 함께 가던 김지수가 언덕에서 미끄러져 허리를 크게 다쳐 하반신이 마비되고 만다. 연작소설 『찔레꽃』에 실린 「함흥 · 2001 · 안개」에는 탈북 브로커의 유혹에 걸려 두만강을 건너는 과정에서 조용히 하지 않으면 국경수비대에게 붙들려 교화소로 끌려간다는 말에 공포에 떨고, 충심과 미향의 탈북을 알아차린 동네 오빠 재춘이 그녀들을 붙들려고 두만강을 헤엄쳐 따라오다가 국경수비대의 총에 맞아 사망하는 장면이 그려진다. 「얼룩말」에는 충심과 함께 몽고 국경을 넘고 사막을 건너 울란바토르로 가는 도중에 충심을 따라온 어린 영수가 일행에서 떨어져 굶주림과 탈진으로 얼어 죽고 만다. 이와 같은 탈북이주민들이 국경 건너기 과정에서 겪은 탈북이주민들의 육체적·정신적 고통과 비참한 죽음 그리고 말할 수 없는 공포는 『왼손잡이 미스터 리』, 『큰돈과 콘돔』, 『탈북 여대생』 등에서도 비교적 상세하게 다루어진다.

『바리데기』에서는 북한에서 중국으로 건너가는 과정은 소략하게 서술되나 연길을 거쳐 대련에서 안마사 생활을 하던 바리가 선창에 처박혀 영국까지 가며 겪는 고통스러운 과정이 상세하게 그려지고, 『로기완을 만났다』에서는 어머니와 함께 탈북한 후 중국에서 생활하던 로기완이 생활비를 벌어 오던 어머니가 교통사고로 죽자 엄마의 신체를 팔아마련한 돈을 들고 비행기에 몸을 싣고 브로커의 지시에 따라 들어보지도 못한 나라 벨기에로 가는 불안한 여정이 그려지고 있다. 『리나』에서도 가족들과 함께 중국 서남방으로 국경을 건너던 리나가 일행으로부터 떨어져 국경 지역에서 길고 힘든 방랑 생활을 한 뒤에 몽골 쪽으로 국경 건너기를 시도하는 등 제삼국으로의 이주 과정이 다루어지고 있다.

북한에서 중국으로 건너오는 과정에는 자기 혼자 강을 건너거나 탈북 브로커의 도움을 받지만, 중국을 탈출하여 탈북이주민의 한국행에 대해 비교적 관대한 나라를 거쳐 한국으로 입국하기 위해서는 그 상황과

　　　　　　　　　　　제1부 탈북이주민의 소설화

방법을 잘 아는 사람들의 도움이 반드시 필요한바, 그 대표적인 존재가 탈북을 기획하는 선교사와 탈북 브로커들이다. 위에서 살핀『오래된 약속』에서 만금은 자신을 도와 한국으로 데려다 주겠다는 한국 사람들이 왜 자신을 도와주려고 하는지 또 그들의 존재가 무엇인지에 대해 의심을 하지만 어쩔 수 없이 그들을 따라 한국으로 건너온다. 또『큰돈과 콘돔』에서는 주인공이 자신을 도와준 선교 조직이 알려준 대로 미얀마로 건너가는 과정에서 미얀마 국경수비대에게 체포되지만 그쪽의 탈북 지원 조직의 도움을 받아 수용소에서 풀려나고 또 그들의 도움으로 한국에 입국하는 과정을 보여준다.

이렇듯 탈북이주민들이 최종 목적지 한국에 입국하기 위해서는 그들을 도와주는 탈북 조직의 도움이 반드시 필요하다. 그러나 그들이 한국으로 입국시켜주는 대가로 적지 않은 돈을 요구하고, 돈이 없는 사람들에게는 한국 정부에서 탈북이주민에게 지급하는 정착지원금을 담보로 할 뿐 아니라, 한국 입국 후 강제로 그 돈을 받아 간다는 점에서 탈북이주민들은 이들 존재를 폭력배 또는 필요악 정도로 생각한다. 이러한 탈북이주민들의 인식의 영향으로 탈북이주민 제재 소설에서 탈북 브로커는 비판의 대상으로 그려지는 경우가 적지 않다. 예컨대『왼손잡이 미스터 리』에는 입국 과정에서 피도 눈물도 없이 행동하고, 입국 후에는 수수료를 받기 위해 폭력도 마다하는 탈북 기획 조직의 불법성과 모순점을 비판하고 있으며,「얼룩말」에서도 중국에서 몽골로 기획 탈북시키는 선교사들과 탈북 브로커들의 비인간성에 비난의 화살을 퍼붓고 있다.

그러나 불법체류자인 탈북이주민들을 데리고 중국 동북 지역에서 대륙을 가로질러 서남 국경으로 이동하고 제삼국으로 건너게 해주는 일은 자신의 목숨을 담보한 일이며, 이 과정에서 탈북 브로커들이 겪는 고통은 탈북이주민들 못지않다.[16] 이러한 탈북 브로커에 대해 긍정적인 시각을 보여주는 작품으로 연작소설『이매, 길을 묻다』에 실린「철조망과 코스모스」를 들 수 있다. 이 작품에서 사업차 중국에 갔다가 인도적 차원에서 탈북이주민의 한국행을 돕는 인권단체 일을 도와주게 된 무역업자 현수는 탈북이주민을 몽골 국경까지 데려다 주는 위험을 감수하며 누군가는 살길을 잃은 그들을 위해 이 일을 해야 한다고 생각한다. 또『오래된 약속』에서도 오직 탈북이주민들의 비참한 현실에 마음이 아파서 그들을 위험으로부터 구해내는 일에 자신의 재산을 털고, 중국 감옥에 수감될지도 모르는 위험을 감수하며 탈북이주민의 국경 건너기를 도와주는 모습을 탈북 운동가의 시각에서 그리고 있다.

탈북이주민 제재 소설에서는 한국 입국을 원하는 탈북이주민에 관한 대한민국 정부의 정책과 행동이 비판의 대상이 되고 있다. 중국을 떠돌고 있는 탈북이주민들은 국제법상 난민에 해당한다는 견해가 지배적이다. 그러나 중국 정부는 탈북이주민들을 비법월경한 사람들로 판단하고 그들을 체포하여 본국으로 송환하고, 나아가 탈북이주민을 동정하여 한국으로 기획 입국시키는 선교사나 브로커들까지 실정법 위반으로

---

16 탈북이주민들의 국경 건너기를 도와주는 사람들의 모습은 이학준,『천국의 국경을 넘다』(청년정신, 2011), 박천관,『탈북−자유를 향한 용기(上·下)』(데일리뉴스, 2013), 북한인권시민연합 외,「언론과 활동가들이 진단하는 재외탈북자 실태와 외교적 지원방안」(제28회 북한동포의 생명과 인권 학술토론회 발표요지, 2007.7.2) 등에 그 실제 사례가 확인된다.

체포하여 수감하고 있다. 이러한 중국 정부의 불합리한 처사에 항의하지 않고 한국 입국을 희망하여 대사관을 찾은 탈북이주민들을 수용하지 않는 한국 정부의 태도에 대해 많은 탈북이주민 제재 소설에서 강한 비판적 시각을 드러낸다.

『길 없는 사람들』에서는 한중수교를 준비하고 있는 대사관에서 중국과의 외교적 마찰을 고려해 대사관을 찾은 권장혁을 대사관 밖으로 내보내는 모습을 통해 헌법 상 대한민국 국민인 북한 주민을 사지로 내모는 정부 당국과 대사관을 강하게 비판한다. 또 『오래된 약속』은 중국을 떠도는 탈북이주민을 한국으로 입국시키는 일에 정부가 나서지 않아서 어쩔 수 없이 탈북 운동가들이 개인의 돈과 노력으로 탈북이주민들을 한국으로 입국시키기 위해 혼신의 힘을 다하는 왜곡된 현실을 보여줌으로써 한국 정부의 태도를 에둘러 비판하고 있다.[17] 특히 연작소설 『이매, 길을 묻다』에 실린 열 편의 소설은 탈북이주민들의 합법적인 한국행에 대해 미온적이고, 탈북이주민들의 인권뿐만 아니라 중국 공안에 의해 체포되어 수감 생활을 하는 탈북 운동가 즉 대한민국 국민들에 대해서도 수수방관하는 태도를 보이는 한국 정부를 맹렬히 비판하는 것으로 일관하고 있다.

---

[17] 작가는 이 작품의 후기에서 1997년 7월 28일 북경 주재 한국대사관에 탈북 식량난민들이 망명 신청서를 냈다가 거부되자 활동가들의 도움으로 7천 킬로미터를 이동하여 10월 20일 제삼국 주재 대사관에 진입하여 한국으로 입국한 사건을 상세하게 정리하여 이 작품을 쓰게 된 이유를 일단은 밝히고 있다. 윤정은, 『오래된 약속』, 양철북, 2012, 315~318쪽.

5. 이주국 사회에서의 적응과 부적응

어떤 이유로 탈북하였던 탈북이주민들은 중국에서 불법체류하다가 최종적으로는 중국을 벗어나 같은 민족의 부유한 나라 한국이나 난민 자격을 주는 제삼국을 목적지로 선택하게 된다. 탈북이주민이 중국을 떠나 한국이나 제삼국으로 이주하여 새로운 삶을 시작하는 일은 자신이 평생을 살아온 사회 체제와 익숙한 공동체를 벗어나 새로운 환경에 적응하는 과정이다. 낯선 사회에 내던져져 그 사회의 제도와 관습에 적응해나가는 일은 중국에서 겪은 일들이나 국경을 넘는 것에 못지않게 힘든 일일 수 있다. 더욱이 탈북이주민이 한국 사회에 잘 적응하는가 여부는 지금 여기를 살아가는 대한민국 국민들의 삶과 직접적인 연관을 맺고 있는 점에서 탈북이주민 제재 소설의 중요한 소재로 선택된다.[18]

탈북 이주민 제재 소설에 등장하는 탈북이주민의 한국 생활은 변화한 사회에 적응하는 과정에 부딪히는 어려움과 북한에 남겨두고 온 가족들에 대한 죄책감 등이 주를 이룬다. 『왼손잡이 미스터 리』에는 한국 생활에 적응하기 어려워하는 탈북이주민들의 모습이 잘 그려져 있다. 하나원을 나온 이후 제대로 된 직장을 구하지 못해 잡역부로 일하는 주인

---

18 『왼손잡이 미스터 리』, 『큰돈과 콘돔』, 『찔레꽃』의 「찔레꽃」, 『유령』, 『포피』, 『함께 있어도 외로움에 떠는 사람들』 등에는 한국 입국 후 한국 사회에 적응하는 이야기가, 『바리데기』, 『로기완을 만났다』에는 제삼국에서의 삶이 중요하게 다루어지고 있다. 반면 『길 없는 사람들』, 『빛의 제국』, 『이매 길을 묻다』, 『남은 사람들』, 『소소한 풍경』 등에는 한국에 입국한 탈북이주민의 삶이 간단하게 또는 에피소드로 등장하고, 『리나』, 『탈북 여대생』, 『오래된 약속』 등에는 한국 입국 이후의 삶을 다루지 않고 있다.

공 리지혁은 현실에 적응하지 못하여 컴퓨터 게임에 몰입하고, 그와 수용소 생활을 같이 했던 김철, 양혁, 영실 등도 한국 사회에 적응하지 못하고 일상적인 삶에 어려움을 겪고 있다. 그러면서도 탈북이주민들은 북한 땅에 남겨둔 가족에게 죄의식을 갖고 있어서 한푼이라도 북한에 남아 있는 가족에게 보내주려 애쓰고, 언젠가 돈을 벌어 가족들을 한국으로 기획 입국시키려는 생각을 갖기도 한다. 「찔레꽃」의 주인공 충심도 한국에 입국하여 제대로 된 직장을 구하지 못해 노래방 도우미를 하면서 몸도 팔아 번 돈을 북한에 있는 어머니와 미향의 어머니 즉 이모에게 송금한다. 충심뿐 아니라 그녀의 주변에 사는 탈북이주민들은 북한에 남은 가족들이 기아로부터 벗어나게 하려고 무슨 수를 써서든 돈을 벌어서 송금하는 것이다. 충심은 자유로운 땅 한국에서 밑바닥 삶을 살아야 하는 것을 힘들어하다가 작품의 마지막 장면에서 새로운 삶을 찾기 위해 대학에 진학할 것을 결심한다. 이는 자본주의와 개인주의가 팽배한 한국 사회에 적응하지 못하고 주변부의 삶을 살아가던 탈북이주민이 미래에 대한 희망과 자존감을 되찾아서 한국 사회에 편입하고자 하는 의지를 암시적으로 표현한 것이라는 점에서 의의를 지닌다.

『유령』은 탈북이주민이 한국 사회에 대응하는 상반된 모습을 보여준다. 이 작품은 정체성 상실에 시달리며 한국 사회를 유령처럼 떠돌면서 사회의 저층에서 삐끼, 딸녀, 포르노 배우 등으로 살아가는 탈북이주민의 한국 생활을 보여준다.[19] 그들은 한국 사회에 적응하지 못하고 북

---

19 같은 작가의 작품 『포피』에는 대학원 재학 중이면서 돈을 벌기 위해 키스방 매니저로 나선 포피라는 여성 인물을 통해 한국 사회에 독립된 개인으로서 당당하게 적응하기 힘든 탈북이주민의 삶을 그리고 있다.

한에서의 삶을 수시로 떠올리며, 그곳에서의 삶이 더 행복한 부분도 있었다는 생각을 하고, 북한에서 부르던 혁명가나 찬양가를 중얼거리기도 하면서 자신들의 공동체를 만들어 서로 의지하고 갈등하며 살아간다. 그들은 어렵게 정착한 한국 사회에서 한국인들의 차별과 소외를 견디지 못해 현실에 적응하지 못하여 리니지라는 게임 공간에서 영웅적인 활동을 하며 현실을 망각하려 애쓴다. 결국 주인공 나는 탈북이주민들의 공동체에서 벌어진 살인 사건이 해결되자 한국의 현실 공간에 적응하지 못하고 리니지가 만들어준 가상 공간으로 돌아가 다시는 나오지 않겠다고 선언한다. 이 작품은 떠나려 하지만 떠나지 못하고 그곳을 유령처럼 떠돈다는 점에서 탈북이주민과 게임 폐인의 내면은 상동성을 가진다는 것을 보여줌으로써 「찔레꽃」과는 전혀 다른 탈북이주민이 한국 사회에 대응하는 방법을 보여준다.

이들 작품과는 달리 『큰돈과 콘돔』은 탈북 이후 한국으로 건너오는 과정에서 만나 서로의 아픔을 이해하여 혼인한 포창숙과 김금호가 한국에 정착한 후 한국 사회에 적응하기 위해 죽을 노력을 하여 한국 사회에서 어느 정도 성공한 모습을 그리고 있다. 이 작품은 탈북 과정에서 겪은 정신적 외상을 극복하고 한국 사회에 적응하는 과정을 보여주고, 국가에서 제공한 시영 임대아파트에 모여 사는 탈북이주민들이 서로 협조하고 정보를 공유하며 살아가는 모습을 통해 한국 사회에 적응하려 애쓰는 탈북이주민의 모습을 그리고 있다는 점에서 여타의 작품과는 변별된다.

탈북이주민에게는 한국 사회에 적응하는 과정에서 겪는 어려움과 함께 북한에서의 삶이 한국에까지 이어져 그들의 신변에 미치는 안위에 대한 걱정도 커다란 불안 요소로 작용한다. 『함께 있어도 외로움에 떠는 사람들』에 실린 「노루 사냥」과 「함께 있어도 외로움에 떠는 사람들」에는 북한에서의 삶이 한국에서의 삶에 영향을 미치는 상황들이 그려진다. 「노루 사냥」에 등장하는 박당삼이라는 인물은 북한의 호텔에서 조리사 보조를 하던 사람으로 한국 입국 후 북한음식 전문가로 변신하여 케이블 방송에서 북한 요리 공개 특강을 하던 중, 시식자로 나온 북한 당 간부의 자제 유성도를 보자 분노를 참지 못하고 음식에 북한에서 자살용으로 가져온 생아편을 넣어 살해한다. 「함께 있어도 외로움에 떠는 사람들」에서는 탈북이주민 정남이 노래방에서 만난 인물이 북한 주민들을 괴롭힌 보위부 간부 출신 염정실임을 알아보고 화장실에 쫓아가 칼로 찔러 죽이고, 이 사건은 경찰에 의해 남파간첩의 소행으로 처리된다. 『빛의 제국』에서는 남파간첩 기영이 지하철에서 북한에서 친하게 지내던 여자 친구 정희와 마주치고, 마카오와 방콕을 거쳐 탈북해서 한국에서 살고 있는 정희는 기영을 보고 자신을 죽이려 북한에서 파견한 것이라 생각하고 공포에 벌벌 떤다. 이러한 에피소드들은 탈북이주민들이 가지고 있는 신변의 위협에 대한 공포의 일단을 엿볼 수 있게 해준다. 『이매, 길을 묻다』에 실린 「망명」에는 한국으로 온 탈북 이주여성이 북한 측으로부터 생명을 위협하는 전화가 오자 공포에 떨다가 그것을 이유로 미국에 망명을 신청하여 난민 자격을 획득하는 이야기를 통해 탈북이주민에게는 김정일이 느껴지지 않는 사회가 좋은 사회라는 인식을 보여준다. 이 작품들은 탈북이주민들이 북한을 배반한 자신들에게 북한 정부가 위해를 가할지 모른다는 공포 때문에 한국 사회에서 전면에 나서기를 꺼리게 되는 믿기 힘든 현실을 보여준다.

한국으로 입국하지 않고 제삼국으로 이주해 간 인물들의 삶은 『바리데기』와 『로기완을 만났다』에 잘 그려져 있다. 『바리데기』에서 영국으로 이주해 간 바리는 출입국 관리들 단속을 피해 다녀야 하는 불안한 삶을 살아간다. 그러나 안마사로서의 탁월한 기술과 몸을 만지면 그 사람의 내면을 볼 수 있는 주술적 능력을 가진 덕에 영국 상류사회 여성의 신임을 받으면서 불안한 안정을 찾아간다. 이 작품의 말미에서 바리는 자신이 거주하는 집의 관리인인 인도인 할아버지의 손자와 결혼함으로써 사랑으로 이주민들끼리 연대하는 모습을 통해 디아스포라된 자들의 미래에 대한 전망을 암시한다. 또 『로기완을 만났다』에서 로기완은 벨기에에 도착한 후, 친지도 없고 언어도 통하지 않는 낯선 공간에서 수중의 돈을 아끼기 위해 방값과 식비로만 사용하지만 소득이 없어 돈이 떨어지자 호텔을 나와 길거리에서 구걸을 하며 지낸다. 기아 상태에서 정신을 잃은 로기완은 경찰에 인도되고, 탈북이주민임이 확인되어 난민 지위를 획득하여 벨기에에서 어느 정도 안정된 삶을 찾게 된다. 그러나 로기완은 그곳에서 사랑하게 된 불법체류자인 필리핀 여성이 영국으로 강제 출국되자 난민으로서의 지위를 상실하는 위험을 감수하고 사랑을 찾아 런던으로 건너가서 불법체류자이지만 진정 행복한 삶을 꾸린다. 이 작품은 제삼국으로 불법이주한 탈북이주민이 불안한 삶 속에서 사랑을 고리로 디아스포라된 사람끼리 연대하여 삶의 진정성을 찾아가는 탈국경의 문학적 상상력[20]을 보여주는 점에서 『바리데

---

20 고인환, 「탈북서사와 탈국경의 문학적 상상력」, 『문학, 국경을 넘다』, 국학자료원, 2015, 19~26쪽 참조.

　　　　　　　　　　　　　　　제1부 탈북이주민의 소설화

기』와 공통된 지향점을 보인다.

6. 탈북이주민의 소설화에 관한 제언

고난의 행군 시대에 탈북한 한 탈북이주민이 "북한에서는 배가 고파
서 못 살겠고, 중국에 오니까 잡혀갈까 봐 무서워서, 두려워서 못 살겠
고, 한국에 오니까 몰라서 못 살겠다"[21]고 말한 바 있다. 현재까지 발표
된 탈북이주민 제재 소설들은 주제 차원에서 상당한 다양성을 확보하
고 있지만 제재 차원에서는 앞의 인용문이 말하고 있는 바를 크게 넘어
서지 못하고 있다. 기아 상황을 벗어나기 위해 목숨을 걸고 중국으로
건너가 불법체류자 신분으로 인간의 존엄성마저 훼손되는 삶을 살아가
는 탈북이주민에 대해 인간적인 관심을 갖는 것은 작가로서 당연한 선
택이기는 하다. 그러나 탈북이 광범위한 사건이 된 지 20년이 넘어서서
한국에 입국하여 대한민국 국민으로 살아가는 사람들이 3만 명이 넘고,
유럽이나 미국 등지에도 북한 난민[22]이 적지 않은 현재까지도 초창기의
탈북이주민 제재 소설들과 크게 다르지 않은 제재로 유사한 주제의 작
품을 생산하는 것은 반성해야 할 때가 되었다. 이에 앞에서 살핀 바, 탈
북이주민 제재 소설에 나타난 탈북이주민 삶의 형상화 양상을 바탕으
로 탈북이주민 제재 소설들이 지향해야 할 방향을 몇 가지 제안하고자

---

21 김종군 · 정진아 편, 앞의 책, 265쪽.

22 탈북 후 한국에 살다 한국을 탈출하여 영국과 벨기에서 난민 또는 불법체류자로
살아가고 있는 탈남탈북자들의 삶은 류종훈, 『탈북 그 후, 어떤 코리안』(성안북스,
2014) 1장에 상세하게 보고되어 있다.

한다.

첫째, 탈북이주민이 탈북 후 이주국에 이르기까지 겪은 삶의 경과를 보다 내밀한 차원에서 그려내는 노력이 필요하다. 탈북이주민들의 이주 체험은 객관성이 담보되기 어렵다는 문제점이 있다. 탈북이주민의 신난한 삶의 경과는 탈북이주민의 기억에 의존하고 있기에 주관성이 개입될 수밖에 없으며, 남북한의 정치적·이념적 적대관계로 인하여 사실이 왜곡될 가능성도 적지 않다.[23] 따라서 탈북이주민 제재 소설에서 북한에서의 삶을 구성할 때는 탈북이주민들이나 탈북 운동가들의 기억에 대해 세심하고 비판적인 시각으로 접근할 필요가 있다. 고난의 행군 시기에는 배고픔이 탈북의 원인이었지만 이후에는 다양한 이유로 탈북하고 있기 때문이다. 이제는 "북한이탈주민들은 이제 더 이상 식량난에 의한 절박한 생존 문제보다는 오히려 대부분이 더 나은 생활환경을 찾아 나선 자발적 이주민의 성격을 갖는다"[24]는 지적을 감안할 때가 된 것이다. 탈북이주민들이 중국에서 겪는 일들에 대해서도 탈북이 광범위해지고 탈북의 이유가 다양해진 현실을 감안해 탈북이주민들의 시각이 바뀌고 이지적인 판단을 하고 있다는 점에서 탈북이주민의 삶을 소설화하려는 작가들이 중국에 체류하는 탈북이주민들이 지닌 내밀한 아픔과 중국 생활에서 겪는 정신적 외상 등에 대해 진지하게 고민해야

---

23 탈북 작가의 작품에 여러 이유로 그들의 체험이 왜곡되고 있음은 권세영, 「북한이탈주민 형상화 소설 연구」(『신진연구논문집』, 통일부, 2012)에서 언급된 바 있다. 이러한 왜곡 현상은 북한과 관련한 내용을 글로 쓰는 경우 나타나는 일반적으로 현상일 수 있다.

24 정주신, 『탈북자 문제의 인식』, 한국학술정보, 2007, 62쪽.

할 것이다.

둘째, 탈북이주민들의 한국으로의 입국 과정과 관련한 보다 성숙한 시각이 필요하다. 탈북이주민들이 비법적으로 국경을 건너는 과정에는 일행과 떨어져 죽음에 이르거나 국경수비대에게 발각되어 법적 제재를 받을 위험이 상존한다. 그러나 이러한 위험은 탈북하는 순간 이미 예정된 일이 아닐 수 없다는 점에서 인간적인 면에서는 중요한 제재라 하더라도 그것이 소설의 중심이 되기는 어려운 부분이 있다. 탈북이주민의 국경 건너기와 관련하여 중요하게 생각해야 할 문제로는 오히려 탈북이주민의 난민 지위 문제, 탈북이주민의 입국과 관련한 한국 정부의 태도 그리고 탈북이주민의 국경 건너기를 도와주는 탈북 운동가들에 대한 평가 등을 생각해볼 수 있다. 그런데 이 문제에는 국제법적이고 정치·외교적인 문제가 관련되어 있으며, 탈북 전문 조직이 탈북이주민의 탈북 과정과 한국으로의 입국 과정에 도움을 주고 그 경비를 받는 일에 대한 가치 판단이 개입되어야 한다. 이에 대한 정답은 없겠지만 작가들 스스로 탈북이주민의 법적 지위와 한국 입장 그리고 탈북 운동가에 대한 평가 등에 관하여 자기 나름의 관점에서 바라보려는 자세가 요구된다.

셋째, 한국 사회의 일원이 되어 우리 곁에 다가와 있는 탈북이주민의 삶의 모습에 관한 관심과 그들을 이해하고 포용하려는 자세에서 소설화하는 노력이 필요하다. 탈북이주민들이 한국 사회에 적응하는 데 어려움을 겪고 새로운 빈곤층으로 자리하게 되는 원인[25]은 다양하다. 북

---

[25] 탈북이주민이 한국 사회의 빈곤층으로 자리 잡는 양상과 원인에 관해서는 윤인진,

한의 체제상 공동체 속에서 비교적 평등하게 살아온 탈북이주민들은 개인주의가 팽배한 한국에서 치열하게 경쟁하며 살아야 하는 환경에 쉽게 적응하지 못한다. 더욱이 한국에 거주하는 탈북이주민들의 대다수가 북한에서 단순노무직에 종사[26]한 점은 그들이 한국 사회에서도 빈곤층으로 전락하는 한 원인이 된다. 더욱이 북한에서의 경력을 인정하지 않는 한국 사회에서 전문직에 종사한 탈북이주민이라 하더라도 자신의 자리를 찾아가기는 쉽지 않다. 그리고 대다수 탈북이주민들이 탈북의 과정에서 가족 해체가 이루어졌다는 사실은 자신이 속한 사회에서 외톨이가 될 위험성을 내포한다. 경제력도 상실하고 가족도 해체된 상황에서 탈북이주민들의 삶은 더욱 황폐해질 수밖에 없다. 특히 탈북이주 청소년들은 온전한 한국 국민으로 성장하여야 할 터인데 가족 해체와 학력 부진 그리고 한국 학생 사이에서 겪는 소외감 등으로 문제적인 외톨이로 성장할 가능성이 크기 때문에 주변의 세심한 관심이 필요하다. 탈북이주민 문제와 관련하여 무엇보다 중요한 것은 탈북이주민과 한국인과의 심리적 거리를 좁히기 위한 노력이다. 거리 좁히기란 쌍방의 노력이 필요한 일이지만 소수자인 탈북이주민보다 먼저 다수자인 한국인이 그들에게 다가가야 한다. 이를 위해 작가들은 탈북이주민들이 가진 사회 부적응과 심리적 박탈감의 원인을 고민하여 그들의 아픔과 정신적 외상까지 이해하고 포용하는 한국인의 모습을 형상화하여야

「탈북자와 빈곤」, 한국도시연구소 편, 『한국 사회의 신빈곤』, 도서출판 한울, 2006. 참조.

26 한국에 거주하는 탈북이주민 32,000여 명 중 북한에서 노동자나 무직이었던 사람이 27,000명을 상회한다. 통일부, 앞의 자료 참조.

할 것이다.[27]

　끝으로 탈북이주민을 이해하고 포용하려는 자세와 관련된 것으로 한국 사회에서 탈북이주민이라는 이유로 소외되고 차별받아야 하는 현실에 절망하여 새로운 변화를 시도하는 문제에 대한 관심이 필요할 것이다. 한국에 입국하여 살아가면서도 한국인들과 거리감을 느끼고, 한국인으로부터 받는 차별과 멸시는 그들이 처한 빈궁보다 더 심각하게 탈북이주민들을 괴롭힌다. 탈북이주민들은 한국인들에게서 받는 소외와 차별을 벗어나기 위해 그들만의 공동체를 만들어 정보를 공유하고 인간으로서의 정을 나누며 살아가려 시도한다.[28] 나아가 한국인들로부터 받은 차별과 멸시를 견디지 못한 탈북이주민의 일부는 탈북이주민을 난민으로 인정해주는 나라를 찾아 남한을 탈출하고 있다. 탈북이주민 문제에 관심을 가진 작가라면 최근 들어 좀 더 심해지고 있는 탈북이주민들의 공동체 운동과 탈남 현상 등에 관하여 나름의 시각을 견지할 필요가 있다.

---

27 김지수의 「무거운 생」에서 서술자가 탈북이주민의 아픔을 이해하고 포용하려는 자세를 보이는 것은 탈북이주민 제재 소설이 나아가야 할 방향을 선취한 것이라 하겠다.

28 『큰돈과 콘돔』, 『유령』 등의 작품에는 탈북이주민들이 한 지역에 모여 살며 그 속에서 갈등도 하지만 편안함을 느끼는 것으로 그려져 있다. 또 현실에서도 탈북이주민들은 소외와 차별을 극복하고 권리를 확보하기 위해 공동체를 만들고 있다. 탈북이주민과의 대담을 엮은 김종군 편, 『탈북청소년의 한국살이 이야기』(경진출판, 2015) 1장에서 새터민 청소년 그룹 홈 이야기를 보여주고 있고, 탈북자들을 만나 그들의 꿈을 정리한 김성원, 『나에겐 꿈이 있습니다』(토기장이, 2012)에도 탈북이주민들의 공동체에 대한 탈북자들의 긍정적 시각이 드러난다. 그러나 탈북이주민들이 자신들의 공동체를 만드는 것은 자칫 한국인들과의 벽을 더욱 견고하게 할 위험이 있다.

탈북 도우미의 소설화 양상과 그 의미

1. 서론

북한에서 압록강이나 두만강을 건너 중국으로 비법월경[1]해온 재중탈북자[2]들은 중국 공안에게 붙들려 북한으로 송환될지 모른다는 불안 속에서 극도로 힘든 삶을 살고 있다. 재중탈북자는 박해에 대한 공포로 본국을 벗어난 것은 아니지만 사후적으로 본국에 송환될 경우 처벌받을 것을 두려워하는 '현장난민'[3]이므로 '난민 지위에 관한 의정서'에 의해 보호를 받아야 할 대상이지만, 중국 정부는 1982년 9월 24일 이 의정

---

1 이하 탈북자들이 북한에서 중국으로, 중국에서 제삼국으로 국경을 넘는 일은 '월경'이라는 용어로 통일한다.

2 본고에서는 탈북한 사람에 대한 일반적 지칭으로 '탈북자', 중국에 머물고 있는 탈북자는 '재중탈북자', 한국이나 제삼국에 입국해 있는 탈북자는 '탈북이주민' 등으로 구분하여 사용한다.

3 정기웅, 「중국내 탈북자 문제 해결을 위한 한국의 전략 선택」, 『21세기정치학회보』 22-2, 2012.9, 302쪽.

서에 가입하였음에도 재중탈북자를 불법체류자로 인식하여 본국으로 송환하는 정책을 견지하고 있다. 이는 중국 정부가 한국 정부나 국제 인권단체들과는 달리 재중탈북자 문제를 "인권의 문제가 아니라 정치적 문제의 영역에 속하며, 북한과의 관계, 중국 내 분리주의 세력에 대한 경고, 주권의 정당한 행사, 국제적 위신의 문제 등이 복잡하게 얽혀 있는 문제"[4]로 파악하고 있기 때문이다.

탈북의 이유[5]와 관련 없이 중국에서의 체류 기간이 길어지면 길어질수록 재중탈북자들은 한국으로의 이주를 희망하게 된다. 북한을 벗어나야 할 뚜렷한 이유를 가지고 월경한 탈북자든 단순한 호기심이나 돈벌이를 목적으로 단기간 중국으로 월경하려 한 탈북자든 비법월경 이후 중국에서의 생활이 길어지면 점차 언어도 통하고, 공민 신분도 확보되고, 경제적으로 안정적인 삶이 가능한 한국으로 이주하려는 욕망을 갖게 된다.[6] 그러나 탈북은 개인적인 결단과 행동으로 가능한 월경이지만 중국에서 제삼국으로 월경하여 한국으로 입국하는 일은 이 과정을

---

4 위의 글, 303쪽.

5 탈북이 본격화되기 시작한 1990년대 중반 '고난의 행군' 시기에는 기아가 탈북의 중요한 이유였지만 2000년대에 들어와서는 그 이유가 다양해지고 있다. 탈북의 유형을 시기별로 자유형, 생계형, 경제·정보형, 탈북의 국제적 확산, 정치·경제적 탈북의 확산 등으로 세분한 선행 연구(박명규 외, 『노스 코리안 디아스포라』, 서울대학교 통일평화연구원, 2011, 40~53쪽)는 탈북의 이유를 기아로만 바라보는 단순성을 비판적으로 이해하게 해준다.

6 허지연은 탈북 초기에는 탈북 동기에 따라 희망 정착지가 다양하지만 중국에서 생활하면서 거의 모든 탈북자들이 안정적인 삶을 영위할 환경이 마련되어 있는 한국을 이상적 정착지로 꼽는 변화를 보였다는 분석 결과를 보여준다. 「탈북자의 탈북요인과 중국·한국 이동경로에 관한 연구 : 이상적 정착지와 행위 변화를 중심으로」, 고려대학교 석사학위 논문, 2003, 103~108쪽.

잘 알고 있는 개인이나 단체의 도움이 없이는 시도조차 불가능하다. 더욱이 탈북자에 대한 검색과 강제 송환이 일상적으로 이루어지는 중국의 현실을 생각하면 월경 루트는 물론 한국으로의 입국 과정 전반을 꿰고 있는 전문가들의 협조는 필수적이라 하겠다.

재중탈북자의 한국행을 돕는 탈북 도우미[7]에 대한 시각은 양가적으로 작용한다. 탈북 도우미들이 인권의 사각지대를 전전하는 재중탈북자들을 인간적인 삶이 가능한 한국으로 이주하게 해준다는 긍정적인 측면과 함께 탈북자들의 정착금을 돈벌이의 대상으로 삼고 탈북자들에게 폭력을 휘두르고 비자를 위조하기도 하는 등 범법을 저지른다는 부정적인 인식이 병존하는 것이다. 그러나 국내로 입국하는 재중탈북자의 80~90%는 탈북 도우미를 통해 입국하고 있으며, 이들 탈북 도우미의 상당수는 이미 한국에 거주하고 있는 탈북이주민들로 직접 중국으로 건너가거나 중국 현지인 탈북 도우미들과 연계하여 재중탈북자를 한국으로 입국시키고 있다.[8] 이들 탈북 도우미는 공적 네트워크가 작동하지 못하는 현실에서 탈북자들의 한국행을 가능하게 해주는 거의 유일한 존재가 되고 있다. 이런 점을 생각하면 그들에 대해 최소한의 비용을 받고 탈북자를 돕는 '활동가'라는 측면과 돈벌이를 전문으로 하는

---

7 탈북자의 한국행을 전문적으로 돕고 있는 이들을 흔히 탈북 브로커라 부른다. 그러나 한영진은 브로커라는 단어가 갖는 '사기성 있는 거간꾼'이라는 부정적 의미를 피해 '탈북 도우미'라는 용어를 사용한 바 있다(「중국의 탈북자 단속 강화정책과 재중탈북자들의 탈중 러시」, 『생명과 인권』 44, 북한인권시민연합, 2007. 여름, 14쪽). 본고에서는 한영진의 견해에 따라 탈북 도우미라는 용어를 사용한다.

8 송인호, 「탈북 브로커 계약의 효력에 대한 고찰」, 『인권과 정의』 423, 대한변호사협회, 2012.2, 46쪽.

'브로커(위조단)'라는 양 측면[9]을 함께 인식하는 양가적 시각은 당연하다 하겠다.

본고는 탈북이주민 제재 소설에 나타난 탈북 도우미의 소설화 양상을 통해 그들의 존재에 대한 한국문학의 양가적 인식 태도를 살피고 그의미와 한계를 해명하여 탈북자의 소설화 방향과 관련한 새로운 시각을 마련하는 데 그 목적이 있다. 이를 위하여 본고에서는 탈북 도우미의 존재와 활동 양상이 구체적으로 등장하고 있는 권리의『왼손잡이 미스터 리』(문학수첩, 2007), 이대환의『큰돈과 콘돔』(실천문학사, 2008), 윤정은의『오래된 약속』(양철북, 2012) 등 세 권의 장편소설과 정도상의『찔레꽃』(창비, 2008)에 수록된「얼룩말」과 이호림의『이매, 길을 묻다』(아이엘앤피, 2008)에 수록된「철조망과 코스모스」등 두 편의 단편소설을 그 대상으로 한다.[10]

2. 탈북 브로커의 탐욕과 비인간성

『큰돈과 콘돔』에서 탈북 이후 중국 남자와 결혼 생활을 하며 중국어도 배우고 조선족 소희란이라는 가짜 신분까지 얻은 뒤, 가출하여 비교적 안전한 삶을 살아가던 권창숙에게 어느 날 그녀가 근무하는 주점에 필요한 물품을 구입하던 식료품점의 조선족 주인아줌마가 한국행을 권

---

9 서현미,「탈북 '브로커' 약인가 독인가」,『통일한국』225, 평화문제연구소, 2002.9, 75쪽. 이하 서현미의 기준에 따라 필요한 경우 탈북 활동가와 탈북 브로커라는 용어를 구분해 사용한다.

10 이하 작품 인용은「작품명」, 쪽수'로 밝힌다.

유한다. 권창숙이 탈북자 신분임을 알고 있는 그녀가 친숙한 사이인 권창숙에게 중국에서 가짜 신분으로 불안하게 살기보다는 한국에 나가 공민 신분을 얻어 제대로 꿈을 키워보라 충고한 것이다.

> 인천에서 나와 있는 박 사장이라는 사람이 탈북자들을 한국 보내는 일을 해. 예수교 선교사야. 선교사라고 하면 공안들이 눈길을 세게 부니까 박 사장이라고 불러.
> …(중략)…
> 중국말도 제법 하시고 진짜 신분증도 있는데, 왜 한국으로 가려고 하나요?
> 이대로 살자면 지금이 좋은데, 신분이 불안합니다. 신분증이 있어도 언젠가 들키는 날에는 끝장나는 것 아닌가요?
> 경비는 후불이라고 한 그가 남한에 무사히 도착하여 한국정부의 정착금을 받아서 경비를 내면 된다는 친절한 설명까지 보태더니 까만 가방에서 두툼한 봉투를 끄집어냈다.
> 오늘 우리의 만남은 하나님께서 정해주신 일입니다. 이제 하나님의 종이 되어야 하니 하나님의 말씀부터 공부하세요.[11]

권창숙이 조선족 아줌마의 소개로 탈북 도우미를 처음 만나는 이 장면은 탈북 도우미에 대한 상당히 많은 정보를 제공해준다. 첫째 재중탈북자가 탈북 도우미와 연결되기 위해서는 조선족들의 도움이 필요하다는 점이다. 재중탈북자들의 경우 우연한 기회에 탈북 도우미의 존재를 알게 되는데 직접 교회로 찾아간 경우가 아니라면 대부분 중국 현지의 상황을 잘 아는 조선족의 도움을 받게 된다. 비교적 안전하게 신분을

---

11 『큰돈과 콘돔』, 106~107쪽.

위장하고 있고 중국어 회화가 어느 정도 가능한 권창숙의 경우에도 식품점 주인아줌마의 소개로 탈북 도우미 박 사장을 만나는 것처럼 재중탈북자들은 중국에서 활동하는 탈북 도우미의 존재를 알기 어렵고, 또 그 존재를 안다고 하더라도 그들과 연결할 방법을 알지 못하는 것이다. 『큰돈과 콘돔』 이외에도 많은 탈북이주민 제재 소설에서 재중탈북자들은 조선족들의 도움으로 탈북 도우미와 연결되고 그들의 도움으로 한국행이 실현되는 것으로 그려지고 있다.

둘째 탈북 도우미의 상당수가 선교사라는 점이다. 1990년대 중반 북한의 경제 상황이 나빠지면서 탈북 러시가 일기 시작하자 탈북자들의 인권에 관심을 가지고 경제적인 도움을 주거나 한국행을 도와준 것은 주로 국제적인 조직을 가진 NGO들이었다. 그러나 중국 정부의 탄압으로 NGO의 활동이 어려워지자 그들의 활동을 이어받은 조직은 중국의 개혁개방 이후 중국 현지에서 선교 활동을 하던 선교사 조직이었다. 특히 탈북 러시가 일던 시기에 이미 한국인 선교사들이 북한 선교 활동을 위한 네트워크를 갖추고 있었고, 그 조직을 통해 재중탈북자에 대한 선교 활동이 이루어졌다. 교회의 보호를 받던 재중탈북자들이 한국 입국을 원하게 되면서 그들의 한국행을 돕기 시작하여 몽골과 동남아를 우회하는 월경 루트를 개척하자 선교사 조직은 재중탈북자의 한국행에서 반드시 거쳐야 하는 존재로 성장하였다.[12] 그러나 중국 정부가 재중탈북

---

12 선교사들이 탈북 도우미 활동을 주도하면서 탈북자들은 탈북할 때부터 중국에서 교회를 찾아가면 경제적인 도움은 물론 한국행이 가능해진다는 정보를 가지고 출발했다고 한다. 최근에는 교회에서 직접 활동은 못 하지만 탈북자의 인권을 중시하여 재중탈북자가 찾아오면 경제적인 도움은 물론 본인이 원할 경우 탈북 도우미 조직에

자의 한국행을 돕는 일을 범죄 행위로 간주하여 수감하거나 영구 추방하면서 선교사들이 신분 노출을 피해 기업체 사장으로 위장하고 탈북 도우미 활동하기도 하였지만, 점차 탈북 도우미 활동은 보다 전문적이고 비밀스러운 탈북 브로커의 손으로 넘어가게 되었다.[13] 인용한 『큰돈과 콘돔』을 비롯하여 『왼손잡이 미스터리』, 「얼룩말」 등의 작품에는 선교사들이 재중탈북자의 한국행을 돕는 것으로 그려진다. 2000년대 중반을 넘어서면서 탈북 도우미의 중심이 선교사 조직에서 전문 브로커 조직으로 이동했다[14]는 사실을 생각하면 이들 작품의 탈북 도우미에 대한 설정은 어느 정도 타당성을 지닌다.

셋째 인용문에서는 탈북 경비는 현찰을 지니지 못한 재중탈북자들의 현실을 고려하여 한국 입국 후 한국 정부에서 받을 정착금으로 후불 지급한다는 사실이 그려져 있다. 재중탈북자들의 대부분은 한국행을 희망하여 탈북 도우미의 도움을 받는다 하더라도 현지에서 중국을 가로질러 이동하여 제삼국으로 건너가는 데까지 필요한 최소한의 돈을 가지고 있는 경우가 거의 없다. 초기 국제 인권단체의 지원을 받는 NGO들이나 선교단체의 지원을 받는 선교사들은 인간적인 차원에서 재중탈북자들이 한국에 입국하기까지 반드시 필요한 경비를 지원하기도 하였다. 그러나 외부 지원이 줄어들고 중국 정부의 탄압으로 탈북 도우미들

연결시켜준다고 한다.

13 탈북자의 한국행을 돕는 탈북 도우미 네트워크의 변화 과정은 김경진, 「동북아시아 난민 네트워크와 비국가 행위자의 역할 : 선교사와 탈북 브로커를 중심으로」(서울대학교 석사학위 논문, 2015)에 상론되어 있다.

14 위의 글, 75~76쪽.

의 활동이 비밀 조직으로 변화하면서 재중탈북자의 한국행에 필요한 경비를 수익자 부담으로 하는 방법이 등장한다.[15] 그러나 이러한 정착 지원금을 전제로 한 후불제는 탈북 도우미의 존재를 브로커의 사전적 의미인 '사기성 있는 중개인'으로 인식하게 만드는 계기가 된다.

> "……으흠, 비용은 정확히 해야 돼요. 비용을 받아도 어차피 여러분들을 위해서 시용하지, 우리가 쓰는 건 한푼도 없어요. 이건 자선사업이고 어디까지나 선교사업이라는 걸 아셔야 해요. 하지만 아무리 자선이고 선교라고 해도 비용까지 모조리 대신 내줄 수는 없어요. 내 말 알아들어요?"
>
> 영수로서는 무슨 말인지 도통 알 수 없었다. 그런데 어른들은 마지못해 고개를 끄덕이고 있었다.
>
> "좋아요. 비용이…… 으흠, 한 사람당 한국 돈으로 오백만원이라는 건 알지요?"
>
> 오백만원이 얼마나 되는 돈인지 영수는 도무지 알 수 없었지만, 적어도 만두 열 판 사먹을 돈보다는 많은 거라는 느낌이 들었다.
>
> "선금으로 이만 위안 내시고요. 한국 가서 정착금 받으면 삼백만원을 잔금으로 내는 것도 알고 계시죠? 자, 그럼."
>
> …(중략)…
>
> "저도 지금 돈이 모자라서…… 영수 비용은 한국 가서 드리면 안 될까요?"
>
> 충심이모가 박선교사에게 조심스레 물었다. 사슴처럼 보이던 그의 눈이 자칼처럼 변해갔다.
>
> "충심씨가 나를 믿지 못하는 것처럼 나도 충심씨를 믿지 못해요.

---

15 한국 정부가 탈북이주민에게 지급하는 정착금은 활동비의 조달이 어려워진 탈북 도우미들의 지속적인 활동을 가능하게 하여 탈북 도우미의 중심이 선교사에서 브로커로 이동하는 계기가 되었다.

저 꼬마 비용은 현금차용증을 씁시다."[16]

어린아이의 시점으로 서술된 인용 부분에는 탈북 도우미의 탐욕스러움과 재중탈북자의 한국행과 관련한 경비 문제가 적나라하게 드러나 있다. 인자한 모습으로 성경 공부를 강조하며 충심 일행의 한국행을 도와주던 탈북 도우미가 출발 직전 최종 점검을 하는 자리에서 경비 문제를 이야기한다. 선한 얼굴과 부드러운 어조로 자신들이 한국행을 돕는 것은 어디까지나 자선이고 선교를 위한 활동이지만 한국으로 가는 과정에 들어가는 경비 전부를 감당할 여력은 없다는 것이다. 그래서 어쩔 수 없이 한 사람당 500만 원이라는 경비를 받는데 일부는 중국에서 선금으로 내고, 한국에 입국하여 정착금을 받으면 나머지 금액을 지불하는 방식이라고 윽박지른다. 그리고 아이의 경비가 없다는 충심의 말에 잔인한 표정을 지으며 법적인 구속력이 보다 큰 현금차용증을 쓸 것을 강요한다.

초기에 선교 활동과 탈북 도우미 활동을 함께 한 선교사는 선교단체에서 지원되는 경비를 선교사업의 일환으로 재중탈북자의 한국행을 지원했기에 경비 문제에 매달리기보다는 성과를 많이 올려 선교단체의 지원금을 늘리는 데 치중했다. 그들에 비해 한국정부의 정착금에 기대어 활동을 시작한 탈북 브로커들은 경비 문제에 보다 심각하게 접근하고, 탈북 경비 회수를 위해 물리적인 방법을 동원하기도 했다. 탈북 브로커 조직원들이 후불 경비를 갚지 않는 탈북이주민을 찾아가 억압을

---

16 「얼룩말」, 178~181쪽.

가해 수금하기도 하고, 탈북 브로커 계약을 둘러싼 법적 분쟁이 발생[17] 하기도 하여 탈북 도우미 전체가 범죄자 집단으로 인식되는 원인이 되기도 한다. 이런 점을 감안할 때 인용 속의 탈북 도우미는 교회에 연결되어 만난 선교사로 되어 있지만 그의 행동이나 경비 처리 방식으로 보면 전형적인 탈북 브로커의 모습을 보인다.

이 같은 탈북 도우미에 대한 비판적 시각은 탈북 도우미에 대한 비판을 넘어 탈북자 선교 사업에 지원되는 돈으로 교세를 확장하려는 일부 잘못된 종교인들의 위장 탈북 도우미 행각과 불법적인 활동을 비판하는 데까지 나아간다.

> "당신은 탈북자 선교 사업에 쓰겠다는 명목으로 L그룹으로부터 돈을 받아, 태국 등지에 이윤을 목적으로 하는 대형 기도원을 지었습니다. 그리고 태국에 주재하는 '데이비드 영'이라는 미국인 전도사에게 기도원을 맡기고 사적으로 운영했죠. 근데 그 작자가 기도원을 담보로 5억을 대출해서는 갚지 않고 달아난 것입니다. 당신은 그로 인해 정신적인 스트레스를 받았고 결국 L그룹에 찾아가 추가 비용을 받아냈죠. 그런데 문제는 강영실이 그 사실을 알아버린 겁니다. 강영실은 기도원의 진실을 언론에 폭로하겠다며 김철에게 돈을 요구했고, 김철은 어쩔 수 없이 다시 당신을 찾아갔습니다. 강영실과 당신 사이에서 김철은 완전히 샌드위치처럼 끼어 버린 거죠. 김철이 자꾸 당신을 찾아가자, 평소 그를 신뢰하던 당신은 김철로부터 점점 등을 돌렸습니다. 김철은 당신은 물론 한미 선교사클럽과 점점 멀어지고 제 갈 길을 가고 있었죠. 그런데 문제는 데이비드 영이 라오스의 한 교회에

---

17 송인호는 앞의 글에서 탈북 브로커 계약의 실태와 효력에 관한 원론적 논의와 판례 검토를 통해 탈북이주민과 탈북 브로커 사이의 공평한 해결 방법을 모색하고, 이에 관한 새로운 시각 마련의 중요성을 강조하고 있다.

숨어 있다 탈북자들과 함께 붙잡히면서부텁니다. 기도원의 진실이
언론에 알려지면서 돈의 출처도 함께 나온 거죠. 당신은 그것이 김철
탓이라 믿고 틈틈이 범행 기회를 노린 거지요."[18]

　신구한 목사는 탈북자들을 선교하고 그들의 한국행을 도와주는 탈북
도우미 활동을 빙자하여 한미선교사클럽이라는 조직에서 거금을 지원
받아 사적으로 유용하였다. 신 목사는 북한의 교화소 동기인 탈북이주
민 양혁과 김철 등을 이용하여 탈북 도우미 활동을 하면서 지원 단체의
돈을 유용하여 영리 목적의 기도원을 운영하다가 미국인 사기꾼에게
걸려 돈을 날리게 되었다. 이러한 정황을 눈치챈 강영실이 세상에 알리
겠다고 김철을 협박하며 금전을 요구하자 김철은 신 목사에게 이 사실
을 알렸다. 이에 김철을 의심한 신 목사는 그를 살해하고, 김철의 교화
소 동기인 리지혁이라는 인물에게 혐의를 씌워버렸다. 김준이라는 기
자에 의해 김철 살해 사건의 진상이 밝혀지는 인용 부분에서 재중탈북
자의 한국행을 돕는 일이 갖는 선교와 인권이라는 상징성 때문에 엄청
난 자금이 선교 지원금 명목으로 쏟아져 들어오는 현실과 그것을 착복
하기 위해 수단과 방법을 가리지 않고 달려드는 종교인들의 행태가 비
판되고 있다.
　이와 함께 교회나 인권단체가 자신들의 실적을 세상에 알려 보다 많
은 지원금을 확보하기 위하여 탈북 루트를 언론에 공개하고 언론사들
이 보도 경쟁을 하는 바람에 오랜 기간에 걸쳐 선의의 인권단체들이 개

---

18 『왼손잡이 미스터 리』, 311~312쪽.

발해둔 탈북자들의 주요 루트가 낱낱이 공개되어버리는 황당한 일이 비판되기도 한다.[19] 인권단체와 선교사들에 의해 개발된 탈북 루트가 공개되는 일은 이후의 탈북 도우미 활동을 불가능하게 할 위험이 있을 뿐 아니라, 그들의 행적이 중국 정부에 알려져 체포되어 구금되거나 영구 추방당하는 원인이 된다. 중국 정부의 강력한 단속으로 탈북 도우미 활동의 주체가 신분이 노출된 선교사들에게서 탈북 브로커에게 넘어가면서 중국에서 제삼국으로의 월경 루트는 브로커와 가이드들만 아는 극비 사항이 되어 가이드와 함께 월경하는 탈북자들에게도 최소한의 정보만 노출하는 등 보안에 힘쓰게 된다.[20]

중국에서 제삼국으로 월경하는 과정은 너무나 위험하고 루트가 발각되면 새로운 루트를 개발할 때까지는 월경 자체가 불가능해지기 때문에 월경 준비는 비밀스럽게 진행된다. 예를 들어 권창숙이 월경을 앞둔 시점에 탈북 가이드에게서 최종적으로 건네받은 것은 모조품 한국 여권과 국경도시로 가는 침대버스 승차권 그리고 길 안내를 간략히 적은 쪽지뿐이다.[21]

---

19 『왼손잡이 미스터 리』, 308~310쪽.

20 월경 루트를 안내하는 가이드들은 대체로 자신만의 루트를 가지고 활동하며 국경 지역의 현지인들의 도움을 받기도 하고 국경수비대와 좋은 관계를 유지하여 음성적 도움을 받기도 한다. 이러한 불법적 행위는 체포와 수감의 위험을 초래하고, 재중탈북자의 월경 과정에 꼭 필요하기 때문에 철저히 비밀을 유지한다.

21 탈북자들은 국경 근처에서 가이드의 간단한 설명을 듣고, 그것에 기대어 자기들끼리 국경을 건너 가이드가 알려준 지점까지 찾아가야 한다. 지도도 없이 철조망이 쳐 있거나 강이나 험한 지형으로 이어진 국경 지대를 국경수비대들의 눈을 피해 건너가 안전 지역까지 이동하는 일은 너무나 위험하여 적지 않은 사람들이 죽음에 이른다.

걸으면 걸을수록 앞서간 사람들과 점점 멀어져만 갔고 드넓은 초원의 검푸른 어둠 속에 영수 혼자만 남겨졌다. 가끔씩 충심이모가 바람 속에서 스르르 나타나 영수의 팔을 잡아끌었다. 한걸음도 앞으로 내딛기가 힘들어지면 그제야 걸음을 멈추고 초원에 털썩 주저앉았다. 몸도 작고 가벼운 충심이모는 바람에 실려가듯이 초원으로 걸어갔다.

충심이모가 떠나간 빈자리로 순식간에 찬바람이 불어와 몸을 식혔다. 살을 에고 손가락이 뻣뻣하게 굳을 정도로 추운데도 먹이를 훔치러 오는 하이에나처럼 졸음이 몰려왔다. 영수는 그대로 누워 잠들고 싶었다. 어둠 속에서 불쑥 충심이모가 나타나 뺨을 찰싹찰싹 때리며 손을 잡아끌었다. 충심이모의 손에 질질 끌려가면 옹기종기 모여앉아 쉬고 있던 사람들이 부스스 일어나 또 걷기 시작했다. 영수는 잠시의 쉴 틈도 없이 일행의 뒤를 따라 걸었다.

그러다가 어느 순간, 충심이모의 손을 놓쳤다.[22]

중국에서 제삼국으로의 비법 월경은 목숨을 담보한 일이다. 인용에서처럼 중국과 몽골의 국경에 쳐진 철조망을 넘어 엄청난 거리의 초원을 횡단하는 일은 위험하기 이를 데 없다. 국경수비대의 총에 맞을 위험도 있고, 중국 수비대에 체포되어 북한으로 송환될 수도 있으며, 사막에 가까운 초원 지대를 건너다 지치면 일행에서 떨어져 죽음을 맞이할 수도 있다. 인용한 「얼룩말」에서 나이 어린 영수는 먼저 한국으로 건너간 엄마의 친구인 충심이모를 따라 몽골로의 월경에 나서지만 결국 일행으로부터 낙오되어 죽고 만다. 탈북 도우미들이 탈북자들의 한국행을 돕는다고 하지만 돈을 받고 하는 일이면서 탈북자들을 이렇게 위

---

22 「얼룩말」, 194~195쪽.

험한 상황에 무책임하게 내던져버리는 일은 탈북이주민 제재 소설에서 탈북자들의 고통을 강조하고 탈북 도우미의 비인간성을 고발하는 소재로 사용되고 있다.

3. 탈북 활동가의 현실과 고민

2장에서 살핀 탈북 도우미들의 탐욕스럽고 비인간적인 모습만이 탈북이주민 제재 소설에 나타난 탈북 도우미의 모습은 아니다. 탈북 도우미에 대해 긍정적인 시각을 보여주는 이호림의 「철조망과 코스모스」에서는 주인공 현수의 회상을 통해 탈북 도우미들이 그 일에 나서게 된 이유와 경과를 보여준다.

> 이 일이 계기가 되었다. 현수는 아이의 태국 탈출을 탈북 브로커들과 함께 적극 도왔던 건데, 탈북 브로커들이 이 일에서의 현수의 재능을 확인해 주었던 것이었다. 이 일을 해 보지 않겠느냐는 제안을 받았을 때 현수는 거절하지 않았다. 이게 좋은 일이라는 생각에서 그리 했던 건데, 웬걸, 어느 순간부터 본말이 뒤바뀌고 말았다. 본업인 무역업은 말이 되어 버리고, 탈북 브로커로서의 작업이 본이 되게 되었던 것이었다. 아니 본업인 무역업은 아예 때려치고 탈북자들을 중국으로부터 제 삼국으로 탈출시키는 탈북 브로커 일에만 매달리게 되었던 것이었다.
> 현수는 지난 육년 동안 서른 번쯤 중국과 몽골 사이의 국경을 왔다 갔다 했다. 현수가 그동안 국경 넘어 몽골로 보낸 탈북자들이 한 백여 명쯤이 되었다.[23]

---

23 「철조망과 코스모스」, 193쪽.

현수의 모습은 죽음으로 내몰리는 동포에 대한 사랑과 인간으로서의 의무감 때문에 탈북 활동가로 나서게 된 예를 보여준다. 현수는 의류 사업을 위해 중국에 입국하여 상당한 사업 실적을 올리던 중 우연히 하얼빈에서 만난 탈북 소년 박기창을 한국으로 보내기 위해 한국대사관을 찾았다가 대사관의 소극적 대응에 실망하고 탈북 브로커 조직을 만나 600만 원을 지불하고 태국을 거쳐 무사히 한국 입국을 성사시킨다. 이 과정을 겪으면서 현수는 탈북 브로커들에 대한 좋지 않은 소문을 믿지 않게 되고, 한국 공관원들이 탈북자를 외면하는 현실에서 탈북 브로커들은 탈북자의 돈에 기생한다 하더라도 유익한 존재라는 생각을 갖게 된다.[24] 기창이의 안전한 한국행을 위해 탈북 브로커들을 적극적으로 도왔던 현수는 탈북 도우미 일을 함께 해보지 않겠느냐는 그들의 제안에 이 일은 옳은 일이란 생각 때문에 거절하지 못하고 시작했다가 자신도 모르는 사이에 전문 탈북 도우미의 길을 걷게 된다. 이후 본업인 무역업보다 탈북 도우미 일에 몰두하게 된 그는 6년 동안 서른 번 정도의 활동을 통해 100여 명의 재중탈북자들을 한국으로 보내는 실적을 쌓는다.

현수는 하얼빈 땅에서 어린 기창이 한국어로 "살려주세요"라고 말했을 때 그를 살려야 되겠다는 생각만 했고, 기창의 한국행을 돕는 과정에서 재중탈북자의 현실을 알게 되면서 자신도 모르게 탈북 도우미로 나서게 된다. 그가 중국에서의 사업을 접다시피 하면서까지 탈북 도우미로 나선 것은 결코 경제적인 이득을 위해서는 아니다. 기창이 한국어

---

24 「철조망과 코스모스」, 192쪽.

로 살려달라고 했을 때 도와주지 않을 수 없었고, 열아홉 살 기창이 북한에서 제대로 먹지 못해 성장이 늦어진 탓에 열서너 살로 보였다는 사실과 재중탈북자들의 처절한 현실을 알게 되면서 운명처럼 삶의 행로가 바뀌어버린 것이다. 삶의 극단으로 내몰린 동포들에 대한 안타까움과 죄책감, 죽음보다 못한 삶을 살아가는 재중탈북자들의 상황을 알게 되면서 느낀 인간으로서의 부끄러움과 의무감이 자신을 옭죈 것이다. 현수가 경험하는 탈북 도우미로의 행로는 자신의 성격 탓이기도 하겠지만 인간의 존엄성 또는 최소한의 인권 나아가 인간으로서의 양심을 깨달은 인물이 나아갈 수밖에 없는 길이기도 할 것이다.[25] 이러한 탈북 도우미에 대한 설정은 앞장에서 살핀 탈북 도우미에 대한 시각과는 커다란 차이를 보여준다.

또 이 작품에는 탈북 브로커에 대한 현수의 변화된 인식을 통해 탈북 도우미 활동의 정황이 상당히 구체적으로 서술되고 있다.

탈북 브로커들이 열악한 탈북자들을 등쳐먹는 파렴치한이라고 알고 있는 사람들도 더러 있지만, 이는 사정을 모르는 소리였다. 탈북 브로커들은 열악한 탈북자들을 등쳐먹는 존재들이 아니라 오히려 열악한 탈북자들을 위해 자기 돈을 꼰아박는 존재들이었다. 말한 것처럼, 탈북 브로커와 탈북자들의 계약은 후불제였다. 탈북자들을 제삼국으로 탈출시키는 이 일의 성공률은 삼십 프로대였다. 다행히 한국행에 성공한 삼십 프로대의 탈북자들 중에서도 계약을 준수해 돈을

---

25 내용상 이 작품에 이어지는 연작에서 아내는 남편이 탈북 도우미 일로 중국 감옥에 갇힌 것은 남의 곤경을 돕지 않고는 못 배기는 성격 탓이라 생각한다. 「집으로 가는 길」, 216~217쪽.

송금해 오는 탈북자는 또 추려졌다. 이렇게 보면, 탈북 브로커가 들이는 비용과 회수되는 금액과 언밸런스하게 되고, 비용이 보전되지 않는다는 얘기였다. 탈북 인권단체에서 이 벌어진 틈새를 보전해 주지 않는다면 사실상 탈북 브로커들의 활동은 오래갈 수 없는 것이었다. 아니 성립조차 불가능한 것이었다. 왜냐하면 탈북 브로커들은 탈북 인권단체와는 달리 자선 사업가들이 아니었기 때문이었다.[26]

탈북 도우미를 파렴치한으로 생각하는 부정적인 인식은 사정을 모르는 사람들의 이야기이지 실상 탈북 도우미 일이란 매우 열악해서 거의 자선사업 수준에 지나지 않는다는 지적이다. 이 작품에서 현수는 재중탈북자들을 몽골 국경 근처까지 데리고 가서 국경을 건널 수 있도록 도와주는 가이드 역할을 담당하고 있다. 탈북 도우미 조직은 교회나 인권단체와 같이 경비를 지원하는 재정 공급원, 탈북자를 모집하여 인권단체와 가이드에게 연결해주는 브로커, 재중탈북자들의 월경 과정을 인도하는 가이드 등으로 철저히 역할을 분담하여 조직과 루트에 관한 비밀을 유지한다. 가이드도 이동 과정에서의 안전을 담보하기 위해 재중탈북자들을 제삼국 국경 인근까지, 제삼국에서 비교적 안전한 태국 국경까지, 태국 국경에서 태국 대사관까지 하는 식으로 각각의 지역의 이동을 담당하는 가이드로 나누고, 필요한 경우 해당 지역의 현지인에게 가이드를 맡기는 것이 일반적이다.[27]

브로커들이 모집한 재중탈북자들이 이동에 적절할 정도의 수가 될 때

---

26 「철조망과 코스모스」, 194~195쪽.

27 박명규 외, 『노스 코리안 디아스포라』, 서울대학교 통일평화연구원, 2011, 105~106쪽.

까지 이들은 안전가옥에서 생활하다가[28] 일정 인원이 되면 제삼국 국경으로 이동하여 월경하게 된다. 그렇다면 안전가옥에서의 생활비, 이동 과정에서의 경비 등을 계상하면 실제 그들이 월경하기까지 필요한 경비가 만만하지 않을 것이다. 2009년 초반을 기준으로 탈북자 1인당 선불인 경우 250만 원을 자불하고, 후불인 경우에는 400만 원의 현금차용증을 쓰는 것이 일반적이었다. 재중탈북자들이 지급하는 경비는 브로커가 250만 원을 받아서 본인이 100만 원을 취하고, 150만 원 정도를 가이드에게 지급하는 것이 공정거래가에 해당하고, 이중 중국 가이드가 20만 원을 취하고 30만 원은 중국 내 이동 경비로 쓰고 제삼국 측 가이드에게 100만 원 정도를 지급하며, 그는 거기서 일부를 취하고 일부를 경비로 쓴 뒤 태국 측 가이드에게 넘겨주었다 한다.[29] 경비와 경비의 분배 구조가 이와 같은데 재중탈북자의 월경과 한국행의 성공률이 그리 높지 않고, 한국행에 성공한 탈북이주민들 중에서 계약된 후불금을 갚지 않는 경우도 없지 않고 보면 탈북 도우미 활동이란 돈벌이로 존재하기는 어려운 현실이라는 인용 부분은 탈북 도우미의 현실에 대한 정확한 인식을 보여준다. 이런 점에서 탈북 도우미 활동은 교회나 인권단체의 경제적 지원이 없이는 불가능한 일임을 짐작할 수 있다.

중국으로 오기 전, 그(김이영)에게 인사하기 위해 그의 집에 들렀

---

28 브로커와 연결되어 한국행을 결심한 재중탈북자들이 안전가옥에 모여 생활하는 모습은 윤정은 『오래된 약속』, 109~194쪽, 『큰돈과 콘돔』, 111~134쪽에 상세히 서술되어 있다.

29 박명규 외, 앞의 책, 107쪽.

제1부 탈북이주민의 소설화

을 때였다. 김이영의 아내도 옆에 있었다. 두 사람은 두 아이를 키우면서 맞벌이하며 번 돈을 내놓았다. 큰돈을 내놓은 게 이번이 처음이 아닌 걸로 알고 있다. 사람을 살리는 데 쓰는 돈이라고 하니 아무 말 하지 않고 남편의 뜻을 따랐겠지만 적지 않은 액수의 돈을 매번 내놓는 게 집안 살림을 꾸려가는 입장에서 왜 부담스럽지 않겠는가. 주변에서 들은 바로는 김이영의 아내는 김이영이 위험한 일에 너무 깊숙이 관여하는 통에 잠도 제대로 못 잔다는 소리가 있었다. 아내의 걱정에도 불구하고 김이영은 매번 돈을 선뜻 내놓았고, 중국을 자주 드나들었다. 김이영은 돈을 주면서 마치 아내더러 들으란 듯이 "우리 친구들 중에 내가 형편이 가장 좋으니까"라고 말했다. 그리고 이 팀의 원칙이 활동비는 각자 알아서 마련하는 것이라고 설명했다.[30]

  탈북 활동가 조직의 인력을 보충하는 자리에서 자발적으로 탈북 도우미 조직에 참가한 가영이라는 여성이 북경으로 가서 중국에서 활동하고 있는 조직원들을 만나 한국에서 준 자금을 전달하면서 김이영과의 만남을 떠올리는 이 장면은 탈북 활동가들의 헌신적인 모습을 잘 보여준다. 김이영은 재중탈북자들을 구하기 위해 탈북 활동가로 나서 자주 중국을 왕래하면서도 활동 경비를 마련하기 위하여 한국에서 학원 강사를 하고 아내 역시 직장 생활을 하며 어렵게 벌어 아끼고 아껴 모은 적지 않은 액수의 돈을 조직에서 필요로 할 때마다 선뜻 내어놓는다. 김이영의 아내 역시 남편이 위험한 일에 너무 깊이 관여하여 신변에 위험이 닥치지 않을까 불안을 느끼면서도 남편의 잦은 활동비 지원 요청에 별 불만을 보이지 않는다.

30「오래된 약속」, 209~210쪽.

이는 탈북 활동가들의 희생과 헌신을 강조하기 위한 소설적 장치이겠지만 사실성은 상당히 떨어진다. 더욱이 이들 탈북 활동가 조직의 원칙이 활동비는 자비로 한다는 것은 탈북 도우미 활동을 너무 신비화한 것이라는 비판이 가능할 것이다.

이 작품에서 탈북 도우미들은 재중탈북자들에게 천사와 같은 존재로 등장한다. 만금은 북한에서 노동 영웅 칭호까지 얻은 인물이었으나 고난의 행군 시기에 기아를 극복하기 위해 먹을 것을 구하러 간 딸과 헤어져 아사지경에 이르렀을 때 탈북 브로커의 눈에 띄어 자신의 의사와 상관없이 탈북하였다. 또 단지 동포라는 이유만으로 그들의 도움을 받아 월경한 중국에서 안전한 삶을 누리고, 그들의 권유로 동북 지방에서 출발하여 북경 아파트에서 지내다 상해를 거쳐 남동 국경 지방을 지나 태국으로 월경한 뒤 한국에 입국한다. 만금은 탈북 과정에서 딸 나이인 탈북 도우미 가영, 아영 등과 인간적인 관계를 맺고 그들의 진심 어린 활동에 고마워한다. 오로지 고통을 받는 동포라는 이유만으로 아무런 조건 없이 만금과 같은 탈북자와 인간적 교감을 나누고 고난을 함께하고 삶과 희망의 길을 열어주는 이들 탈북 도우미의 모습은 소설이기는 하나 너무나 비현실적이다.

더욱이 동북 지방에서 브로커를 만나 북경으로 이동한 만금은 안전가옥인 아파트에서 열두 명의 탈북자들과 만나 상당 기간 함께 생활하다가 상해를 거쳐 남동 지방까지 기차로 이동한다. 두 명의 탈북 도우미와 열세 명의 탈북자들이 아파트에서 장기간을 지내는 데 필요한 생활비와 동북 지방에서 북경과 상해를 거쳐 남동 지방까지의 교통비, 이동 중 민박집에서 자고 매끼 식사하고 아주 가끔 갖는 별식에 소요되는 숙식비 등 엄청난 탈북 경비[31]를 누구의 도움도 없이 자신들이 마련한 돈으로 충당한다는 것은 거의 불가능에 가깝다. 그것도 가영처럼 부족한 인력을 메우기 위해 한시적으로 참여하는 것이 아니라 여러 번 중국으로 건너가 탈북 도우미 활동을 지속한다는 것은 재중탈북자의 비인간적인 현실을 돕기 위해 자발적으로 뛰어들었다고 하더라도 탈북 도우미의 현실과는 너무나 동떨어져 있다는 지적이 가능하다.

구명조끼를 준비해서 이동할 겁니다. 저와 나영은 곧 한국으로 들어갑니다. 한국에서 필요한 물품들을 챙겨서 여러분이 건너갈 A국가로 갑니다. 그곳에서 버스, 갈아입을 옷들을 준비해서 맞은편 국경에서 기다릴 겁니다. 그리고 제가 밧줄을 몸에 묶고 헤엄을 쳐서 중국 쪽 국경으로 넘어갈 겁니다. 거기에 나무가 한 그루 있습니다. 거기에 밧줄을 매어놓으면 여러분은 구명조끼를 입고, 그 밧줄을 잡고 강을 건너게 될 겁니다. 물살이 무척 센 곳이기 때문에 밧줄을 놓치면 어디까지 떠내려갈지 아무도 모릅니다. 밤이라 찾을 수도 없습니다. 그리고 국경수비대가 한 번씩 순찰을 돌기 때문에 밧줄을 놓치는 사람은 장담할 수 없어요. 그렇게 모두가 강을 건너면 제가 마지막으로 강을 건널 거예요. 저와 나영은 저쪽 A국가에 가서 기다릴 테니, 여러분은 가영과 아영의 인솔 하에 중국 쪽 국경으로 이동해서 우리가 약속한 지점에, 정확한 시간에 도착해야 합니다. 이상 끝. 더 이상 질문은 하지 마십시오. 어느 나라냐고 묻지도 마세요. 그냥 가영이 인솔하는 대로 잘 따라 주시면 됩니다. 이제 운명은 하늘에 맡기고 움

---

31 탈북 브로커들은 2005년을 기준으로 옌지에서 태국까지의 숙식비용, 안전비용, 교통비용, 국경 통과 비용, 현지 브로커 비용에 방콕까지의 안전루트 확보를 위해 쓴 비용까지 합치면 탈북자 한 사람당 한화로 200만 원 이상 든다고 이야기하고 있다. 한영진, 앞의 글, 20쪽.

직일 겁니다.[32]

　중국에서 제삼국으로 월경하기 위한 마지막 기착지였던 상해에서 목
적지인 남동 지역으로 이동하기 전날 탈북 과정 전체를 총괄하는 김일
영이 가이드들과 탈북자를 모아놓고 이후 일정을 알려주는 인용 부분
에는 중국에서 제삼국으로 월경하는 과정이 상세하게 이야기되고 있
다. 김일영은 나영과 함께 한국으로 건너가 월경에 필요한 준비를 해서
제삼국으로 입국하여 월경 장소로 찾아가서 목숨을 걸고 강을 건너 밧
줄을 묶고, 가이드 이영을 따라온 탈북자 전원을 밧줄을 붙들고 건너가
게 한 후 자신은 마지막으로 강을 건너 가능한 한 전원이 안전하게 월
경하도록 하겠다는 것이다. 이렇듯 탈북 도우미 몇 사람은 한국을 거
쳐 제삼국으로 건너가 국경 지역의 약속된 지점에서 기다리고, 몇 사람
은 탈북자들을 인솔해 약속된 장소에서 만나 인계하여 국경을 건너게
한다는 설정은 탈북 도우미들의 헌신적이고 영웅적인 모습을 보여주는
데에는 매우 효과적이다.

　인권운동가나 선교사와 같은 탈북 활동가들이 제삼국으로의 월경 루
트를 개척하던 초기에는 그들이 직접 목숨을 걸고 국경을 넘었다고 한
다. 그러나 적지 않은 탈북자들이 제삼국으로 월경하는 과정에서 그들
과 동행하는 경우에는 가이드가 다시 중국으로 돌아와야 하고, 국경수
비대에 체포·수감되어 탈북 도우미 조직과 탈북 루트가 노출될 수 있
다. 더욱이 한국과 제삼국을 거치는 가이드의 여정과 중국을 가로지르

---

32 『오래된 약속』, 250쪽.

　　　　　　　　　　　　　　　　　제1부 탈북이주민의 소설화

는 탈북자들의 여정이 일치하지 않아 무선도 제대로 연결되지 않는 국경의 비밀 장소에서 접선을 한다는 것은 매우 위험한 일이다. 앞에서 살핀 대로 제삼국으로의 월경은 가이드가 국경과 가까운 지역까지 함께 이동하고, 국경을 건너는 위험은 탈북자 스스로 해결하기도 하나 대체로 국경 지역의 취약 루트를 잘 알고 있는 현지인 협조자들의 도움을 받게 된다.

앞의 인용 부분에서 보여주는 탈북 도우미들이 목숨을 담보하고 탈북자들을 제삼국으로 건너가게 해준다는 스토리 설정은 탈북 활동가들의 위험한 삶과 이타적이고 헌신적인 희생을 구체화하기 위한 서사적 장치이기는 하겠으나 탈북 도우미의 현실과 활동을 너무나 이상적으로 왜곡하고 있다는 지적이 가능하다. 이러한 탈북 도우미의 활동에 대한 무리한 설정은 이 작품의 전체에 산재한다. 안전가옥에서 탈북자들이 갖는 사소한 불만, 국경으로의 이동 과정에서 탈북자들의 무리한 부탁, 기차 안에서 벌어진 탈북자의 성추행, 북한 대사관을 찾아가 자신들의 상황을 알리겠다는 협박, 자존심이 상했다는 이유로 국경을 건너자마자 가이드들을 모두 죽이겠다는 위협 등을 모두 수용하고 타협하고 해결하면서 정해진 장소까지 이동하여 김일영에게 탈북자들을 인계한 뒤, 그들이 일영을 따라 월경에 성공한 것을 확인하고 나서야 돌아오는 아영의 모습 등은 탈북 도우미의 영웅적인 모습을 보여준다. 그러나 이 작품에 등장하는 탈북 도우미들 모두 이와 같이 인간적인 고민이나 한계를 초월한 존재로 그려진 것은 현실성을 약화시키고 소설적 긴장감을 떨어뜨리는 결과를 빚고 있다.

4. 결론

탈북이주민 제재 소설에서 탈북 도우미는 '활동가(인권운동가)/브로커(범죄자)'로 양가성을 드러낸다. 일반적으로 탈북 도우미는 탈북자를 괴롭히고 그들의 돈을 갈취하는 탐욕스러운 인물, 또는 인권 사각지대에 놓인 탈북자의 한국행을 돕는 헌신적인 존재로 형상화된다. 탈북이주민 제재 소설에서 탈북 도우미에 대한 시각이 극단적인 양가성을 보이는 것은 작가들에게 이 제재는 체험의 서사화가 불가능하다는 데 기인한다.[33] 탈북이주민들이 북한을 떠나 한국에 이르기까지 겪은 최소한 두 번의 월경은 당사자가 아니라면 상상도 불가능한 극한의 체험이다. 삶과 죽음을 넘나드는 월경을 직접 체험할 수 없는 작가들은 탈북이주민이나 탈북 도우미로 활동한 선교사나 활동가의 수기와 기자들의 취재 기사를 통해 저간의 사실에 접근할 수밖에 없다. 그러나 이들 수기나 기사는 재중탈북자의 한국 입국이라는 동일한 사안에 대해 자신의 처지에 따라 전혀 다른 관점을 드러내기 때문에 체험이 부재한 작가들이 이들 자료를 접할 경우 탈북자와 탈북 도우미들의 현실에 대해 편파적인 시선을 갖게 되기 쉽다. 이를 극복하기 위해서는 작가들이 탈북 도우미를 제재로 선택할 때 객관적 입장에서 가능한 다양한 자료를 접하여 탈북자와 탈북 도우미들의 실상을 온전히 파악하는 노력이 선행

---

33 탈북이주민 제재 소설에서 탈북 도우미는 대부분 부수적 인물로 등장한다는 점에서 탈북 도우미가 극단적인 양가성을 띠는 것은 주제 전달을 위한 소설적 장치로 판단할 수 있다. 그러나 탈북 과정에서 그들이 미친 영향이 탈북이주민의 삶에 미치는 영향을 생각하면 양가성을 소설적 장치로 이해하기에는 어려움이 따른다.

　　　　　　　　　　　　　　　　　　제1부 탈북이주민의 소설화

되어야 할 것이다.

탈북이주민 제재 소설에서 재중탈북자의 한국행이나 탈북 도우미의 활동을 다루면서 한국정부의 탈북자 나아가 인권 문제의 처리에 대한 무관심을 비판하는 경우가 적지 않다.[34] 한국 헌법에 따르면 북한은 한국의 영토이고 북한인은 엄연히 한국 국민이므로 한국 정부는 탈북자들이 당하는 인권 침해와 고통을 자국민이 당한 피해로 인식하고 직접 나서서 적극적으로 해결해주어야 한다는 것이다. 그러나 한국 정부는 탈북자 문제에 대해서는 어느 정부에서나 소위 '조용한 외교'로 접근하여 중국 정부와의 마찰을 최소화하고, 제삼국으로 건너온 탈북자들은 조용히 입국시키는 것을 원칙으로 하여 일정한 성과를 거두어왔다.[35] 또 한국 정부나 국제 인권단체에서는 중국 정부가 나서서 재중탈북자들을 난민 지위로 인정해줄 것을 강력히 요구하고 있지만, 중국 정부는 재중탈북자들이 밀입국한 불법체류자이므로 단속을 통해 적발하여 북한으로 강제 송환시켜야 하며, 탈북자 처리 문제는 북한과 중국의 외교 문제이기에 한국이나 국제사회가 개입할 문제가 아니라는 일관된 대응 태도를 보이고 있다.[36] 실제로 탈북자는 국내법상 한국 국민이니 중국

---

34 이호림의 『이매, 길을 묻다』에 실린 열 편의 단편소설은 탈북자와 관련한 한국 정부의 소극적인 대응을 강력히 비판하고 있다. 이외에도 탈북자들의 제삼국으로의 월경을 다루는 경우 한국 정부의 탈북자 문제에 대한 무관심이나 소극적 대응에 비판적 시각을 드러낸다.

35 '조용한 외교'의 특징은 고성준 · 고경민 · 김일기, 「재중탈북자 문제와 한국 정부의 정책」, 『한국동북아논총』 67, 2013.6, 254~255쪽 참조. 또 '조용한 외교'의 외교 전략적 의의는 정기웅, 앞의 글, 305~306쪽 참조.

36 고성준 · 고경민 · 김일기, 앞의 글, 250쪽.

정부에 법적 권리를 요구해야 한다는 주장이 가능하지만, 국제법상으로 탈북자는 엄연한 북한 국민이고 중국과 북한은 수교 국가이기에 양국 사이의 외교적 관계에 대해 한국정부가 적극적인 외교적 공세를 펴기 어렵다. 탈북자 문제에 대한 이러한 법적 현실을 생각하면 탈북이주민 제재 소설에서 탈북자의 인권과 밀접하게 관련된 탈북 도우미를 어떠한 관점으로 접근하여 어떻게 제제로 설정할 것인가에 대한 진지한 고민이 요구된다.

중국 정부가 재중탈북자의 한국행을 지원하는 행위를 반국가·반체제 활동으로 규정하여 탈북 도우미들에 대해 구속 수감과 영구 추방을 원칙으로 하는 강력한 정책을 펴더라도, 한국행을 희망하는 재중탈북자들이 존재하는 한 탈북 도우미는 없어서는 안 되는 필요악이 된다. 탈북 도우미들의 존재와 활동 방식이 양가성을 지니기에 탈북이주민 제재 소설에 등장하는 탈북 도우미에 대한 서술이나 평가는 양가적일 수밖에 없다. 그러나 탈북 도우미들의 존재와 그들의 활동은 단순히 핍박받는 동포를 구출해야 한다는 동포애의 범주를 지나 법적·외교적인 문제이며 난민 문제와 본원적인 인권 문제까지 복잡하게 얽힌 세계사적 문제이다. 이에 대한 진지한 고민을 바탕으로 소설적 해결 방안을 모색하는 일은 탈북 이주민 제재 소설이 짊어져야 할 중차대한 주제라 하겠다.

탈북이주민의 한국 사회 부적응 양상

1. 서론

1990년대 중반 자연재해에 따른 경제적 불안으로 북한 정부가 소위 '고난의 행군'을 선포한 후 기아를 면하기 위한 탈북이 급증하였다. 탈북자들 중 상당수가 다양한 루트를 통해 한국으로 입국하자 한국 사회에서는 탈북이주민[1]에 대한 관심이 비등하여 사회학적 연구가 본격화되었고, 작가들도 북한에서 한국에까지 이르는 탈북이주민들의 삶을 소설화하기 시작하였다. 탈북자 출신 작가들은 자신의 북한 내에서의 체험을 바탕으로 많은 작품들을 창작한 바 있고,[2] 한국 작가들도 탈북이주민들의 북한에서의 고통스러운 삶, 탈북 과정에서의 불안과 공포, 중

---

1 본고에서는 탈북해서 한국에 입국한 동포들을 탈북이주민이라 지칭한다. 이 책 2부 1장 「탈북이주민에 관한 소설적 대응」의 각주 2) 참조.

2 탈북이주민 작가들이 쓴 탈북이주민 제재 소설의 현황은 권세영, 「북한이탈주민 형상화 소설 연구」(『통일부 신진연구논문집』, 2012)에 상론된 바 있다.

국에서의 비인간적인 경험, 중국에서 주변국으로의 위험한 월경, 한국 사회에의 정착과 적응 등 그들의 삶 전반을 소설화하고 있다.[3] 탈북이주민들의 삶의 여정에 대한 소설적 관심이 늘어나면서 탈북이주민들의 현실적인 삶과 내면의 아픔 등에 대한 내밀한 접근도 이루어지고 있다.

탈북이주민들이 북한에서 겪은 기아 체험과 탈북 이후 최종 이주국에 정착하기까지의 힘든 여정은 휴머니즘적인 관심의 표적이 될 만한 것이어서 많은 탈북이주민 제재 소설에 공통으로 다루어진다. 또 많은 연구자들이 이들 작품을 다루면서 북한에서의 삶, 탈북 과정, 중국에서의 생활 그리고 이주국 정착 과정 등 탈북이주민들이 겪는 고난에 커다란 의미를 부여하는 것은 인간 존중이라는 면에서 일정한 의미를 지닌다. 그러나 탈북이주민들이 탈북 이후 겪는 고통과 위험은 그들이 북한에서 중국으로 비법월경하여 공민 신분을 잃는 순간 이미 예정된 일이다. 언어가 통하지 않는 타국에서 공민 신분이 없이 살아가는 일은, 아무런 보호 장치 없이 위험에 던져진 것처럼, 탈북이주민이 아니더라도 누구나 고통과 위험에 노출될 수밖에 없다. 더욱이 탈북이주민들이 탈북 이후 겪은 고통스러운 체험은 그 자체로서 엄청난 것이었을지라도 그것이 한국인의 삶에 별 영향이 없는 개인적인 사건으로 치환되기 때문에 소재 차원에서 흥미롭기는 하나 탈북이주민 제재 소설의 핵심 제재로 자리하기에는 한계가 있다.[4]

---

3 한국 작가가 발표한 탈북이주민 제재 소설의 현황과 양상 등은 이 책 1부 1장 「탈북이주민에 관한 소설적 대응」에 상론되어 있다.

4 탈북이주민의 북한과 중국에서의 삶과 월경 과정 등을 제재로 한 탈북이주민 작가나 한국 작가의 소설이 수기와 비슷한 느낌으로 다가오는 건 이러한 이유 때문일 것이다.

탈북이주민들은 최종적으로 공민 신분을 주는 한국에 입국하거나 난민 신분을 획득할 수 있는 미국이나 유럽 지역의 국가로 건너가고자 한다. 공민 신분의 상실에 따른 시련과 고통을 체험한 그들은 제도적 보호 속에서 새로운 삶을 설계하려는 것이다. 그러나 탈북이주민의 대부분이 최종적으로 안착하게 되는 한국의 현실은 그들이 기대했던 것과는 너무나 달라서 대한민국 국민이라는 신분을 획득하고도 한국 사회에 주체적으로 참여하지 못하는 경우가 적지 않다. 탈북이주민들이 한국 사회에 적응하지 못하는 이유는 북한과 남한의 체제상의 차이, 북한에서의 경력 불인정, 탈북이주민에 대한 한국인들의 차별과 같은 외적인 요인과 탈북과 한국 이주 과정에서 경험한 정신적 외상, 가족 해체, 교육 기회의 상실과 같은 내적인 요인 등이 지적된다.

　　본고는 한국 작가들의 탈북이주민 제재 소설에 그려져 있는 탈북이주민들의 한국 사회에의 부적응 양상을 살피고, 그 의미를 해석하는 데 목적이 있다. 현재 출간되어 있는 탈북이주민 제재 소설 중에서 한국 사회에 적응하는 과정이 다루어진 작품으로 권리의 『왼손잡이 미스터리』, 이대환의 『큰돈과 콘돔』, 정도상의 『찔레꽃』에 실린 단편소설 「찔레꽃」, 강희진의 『유령』과 『포피』, 박덕규의 『함께 있어도 외로움에 떠는 사람들』 등이 있다.[5] 본고에서는 이 중에서 탈북이주민들의 한국 사회 부적응 양상을 다양하고 구체적으로 보여주는 강희진의 『유령』(은행

5　『길 없는 사람들』, 『이매, 길을 묻다』, 『남은 사람들』, 『소소한 풍경』 등에는 한국에 입국한 탈북이주민의 삶이 간단하게 또는 에피소드로 등장한다. 이외에 『바리데기』, 『로기완을 만났다』에는 제삼국에서의 삶이 그려지고, 『리나』, 『탈북 여대생』, 『오래된 약속』 등에는 한국 입국 이후의 삶을 다루지 않고 있다.

나무, 2011)과 권리의 『왼손잡이 미스터 리』(문학수첩, 2007)를 대상[6]으로 정신적 외상에 시달리며 주체적으로 한국 사회에 참여하지 못하고 있는 탈북이주민들의 고단한 삶과 한국 사회 부적응 양상이 어떻게 그려지고 있는가를 살피고자 한다. 이들 작품에 등장한 탈북이주민의 한국 사회 부적응 양상은 그들이 가지고 있는 아픔의 근원이자 실상이라는 점에서 탈북이주민의 문제를 새롭게 인식하게 하는 계기가 될 수 있을 것이다.

2. 고통의 기억과 정신적 외상

『유령』의 주인공인 주철은 막노동, 술집 삐끼, 포르노 배우 등 돈이 된다면 어떤 일이든 닥치는 대로 하면서 살아간다. 주철은 탈북 후, 자신보다 먼저 탈북한 어머니를 찾아 또 풍요로운 삶을 위해 한국에 입국하였지만 다른 탈북이주민들과 마찬가지로 한국 사회에 제대로 적응하지 못하고, 탈북이주민들이 모여 사는 동네에서 하루하루 힘든 삶을 영위하고 있다. 그는 고단하기 이를 데 없는 현실을 살아가면서 수시로 악몽에 시달린다.

> "어마니요!"
> 나는 놀라 입을 벌렸다. 전혀 변하지 않은 모습. 가족사진 속의 얼굴 그대로다. 어머니를 찾아 남한으로 내려갔는데, 그녀는 북조선 집에 있었다. 그녀가 나를 하림이라고 불렀다. 아들이 남으로 내려가

---

6 이하 작품 인용은 『작품명』, 쪽수로 밝힌다.

이름을 바꾼 줄 아는 모양이었다. 어머니는 밖으로 나오려다가 바닥에 주저앉았다. 부엌 바닥은 온통 쌀이었다. 어머니는 쌀 속에 빠졌다. 나는 안으로 뛰어 들어가 그녀를 붙잡았다. 그러자 나도 덩달아 쌀 속으로 빠져들었다. 이때 문이 열린다. 아버지와 동생이 쌀자루하나씩을 들고 마당으로 들어섰다. 두 사람 역시 엄마와 마찬가지로 나이를 먹지 않았다.

"형이다! 여기 어머니도 있다!"

나는 반가워 동생을 불렀다, 놀란 동생이 뒷걸음질 친다. 아버지는 들고 있던 쌀자루를 마당에 떨어뜨렸다. 동생은 쌀자루를 들고 마당을 뛰어갔다. 아버지도 뒤를 따른다.

"주한아! 형이다!"

나는 소리를 질렀다. 이제야 그의 이름이 떠올랐다. 뒤따라 나가려고 다리를 움직였다. 하지만 꼼짝하지 않았다. 자꾸 밑으로 빠져들었다. 그사이 어머니도 어디로 갔는지 사라졌다. 마당에는 '대한민국'이라고 적힌 쌀자루가 흩어져 있었다. 내가 보낸 쌀이다.[7]

주철은 북한에 남은 가족이 기아를 면하도록 돈을 보내고, 동생을 기획 탈북시키기 위해 백방으로 노력하며, 조선족을 통해 동생과 음성 메시지로 연락하기도 한다. 그러나 그는 기아에 시달리는 가족을 버리고 탈북하였다는 죄책감 때문에 수시로 고향집에서 가난에 찌든 가족을 만나는 악몽에 시달린다. 공화국을 배반할 수는 없다는 아버지의 반대를 무릅쓰고 한국으로 건너온 그에게 가족은 지울 수 없는 아픔으로 존재할 수밖에 없다. 그것은 고향에 대한 그리움이자 기아에 허덕이고 있을 두고 온 가족에 대한 죄책감의 발로이기도 하다. 아버지가 지병으로

7 『유령』, 83~84쪽.

죽고, 혼자 남은 동생을 한국으로 데려오기 위해 애쓰는 중에도 주철은 고향에서 부모님과 동생을 만나는 악몽에 시달린다. 가족을 버리고 탈북한 일이 정신적 외상이 되어 악몽으로 반복되는 것이다. 그의 악몽 속에는 늘 허물어져가는 고향집과 하나도 변하지 않은 가족들 그리고 먹을 것들이 등장하여 탈북이주민들의 무의식 속에 자리한 강박의 실체를 짐작하게 해준다.

조국을 등지고 한국으로 건너온 탈북이주민들에게 북한에서의 기억은 부정적으로 존재하지만 그들은 그곳에서의 기억으로부터 완전히 자유로울 수는 없다. 그들은 혼자서 또는 탈북이주민을 만나 북한의 기억을 떠올리고, 북한에서 부르던 찬양가나 혁명가를 부르고, 북한에서 총화를 하던 일을 기억해내기도 한다. 『유령』에 등장하는 많은 탈북이주민들이 수시로 북한 노래를 부르는 모습이나 북에서 경험했던 일들을 함께 회상하는 모습은 탈북이주민들의 의식의 일단을 보여준다. 그들이 억지로 잊으려 해도 오랜 기간 살아온 삶의 형식으로부터 자유로울 수는 없는 일이어서 북한에서의 체험은 의식의 저변에 자리하여 한국에서 접하는 새로운 일들을 북한에서의 경험과 관련짓게 한다. 또 고난의 행군 시기의 몸서리쳤던 기아와 아사한 주변 사람들을 보았던 기억과 교화소나 수용소에서 겪은 비인간적인 고통들이 정신적 외상으로 남아 한국에서의 삶을 더욱 힘들게 한다.[8]

주철에게는 탈북 이후 중국에서의 경험들도 커다란 정신적 외상으로

---

8 『왼손잡이 미스터 리』에서 리지혁이 일차 탈북 후 입북했다가 체포되어 수용소에서 겪은 고통스러운 기억은 의식과 무의식에서 강박으로 작용하여 한국 입국 이후의 삶이 황폐해지는 중요한 이유로 작용한다.

남아 있다. 주철은 목숨을 걸고 탈북한 후 중국에서 만난 한국인 선교사들의 도움을 받게 되고, 거기서 하림이라는 동년배 탈북이주민을 만나 절친한 사이로 의지하고 지내게 된다. 선교사들의 도움으로 교회에 다니고 중국어를 배우는 비교적 안정된 삶을 살아가던 그들은 하림이 비역질로 용돈을 벌고 다닌다는 이유로 교회에서 버림을 받게 된다. 교회의 도움이 끊어진 상태에서 주철과 하림은 4, 5년간 동냥과 절도로 연명하며 지냈다.

> 어떤 날은, 아침에 깨어나지 않길 바라면서 눈을 감았다. 제발 오늘이 지상에서 마지막 보내는 날이길 기대하면서 잠 속으로 빠져들었다. 친구가 죽던 날도 마찬가지였다. 우리는 남조선 사람이 운영하는 가게에서 훔쳐온 술을 마시고 자리에 누웠다. 놈은 몸을 떨었다. 추운 모양이었다. 나는 그를 껴안았다. 아침에 일어나 놈의 죽음을 확인하고, 옆에 앉아 주먹밥을 입에 쑤셔 넣으면서 살아 있는 자신을 저주했다. 나도 같이 죽었으면 얼마나 좋았을까? 총에 맞으면 고통도 없이 한 방에 이 지겨운 세상도 끝나겠지? 실제로 그런 생각에 시체가 여기저기 흩어져 있는 두만강, 사람만 보면 총을 마구 쏘아 댄다는 국경 경비 초소를 골라 강을 건넌 적도 있었다. 그래도 질긴 목숨이라 살아남아 남조선으로 왔다. 그런데 감히 너 같은 쓰레기가…….[9]

어느 추운 겨울날 아침 하림은 동사했고, 주철은 짐승들이 시체를 훼손할까 두려워 동네에서 삽을 훔쳐 그를 묻어주었다.[10] 탈북 후 혈혈단

---

9 『유령』, 282쪽.

10 『유령』, 220~221쪽.

신으로 중국을 떠돌던 시기에 만나 몇 년간을 함께 떠돌아다니며 동냥을 하며 피붙이처럼 지내던 친구가 동사하고, 도움을 받을 사람이 없어 어린 나이에 자신의 힘으로 파묻은 일은 인간으로서는 견디기 어려운 공포이다. 주철에게 있어 하림과 함께한 고통스러운 삶과 그의 죽음을 보고 느낀 공포는 정신적 외상이 되어 이후 그의 삶에 커다란 영향을 미친다.

하림이 죽은 후 하림으로 이름을 바꾸고 한국으로 입국[11]한 주철에게 하림은 또 다른 자아와 같은 존재로 남게 된다. 가슴 깊은 곳에 정신적 외상으로 자리한 하림의 존재는 삶의 국면마다 주철의 의식에 반복적으로 간여하여 주철의 의식은 자신과 하림의 중간 어디에 존재하는 것처럼 되고 만다. 주철은 수시로 중국에서 있었던 하림과의 기억들을 떠올리고 하림과 대화를 나누며, 무슨 행동을 하거나 어떤 결정을 내리려 할 때도 마음 한쪽에 자리한 하림과 상의한다. 주철과 하림이라는 두 개의 자아를 가지고 힘들게 살아가는 주철의 모습은 탈북 이후의 비극적이고 충격적인 체험이 상처가 되어 끊임없는 고통으로 작용하는 탈북이주민들의 정신적 외상을 상징적으로 보여준다. 더욱이 주철의 감정이 격해지는 순간에는 내면에 숨어 있던 하림의 의식 즉 고통스러운 외상이 튀어나와 '감히 너 같은 쓰레기가……'와 같은 극단적인 반응을

---

11 탈북이주민들은 북한에 남은 가족의 안전을 걱정해 개명하는 경우가 적지 않다. 『왼손잡이 미스터리』에도 "함북 무산군 보위부에서 만난 강영실이었다. 우리가 가족을 염려해 '지혁'이란 이름을 버리고 '우리'로 살아가듯이, 영실도 '영묘'란 이름으로 살고 있었다. '영묘'는 탈북 도중 죽었다는 영실의 친언니 이름이었다."(『유령』, 108쪽)는 서술이 등장한다. 『유령』에서 주철이 하림으로 이름을 바꾼 이유도 동일한 것으로 이해할 수 있다.

제1부 탈북이주민의 소설화

하게 만든다.

동성애 포르노를 찍겠다는 감독을 만나 배역과 관련한 면담을 한 자리에서 감독은 주철의 연기에 대한 인식의 수준을 비판하고 다음에 기회가 닿으면 연락하겠다고 한다. 배역을 잃고 자신의 포트폴리오를 받아들고 방문을 나서는 순간 감독이 "연기는 열정만으로 되는 게 아닙니다"라는 다소 경멸적인 말을 던지자 갑작스레 주철의 분노가 폭발한다. 문을 다시 밀고 들어가 감독에게 주먹을 날리고 사정없이 두드려 패는 순간 그의 의식 속에 내재해 있던 하림의 존재가 튀어나온다.

> "죽이라니까! 빨리 죽이란 말이야!"
> 친구가 큰 소리로 닦달이었다. 중국을 돌아다닐 때도 뭐가 빨리빨리 안 되면 짜증을 냈다. 흥분해서 그런지 평소의 목소리가 아니다. 뒤로 물러선 감독이 금방이라도 쓰러질 것 같았다. 그를 현관문으로 밀어붙이고 다시 멱살을 거머쥔다. 먼저 말을 못 하게 턱주가리를 깨 버릴 생각이다, 그러면 함부로 아가리를 놀리지 않을 것이다. 북조선 같았으면 이런 변태는 총살이다. 남조선에서 태어났기 때문에 이 정도로 끝내려는 것이다. 감사하며 살아라! 이 좆 간나 새끼야! 나는 눈에 독기를 품고 주먹을 들어올렸다. 한 방에 턱을 날려 버릴 것이다.
> 놈이 문에 붙여 둔 또 다른 거울 속에서 하림이 웃고 있었다. 분명히 하림이었다.[12]

이 장면에서 하림은 주철에게 내재한 폭력성의 다른 이름이다. 이러한 폭력성은 하림과 함께 중국에서 동냥으로 살아가던 시절의 고통

---

12 『유령』, 283~284쪽.

과 얼어 죽은 피붙이 같은 친구의 주검을 보며 느낀 죽음의 공포 그리고 이러한 감당하기 어려운 경험의 결과 주철의 내면 깊숙이 자리 잡게 된 조절하기 어려운 분노와 파괴적 성향이다. 한국에서의 생활에 적응하지 못해 밑바닥 삶을 살아가는 주철이 자신의 삶을 지탱하게 해주는 최소한의 자존감을 건드리는 상황에서 내면에 잠재한 폭력성은 자신이 조절할 수 없는 형태로 폭발한다. 북한에서 연기를 전공했고, 한국에 입국한 후 대학을 다니며 연극도 했고, 함께 연극을 하고 동거도 했던 마리가 유명한 배우가 되어 있지만 자신은 돈 때문에 어쩔 수 없이 포르노 배우 노릇을 해야 하는 주철로서는 연기에 대한 용납할 수 없는 평가를 듣자 분노를 참을 수 없게 된다. 분노가 분출하는 순간 중국에서의 정신적 외상으로 형성된 폭력성은 비정상적으로 폭발하고 그 순간 주철은 하림의 환청을 듣고 환영을 본다. 한국에서의 삶이 부대낄 때마다 가슴속 깊은 곳에서 울림처럼 다가오던 하림의 존재가 갑자기 악마처럼 현현한 것이다.

주철의 내면에 자리 잡은 하림의 존재 그리고 어느 순간 폭발하는 이러한 분노 조절 장애는 탈북 이후 중국을 떠돌며 갖은 고난을 경험하고 목숨을 걸고 국경을 건너 한국에 입국한 탈북이주민들이 가지고 있는 정신적 외상의 한 양상이다. 『유령』에서는 한국 입국 이후 북한에서의 기아 체험과 수용소나 교화소에서 당한 폭력 그리고 탈북 이후 겪은 수많은 고통스러운 일들이 탈북이주민들에게 정신적 외상이 되어 악몽으로 나타나기도 하고 의식과 무의식에 알게 모르게 작용하여 정상적인 삶을 영위하기 어렵게 만들기도 하며 어떤 순간 비정상적인 정서나 행동을 불러일으키는 것으로 그려진다. 이는 탈북이주민들의 마음속에 유령처럼 자리 잡은 이러한 정신적 외상이야말로 그들이 정상적인 삶을 꾸리기 어렵게 한다는 점에서 보다 더 많은 관심을 가지고 바라보고 보듬어주어야 할 아픔이라는 점을 소설적으로 형상화한 것이라 하겠다.

탈북이주민들이 기아를 면하기 위해 목숨을 걸고 탈북하여 한국에 입국하기까지의 모진 고생은 정신적 외상이 되어 현실적 삶을 어렵게 하고 또 가슴속에는 한으로 쌓여 있어 어떤 상황이 촉발되면 갑작스레 폭발한다. 『유령』에서는 탈북이주민들이 모여 사는 동네에 자리한 백석공원에서 시체가 발견되어 주변 상권이 가라앉자 상인들이 중심이 되어 위령제를 지내던 중 찬송가가 울려퍼지자 경태가 울음보를 터뜨리고 탈북 청소년들이 따라 흐느끼자 주철, 인희, 엄지도 따라 울고 회령 아저씨, 정주 아줌마를 비롯한 모든 탈북이주민들이 오열하기 시작한다. 그러고는 북에 두고 온 가족의 이름을 부르며 대성통곡을 하던 그들은 모르는 사이에 북한에서 부르던 〈김일성 장군의 노래〉를 함께 부른다.[13] 이러한 슬픔의 폭발 양상은 탈북이주민들의 이러한 정신적 외상의 한 면모를 잘 보여준다.

탈북이주민들은 가부장적인 북한 사회에서 사회주의 교육을 받아 눈물을 보이는 것을 수치로 알고, 삶과 죽음의 경계를 건너오면서 쌓인 슬픔과 분노는 마음속 깊이 묻어두고 산다. 그러나 어떤 계기에 내면화된 고통과 슬픔이 정점에 이르면 한순간 폭발하여 의식이 통어하고 있던 여러 행동들을 하게 된다. 그들에게 있어 탈북 과정에 따른 고통을 경험하기 이전에 북한에서 이웃들과 함께 부르던 혁명가나 찬양가 등

---

13 『유령』, 129~130쪽.

은 애증의 대상으로 기쁠 때나 슬플 때나 흥얼거리며 위안을 받게 되는 존재이다. 집단적으로 통곡하고 북한에서 부르던 노래를 부르는 것과 같은 탈북이주민들의 행동은 한국에 이주하여 정신적 외상과 씨름하며 살아가고, 기쁠 때나 슬플 때나 온갖 추억이 묻혀 있는 북한에서의 일들을 떠올릴 수밖에 없는 그들의 비극적인 현실과 아픔을 단적으로 보여준다.

3. 한국 사회의 주변을 떠도는 삶

탈북이주민 제재 소설 중에 탈북이주민들이 한국 사회에 적응하지 못하고 방황하는 현실을 다루는 작품들이 적지 않다. 배급경제하에서 생활하던 북한 주민들은 탈북 이후 언어가 통하지 않고 경쟁이 치열한 중국에서 힘든 날들을 보내면서 경제적으로 윤택한 한민족의 나라 한국으로 건너가 경제적 부를 이루려는 꿈을 키운다. 그러나 그들이 한국에 입국하여 하나원에서 사회 적응 교육 프로그램을 수료한 후 약간의 정착금을 손에 쥐고 사회에 던져졌을 때, 그들은 치열한 경쟁의 한국 사회에 적응하지 못하여 깨닫지 못하는 사이에 가난의 수렁으로 빠져들게 된다.

대부분의 탈북자들은 정착금을 흥청망청 날려 버리고 만다. 눈에 뵈는 게 죄다 먹을 것 입을 것 천지인 나라인데 설마 자신들을 굶어 죽이기야 하겠냐는 심정으로 말이다. 탈북자의 상당수가 이북의 변방 출신이라 남한에서 쓴맛을 보기 전까지 여기가 자신들이 살았던 인정 넘치는 촌동네로 착각하고 살아간다. 그러다가 나중에 노숙자

가 되고, 일하지 않으면 끼니조차 제대로 먹을 수 없다는 사실을 알
고 나서야 비로소 정신을 차린다. 자본주의가 어떤 체제인지 온몸으
로 느끼는 것이다. 좋은 집에, 좋은 직장을 줄 거라고 믿고 한국에 들
어왔다가 감쪽같이 사라지는 데는 이유가 있다. 한국에 들어설 때 품
은 희망이 헛된 망상이었다는 것을 아는 데는 그렇게 많은 시간이 필
요하지 않다. 요즘은 탈북자에게 주는 정착금이 얼마 되지 않아 환상
은 더 빨리 깨진다.[14]

탈북이주민인 정주 아줌마의 생각으로 서술되는 이 부분은 탈북이주
민들이 한국 사회에 적응하지 못하고 빈궁으로 빠져드는 이유를 간명
하게 설명해준다. 1990년대 중반 북한에 몰아친 흉년과 그에 따른 북한
경제의 붕괴로 소위 고난의 행군이 시작되어 배급제가 와해되고 궁핍
과 기근으로 아사자가 속출하는 시기에 북한 주민의 탈북이 본격화되
었다. 탈북이주민의 대부분은 함경도나 양강도 같은 중국과의 국경 지
대에 살던 주민[15]들로 아사지경에 내몰리자 살길을 찾아 목숨을 걸고 비
법월경을 하여, 중국에서 불법체류자 신분으로 생활하다가 다양한 루
트로 한국으로 입국하였다.

탈북이주민의 출신 지역의 영향 탓인지 탈북이주민의 극소수만 북한
에서 비교적 전문직에 종사하였을 뿐, 대다수는 단순노무직에 종사하
였기에 한국에 입국한 후 안정적인 직업을 확보하기 어려운 게 현실이

---

14 『유령』, 169쪽.

15 탈북이주민 중 함경북도와 양강도 출신이 전체의 75%에 해당한다는 점은 이러한 사
실을 뒷받침해준다. 통일부, 「북한이탈주민 입국 현황」 참조.

다.[16] 그들이 한국에 입국하여, 하나원에서 직업 훈련을 받기는 하지만 몇 개월 되지 않는 훈련으로 사회에 나와 기술직에 종사할 능력을 갖춘다는 것은 불가능한 일이다. 그 결과 탈북이주민들은 하나원에서 퇴소한지 얼마 되지 않아 한국 사회의 신빈곤층으로 자리하게 된다.[17] 더욱이 한국 사회에서는 북한에서의 경력을 인정하지 않고 또 그들이 북한에서 전문직에 종사하였다 하더라도 탈북에서 한국 입국에 이르는 과정에서 증빙할 서류를 챙기지 못한 경우가 대부분이어서 북한에서의 직업이 한국에서 연속되기 어렵다.

> "기런 생각 말라. 정착금 날렸으면 더 세게 일해서 자력갱생해야지."
> "기러지 않아도 요새 도배일도 하고 장사도 해. 인차 컴퓨터 학원도 다니고, 운전면허도 곧 따야지."
> "꼭대기에서 의사한 경력은 아이 인정된대?"
> "응. 국회, 통일부, 보건복지부에 다 민원 요청했는데 증빙서류만 가져오래. 빨간 주머니는 열심히 싸 갖고 다니면서 가장 중요한 걸 놔두고 오다니. 이 답답함은 이름 못하지."
> 빨간 주머니는 액땜용으로 어머니가 주신 것들이었다.[18]

---

16 한국에 거주하는 탈북이주민 32,000여 명 중 관리직, 군인, 전문직 등에 종사한 사람은 2,300여 명에 지나지 않고, 북한에서 노동자나 무직이었던 사람이 27,000명을 상회한다. 통일부, 위의 자료 참조.

17 탈북이주민의 빈곤화 양상과 원인 등은 윤인진, 「탈북자와 빈곤」(한국도시연구소 편, 『한국사회의 신빈곤』, 한울, 2006) 참조.

18 『왼손잡이 미스터 리』, 110쪽.

리지혁은 평양에서 근무하던 소위 잘 나가는 의사였으나 대수롭지 않은 일로 함경도 지방으로 쫓겨난 뒤, 탈북을 준비하면서 무엇보다 안전한 탈북과 한국 입국을 위해 액막이용 미신 주머니는 들고 나오면서도 자신의 신분을 증명할 의사 증명서는 가지고 나오지 않았다. 이는 탈북 과정에서 신분이 노출되는 위험을 배제하려는 의도였지만, 한국에 입국한 후 자신이 북한에서 의사였다는 사실을 증명할 길이 없어져 후회막급이다. 평양에서 당 간부를 상대하던 유능한 의사였음을 증명할 수 없는 지혁은 어쩔 수 없이 막노동과 노점상으로 어려운 삶을 유지해 간다. 한국 사회가 북한에서의 경력을 인정하지 않는 현실은 탈북이주민의 삶에 대한 의욕을 꺾어 현실에 적응하지 못하게 하는 원인이 된다. 탈북이주민의 현실이 이러하지만 그들은 북한에 있는 가족의 생계를 위해 또는 가족을 기획 탈북시키기 위하여 목돈이 필요해지기도 한다. 이런 경우 그들은 어쩔 수 없이 도박에 빠지거나 윤락을 하거나 신체 매매의 유혹에 빠져들고,[19] 그 결과 그들의 삶은 더욱더 나락으로 떨어지게 된다.

탈북이주민이 한국 사회에 적응하지 못하는 원인으로 궁핍과 그에 따른 자존감의 상실도 지적해볼 수 있겠지만 한국인들이 가지고 있는 탈북이주민에 대한 왜곡된 시선과 차별도 중요한 요인이 된다.

---

19 『왼손잡이 미스터 리』의 지혁은 게임 도박에 손을 대고, 『유령』에서 엄지는 대딸방 여종업원이, 인희는 포르노 배우가 되고, 노래방 도우미를 하는 『찔레꽃』의 충심은 매춘을 한다. 『유령』의 주철은 도박 게임, 술집 삐끼, 포르노 배우 등 돈이 된다면 무슨 일이든 하다가 급기야 신체 매매단의 돈을 써서 협박을 받기도 한다.

"내는 '어떻게 왔냐?'는 말이 제일 무서워. 남들은 날 진심으로 걱정해서 해 주는 말일지 모르지만 내한테는 고향과 가족과 조국을 버리고 어째 발걸음이 떨어졌느냐는 말로 들려서 기분 없어. 여기서 내는 탈북자고 이등인이지, 한국인이 아니야. 처음에는 외국인 대하듯 호기심 갖다가 나중에는 밥그릇 빼앗긴다고 욕한다니까."[20]

　인용한 지혁의 말은 탈북이주민들이 한국인들과 접하면서 그들의 시선에서 느끼는 심정을 여실히 보여준다. 탈북이주민을 만난 한국인들은 북한에서 궁핍한 삶을 살다가 위험하기 이를 데 없는 탈북의 과정과 중국에서의 험난한 삶을 견디고 한국까지 오는 힘든 여정을 어떻게 견디어내었냐는 뜻을 담아 '어떻게 왔느냐'고 물어본다. 그러나 한국인들이 연민의 마음으로 건네는 이 말이 탈북이주민에게는 비수처럼 느껴지기도 한다. 그들은 자신들에 대한 과도한 관심에 어색함을 느끼게 되고, 또 연민의 시선은 더욱 불편하게 느껴진다.[21] 공민 자격을 갖지 못해 위험에 노출되었던 중국에서 한국으로 입국하면서 탈북이주민들은 외모와 언어가 동일한 한국인 사이에서 공민의 자격까지 갖추게 되면 자신의 희망대로 꿈을 이룰 수 있으리라는 기대에 부푼다. 그러나 그들이 한국에 입국해 하나원에서 받은 주민등록증은 뒷자리만으로도 탈북이주민 신분이 드러나고,[22] 자신들의 행동은 배척을 당할 수밖에 없다는

---

20 『왼손잡이 미스터 리』, 111쪽.

21 조선족 작가 금희의 『옥화』 말미에 작중화자가 자신을 비롯한 조선족들이 탈북이주민 옥화가 가진 내면의 아픔에 대해 알지 못하면서 연민의 시선에서 우월적이고 시혜적인 태도를 보여 그녀가 불편해한 것은 아닐까 반성하는 모습을 통해 탈북이주민들이 조선족 또는 한국인들의 시선에서 느끼는 불편함을 잘 보여준다.

22 『왼손잡이 미스터 리』, 109쪽.

사실을 알게 된다. 더욱이 탈북이주민들이 한국에 온지 얼마 되지 않았을 때는 한국인들에게 연민의 대상이었지만 어느 순간에는 일자리를 뺏는 존재로 인식되어 타도의 대상이 되리라는 사실을 인식하면서 한국 사회에 대응하는 자세는 점차 소극적으로 변한다. 정황이 이러하기에 탈북이주민에게는 자신이 탈북이주민임이 드러나는 일이 무엇보다 커다란 부담으로 느낀다.

『유령』에서 포르노 배우 생활을 하는 인희는 한국 입국 직후, 탈북으로 인해 긴 공백이 생긴 학업을 계속할 생각으로 대학에 입학했다. 탈북이주민 신분을 감추고 대학 생활을 즐기면서 공부하던 그녀는 아르바이트로 화가의 모델이 되었다가 육체적인 관계로 발전하였다. 이 사실을 알아차린 화가의 아내가 학교로 인희를 찾아와 학생들 앞에서 탈북한 년이 갈보 짓을 한다는 폭언과 함께 머리채를 쥐어뜯으며 망신을 준다. 그 수모를 그대로 당한 인희는 친구들이 화가와의 관계보다 자신이 탈북이주민이란 데에 더 놀랐다는 사실에 커다란 충격을 받고, 학교를 그만둔다.[23] 자신이 탈북이주민이라는 사실을 안 친구들의 시선이 부담스러웠고, 더 이상 친구들과 전과 같이 편안하게 생활하기 어려워졌던 것이다.

탈북이주 청소년들은 탈북 기간 동안 학교를 다니지 못하다가 한국에 입국한 후 북한에서 다니던 학력을 고려하여 정규 학교에 입학하는 관계로 한국 학생들과의 인적 관계를 제대로 맺지 못해 학교 생활에 많은 어려움을 경험한다. 대부분의 탈북이주 청소년들은 오랜 기간 정규 교

---

23 『유령』, 126쪽.

육을 받지 않았기 때문에 학력이 떨어지고, 북한과 한국의 교육과정이 달라 따라가기가 어려우며, 언어적 차이 특히 한국어에 만연한 외래어를 몰라서 학교 교육 내용을 이해하기 어렵다. 더욱이 탈북이주 청소년들이 학교 생활에 적응하는 데에는 "북한과 다른 교과도 문제지만 남한 아이들보다 나이가 많은 것이 더 문제였다. 나이는 많은데 신체 조건은 열악했다. 문제아가 되어 학교를 그만두지 않으면 이상할 정도"[24]라는 말대로 탈북 후 한국에 입국하기까지의 기간이 길수록 한국 학생들과의 나이 차이가 커진다는 사실은 큰 문제가 된다. 탈북이주 청소년들은 한국 학생들보다 나이는 몇 살씩 많지만 발육 상태가 좋지 않아서 한국 학생들의 놀림감이 되거나 왕따가 되는 경우가 많기 때문이다.

한국 학생들의 차별과 멸시 그리고 그들과의 갈등을 견디다 못한 탈북이주 청소년들은 정규 학교에 적응하지 못하고 학교를 이탈하여 탈북이주 청소년을 대상으로 하는 대안학교로 옮겨 자기들끼리 생활하는 수가 많고,[25] 결국 한국 사회에 적응하지 못하고 탈남하여 제삼국으로 이주하는 경우도 발생한다.

　　"근데 형⋯⋯."
　　그는 목소리를 낮추었다.
　　"용식이도 사라졌어. 경태도 조만간 잠수 탈 모양이야!"

----

24 『유령』, 95쪽.

25 탈북이주 청소년의 한국 사회 부적응에 대해서는 이기영, 『탈북청소년의 남한사회 부적응 문제에 관한 유형분석』(한국청소년개발원, 2001)을 참조할 것. 탈북이주 청소년들의 대안학교 생활에 대해서는 류종훈, 『탈북 그 후, 어떤 코리안』(성안북스, 2014)의 2장에 실제 사례가 소개되어 있다.

"……."

…(중략)…

탈북자들이 사라지는 건 흔한 일이다. 그들이 사라져도 알아채는 사람도 없다.[26]

경태는 탈북 후 중국에서 한국으로 입국하기 위해 제삼국으로 월경하는 도중에 중병에 걸린 여동생을 미국인 의사에게 입양 보냈고 어머니는 정글에서 죽고 말았다. 여동생이 미국으로 입양된 것을 알고 있는 경태는 동생을 만나기 위해 영어를 열심히 공부해 미국으로 이주할 생각만 한다. 이외에도 몇몇 탈북이주 청소년들은 한국 사회에 적응하지 못하여 새로운 나라에서 새로운 삶을 가꾸어보려 한다. 탈북이주민이 제삼국으로 이주하여 사라지는 경우가 적지 않지만 한국 사회에서는 아무도 그것을 인지하지 못한다는 지적은 탈북이주민에 대한 한국 사회의 무관심을 단적으로 보여준다.

한국 사회에 적응하지 못한 탈북이주민들은 미래를 어떻게 설계할지에 대한 고민에 빠진다. 한국 정부에서 제공한 정착금과 임대 아파트를 날려버린 탈북이주민들 앞에는 교회나 자선단체의 도움을 받으며 한국 사회에 남아 빈민으로 살아가는 비교적 안전한 길과 새로운 꿈을 찾아 유럽이나 미주로 건너가 난민 신청을 하여 합법적인 이주를 시도하는 험난한 길이 놓여 있다. 이미 탈북이라는 목숨을 건 모험에 성공해본 탈북이주민들은 탈남이라는 또 한 번의 도박을 시도하려는 생각을 갖기 쉽다. 더욱이 탈북이주민의 탈남 현상에는 한국인 전문 브로커들

---

26 『유령』, 209~210쪽.

이 개입되어 있어 탈북이주민들에게 새로운 유혹이 되고 있는 것이 현실이다.[27] 특히 어린 나이에 탈북하여 한국에 입국하였으나 학교와 사회에 적응하지 못한 탈북이주 청소년들이 탈남을 선택하는 것은 성인들에 비해 더 쉬운 일일 수 있을 것이다. 앞의 인용 부분은 소수자인 탈북이주민이 한국 사회의 무관심과 차별을 견디지 못해 사회에 적응하지 못하고 나아가 탈남을 생각하는 현실을 극복하기 위하여 다수자인 한국인이 어떻게 해야 하는가에 대해 질문을 던지고 있다는 점에서 커다란 의의를 지닌다.

4. 현실 회피를 통한 자기 존재의 망각

탈북이주민들은 하나원에서 퇴소 시 한국 정부에서 지급한 정착금을 단시간에 날리는 경우가 적지 않다.[28] 탈북이주민들은 휘황한 소비 사회인 한국에서 정착금을 탕진하거나, 탈북 브로커에게 약속한 경비를 뜯기거나, 사기꾼들에게 걸려 날려버리는 것이다. 한국 사회에 주체적으로 참여하여 자신의 삶을 꾸려갈 능력이 부족한 탈북이주민들이 한국 정부에서 마련해준 정착금까지 날리고 나면 현실을 회피하여 사회 주변을 떠돌거나 짧은 시간에 돈을 벌어볼 욕심으로 도박에 손을 대게

---

27 류종훈, 앞의 책에서는 한국 사회에 적응하지 못하고 탈남하여 유럽이나 미주에서 난민 또는 불법체류자로 살아가는 탈북이주민을 취재하여 그들의 삶을 상세하게 소개하고 있다.

28 최근에는 탈북이주민들의 정착금 탕진을 막기 위해 정착금을 분할 지급하고 있는바, 이에 대해 탈북이주민들에게는 푼돈 지급으로 정착이 불가능해졌다는 불만이 팽배해 있다.

된다.

> 철이는 우리 주민등록번호를 빌려 여러 게임 사이트에 가입했고
> 수없이 많은 게임 아이템들을 우리의 명의로 사들였다. 하지만 알고 보
> 니 철이가 산 아이템들은 사기꾼 조직이 판 가짜였다. 빚은 세 달 만
> 에 두 배로 불어났다. 우리는 아르바이트가 끝나고 나면 늘 컴퓨터 앞
> 에 앉아 빚을 갚기 위한 게임을 시작했다. …(중략)… 번개라도 맞아
> 제대로 된 삶을 살고 싶었다. 하지만 그가 살고 싶어 했던 제대로 된
> 삶은 게임 캐릭터들이 대신 살아 주었다. 희망을 송두리째 빼앗아간
> 게임 때문에 살아가야 할 희망을 얻게 되다니 지독한 패러독스였다.[29]

위의 인용문은 탈북이주민인 지혁이 게임에 빠져든 이유를 요약적으
로 보여준다. 사기를 당하여 정착금을 날리고 난 뒤 빚이 늘어나 아르바
이트로 번 돈만으로는 일상적인 삶을 겨우 유지할 수밖에 없는 그로서
는 현실의 어려움을 잠시 잊고 시간을 죽이기 위해 컴퓨터 게임을 하고,
다른 방법이 없어서 컴퓨터 게임 도박과 같은 불법적인 방법으로 돈을
벌어볼 생각을 하게 된다. 그러나 아이러니컬하게도 컴퓨터 게임 속에
서 게임 캐릭터를 통해 자신이 살고 싶었던 삶을 간접적으로나마 경험
하게 되면서 점차 현실 바깥의 삶을 살게 해주는 게임에 빠져들게 된다.
『유령』의 주철 역시 현실의 삶이 만족스럽지 못하고 북한에 보내야
할 돈이 급해지자 재미삼아 드나들던 PC방에서 컴퓨터 게임 도박을 한
다. 그리고 남아도는 시간에 리니지 게임을 하다가 '뫼비우스의 띠'라는
혈맹을 만들어 쿠사나기라는 이름의 맹주로 활동하면서 현실에서 꺾여

---

29 『왼손잡이 미스터 리』, 109~110쪽.

버린 자존감을 되찾는다. 리니지 세계에서 활동 시간이 길어지면서 점차 게임에 중독되고 결국은 현실 공간 속의 자신과 게임 공간의 자신을 혼동하는 데까지 나아간다.

주철에게는 리니지의 바츠 해방 전쟁[30]에 참가하여 혈맹의 맹원들과 정의감만으로 목숨을 걸고 전쟁에 뛰어든 내복단들과 힘을 합쳐 불가능해 보였던 혁명을 성공시킨 사건은 영원히 잊지 못할 영광스러운 기억으로 남아 있다. 혁명의 나라 북한에 적응하지 못하고 한국으로 건너와 밑바닥 인생을 살아가는 탈북이주민의 일부는 리니지 공간에서나마 힘없는 서민들의 힘을 모아 독재군주를 몰아내고 사회를 변혁시키는 바츠 해방 전쟁에 전사로 또는 내복단으로 참가하여 혁명의 주체가 되는 경험을 한 것이다. 이 경험은 실제 세계에서의 경험에 못지않은 자존감을 확인해주었다. 지혁이 컴퓨터 게임을 하면서 게임 캐릭터들이 자신이 살고 싶은 삶을 대신 살아주어 현실 속에서 살아갈 희망을 느낀다는 지적이 주철에게도 그대로 적용된다.

이렇듯 지혁과 주철 두 인물은 실제 현실에 적응하지 못하는 탈북이주민이 가상현실 속에서 캐릭터로 활동하면서 간접적으로나마 자신의 꿈과 욕망을 실현하게 되며 게임에 몰입하여 현실의 자기 존재를 망각하는 과정을 잘 보여준다. 지혁이나 주철이가 PC방을 찾아가고 게임을 하다가 점차 거기에 몰입하여 몇 날 며칠을 게임만 하며 지내는 게임 폐인의 지경에 이르는 것은 처음 게임을 할 때 그 이유가 무엇이었든 게임

---

30 리니지 2에서 있었던 혁명으로 독재군주의 세율 인상에 저항하여 발생했다. 바츠 해방 전쟁의 경과와 결과에 대해서는 이인화, 『한국형 디지털 스토리텔링－「리니지2」 바츠 해방 전쟁 이야기』(살림, 2005)에 상세하게 정리되어 있다.

을 하면서 그 속에서 자신의 자존감을 되찾을 수 있고, 게임을 통해 자신의 내면에 깊이 숨어 있는 불만과 분노를 해소할 수 있기 때문이다.

> 한 번은 득템하려고 몹을 죽도록 팼어. 날 팬 놈들, 날 죽이려 했던 놈들, 날 희롱했던 놈들을 전부 머릿속에서 끄집어냈지. 놈들에 대한 복수심으로 몹을 때렸어. 겨우 겨우 몹을 죽여 놓았는데, 운 좋게도 그놈이 초레어 아이템을 떨어뜨렸지 뭐야.[31]

게임을 하면서 다른 게이머들과의 싸움을 통해 아이템을 빼앗아 게임 공간에서 능력치가 상승하고, 또 자신이 가진 게임 아이템들을 팔아 돈을 벌기도 한다. 그러나 지혁의 경우 득템을 하려고 몹을 공격하다가 자신의 내면에 감추어져 있던 분노와 복수심이 폭발하여 상대방을 죽여버리고 만다. 현실 공간에서는 직접 드러내지 못하는 폭력성을 컴퓨터 게임 내에서 마음껏 휘두르고, 자신을 괴롭힌 수많은 사람들을 떠올리며 캐릭터를 두들겨 패 복수를 하고 잠재한 분노를 해소하는 것이다. 이러한 지혁의 모습은 주철이가 리니지 공간에서 '뫼비우스의 띠' 혈맹의 군주 쿠사나기로 영웅적인 활동한 기억과 현실 공간에서의 사건을 구분하지 못하고, 현실에서 만나는 사람들을 리니지 속의 캐릭터로 착각하고 평가함으로써 자신의 초라한 현실의 존재를 망각하는 모습과 상당 부분 일치한다.

지혁이나 주철이 초라한 현재의 자신을 잊고 게임 속에서나마 자신의 삶을 살 수 있다는 점에서 게임에 몰입하기는 하지만 게임에는 그 자체

---

31 『왼손잡이 미스터 리』, 133~134쪽.

로서 몰입하게 만드는 힘이 존재한다는 점도 그들이 게임에 몰입하는 중요한 이유가 된다. 사람들이 게임에 몰입하는 이유는 정해진 규칙에 따라 게임을 하지만 게임을 할 때마다 새로운 상황을 만나고 또 수없이 많은 사건을 경험하게 되는 데 있다. 인간이 만들어낸 게임은 바둑이든 장기든 도박이든 동일한 양상을 보인다. 일정한 게임의 규칙을 알면 게임을 즐길 수 있고, 매 게임의 결과는 유사한 듯 하나 차이가 존재하여 게임에서 계속적인 재미를 느끼게 된다. 게임에서 이루어지는 "반복이 동일성만으로 구성된다면 아무런 즐거움을 얻을 수 없을 것이다. 반복에서 오는 차이, 차이를 생성하는 반복은 게임 수행의 핵심 원리이다."[32] 우리가 축구나 야구 경기를 관람하면서 열광하는 것은 일정한 규칙 속에서 반복되는 경기이지만 그 과정과 결과는 예측이 불가능하기 때문이다. 이런 점에서 게임에 몰입하는 일과 스포츠에 열광하는 이유는 크게 다르지 않아서 '차이를 생성하는 반복'이라는 게임의 원리에 바탕을 둔 것이다.

주철과 지혁은 탈북하여 한국에 입국한 후 한국 사회에 적응하지 못해 현실을 회피하고 게임이 주는 재미에 몰입하다가 점차 현실의 자기 존재를 망각하는 데까지 나아간다. 이는 한국 사회의 밑바닥에서 희망 없는 삶을 반복하는 탈북이주민들이 현실을 회피하기 위해 시작한 컴퓨터 게임에서 잃어버린 자존감을 되찾는 것과 함께 새로운 차이를 생성하는 게임 공간에서 현실 세계의 단순한 삶의 반복에서 접하지 못한 삶의 변화를 느끼고 그 속에서 재미와 의미를 발견한 결과라 하겠다.

---

[32] 이동연, 『게임의 문화 코드』, 이매진, 2010, 85쪽.

이는 경쟁이 치열한 한국 현실에 적응하지 못하고 자신들의 공동체를 만들어 교회나 자선단체의 도움으로 어렵게 살아가면서 꿈과 희망을 점차 상실해가는 탈북이주민의 어두운 현실을 상징적으로 보여준다. 마땅한 직업을 갖지 못한 탈북이주민들은 아르바이트로 생계를 유지하면서 남는 시간을 죽이기에 가장 값싸고 손쉬운 컴퓨터 게임에 빠져든다. 그들은 게임이 주는 재미에 빠져 힘든 현실에서의 자기 존재를 망각하려 하지만, 게임 밖에서는 가장으로서의 책임, 경제력을 상실한 부모에 대한 부양 의무, 북에 두고 온 가족의 부양 문제 등 각자 나름의 부담과 의무감을 가지고 살아간다. 한편으로 이러한 책임감이 컴퓨터 게임에 빠져 있으면서도 현실의 삶을 지탱하게 해주는 원동력이 된다.

주철이 게임에 몰입해 있으면서도 계속 추진하던 동생의 기획 탈북이 어느 정도 성사 단계에 이르렀을 때, 일을 추진해주던 연변 아주머니에게서 음성 메시지가 도착한다. 동생이 무사히 두만강을 건넜나 보다 생각하고 받아본 메시지 내용은 죽을힘을 다해 한국에서의 삶을 견디어 오던 주철을 무너지게 한다.

"형님, 그동안 힘써 줘 정말로 고맙슴다. 아마 이게 형님께 보내는 마지막 음성 편지가 될 것 같슴다! 형님, 정말로 고맙슴다. 참말로 고맙슴다! 아바이도 돌아가시기 전에 형님이 우리 집안의 기둥이라고 했슴다! 형님 덕분에 저랑 아바이는 굶어 죽진 않았슴다! 하지만 전 조국을 떠날 순 없슴다. 남조선에 아무리 이밥과 고깃국이 넘쳐 난다고 해도 전 그것을 먹기 위해 혁명의 배신자가 되진 않갔슴다! 저는 형님이 그토록 저주한 인민의 나라, 쓰러져 가는 공화국을 지키갔슴다. 전 이제 군대에 갑네다. 내일이 영광스러운 그날임다. 전 내일 조선민주주의 인민공화국의 인민 군인이 됩네다! 아무쪼록 건강하게 지내시라요! 통일의 그날 다시 만납세다!"[33]

주철이 적응하기 힘든 한국 사회에서 밑바닥 인생을 살면서 게임 속에서 현실을 망각하기도 하지만 현실의 끈을 완전히 놓아버리지 못한 것은 북한에 있는 가족에 대한 책임감 때문이었다. 그는 게임에 빠져 폐인의 지경에 있으면서도 북한의 가족들을 굶기지 않기 위해 또 동생을 지옥 같은 북한에서 빼내기 위해 온갖 험한 일을 가리지 않고 돈을 벌었다. 그러나 아버지는 지병으로 죽고, 살아남아 성인이 된 동생은 탈북을 거부하고 입대하겠다고 하자 그는 허탈한 마음에 눈물을 흘릴 수밖에 없다. 살아가야 할 이유였던 가족이라는 끈이 모두 끊어졌을 때, 주철은 더 이상 시궁창 같은 현실공간에서 살아갈 의미를 상실한다. 한국 국민이 되었으면서도 한국인이 되지 못하고, 탈북했으면서도 북한이라는 과거를 버리지도 못하여 한국 사회의 주변부에서 유령처럼 살아가던 주철은 이제 현실 세계를 완전히 버리고 자신의 자존감을 지킬 수 있는 게임의 세계로 들어간다.

봉인이 되어 있어 리니지의 세계에 접속할 수 없었던 주철은 '뫼비우스 띠' 혈맹단 맹원들의 탄원으로 봉인이 해제되자마자 리니지에 접속한다. 그가 리니지 세계로 들어가자 맹주가 봉인되어 혈맹단 활동을 할 수 없어 여기저기 흩어져 있던 맹원들이 모여든다. 현실 세계에서 자주 만나던 엄지, 북경으로 건너간 청수, 탈남하여 미국에 자리 잡은 경태 등 '뫼비우스의 띠' 혈맹단의 탈북이주민 출신 맹원들이 속속 찾아와 인

---

33 『유령』, 308쪽.

제1부 탈북이주민의 소설화

사를 한다. 리니지 세계에 다시 자리를 잡은 주철은 맹원들과 함께 자신과 같이 봉인되어 있던 대학 시절 현실의 애인이자 리니지 속에서 아내인 마리의 봉인을 해제하러 갈 준비를 한다. 출발을 앞두고 주철은 "그녀를 만나면 현실 세계로 돌아갈 필요가 없다. 만나지 못하면 더더욱 돌아갈 이유가 없다."[34]고 단언한다. 이는 주철이 한국 사회에 적응하지 못하여 현실을 회피하고 유령처럼 살아던지고 리니지 게임의 세계에서 인간이 아닌 캐릭터로 살아가겠다는 결심이다.[35] 이렇듯 컴퓨터 게임의 속의 캐릭터로 유령처럼 살아가리라 다짐하는 주철의 모습은 한국인의 차별과 멸시로 한국 사회에서 소외당하고 적응하지 못한 현실을 회피하고 현실의 자기 존재를 망각하려 하는 탈북이주민들의 자폐적인 삶과 심리를 소설적으로 형상화한 것이라 하겠다.

5. 결론

탈북이주민 제재 소설은 그들의 고난의 연속이었던 북한에서의 삶, 목숨을 건 탈북 과정, 중국에서의 위험한 불법체류, 중국에서 한국으로

---

34 『유령』, 326쪽.

35 『왼손잡이 미스터 리』에서 게임 폐인으로 살아가던 지혁은 '왼손잡이 미스터 리'라는 게임에서 영웅의 경지에 오르지만 오랜 망설임 끝에 가상 공간에서 살았던 삶이 부끄러운 과거였다고 느끼고 한 발짝 나아가 꿈밖으로 나온다(『왼손잡이 미스터 리』, 340쪽). 지혁이 게임 공간이 꿈과 같은 가상의 공간이라는 사실을 깨닫고 어렵게나마 게임으로부터 완전히 떠난다는 설정은 탈북이주민이 한국 현실에 적응할 수 있는 가능성을 보여준다는 점에서 현실을 완전히 회피해버리는 탈북이주민을 그린 『유령』과는 달리 다소 낙관적인 전망을 제시하였다는 평가가 가능하다.

의 입국 과정, 한국 입국 이후의 삶 등을 제재로 하는바, 본고에서는 강희진의『유령』과 권리의『왼손잡이 미스터 리』를 대상으로 탈북이주민 제재 소설에 나타난 한국 사회 부적응 양상을 알아보고자 하였다. 이들 작품에는 탈북이주민들이 탈북과 중국 생활에서 겪은 생사를 넘나들고 인간 이하의 삶을 통해 얻은 정신적 외상이 한국 생활을 고통스럽게 하고 있음이 잘 드러나고 있다. 그리고 탈북이주민들은 풍요롭고 자유로운 동포의 나라 한국에서 새로운 꿈을 이루리라는 기대에 부풀어 입국하지만 치열한 경쟁에 내몰리는 한국 사회에 제대로 적응하지 못하여 신빈곤층이 되고, 교회나 자선단체의 도움을 받아 자신들만의 작은 공동체를 만들어 살아가고, 새로운 꿈을 찾아 탈남을 시도하는 모습이 그려진다. 또 사회 적응에 실패한 많은 탈북이주민들이 현실을 회피하여 자기 존재 자체를 망각하려 하고 그 결과 도박이나 컴퓨터 게임 등에 몰입하여 점차 사회생활을 하지 못하게 되는 심각한 양상이 작중인물의 삶을 통해 형상화되어 있다.

두 작품에 지적되고 있듯이 많은 탈북이주민들은 한국 사회에 적응하지 못하고 한국 사회의 주변부에서 어려운 삶을 이어가고 있다. 그들 대다수는 경쟁 사회를 살아갈 요령이 부족하고, 제대로 된 직업을 가질 전문적인 능력도 부족하다. 더욱이 한국인들이 그들을 바라보는 차가운 시선은 그들이 한국 사회에 적응하는 것을 더욱 어렵게 한다. 한국인들은 단일민족 신화를 가지고 있지만, 탈북이주민에 대한 시선은 이중적이다. 한국인들에게 탈북이주민이란 통일이 되면 더불어 살아야 할 가난한 나라 북한에서 넘어온 동포라는 생각과 함께 나태하고 무능력한 주제에 평등이라는 이념으로 무장되어 자신의 부를 빼앗아갈 위험한 타자라는 인식이 공존하는 것이다.[36] 한국 사회에 만연한 탈북이주민에 대한 부정적인 시각은 빈곤층으로 떠밀린 탈북이주민들이 사회에서 새로운 꿈을 이루어나가려는 시도 자체를 꺾어버릴 수 있다. 이런 점에서 우리는 탈북이주민을 차별과 멸시의 마음으로 대하여 그들과의 사이에 대립과 갈등이 첨예해져 사회적 파국으로 나아가지 않도록 노력할 필요가 있다.

사회단체나 종교단체에서는 탈북 과정에서 겪은 고통을 간직하고 한국 사회에 적응하지 못하고 어렵게 살아가는 탈북이주민들에 대해 연민과 동정의 자세로 접근한다. 이들은 탈북이주민들에 대한 경제적인 지원과 권익 보호에 애쓰고 있다. 그들이 연민과 동정의 마음으로 탈북이주민에게 베푸는 부조와 시혜는 탈북이주민들을 어느 정도 위로할 수는 있지만 이 문제에 대한 근본적인 해결책이 될 수는 없다. 조선족 작가 금희가 『옥화』에 그리고 있듯이 탈북이주민들이 자선단체의 도움을 받으면서 불편해하는 감정을 갖거나, 시혜자가 원하는 행동을 해보이는 것만으로 도움에 대한 갚음으로 충분하다고 생각하게 하는 것은 현실을 더욱 어렵게 할 수 있기 때문이다.[37] 이런 점에서 우리는 탈북이

---

36 탈북이주민들이 한국 사회에서 받게 되는 이러한 이중적인 시선은 일반적인 디아스포라들이 겪는 박해나 고난보다 더욱 견디기 어려운 것일 수 있다. 또 탈북이주민들의 경우 돌아갈 조국이나 고향이 없어져버렸다는 점에서 같은 민족으로 돈을 벌기 위해 한국에 온 조선족이나 고려인들보다는 훨씬 어려운 상황에 처해 있다 하겠다.

37 이와 조금 다른 시각에서 손유경은 "동정은 타인의 이해하고 그와 소통하려는 대화적 속성에 기대고 있지만, 동시에 동정의 교환은 동정을 베푸는 자와 그것을 받는 자 사이에 형성되는 연극적 동력에 의해 형성되는 양면성을 가진다."고 지적하여 약자에 대한 연민과 동정이 갖는 문제점을 정확히 통찰하고 있다. 손유경, 「한국 근대소설에 나타난 '동정'의 윤리와 미학에 관한 연구」, 서울대학교 박사학위 논문,

주민들에 대해 연민과 동정을 넘어 이해와 포용의 자세로 다가감으로 써 그들과 함께 한국 사회의 일원으로써 공존과 상생의 길을 열어 나가는 길을 모색해야 할 것이다.[38]

탈북이주민 제재 소설은 탈북이주민이 처한 현실과 그들의 의식에 대한 깊은 이해를 바탕으로 그들의 내밀한 아픔과 고민, 그리고 미래에 대한 희망 등을 짚어낼 수 있어야 할 것이다. 삶의 한 굽이에 겪은 엄청난 정신적, 육체적 고통으로 정신적 외상을 안고, 한국 사회에 적응하기 어려워하는 탈북이주민을 제재로 선택한 소설은 진정으로 그들과 공존할 수 있는 길이 무엇일까에 대한 천착이 필요하다.[39] 이를 위해 한국 사회의 소수자인 탈북이주민이 처한 현실과 그들의 아픔을 올바로 파악하여 외부자 또는 관찰자의 입장에서 그들의 삶을 바라보기보다 그들의 관점에서 사태를 바라보려는 노력이 필요하다. 이러한 시각의 전환이 전제되어 그들의 삶의 내면과 진정성을 소설적으로 형상화할 수 있을 때 비로소 탈북이주민 제재 소설이 한국인과 탈북이주민의 공존 가능성을 전망하는 서사를 보여줄 수 있을 것이다.

2006, 15쪽.

38 탈북이주민과의 만남이 통일 이후 북한 사람과의 접촉을 선취하는 것이라면, 이러한 모색은 통일 이후의 반목과 갈등을 최소화하는 준비로서 의의를 지닐 수 있다.

39 최병우, 「조선족 소설에 나타난 한국 이미지」(『조선족 소설의 틀과 결』, 국학자료원, 2012)에서는 조선족 소설이 시간의 경과에 따라 한국인과의 대립과 갈등에서 공존과 상생의 방향으로 변화하고 있음을 밝히고 있다. 이는 탈북이주민 제재 소설이 갈 방향을 어느 정도 시사해준다.

제1부 탈북이주민의 소설화

제2부

조선족 문학의 풍경

김학철 산문에 나타난 현실 비판

1. 서론

반동분자로 숙청당하고 이어서 반혁명현행범으로 영어 생활을 한지 24년 만인 1980년 12월, 64세의 나이로 창작 활동을 재개할 수 있게 된 김학철에게 작가로서 나아갈 길은 몇 가지 방향으로 열려 있었을 것이다. 그러나 복권 후 그가 매달린 것은 청춘을 바쳐 나아가 목숨까지 바쳐 조국의 독립을 위해 헌신하였으나 역사의 뒤편으로 사라져가는 조선의용군의 전체상의 일부만이라도 세상에 알리는 일이었다. 김학철의 이러한 의지는 그의 글 도처에 암시되어 있지만 산문 「이른바 삼천궁녀」에 아래와 같이 직설적으로 이야기되고 있다.

> 우리의 조선의용군. 일본제국주의가 무조건 항복하는 날까지 이 중국 땅에서 유일하게 무장투쟁을 견지한 항일부대. '북'에서는 또 '북'대로 깨끗이 말살해 버렸다. 우리의 장한 조선애국자들의 조직체-조선의용군. 허무하게 사라져버린 하나의 실체(實體).

그래 우리는 이 침략군과 장장 8년 동안을 장렬하게 싸웠던 실체,
그 실체가 망각의 흐름모래(流沙) 속에 속절없이 묻혀버리게시리 그
냥 내버려둬야 한단 말인가.
　　아니다. 그럴 수는 없다.[1]

　　김학철이 24년 동안의 긴 억압 속에서 사색을 통해 도달한 자리는 자
신과 함께 조국 독립을 위한 무장투쟁의 길에 나섰던 수백 명의 항일의
용군의 존재 자체가 역사에서 사라져가고 있다는 인식이었다. 이는 이
미 대원 중 6명만이 남아 있을 뿐이고 그나마 모두 팔순을 바라보는 나
이이기에, 중국과 북한 그리고 한국 그 어디에서도 역사적 사실로 다루
지 않는 조선의용군의 활동을 작가인 자신이 기록으로 남기지 않으면
그 실체가 역사의 기억에서 사라져버릴지 모른다는 위기감이었을 것이
다. 이에 김학철은 창작의 권리를 되찾자마자 자신의 기억을 총동원하
여 조선의용군의 존재를 복원하는 일에 매진하였다. 김학철은 각고의
노력으로 조선의용군의 항일투쟁 활동을 다룬 전기『항전별곡』[2]과 어린
시절부터 항일활동을 하던 시기까지의 기억을 소설화한『격정시대』[3] 그
리고 조선의용군 활동을 중심으로 어린 시절부터 복권 이후까지의 일
생을 정리한 자서전『최후의 분대장』[4] 등 세 권의 책을 펴내었다.

1　김학철, 「이른바 삼천궁녀」, 『사또님 말씀이야 늘 옳습지』(김학철전집3), 연변인민출
　　판사, 2010, 412~413쪽. 이하 김학철의 산문 인용은 「작품명」, 전집권수, 쪽수'로 밝
　　힌다.
2　흑룡강조선민족출판사, 1983.12.
3　료녕민족출판사, 1986.9.
4　문학과지성사, 1995.8.

해방 후 서울에서 소설가로 활동하다 북한을 거쳐 중국으로 건너가 북경에서 문학 수업을 하고 연변조선족자치주로 들어가 전업작가 생활을 하며 적지 않은 소설을 발표하여 조선족 작가로서 선편을 잡았던 김학철은 복권 후 조선의용군의 역사를 정리하는 가운데 전업작가 시절 몇 편을 써보았던 산문을 다시 창작하기 시작한다. 김학철이 작가로서의 출발점이었던 소설에서 벗어나 산문으로 방향을 전환한 것은 소설가로서의 한계를 어느 정도 인식한 결과가 아닌가 생각해볼 수 있다.[5] 그리고 24년간의 수난과 인생 역정에서 만들어진 깊이 있는 사색의 면모를 글로 드러내고, 개혁개방에 따른 역사의 전환기에 발생한 수많은 사회문제에 발 빠르게 대응하는 방편[6]으로는 허구적 중개자를 사용하는 소설보다 직접 진술이 가능한 산문이 편리했다는 점이 작용했을 것이다. 『항전별곡』과 『격정시대』를 집필하던 1980년대 전반기에 시작된 김학철의 산문 창작은 1986년부터 급격한 증가를 보이며 이후 소설 창작은 거의 포기하고 산문에 매진[7]한 결과 확인된 산문만 399편에 이른다.[8] 그는 생전에 소설과 산문을 엮은 『태항산록』(한국대륙연구소,

---

5 자신의 작가적 역량에 대한 처절한 반성은 자신이 쓴 『격정시대』나 여타의 소설들이 소설인지 르포인지 자료집인지 분간이 되지 않는다는 자기비판(「나의 고뇌」, 전집3, 295~296쪽)에 잘 드러나 있다.

6 최미옥, 「김학철 산문 연구」, 김학철문학연구회 편저, 『김학철론, 젊은 세대의 시각』, 연변인민출판사, 2006, 65쪽.

7 김학철의 산문 창작은 1984년 4편, 1985년 10편이 이루어지나 1986년에는 23편으로 급증하고 이후 지속적으로 산문 창작은 다작의 양상을 보인다. 전정옥 정리, 「김학철 수필 목록」, 김학철문학연구회 편저, 『김학철론, 젊은 세대의 시각』, 연변인민출판사, 2006, 789쪽 이하.

8 전정옥은 「김학철 수필 연구」에서 김학철의 산문이 383편에 이른다(위의 책, 252쪽)

1989)과 산문집『누구와 함께 지난날의 꿈을 이야기하랴』(실천문학사, 1994), 『나의 길』(북경민족출판사, 1996), 『우렁이 속 같은 세상』(창작과비평사, 2001) 등을 상재하였고, 그의 사후 아들 김해양에 의해 편집된 김학철전집에 산문집『천당과 지옥 사이』, 『사또님 말씀이야 늘 옳습지』 등이 편찬되었다.

김학철의 산문을 접하고 나면 뛰어난 비판 정신에도 불구하고 유사한 제재가 너무 자주 반복되는 느낌을 받게 된다. 『격정시대』와 『최후의 분대장』에서 다루어진 치열한 삶과 남들이 겪기 어려운 경험들이 여러 단편소설에도 반복되고, 또 산문에도 자주 사용되어 많은 작품들이 유사하게 받아들여지는 것이다. 이는 김학철이 산문에서 지배적으로 사용하고 있는 '한담을 나누고 설화를 이야기하듯 하는 구어체 식의 한담설화식 기법'을 반복함으로써 '단순화의 한계'에 부딪치게 된 것[9]이라 하겠다.

본고는 김학철 산문이 제재의 면에서 반복이 심하다는 '단순화의 한계'의 실상을 정확히 파악하고자 하는 의도에서 시작되었다. 김학철이 자신의 삶과 경험을 바탕으로 산문 창작을 한 것이 사실이라면 그의 삶의 여러 굴곡들 중에서 어떤 부분들이 더 자주 사용되고 있는지 그 빈도를 확인해보고자 하는 것이다. 이러한 경험 제재의 빈도 조사 결과는 김학철의 산문 창작의 기본 원리를 이해하는 데 일정한 기초자료가 될

고 하였으나, 같은 책 부록에 정리한 「김학철 수필 목록」에 수록된 작품 제목은 399편에 이른다.

9 장정일, 「김학철 산문의 유모아적 풍격」, 김학철문학연구회 편저, 『조선의용군 최후의 분대장 김학철』, 연변인민출판사, 2002, 450쪽.

것이다. 이와 함께 김학철 산문의 주제 경향을 파악하기 위하여 주제의 분포도 조사하여 김학철이 주로 다룬 주제가 무엇인가를 밝혀 그의 산문이 지향한 바를 해명하고, 일정한 주제적 경향을 보이는 것으로 알려진 김학철 산문에 나타나는 주제의 변화를 살펴보고자 한다.

이러한 빈도 조사를 위하여 본고에서는 2010년부터 지속적으로 발간하고 있는 김학철전집 3권~6권으로 출간된『태항산록』,『나의 길』,『천당과 지옥 사이』,『사또님 말씀이야 늘 옳습지』등 네 권의 산문집에 실린 218편[10]의 산문을 대상으로 한다.

2. 제재의 편향 양상과 구조적 특징

김학철의 산문은 대체로 제목의 의미나 그와 관련한 간단한 설명에 이어 여러 가지 제재를 나열하고 제재마다 그로부터 추출 가능한 주제를 언급하는 방식을 사용하기에 한 작품의 제재를 하나로 단순화하기가 쉽지 않다. 본고에서는 김학철 산문에 나타나는 제재의 편향성 또는 양상을 살피는 것을 한 목적으로 하므로 우선 김학철의 산문에 제재로 자주 등장하는 생애 사실들의 빈도를 확인하기 의해 그의 생애를 몇 시기로 나누어보고자 한다.

김학철 산문의 제재를 구분하기 위해 본고에서는 그의 생애를 원산에서 서울까지의 '성장기', 상해에서 조선의용군 시기까지 '투쟁기', 해방

---

10 네 권의 산문집에는 219편의 산문이 실려 있으나 「천당과 지옥 사이」가『천당과 지옥 사이』와『사또님 말씀은 늘 옳습지』에 이중 수록되어 있다.

후 서울-북한-북경-연변에 이르는 '모색기', 반우파투쟁에서 문화대혁명에 이르는 '탄압기', 일본과 중국에서의 감옥 생활을 다룬 '영어기', 복권 후의 삶을 다룬 '안정기' 등으로 나누고, 복권 후 한국 여행 체험은 그 특성을 감안하여 '한국 체험'이라는 독자적인 항목으로 다룬다. 이외에 산문에 사용된 생애 체험 이외의 제재를 유형화하기 위하여 김학철의 산문에 자주 등장하는 시, 소설, 영화 등의 작품 내용을 끌어들이는 '작품 인용'과 우리들에게 잘 알려진 중국과 한국의 역사적 사실이나 고사를 인용하는 '역사 고사' 그리고 책에서 읽은 내용이나 풍문으로 들은 내용 그리고 신문이나 잡지에서 읽은 내용 등을 제재로 사용하는 '독서 풍문 기사' 등 세 항목을 추가한다. 이렇게 김학철 산문의 제재 유형을 살피기 위해 생애 체험을 일곱 항목, 비생애 체험 세 항목 등 도합 열 항목의 빈도를 조사한다.

한담설화식 기법으로 집필된 김학철의 산문은 한 작품에 두엇에서 일여덟에 달하는 제재를 사용하여 한 산문 속에 앞에서 설정한 열 가지 유형의 제재들이 몇 차례씩 반복되는 경우가 많다. 한 시기에 해당하는 기억을 제재로 사용하거나 읽은 자료들을 인용하는 경우 연상되어 떠오른 내용들이 나열되는 경우가 적지 않기 때문이다. 이 경우 그 각각을 나누어 빈도를 계산하기 어려운 점을 고려하여 빈도 조사 과정에서는 한 작품에 한 제재에 속하는 몇 가지의 사실을 나열하는 경우 한 번으로 산정한다.

이런 원칙에 따라 김학철 산문에 나타난 제재의 빈도를 도표화하면 아래와 같다.

성장기	투쟁기	모색기	탄압기	영어기	안정기	한국 체험	작품 인용	역사 고사	독서풍 문기사	계
37	36	28	40	25	104	20	75	34	112	511

위의 제재 빈도 조사 결과를 보면 김학철은 산문 한 편당 2.34개의 제재를 사용하고 있음을 알 수 있다. 그러나 김학철이 산문 집필 시에 자신의 생애를 제재로 선택한 경우 관련되는 여러 사건이나 기억을 동원하고, 생애 외적인 사실을 제재로 사용하는 경우에도 자신이 읽고 보고 들은 관련된 사건이나 이야기들을 나열하는 방식을 사용하기에 실제로는 2.34개보다 훨씬 많은 제재들이 동원되고 있다. 김학철은 이러한 창작 방식을 자신이 어렸을 때 유행하던 활동사진관에서 한 번 입장한 관객들에게 여러 작품을 감상하게 해주는 방식과 유사하다 하여 '활동사진관식 수필'[11]이라 명명한 바 있다. 이러한 옛날 활동사진관식으로 여러 제재를 나열하는 한담설화식[12] 구성은 다양한 제재가 동원되어 독자들에게 다양하고 재미있는 정보를 접하면서 주제에 다가가게 하는 장점이 있지만, 유사한 제재가 반복되어 그 작품이 그 작품 같다는 인상을 줄 위험도 내포하고 있다.

---

11 맨 처음 상영하는 것은 대개 한 권(卷)짜리 코미디(희극) 영화(한 권의 상영 시간은 약 15분) 그 다음이 3~4권짜리 중편물(中篇物). 그리고 맨 나중이 메인 레퍼터리(중요한 상연 목록)로 8권 정도의 장편물. 이와 같이 단, 중, 장편이 아예 한 벌로 묶여져 있었다. 「활동사진식 수필」, 전집3, 375쪽.

12 장정일은 이러한 '활동사진식' 창작 방법을 '한담설화식'이라 지칭한 바 있다. 각주 9) 참조. 본고에서는 장정일이 사용한 용어가 김학철 산문의 특징을 요약적으로 보여준다는 점에서 그의 용어를 따른다.

김학철의 산문이 주는 단순하고 반복이 심하다는 느낌은 그의 작품에 사용되는 제재의 빈도에서 더욱 분명하게 확인된다. 김학철 산문 중 56%(290편)는 자신의 생애 체험을 제재로 사용하고 있으며, 그중 절반이 넘는 32%(166편)가 어린 시절부터 영어 생활을 한 시기까지의 체험들이다. 이 시기의 체험들은 김학철이 해방 후 서울에서 활동하던 시기에 쓴 단편소설부터 『격정시대』에 이르기까지 그의 소설의 핵심 제재가 되었고, 또 『항전별곡』과 『최후의 분대장』과 같은 전기의 중심 내용을 이루고 있다. 더욱이 김학철의 산문에서 제재로 사용되고 있는 이 시기 사건과 기억들은 소설과 전기에서 사용된 것과 일치하는 경우가 대부분이어서 그의 산문 중 이 시기의 생애 체험들을 다룬 작품은 어디에선가 본 것 같다는 착각과 동일한 작품을 재게재한 것이 아닌가 하는 인상을 주어 그의 산문 전체가 조금은 동어반복적이라는 느낌을 주기에 이른다.[13]

문학작품을 인용하는 경우에도 마찬가지의 양상을 보인다. 김학철의 산문 중에서 문학작품을 인용하여 주제를 이끈 작품이 전체 218편의 34%에 달하는 75편이나 된다. 산문을 집필하면서 필요한 경우 문학작품을 인용하는 것은 흔한 일이지만 김학철의 경우 중국 한시나 한국의 시조나 민요를 인용하기도 하고 몇몇 작품은 여러 차례 인용된다. 특히 김학철 자신이 문학적 사부로 삼은 루쉰(魯迅)의 작품과 숄로호프의 「고요한 돈 강」 그리고 홍명희의 「임꺽정」 등은 여러 산문에 두루 인용되

---

[13] 김학철은 산문에서 『격정시대』나 『최후의 분대장』을 직접 인용(이 경우는 작품 인용 제재로 분류했음)하는 예가 적지 않아 이런 경향은 더 심해진다.

　　　　　　　　　　　제2부 조선족 문학의 풍경

었다. 이들 작품은 김학철이 자신의 문학관을 피력하는 산문에서 이상적인 창작의 실제를 보여주는 전범으로 사용되고 있다. 또 자신의 신념을 표현하기 위해 루쉰의 작품과 헝가리 시인 페퇴피의 자유를 예찬한 시가 수차례 인용되고 있으며, 자신의 생애를 언급하면서 자주 『격정시대』, 『태항산록』 같은 자신의 소설이나 전기를 직접 인용한다. 이러한 몇몇 작품의 반복적인 인용은 앞에서 언급한 바대로 그의 산문의 제재와 구성이 단순하다고 느끼는 중요한 이유가 된다.

> 써내는 글들이 모두 두루뭉실했으면 아무 탈 없이 순풍에 돛 단 배가 될 터이나 전연 그렇지 못한 것이다. 신념대로 어김없이 쓰다 보니 글이 자연 모가 나고 가시가 돋친다. 그러니 여기저기 자꾸 부딪쳐 상처투성이가 될 밖에. …(중략)…
> 우리가 "다 알고 있는 그 사정" 때문에 진리가 편집부를 통과하기가 마치 낙타가 바늘구멍을 빠져 나가기 만큼이나 어려운 것이다. …(중략)…
> 그래서 할 수 없이 궁여지책으로 글에다 얼룩덜룩 미채(迷彩)를 칠해 캄플라지하는 방법을 쓰기도 하고 또 날카로운 비수의 날이 다소나마 가려지게끔 솜이불을 덮씌우는 방법을 쓰기도 한다.[14]

김학철 자신은 한담설화식 구성으로 자신의 산문이 단순화 양상을 보이는 이유로 정치논설적인 성격이 강한 자신의 글을 검열에 통과시키기 위한 노력의 결과라는 점을 에둘러 이야기하고 있다. 김학철은 반우파투쟁기에 우파로 분류되어 엄청난 탄압을 받았고, 『20세기의 신화』를

---

14 「성장과정」, 전집5, 344~345쪽.

집필한 사실이 발각되어 반혁명 현행범으로 10년간 감옥 생활을 하였다. 24년의 영어 생활 후에 복권이 되어서도 그는 위험한 인물로 취급되었다. 따라서 김학철이 치열한 현실 인식을 바탕으로 권력과 당국의 불합리한 부분을 비판하는 산문을 써도 검열을 통과하기 쉽지 않았고, 또 잡지사의 편집진이 미리 날선 비판을 누그러뜨려주기를 요구하기 일쑤였다. 김학철은 그러한 문단 현실을 비판적으로 바라보았지만 자신으로 인하여 편집자들이 피해를 입는 일이 없도록 하기 위하여 다양한 방법을 선택한다. 검열을 피하는 대표적인 방식이, 루쉰의 산문에서 배운 작가 자신의 산문 창작 방법이기도 하지만, 다양한 제재들을 나열하는 한담설화식 창작 방법이라 하겠다.

3. 비판적 주제의식의 양상과 의미

한담설화식 전개를 사용하는 김학철의 산문은 몇 가지의 작은 주제들이 나열되기도 한다는 점에서 작품의 주제를 하나로 정리하기 어려운 작품들이 없지 않다. 더욱이 검열을 피하기 위하여 다양한 방법을 동원한 김학철의 산문에서 주제를 하나로 단정하기 어렵기도 하다. 작가 자신이 직접 진술하는 산문을 쓰면서 여러 가지 외부적인 상황을 고려하여 하고픈 말을 다하지 못하고 독자들에게 자신이 하고픈 말을 짐작하게 하는 아래 인용과 같은 '언외지의'는 그의 산문의 주제가 무어라 단정하기 어렵게 한다.

마치 신기루(蜃氣樓)와도 같이 허망한 '지상낙원'인가 뭔가를 만들어 보겠다고 죽을둥살둥 달려온 나의 60년(1940년 입당). 칠색무지개를 붙잡아보겠다고 논틀, 밭틀로 헤매다가 허탕을 치고 주저앉아버린 느낌이다.

　도대체 무엇 때문에 신명(身名)을 바쳐 일을 했는지, 도무지 모를 일이다. 내내 속아서 살아온 내가 어리석지, 누구를 탓하랴마는.

　나의 이 속시원히 털어놓지 못하는 언외지의(言外之意)를, 새겨 들어주실 분들이 많으면 좋으련만, 혹시 지나친 욕심이나 아닌지 모르겠다.[15]

　「흙내와 분내」라는 제목의 이 산문은 일본의 신문 기사, 『자치통감』 내용, 마오쩌둥의 전 비서 리예의 글, 출신성분을 중시하던 정치적 박해기의 체험, 정세봉의 「볼세위크의 이미지」와 관련한 사건, 감옥에서 당비를 내었다는 허황된 소설 내용 등을 통해 작가에게 있어 진실을 쓰는 일이 갖는 중요성을 강조한다. 즉 리얼리즘이란 '객관적 현실을 진실하게 반영하는 예술방법'[16]이라는 주제를 많은 사례를 들어 정당화한다. 흙내가 나는 작품이 현실을 진실하게 반영한 것이라면 분내가 나는 것은 반대로 사실을 왜곡한 것이라는 주장 이후에 진실을 쓰는 수십만의 작가들을 강제노동수용소에 보낸 과거를 들고 그 시기에는 갈보처럼 분단장한 작품들만 발표되었음을 비판한다. 이런 긴긴 진술 과정을 거쳐 김학철은 위의 인용으로 글을 맺는다. 즉 이 글을 통해 자신이 하고 싶었던 '언외지의'를 독자들이 짐작하기를 바라지만 지나친 욕심이 될 것 같다는 것이다. 필자가 말하고자 했다는 '언외지의'를 생각해본다

---

15 「흙내와 분내」, 전집3, 374쪽.
16 위의 글, 372쪽.

면 이 작품은 정치적 이유로 문인을 탄압하였던 또 탄압하고 있는 중국의 현실을 비판하는 것이지만 이 작품의 주제를 하나로 정리한다면 리얼리즘이라는 창작방법론에 관한 필자 자신의 견해를 피력한 것이 되고 만다.

김학철이 검열을 피하기 위해 선택한 한담설화식 창작 방법은 작품의 주제를 어느 하나로 단정하기 어렵게 하고 있다. 이러한 현실 때문에 많은 연구자들은 김학철 산문의 주제 경향을 크게 몇 가지로 유형화하고 그 각각에 해당하는 대표적인 몇 작품을 살피는 방식으로 연구해왔다. 그 대표적인 몇 가지 연구 성과를 살펴보면 아래와 같다.

김성호는 김학철 산문의 주제를 교훈적으로 사람을 일깨우는 작품, 부조리와 부정부패 현상을 비판하는 작품, 조선족 문단과 문학 일반을 언급한 작품, 자신을 반성하고 일생의 경험을 총화하는 작품 등 넷으로 나누고,[17] 리향순은 부도덕한 인간성에 대한 비판, 특권 의식과 개인 숭배 사상에 대한 비판, 냉철한 자기비판, 비역사의식에 대한 비판, 정치 · 경제 면에서의 낙후성에 대한 비판 등 다섯으로 나누었으며,[18] 최미옥은 역사적 착오에 대한 반성, 사회의 부정과 부조리 비판, 고상한 인격미 찬양 등 세 범주로 나누고, 비판의 양상으로 봉건사상 잔재 비판, 절대 권력에 대한 회의와 비판, 졸렬한 인간성 비판, 문단 폐단 비판 등 넷을 들어 작품의 주제를 보다 세분하였다.[19] 이러한 기존의 김학

---

17 「김학철 에세이창작에 관한 분석」, 김학철문학연구회 편저, 『조선의용군 최후의 분대장 김학철 2』, 연변인민출판사, 2005.

18 「김학철 산문집 『우렁이 속 같은 세상』에서 나타나는 현실비판의 원리」, 위의 책.

19 「김학철 산문 연구」, 김학철문학연구회 편저, 『김학철론, 젊은 세대의 시각』, 연변인

철 산문의 주제 양상을 종합한 전정옥은 크게 사회비판과 자기비판, 사회 억압과 그 극복, 정의적 인간성, 불타협의 민족애라는 네 가지 주제로 나누고, 사회비판과 자기비판의 구체적 양상으로 봉건여독과 부정부패 비판, 문단 병폐 비판, 역사 왜곡 비판, 기타 사회현상 비판, 자신의 인격과 작품 비판 등 다섯 항목으로 나누고, 정의적 인간성이라는 항목 아래 동지에 대한 뜨거운 우정과 가족에 대한 사랑이라는 하위 항목을 두어 전체적으로 아홉 항목을 설정하였다.[20]

이들 주제 분류는 그 나름의 의의를 지니나 김성호와 리향순의 구분은 전체를 아우르기 어려운 한계를 드러내고, 최미옥과 전정옥의 구분은 주제를 보다 다양하게 나누고 있지만 상하위 구분으로 인해 일목요연하지 않으며, 상하위 구분의 원칙이 일정하지 않아 레벨 간의 혼돈이 발생하는 한계를 드러낸다. 더욱이 이들의 주제 분류는 김학철 산문 작품 전체에서 주제들이 어느 정도의 빈도를 보이는지를 살피기보다는 선정한 주제 경향을 갖는 작품을 논구하기 위한 구분이어서 작품 편수로 보아 하나의 주제로 설정하기 어려운 항목들도 존재한다.

이러한 한계를 극복하기 위하여 본고에서는 먼저 김학철 산문에 나타나는 주제의 빈도를 확인하고자 한다. 이를 위하여 김학철 산문에 나타나는 주제 항목을 정하기 위하여, 여러 연구자들의 주제 항목을 참고하고, 김학철 산문을 읽으면서 선정한 주제적 경향을 고려하여 열네 가지의 주제들을 설정하고 작품을 주제에 따라 나누어보았다. 그 결과 해당

민족민사, 2006.

20 「김학철 수필 연구」, 위의 책.

작품의 편수가 4~5편으로 유의미하지 않다고 판정할 정도로 소수인 경우 해당 주제와 유사한 다른 주제와 통합하는 과정을 통해 전체 주제를 열 개의 항목으로 설정하고, 대상 작품 218편의 주제를 열 항목 중 하나로 결정하는 방법으로 정리해보았다. 이런 과정을 거쳐 하나의 작품이 하나의 주제를 지향한다는 원론적인 입장에서 김학철의 산문 작품들의 주제의 빈도를 정리해보면 아래와 같다.

권력의 폭력성 비판	12	당국 정책 비판 및 사회주의 예찬	17
문단 현실과 검열 제도 비판	29	타인을 모함하는 인간 비판	14
인습과 왜곡된 현실 인식 비판	17	인간의 허위의식 비판	25
언론과 작가의 비판 정신 강조	11	인물 예찬, 조사, 축사	15
문학관 및 언어관 피력	35	개인적 소회, 자기 반성, 가족애	43
계			218

빈도 조사 결과에 따르면 김학철의 산문은 정확한 현실 인식과 치열한 비판 정신을 근간으로 함을 알 수 있다.[21] 앞의 표에서 볼 수 있듯이 김학철은 자신이 살아온 당대 중국 현실을 바탕으로 사회에 만연한 권력과 정부의 폭력성과 억압성을 강하게 비판하고 있다. 218편의 산문 중에서 무려 58편(27%)이 중심 주제로 권력의 폭력성과 당국의 정책 그리고 중국 사회의 검열 제도 등을 비판하고 있다. 이들 작품에서는 사회주의 국가 중국의 절대 권력이었던 마오쩌둥(毛澤東)과 사인방 등이

---

21 이는 김학철의 문학을 루쉰의 문학과 비교하는 중요한 이유이기도 하다.

정치적 탄압기에 저지른 폭력성을 바탕으로 전 세계 독재자들의 폭력적인 행각의 역사를 준열히 비판하고 있다. 또 당국이 저지르는 수많은 정책적 오류와 부조리 등과 사회주의의 이론과 당의 정강에 위배되는 당국의 정책이 갖는 문제점에 대해서도 맹렬한 비판을 가한다. 이와 함께 독재 권력의 한 양상인 검열 제도와 문단의 헤게모니 쟁탈 그리고 권력과 돈에 빌붙는 문단의 현실에 조롱과 비판을 보낸다. 이들 세 주제는 중국의 권력과 정책 당국을 비판한다는 점에서 심각한 검열을 피하기 위해 말하고 싶은 주장을 에둘러 표현한 예가 적지 않다.

다음으로 김학철이 산문을 통해 비판의 화살을 날린 대상은 개인들 속에 숨어 있는 비열과 타협과 위선 등이다. 김학철은 56편(26%)의 산문에서 우리가 현실을 살아가면서 작은 이익을 위해 편히 살기 위해 또는 남들도 다 한다는 이유로 부지불식간에 하는 행동에 대한 철저한 반성을 촉구한다. 김학철이 산문을 통해 가장 큰 분노를 드러내 보이는 것은 작은 이익을 얻기 위해 권력에 기대어 주변 사람을 모함하고 물어먹는 일이다. 반우파투쟁기부터 문화대혁명기까지 수없이 많은 사람들이 저지른, 살기 위해 타인을 비극으로 몰아간 파렴치한 행위와 함께 개혁개방 이후에도 자신의 비열했던 행위에 대한 반성이 없이 또다시 기회만 닿으면 타인을 모함하려 애쓰는 인간들에게 냉소와 모멸을 보낸다. 그리고 김학철은 남들이 다 하는 일이기에 또는 인습에 젖어 아무 생각 없이 하게 되는 잘못된 행동이나 현실에 대한 왜곡된 인식과 옳지 않은 판단으로 우를 범하는 인간과 타인의 시선을 끌기 위하여 또는 자신을 실제보다 돋보이게 하기 위해 범하는 많은 과장된 행동에 대해 철저한 자기비판을 통해 인간다운 삶을 살아갈 것을 촉구한다.

김학철은 이러한 현실에 대한 치열한 비판과 함께 잘못된 현실을 극복하기 위하여 어떻게 할 것인가에 대한 깊은 사색의 결과, 직접적인 방법으로는 언론과 작가들의 치열한 비판 정신을 잃지 말 것을 요구하고, 간접적인 방법으로는 올곧은 마음으로 진실한 삶을 살아간 사람들을 예찬하고 축하하고 기억하는 산문을 집필하였다. 엄혹한 탄압이 예상되는 상황에서도 언론과 작가는 진실을 파악하고 그것을 사회에 알리려 하여야 한다는 주장을 펴는 26편(12%)에 달하는 산문에서 김학철은 역사적 사실을 통해 작가와 언론이 바로 서지 않는 사회에는 필연적으로 독재가 자리하게 된다는 점을 경고한다. 또, 김학철은 조사나 축사를 통해 현실의 억압을 견디고 인간다움을 잃지 않는 삶을 꿋꿋이 견지한 사람들의 삶을 회억하여 독자들에게 현실을 똑바로 보고 그를 바탕으로 부끄럽지 않은 삶을 살아야 함을 일깨운다.

현실 비판에 충실한 김학철의 산문들 중에서 78편(35%)은 자신의 문학관이나 언어관을 피력하거나 자신의 삶을 회고하여 그에 대한 개인적 소회를 드러내고, 삶의 구비마다 발견되는 자신의 용렬함과 경박함 등에 대한 자기반성을 보여주고, 고난의 시간을 함께한 아내와 자식에 대한 사랑을 담고 있다. 이들 산문은 현실에 대한 정확한 인식과 비판 정신을 작품의 주제로 내세우고 있지는 않지만, 개인적 소회와 자기반성과 가족애 등이 서정적으로 그려지기보다는 작품 여기저기에 치열한 현실 비판을 감추어두고 작품 말미에서 개인적 소회나 가족애 등을 주제를 슬그머니 드러내는 방법을 사용한다. 또 문학관과 언어관을 드러내는 산문의 경우에도 사회주의적 사실주의에 대한 신념과 사회 현실을 정확히 형상화하기 위한 작가의 태도와 조선족 현실 속의 많은 문제들을 드러내고 있다. 이러한 두 유형에 속하는 산문은 직접적으로 현실 비판을 드러내는 산문들에 비해 개인적 성향을 보이는 듯하지만 이는 치열한 현실 인식과 비판 정신을 감추기 위한 방편으로 사용된 경우가 적지 않다.

이렇듯 김학철은 그의 산문에서 당대 중국 현실에 대한 정확한 이해를 바탕으로 사회에 만연한 부정과 부조리를 비판하고, 자신의 이익을 위해 정의로움을 포기하는 비열한 인간성을 조롱하고, 인간이 어떻게 살아야 하는가를 이야기함으로써 현실과 쉽게 타협하며 살아가는 평범한 인간들에게 자신의 삶을 되돌아보는 기회를 제공한다. 이러한 김학철 산문의 주제는 산문을 새로 쓰기 시작한 1980년대 중반부터 말년까지 15년에 이르는 기간 동안 큰 변화 없이 일관된다. 특히 권력의 폭력성, 당국의 정책, 타인을 모함하는 인간, 문단 현실과 검열 제도, 인간의 허위의식 등에 대한 비판과 작가와 언론의 비판 정신의 중요성을 강조하는 주제는 산문을 쓰기 시작한 때부터 말년까지 그 철저함이 지속되어 김학철의 산문의 특징인 치열한 비판 정신이 평생토록 일관되었음을 잘 보여준다.

그러나 시간의 흐름 속에 중국의 사회·경제적 현실이 변화하고, 개혁개방과 한중수교로 한국과의 교류가 확대되면서 조선족의 현실 역시 급격히 변화하면서 김학철의 산문은 비판 정신은 그대로 유지되면서도 현실을 바라보는 시각에서 약간의 변화를 드러내기 시작한다. 김학철은 1989년 월북한 지 43년 만에 처음으로 서울 나들이를 한다. 월북 후 평양, 북경, 연변으로 삶의 터전이 바뀌었고, 24년간의 영어 생활을 경험한 노작가는 적국의 수도인 서울 생활에 긴장의 끈을 놓지 못한다. 자신이 살았던 서울 거리의 변화된 모습에 놀라고 낯선 사회에 반가움과 불편함을 느끼기도 하고,[22] 조선의용군 시절의 옛 동료를 만나 회포를 풀기도 한다.[23] 그러나 조선의용군 출신인 그는 대한민국의 독립유공자로 되어 있어서 한국 정부 측에서 동작동 국립묘지를 참배하고 국무총리를 만나는 일정을 잡았는데 국립묘지 정문을 지나면서 그 사실을 알고는 국방군들이 묻혀 있는 곳을 참배할 수 없다는 생각과 자신이 국립묘지에 들어가는 사진을 왜곡된 선전에 이용하면 어쩌나 하는 두려움에 끝까지 참배를 거절하고 만다. 그러고는 대전 국립묘지에 묻혀 있는 친구 송지영의 묘소를 찾아보려던 생각도 접고 만다.[24] 한중수교가 이루어지지 않은 1989년에 적국(?)인 한국 정부의 초청으로 방문한 김학철로서는 귀국 후에 있을지 모를 불편한 일들을 고민하지 않을 수 없었고, 또 한국에 대한 인식 역시 배타적일 수밖에 없었을 것이다. 그러나 이러한 한국에 대한 거부감은 한중수교와 몇 차례 방문을 통하여 유연한 자세로 변화한다. 한국 방문 경험이 축적되면서 생성된 한국 사회와 한국인에 대한 감정의 변화는 1990년대 중반 이후 쓴 산문에 자주 등장하며, 한국의 경험을 바탕으로 중국의 정책이나 현실을 비판하고 조선족 사회를 바라보는 새로운 시각을 마련하는 근거가 되기도 한다.

1980년대 중반에서 2001년에 이르는 중국 사회의 급격한 변화의 시기에 김학철은 한국 방문 8차, 일본 방문 2차 등 많은 외국 체험을 하게 된다. 이러한 외국과의 만남을 통해 세계의 현실을 보다 객관적이고 폭넓

---

22 「서울 나들이」, 전집5, 74~94쪽.
23 「우정 반세기」, 전집5, 95~111쪽.
24 「참배 풍파」, 전집5, 112~118쪽.

제2부 조선족 문학의 풍경

게 바라볼 기회가 많아지면서 김학철 산문에는 사회주의 이념에 대한 신념이 조금씩 희석되는 변화를 보이기 시작한다.

> 사회주의가 특급렬차처럼 힘차게 내딛자면 우선 먼저 정비부터 잘 해야겠다. 닦고 죄고 기름 치기를 잘해야 하겠단 말이다.
> 직설을 하기는 캥기니까 맨 비유투성이다. 도무지 통쾌하지가 못 하다. 그러나 어쩌겠는가. 량해를 비는 바이다.
> 끝으로 한마디 부언할 것은 니까라과 지도자의 "자본주의는 종국 적으로 철저히 실패할 것"이라는 론단, 이는 지당한 론단이다. 자본 주의가 이백년 동안에 만들어 놓은 부익부(富益富) 빈익빈(貧益貧)의 세계, 부자의 천당과 빈자의 지옥, 이래도 실패가 아니라고 우기겠는 가. 사회주의가 종국적으로 승리하리라는 것은 의심할 나위도 없는 일이다.[25]

비유적 표현과 직설적 표현의 차이를 비교하면서 사회주의를 옹호하 고 있는 이 글에는 맑스주의와 사회주의가 실패한 듯 보이지만 실패한 것은 교조주의, 관료주의, 독재 및 창조성에 대한 공포감일 뿐 진정한 사회주의는 반드시 승리하고 자본주의는 철저히 실패할 것[26]이라는 신 념을 내세운다. 그리고 글의 말미에서 사회주의의 승리라는 진리를 실 현시키기 위해서는 1950~60년대에 중국을 뒤덮었던 왜곡된 사회주의 의 망령이 사라져야 한다는 주장은 드러내놓고 말하지 못하고 독자들 에게 양해를 구하는 것으로 마무리한다. 그러나 김학철은 이 글에서 종 국에는 사회주의가 자본주의를 이기고 모든 인간이 평등한 지상낙원이

---

25 「비유와 직설」, 전집3, 55쪽.
26 위의 글, 54쪽.

도래할 것이라는 신념을 설파한다.

1991년에 쓴 이 글에 나타나는 이러한 사회주의에 대한 믿음은 1940년에 공산당에 가입한 노당원의 신념이다. 김학철이 반우파투쟁기에 하방되는 어려움을 경험하고 문화대혁명기에 추리구 감옥에서 인간 이하의 삶을 살았지만 이런 잘못된 현실은 사회주의 이념의 탓이 아니고 그것을 제대로 운영하지 못한 당국의 잘못이라는 현실 인식을 드러내 보인다. 그래서 김학철은 중국의 개혁개방이 상당한 실효를 이룬 1997년에도 "200년 이상 걸려서도 부익부(富益富) 빈익빈(貧益貧)의 모순을 해결 못한 자본주의가 영원히 존속하겠달 렴치는 없다. 싫든 좋든 마땅히 후계자─사회주의에게 대물림해야 한다. 그것이 곧 사회발전의 법칙이기 때문이다. 인위적으로 변경할 수 없는 절대적인 법칙이기 때문"[27]이라며 마르크스주의와 사회주의의 이념을 있는 그대로 실천하고, 당의 강령을 충실히 따라간다면 현실 사회의 모순이 해결되고 천당과 지옥이 공존하는 자본주의 사회를 몰락시키고 사회주의로 나아갈 것이라는 신념을 드러낸다.

그러나 여러 차례의 외국 체험과 중국 사회의 변화를 바라보면서 김학철에게는 1940년 이후 결코 회의하지 않았던 사회주의가 절대적 진리라는 신념에 균열이 생기기 시작한다.

> 단돈 150딸라의 보험료가 아까와서 바들바들 떠는 사람들. 바로 그 사람들이, 바로 그 '깍쟁이'들이 오늘의 이 거창한, 미증유의 자본주의 세계를 이룩해 놓은 것이다.

---

27 「우리의 외사촌」, 전집6, 129쪽.

"벼락 맞은 소고기 뜯어먹듯 하는게 국영기업 아닌가요?"

언젠가 Y대학 K(HW)교수의 이 말에, 나는 박장대소를 했었다. 외국대학 연수 중 아르바이트를 해본 까닭에 그는 시장경제적 경영방식이 성공하는 소이연(所以然)을 체감했던 것이다.

지난날 우리는 '계획경제'로써 능히 '지상낙원'을 실현할 수 있다고 장담들 했었다. 론리적으로는 빈틈이 없었으니까.[28]

신구 두 세기에 걸쳐서 썼다고 밝힌 이 산문은 앞의 작품들과는 상당히 다른 현실 인식을 보여준다. 모든 오락과 유흥에 관심을 끊고 돈 버는 데에만 노력을 경주했던 석유왕 록펠러가 4만 달러의 곡물을 운송하면서 150달러의 보험료가 아까워했다는 이야기에서 인류 역사상 최고의 경제적 번영을 가져온 자본주의의 힘을 볼 수 있다는 주제를 이끌어낸다. 즉 개인의 재산일 경우 아무리 돈이 많은 사람이라도 더 많은 부를 축적하기 위해 필요 없는 소비를 절약하여 인류가 이전에 보지 못하였던 풍요의 시대를 만들 수 있었다는 것이다. 국영기업의 사장이라면 자신의 재산이 아니기에 절약을 하기는커녕 낭비를 일삼을 것이고 그 결과가 동구권의 몰락으로 이어졌다는 인식을 보여준다. 이는 사회주의식의 계획경제로는 전 국민이 경제적인 부를 공유할 수 있는 지상낙원을 만들 수 없다는 결론으로 나아간다. 지난날 사회주의를 신봉하는 사람들이 그런 장담을 했다며 '논리적으로는 빈틈이 없었다'는 말로 사회주의에 대한 신념이 변화하고 있음을 여실히 보여준다. 더욱이 서울의 진보적인 교수들과의 토론에서 사회주의는 물질적 토대가 마련된

---

28 「'우표' 좀더」, 전집3, 445쪽.

자본주의가 성숙된 사회에 가능하고 그나마 21세기에는 사회주의로의 이행이 불가능하고 22세기에나 몇몇 나라에서 가능해지지 않겠냐는 결론을 얻었다는 요지의 내용[29]은 김학철의 사회주의에 대한 변화한 인식을 확연히 알게 해준다.

「'우표' 좀더」는 이러한 사회주의에 대한 변화된 인식을 드러낸 뒤, 경제적으로 힘들었던 과거를 이야기하고는 작품의 말미에 가서 그래도 이제는 개혁개방으로 식량 사정이 많이 호전되었고, 석탄 연기로 시커멓던 공기도 시당국이 무허가 굴뚝을 일소하여 많이 나아졌으니 고마운 일이라는 말로 사회주의 중국의 변화에 대해 긍정적인 평가를 내린다. 그리고 이어지는 이 작품의 마지막 부분은 김학철의 산문이 주제를 드러내는 한 방식을 잘 보여준다.

> 이토록 소중한 자유, 그 자유에 대한 갈구(渴求). 그 '갈구'가 우리에겐 거의 없는 상태다. '자유불감증'들인 것이다.
> 허지만 너무 걱정들일랑 마시라. 치유(治癒)는 충분히 가능한 거니깐.[30]

작품 전체에서 경제적 풍요의 문제와 그것을 가능하게 하는 사회제도에 대하여 언급하며 사회주의 이념 자체에 대한 약간의 회의를 보여준 이 작품은 말미에 가서 갑작스레 경제적인 작은 풍요가 가능해진 중국 사회에 존재하지 않는 자유, 중국인들에게 부족한 자유에 대한 갈구를

---

29 위의 글, 442~443쪽.

30 위의 글, 455쪽.

당대 중국 사회의 가장 중요한 문제점으로 제기한다. 이는 한담설화식 전개로 다양한 이야깃거리를 통해 사회 현실에 대한 자신의 견해를 드러내고 작품의 제1주제를 보여준 후에 작품 말미에서 전혀 다른 새로운 주제를 제시하고는 유보적인 말로 마감해버리는 급작스러운 전환의 결말 처리 방법으로 김학철의 산문에서 가끔 발견된다. 이렇듯 주제를 급전환하고 유보하는 결말 처리는 앞에서 살핀 '언외지의'의 방식과 함께 검열을 피하기 위한 고심의 결과 선택한 산문 창작의 한 방법이라 하겠다.

4. 결론

본고에서는 김학철의 산문의 제재와 주제를 통계적으로 살펴 그의 산문이 갖는 미적 특징을 정리하였다. 그는 자신의 항일 체험과 독서 내용 그리고 주변 현실에서 주제와 관련되는 다양한 제재를 선택하여 나열하는 한담설화식 구성을 사용하여 유사한 내용을 반복하여 사용한다는 느낌을 준다. 그리고 김학철의 산문은 주로 권력의 폭력성과 검열 제도 등 부조리하고 부패한 현실을 비판하고 허위에 가득하고 타인을 모함하는 인간들을 조롱한다. 그가 중국의 현실을 비판하는 정치논설적인 성격이 강한 산문을 집필하면서 검열을 의식하여 선택한 산문의 구성 방식이 한담설화식 구성이라 하겠다.

김학철은 20세기 마지막 크리스마스 이브에 쓴 것이라 밝힌 산문에서 "우리 모두 21세기의 문턱을 넘어서면서, 철 지난 관념들일랑 헌털뱅이 벗어버리듯 훌훌 다 벗어버리자. 그리고 참신한 새 삶을 다 같이 한번 좀 누려보자."[31]고 일갈한다. 이는 항일투쟁과 정치적 억압 속의 20세기를 보내면서 새로운 세기에는 참신한 시대가 열릴 것을 염원한 것으로 자신이 말하고자 하는 주제를 한담설화식으로 에둘러 이야기하지 않고 직접 글로 쓸 수 있는 언론의 자유가 보장된 사회에 대한 기원을 보여준다. 그러나 김학철은 2001년 가을에 운명함으로써 자신이 기원한 바, 주어진 관념에 따르지 않고 자신이 쓰고 싶은 것을 쓰고 자신이 원하는 바대로 살 수 있는 참신한 세상은 보지 못하고 말았다.

작가 김학철은 소설과 산문을 주로 창작하였는바, 소설은 항일의용대의 전우들을 회억하여 그들을 역사 속에 자리매김하는 데 바치고, 산문은 현실 속에 만연한 불합리를 비판하여 새로운 미래를 만드는 데 바치고 있다. 그는 불의를 보면 참지 않고 몸으로 글로 부딪혀 바로잡으려 노력하다 육체적으로 또 정신적으로 엄청난 고통을 경험하였다. 그러나 그는 엄혹한 억압에도 굴하지 않고 현실을 직시하고 비판을 가함으로써 세상 사람들에게 올바른 삶이 무엇인가를 온몸으로 보여주었다. 이런 점에서 김학철은 단순히 허구적 서사를 만들어내는 소설가이기보다는 지사이자 문사라는 지적이 타당하다.

---

31 「길이란 본래 없었다」, 전집3, 461쪽.

루쉰과 김학철 잡문의 담론 전개 방식

1. 서론

　중국 현대문학사의 거장 루쉰(魯迅)과 조선족 문학의 태두 김학철에 대한 비교문학적 연구는 조선족 학자들 사이에서 상당히 깊이 있게 진행된 바 있다.[1] 두 작가의 이념과 사상 면에 나타나는 유사성과 작품에 나타나는 주제상의 공통점 등을 비교하고, 두 작가 사이의 영향 관계를 다룬 연구가 적지 않은 성과를 보이고 있다. 이들 연구는 대체로 김학철이 루쉰의 인격과 삶의 자세 그리고 문학 정신을 흠모하여 그의 사상과 문학을 적극적으로 모방하려 하였음에 착안하여 두 작가의 문학작품 사이에 어떠한 영향 관계가 나타나는지를 밝히는 데 치중하였다.

　그러나 루쉰과 김학철이 살았던 시대가 크게 다르고, 루쉰이 문사로

1　김학철문학연구회가 새로 발굴한 김학철의 작품과 그와 관련한 자료 그리고 연구 성과를 정리하여 7차에 걸쳐 출간한 『김학철문학연구』에는 루쉰과 김학철을 비교한 연구가 10여 편 실려 있다.

서 현실에 대응하였다면 김학철은 행동으로 시대에 저항하였다는 점에서 삶 역시 커다란 편차를 보인다. 두 작가 사이에 존재하는 이 같은 시대적 간격과 생애 상에 나타나는 분명한 차이는, 김학철이 루쉰을 흠모하여 모방하였다는 데에서 출발하여 영향 관계를 밝히는 노력과 함께, 두 작가의 문학작품에 나타나는 차이에도 관심을 기울일 필요를 느끼게 한다. 이는 이러한 연구를 통하여 영향과 수용의 관계에 있으면서도 두 작가 사이에 나타나는 차이를 통하여 김학철 문학의 특징과 독자성을 밝히는 단초가 될 수 있기 때문이다.

이러한 점에서 루쉰과 김학철의 영향 관계와 함께 두 작가 사이에 나타나는 차이에 관심을 가져, 차이의 양상을 살피고 그 원인을 밝히는 연구의 필요성이 대두된다. 이를 위한 첫 시도로서 본고에서는 두 작가가 크게 관심을 기울여 방대한 분량의 작품을 남긴 잡문[2]의 담론 전개 방식[3]을 비교한다. 이는 현실 문제에 대한 비판이 주를 이루는 잡문의 성격상 두 작가의 사상이나 현실 인식 등을 비교하는 그간의 연구에 좋은 자료가 되었지만, 동시에 주제를 구체화하기 위해 선택하게 되는 담론 전개 방식은 두 작가의 차이를 밝히는 데 효과적이라는 판단에 따른

---

2 루쉰은 700여 편의 잡문을, 김학철은 400편이 넘는 잡문을 발표했고, 두 작가 모두 소설이나 다른 장르에 비해 잡문에 평생에 걸쳐 집중적으로 매달렸다는 점에서 두 작가의 문학을 비교하는 좋은 자료가 되리라 판단된다. 참고로 김학철은 400여 편의 잡문을 발표한 것으로 전해지나(김호웅·김해양, 『김학철평전』, 실천문학사, 2007, 430쪽) 그의 사후 출간된 『김학철전집』에는 200여 편의 잡문이 실려 있을 뿐이다.

3 본고에서는 개개의 잡문에서 주제를 효과적으로 구체화하기 위하여 사용된 진술 방식을 작가가 자신의 이념을 드러내기 위해 동원되는 글쓰기 방법이라는 점에 착안하여 '담론 전개 방식'이라 명명한다.

것이다.

2. 영향 관계의 외적 증거

김학철은 루쉰의 삶을 흠모하였으며 그의 문학과 사상을 존경하여 평생을 루쉰을 따라 배우려는 자세를 견지하였다. 그는 여러 글에서 루쉰 문학에 관심이 지대했으며 루쉰을 배우려 노력을 하였다고 밝힌 바 있다. 김학철의 루쉰에 대한 애정과 사랑을 드러내고 있는 많은 글들은 루쉰과 김학철 문학 사이의 영향 관계를 밝히는 외적 증거로서 큰 의미를 지닌다.

> 그의 애국주의, 그의 국제주의, 그의 현실주의, 그의 정열, 그의 용기 그의 심각한 통찰력, 그의 예리한 필치 … 이 가운데의 어느 하나라도 빼놓아서는 안 된다.
> 하지만 그러면서도 우리는 특히 거짓말을 쓰지 않는, 오직 진실만을 쓰는 엄숙과 그 정직을 따라 배워야 한다.[4]

루쉰이 보여주는 사상이나 용기는 물론 그의 예리한 필치와 진실만을 쓰는 정직한 품성까지 모두 따라 배워야 한다고 주장하는 이 글은 작가로서 김학철이 루쉰의 문학에 보내는 최대한의 찬사가 아닐 수 없다. 김학철은 서울에서 중학교에 다니던 어린 시절에 루쉰의 글을 접했고 중국으로 건너가 항일무장투쟁을 하던 시기에 루쉰에 대한 존경의 마

---

4 김학철, 「위대한 문호 로신을 따라배우자」, 김학철문학연구회 편저, 『소장파평론가와 김학철의 만남』, 연변인민출판사, 2009, 19쪽.

음을 깊이 간직하고 있었다고 한다. 김학철의 루쉰에 대한 관심과 애정이 어떠했는지는 그의 아들인 김해양의 글에서 잘 드러난다.

> 1934년 봄 문예잡지 『개조』를 통해 노신의 작품을 처음 접한 김학철은 1935년 상해에서 항일혁명을 하면서 중국어 공부를 할 겸 노신의 글들을 읽다가 노신의 문장에 매료되어 1936년 여름 그의 집 앞까지 찾아갔으나 문을 두드릴 용기가 없어 퇴각령을 놓았으며, 노신이 자주 다니던 우찌야마 서점에서 그를 기다리기도 하였으나 헛수고로 끝나고 말았고, 그해 10월 노신이 죽음으로써 영원히 만나지 못하고 말아 김학철에게 평생의 한으로 남게 되었다.[5]

김해양의 글에 따르면 김학철은 서울에서 중학교를 졸업하고 『조선문단』에서 심부름을 하던 1934년 봄 일본 문예잡지 『개조』에서 루쉰의 작품을 접했고, 1935년 중국으로 건너가 의열단 활동을 하던 시기에 중국어 공부를 위해 루쉰의 글을 읽은 것으로 된다. 그리고 이 과정에서 루쉰의 문장에 매료되어 존경의 마음을 가져 1936년 여름 루쉰의 집 앞까지 찾아갔으나 문을 두드릴 용기가 없어 되돌아왔고, 루쉰이 단골로 다니던 서점에서 기다려보기도 하였으나 먼발치로도 만나지 못하였는데 그해 10월 루쉰이 죽어서 만날 기회를 놓쳤으며, 평생 상하이에서 지낼 때 루쉰을 만나지 못한 것을 한으로 여겼다는 것이다. 김학철이 서울에서 중학교를 다니던 시기에 이미 루쉰이라는 작가에 대해 알았을

---

5 김해양, 「김학철의 혁명 생애와 그가 만난 력사적인물들」, 김학철문학연구회 편저, 『소장파평론가와 김학철의 만남』, 연변인민출판사, 2009, 32~33쪽.

가능성은 충분하나,[6] 그렇다 해도 상하이에서 의열단 활동을 하던 시기에 루쉰을 만나려 한 경과에 대해서는 좀 더 고증이 필요하다.[7]

항일의용대 시절 김학철은 무장투쟁을 계속하는 가운데도 문학에 대한 관심을 완전히 버린 것은 아니어서 항일의용대 내에서 최채 등과 연극을 공연하였고, 항일의용대 팜플렛에 몇 편의 글을 싣기도 하였다. 해방 이후 한국으로 귀국한 후 몇 편의 소설을 발표하고, 북한을 거쳐 한국전쟁 기간에 중국으로 건너간 김학철은 베이징에서 생활하면서 딩링(丁玲)에게 문학 창작을 배우고 1952년 연변으로 들어가 전업작가로 나섰다. 이후 1957년 반동분자로 숙청당할 때까지 세 권의 중문 소설집

---

6 루쉰의 대표작 「광인일기」는 류수인이 번역하여 『동광』 1927년 8월호에 게재했다. 이후 양건식이 「아큐정전」(『조선일보』 1930.1.4~2.16)을, 정래동이 「애인의 죽엄―위생의 수기」(『중외일보』 1930.3.27~4.1)와 「과객」(『삼천리』 1932.9)을, 김광주가 「재주누상」(『제일선』 1933.1)을, 이육사가 「고향」(『조광』 1936.12)을 번역하는 등 주로 중국에서 유학하거나 활동하던 문인들에 의해 작품의 번역이 이루어졌고, 루쉰의 삶과 문학을 소개하는 글들도 여러 지면에 발표되었다.

7 김학철이 상하이 체류 시 루쉰을 찾아간 일에 대해서는 잡문 「20년」(『연변일보』 1956.10. 16)과 「노신의 방향」(『길림신문』 1986.11.4)에서 언급한 바 있다. 「20년」에는 1936년 8월 구망협회의 연출로 루쉰을 만날 기회가 있었으나, 루쉰과 일어로 대화할 수밖에 없다는 사실이 민족주의적인 결백으로 마음에 꺼려져서 중국어를 배운 뒤에 찾아뵙겠노라 하였는데 그해 가을 루쉰이 사망하여 못 만났다고 되어 있고(김학철문학연구회 편저, 『소장파평론가와 김학철의 만남』, 연변인민출판사, 2009, 21쪽), 「노신의 방향」에서는 1936년 여름 조선민족혁명당 활동을 할 때, 동료 리수산과 루쉰을 만나보기로 하고 댁 앞까지 갔다가 용기가 없어 돌아서고, 그 길로 루쉰이 자주 들른다는 우치야마 서점에도 가보았으나 점원들이 책도둑 보듯 하여 멋쩍어 돌아섰으며, 그해 가을 루쉰 장례식에는 특구책임자 류일평이 위험을 이유로 불허하여 참례하지 못했다고 밝혔다. 양자 사이의 차이가 매우 커서 현재로서는 김학철이 상하이에서 활동하던 시기에 루쉰은 만난 기회가 있었거나, 만나려다 실패했다는 개간의 사정이 정확히 파악되지는 않는다.

과 다섯 권의 한글 소설집 그리고 장편소설 『해란강아 말하라』를 간행하는 왕성한 창작력을 보였다.

　김학철은 문학작품의 번역에도 노력을 기울여 여러 권의 번역집을 출간하는 성과를 보였다. 그의 번역 활동은 주로 1950년대에 집중되어 있는데, 루쉰의 작품 번역에 특별히 노력을 기울여 그의 소설 33편 중 무려 18편을 번역 출간하였다. 이는 김학철이 루쉰의 소설 작품 중 『고사신편』에 게재된 작품을 제외한 거의 모두 번역한 것으로 판단된다.[8] 김학철이 루쉰의 작품 번역과 출간에 노력을 기울인 사실은 루쉰 문학에 대한 관심과 애정을 보여주며, 김학철이 루쉰을 사숙(私塾)하여 작가로서의 입지를 다졌음을 알게 해준다.

　　나는 로신의 글 솜씨만을 따라 배우려고 하는 게 아니라 그 성격, 사상, 행동까지도 다 따라 배우려고 노력한다. 음주와 흡연만을 빼고는 몽땅 다 따라 배우려고 애를 쓰는 것이다.
　　그 결과는 어떠한가. 호랑이를 그린다는 게 잘되지 않아 고양이를 그려놓기는 했을망정 형태만이라도 좀 비슷하기는 비슷해졌다. 아닌 게 아니라 좀 비슷해졌다.
　　현시점에서 나는 로신보다 20년을 더 산 셈이다. 로신이 56세에 타계한 데 비해 나는 76세. 아직 이렇게 글을 쓰고 있으니까.[9]

　인용문은 루쉰과 김학철의 문학 사이의 영향 관계는 물론 그가 루쉰

8　김학철의 루쉰 번역에 관하여는 우상렬, 「김학철의 로신 작품 번역 연구」, 김학철문학연구회 편저, 『로신과 김학철』, 연변인민출판사, 2011, 497쪽 참조.

9　김학철, 「산문수업」, 『사또님 말씀이야 늘 옳습지』(김학철전집 3), 연변인민출판사, 2010, 58~59쪽.

의 영향을 어느 정도나 받았는지를 충분히 알게 해준다. 루쉰의 문학 뿐만 아니라 그의 삶을 비롯하여 사상과 행동까지 모든 것을 배워 그와 똑같은 모습으로 살아가려 노력한 김학철의 모습은 한 작가를 통해 자신을 형성해가는 사숙의 전형적인 모습이다. 그리고 그런 노력으로 이제 조금은 스승의 문학과 비슷한 자리에 오른 것 같은 자신감과 함께 스승보다 더 오래 산 것에 대한 죄스러움을 드러내는 자세는 제자로서 스승에게 보내는 최대한의 찬사라 느껴진다.

이렇듯 김학철이 루쉰을 따라 배우려 노력하였다는 외적 증거들은 김학철 문학을 루쉰의 문학과 비교문학적으로 연구할 근거를 마련해준다. 이제 두 작가의 잡문을 중심으로 하나의 주제를 구체화하기 위하여 사용하는 담론 전개 방식의 차이를 대비하고 그 같은 차이가 발생하는 원인과 함께 그것이 갖는 의의를 살피기로 한다.

3. 담론 전개 방식의 차이와 그 원인

루쉰과 김학철의 잡문에 나타나는 주제 면에서나 형식 면에서의 유사성은 여러 연구자들에 의해 지적된 바 있다. 김관웅은 루쉰과 김학철의 잡문을 사상 경향 면과 예술 표현 형식 면에서 비교하여 두 작가 모두 주제 면에서 선명한 정치성과 강렬한 현실성을 띠고 있음을 지적하였고, 형식 면에서는 담론 전개 과정에서의 비유와 생동한 세부 묘사를 통한 형상성, 반어를 통한 세련된 표현, 시적인 표현 수법의 사용 등에서 유사성을 지적하였으며, 구성 면에서는 성동격서의 구성과 독립된 제재를 모아 전일체를 이루는 진주목걸이형 구성, 차이가 분명한 사물을 나열하는 대비형 구성 등을 공통점으로 들고 있다. 김관웅은 이러한 두 작가의 잡문에 나타나는 이러한 유사성들에 대해 김학철이 루쉰의 잡문을 읽으면서 자연스럽게 그의 잡문을 따라 배운 결과로 정리하고 있다.[10]

박충록은 루쉰과 김학철이 중국 사회의 진보와 인류 사회의 발전을 위해 기여하려는 문학관과 마르크스주의 세계관이 동일하여 그들의 잡문에 주제상 많은 공통점이 나타났으며 형상적 비유와 해학, 유머, 풍자 등의 사용에서 상당한 유사성을 보인다[11]고 하였고, 루쉰과 김학철을 전체적으로 비교하면서 잡문에 일정한 관심을 보인 우상렬 역시 사상적인 면에서나 창작 방법의 면에서 공통점을 보임은 물론 엄혹한 상황을 유머, 반어, 풍자 등을 사용하여 에둘러 비판하는 창작 방법상의 공통점이 나타나고 있음을 지적[12]하였다.

김홍매는 루쉰과 김학철의 잡문에 사용된 주제를 형상화하는 표현 수법에만 초점을 맞추어 살핀 결과, 두 작가의 잡문은 그 표현 수법에 있어 떠도는 풍문이나 신문 기사 등에서 현실에 대한 비판 의식을 드러내고, 설화나 우화나 소설 등을 인용하여 주지를 이끌어내는 용사(用事)의 방법을 자주 사용하며, 유머나 풍자 등을 동원하여 웃음 가운데 주제를 효과적으로 제시하는 점 등에서 상당한 공통성을 지니고 있음을 밝히

---

10 김관웅, 「로신과 김학철의 잡문 비교연구」, 김관웅·김호웅, 『김학철 문학과의 대화』, 연변인민출판사, 2009.

11 박충록, 「로신의 잡문과 김학철의 잡문의 비교 연구」, 김학철문학연구회 편저, 『로신과 김학철』, 연변인민출판사, 2011.

12 우상렬, 「로신과 김학철─로신과 김학철 비교고찰 시론」, 위의 책.

고 있다.[13]

여러 논자들이 밝혔듯이 루쉰과 김학철이 한 편의 잡문을 창작하는 과정에서 주제를 이끌어내고 그 주제를 구체화하여 작품으로 완성하는 담론 전개 방식에는 유사한 점이 적지 않다. 이들에게 나타나는 유사성은 비교 대상이 되는 작품들이 잡문이라는 장르적 공통점을 가진 데 기인하는 것이기도 하고, 앞 장에서 살펴보았듯이 김학철이 루쉰의 삶과 문학을 따라 배우려 노력한 결과로 이해할 수 있다.

루쉰과 김학철의 잡문은 장르적 공통점과 사숙이라는 조건에 의해 담론 전개 방식의 공통점이 나타나기는 하지만 그 차이 또한 분명히 존재한다. 두 작가의 잡문이 지닌 담론 전개 방식의 차이 중 유의미하다고 판단되는 세 가지 담론 전개 방식을 검토하기로 한다.

1) 주제 도출 방식의 차이

루쉰과 김학철이 잡문의 서두에서 담론 전개 과정을 통해 작품 전체의 주제로 이끌어가는 방법에 상당한 차이를 보인다. 예문을 통하여 두 작가의 담론 전개 방식의 차이를 살펴보자.

양실추 선생은 『개척자』지에서 자신이 "자본가의 앞잡이"라고 지칭된 데 대하여 글을 써서 "나는 화를 내지 않는다"고 말하였다. 먼저 『개척자』 제2호 672페이지에서 내린 정의를 보면 "아무래도 내 자신이 프롤레타리아 계급의 일원인 듯싶다"라고 쓴 다음, 아래에 "무

---

13 김흥매, 「로신과 김학철 수필의 형상화 표현수법 비교연구」, 위의 책.

릇 앞잡이라면 주인의 환심을 사는 것으로 약간의 보수를 챙기는 자"라고 규정을 하고 나서 또 의문을 던지고 있다.[14]

이 글은 당대 우익 문사인 량스추(梁實秋)의 글을 비판하면서 자본가의 비위를 맞추는 글을 써서 양심적인 지식인들을 위험에 빠뜨리는 문사들을 회자수에 비유하여 그들의 비겁함을 준엄하게 꾸짖고 있다. 자본가나 권력자들의 입장을 대변하고 그들의 이익을 담보해주는 글을 써서 작은 이익이나마 챙기려는 작가의 얄팍한 이기심을 비판한 것이다. 이같이 당대의 현실을 왜곡하고 사회에 해악을 미치는 글을 인용하고 이를 비판하는 과정에서 주제를 드러내는 담론 전개 방식은 루쉰의 많은 잡문에서 사용되고 있다.

> '다(大)' 씨 성을 가진 신문의 부간에 '장(張)' 씨가 "중국의 유망한 청년들이 '문인무행'이라는 허울을 빌려 지탄받을 만한 악취미는 절대로 자행하지 않기를 바란다"라고 했다. 그야말로 지당한 말씀이다. 그런데 '무행'의 정의가 또한 빈틈없기 짝이 없다. 듣자 하니 "이른바 무행이라는 것은 꼭 불규칙적이라거나 부도덕한 행위를 가리키는 것은 결코 아니다. 무릇 인지상정에 어긋나는 모든 악행도 그 속에 포함된다."
> 그는 계속해서 몇몇 일본 문인들의 '악취미' 사례를 거론하며 중국의 유망한 청년들에게 실패한 본보기가 된다고 했다. 그중 하나는 '미야지 가로쿠의 손톱으로 머리 긁기'이고, 또 다른 하나는 '가네코

---

14 루쉰, 「"상갓집"의 "무맥한 자본가 앞잡이"」, 『이심집』, 『한 권으로 읽는 루쉰문학선집』, 송순남 역, 고인돌, 2011, 259쪽.

요분의 입술 핥기'이다.[15]

사소한 사건을 모아 수필로 만들고, 고문을 고쳐 창작인 양하고, 엉성한 정기간행물을 엮고는 자신을 치켜세우고, 외국 문단의 동향을 번역하고는 대가인 양하는 등의 행동을 통해 중국의 간판 문인으로 행세하는 소위 대가들의 행태를 비판하는 이 글은 문인들의 사소한 기벽을 비판한 장뤄구(張若谷)의 「악취미」란 글을 언급하는 것으로 시작한다. 손톱으로 머리를 긁거나 입술을 핥는 것과 같은 기벽을 인지상정에 어긋나는 악덕으로 폄하하는 장뤄구의 글을 인용하고는 중국 문인의 악취미는 그것이 아니라 대가인 양 행세하는 문인들의 자세라며 당대 문단의 행태에 비판을 가한다. 타인의 글을 끌어들여 주제를 구체화해나가는 방법은 루쉰의 잡문에서 흔히 사용되는 담론 전개 방식의 하나이다.

> 40년 전에 처음 연변에 왔을 때 여자 분들이 자기 남편을 우리 '나그네'라고 지칭하는 것을 듣고 나는 적잖게 놀랐었다. 그때까지 나는 '나그네'라는 것은 '제 고장을 떠나서 객지에 있거나 려행 중에 있는 사람'을 일컫는 것으로만 알고 있었다.
> 남편의 성 밑에다 "동무"를 달아 부르는 것도 어지간히 귀에 거슬렸다. 한어 식으로 성 앞에다 "로"자를 붙여서 부르는 것도 맞갖잖았다. 물론 "우리 주인"이라고 부르는 것도 역시 좋지가 않았다. 고용살이군이 고용주를 지칭하는 것 같은 렬등감이 비치기 때문이다.[16]

---

15 루쉰, 「문인무문」, 『거짓자유서』, 『루쉰전집 제3권』, 루쉰전집번역위원회 역, 그린비, 2011, 119쪽.

16 김학철, 「반디불남편」, 『나의 길』(김학철전집 5), 연변인민출판사, 2011, 219쪽.

김학철은 잡문 「반디불 남편」에서 담배를 피우다 구박받는 남편과 옹색하게 집에 들어가면 베란다에서 담배를 피워야 하는 처지이면서도 담배를 끊지 못하는 남자들과 담뱃불로 비단옷에 구멍이 나자 그 자리에서 담배를 끊어버린 외조부 이야기 등을 통해 금연을 강조하고 있다. 그런데 이 글은 글을 시작하는 단계에서 앞에서 살핀 루쉰의 잡문과는 매우 다른 양상을 보인다. 루쉰은 자신의 주장을 이끌어내기 위하여 량스추의 글을 끌어들이고 있는 데 비해 김학철은 연변 조선족들이 남편을 지칭하는 용어에 대한 불만감을 드러내는 데서 시작한다.

　이 같은 담론 전개 방식은 김학철 잡문에서 두루 사용되고 있다. 「얼굴 없는 작가」[17]에서는 한국의 '얼굴 없는 작가' 박노해에 대한 이야기에서 한국의 대필 작가에 대한 언급을 거쳐, 여기업가를 찬양하다 그녀가 파산하고 감옥에 가자 비방을 해대는 연변 작가와 기타 여러 어용문인들을 예를 드는 과정을 통해 어용문인을 삶의 자세를 비판하고 진정한 작가가 되기 위해 필요한 작가로서의 지조를 강조한다. 또, 미국의 석유왕 록펠러, 강철왕 카네기, 자동차왕 포드 등을 이야기하고는 비둘기장만 한 상점에 엄청난 제목의 간판을 다는 연변의 모습을 예로 들어 풍자하다가 최종적으로 소설 창작의 중요성을 말하는 「간판왕」[18]과 같이 김학철의 많은 잡문은 이러한 담론 전개 방식을 사용한다.

　이처럼 루쉰의 많은 잡문은 타인의 글이나 말에 대한 비판에서 시작하여 주제를 찾아가는 형식으로 된 것이 적지 않은 데 비해, 김학철

---

17 김학철, 『천당과 지옥 사이』(김학철전집 6), 연변인민출판사, 2011, 317~320쪽.
18 김학철, 『태항산록』(김학철전집 4), 연변인민출판사, 2011, 346~349쪽.

의 잡문은 타인의 행동이나 주변 사람들의 삶의 자세를 비판하는 데에서 시작하여 주제로 이끌어나가는 형식을 취하는 경우가 대부분이다. 루쉰과 김학철이 당대 현실에 대한 치열한 대결 의식을 바탕으로 현실을 풍자하고 비판하는 데 치중하였다는 공통점에도 불구하고 담론 전개 방식에 차이를 보이는 것은 두 작가가 잡문가로서 활동하던 시기가 달랐고 또 두 작가가 잡문을 쓰는 동기가 달랐다는 점과 무관하지 않을 것이다.

루쉰은 1930년대 보수와 진보가 대립각을 세우고 또 항일과 친일 그리고 친외세와 반외세가 치열하게 대립하던 시기에 비평가로 활동하였다. 그는 무엇보다 자신과 사상과 이념이 다른 비평가들과 치열한 논쟁을 할 수밖에 없었고, 그의 잡문 대부분은 상대방의 글이나 신문에 난 기사들을 끌어들여 거기서 비판의 날을 세워간 것이다. 이에 비해 1930년대에 항일투사로 무장투쟁을 하였고 중화인민공화국 수립 후 작가로 활동하다가 영어 생활을 하고 난 뒤, 잡문 창작에 몰두한 김학철은 타인과의 비평적 논쟁을 벌이기보다는 자신이 살던 시기에 사회적으로 만연해 있던 위선과 욕망을 질타하는 글을 쓰는 데 치중하였기 때문에 주변 사람들의 삶의 방식이나 태도 등을 예로 들고 그것으로부터 이끌어낼 수 있는 현실을 비판하는 방법을 주로 사용할 수밖에 없었을 것이다.

2) 담론 전개 과정에서 논거의 차이

루쉰과 김학철이 잡문의 담론 전개 과정에서 주장의 타당성을 증명하기 위해 동원되는 근거들에서 큰 차이를 보인다. 루쉰이 중국의 고전을 전거로 사용하는 경우가 많은 데 비해 김학철은 자신의 삶의 체험으로부터 타당성을 확보하는 방법을 많이 사용하고 있다. 구체적인 예를 통해 살펴보자.

> 공자의 제자들은 선비였고 묵자의 제자들은 협자였다. "선비는 부드러우니" 물론 위험은 없다. 하지만 협자는 성실하기 때문에 묵자의 말류들은 "죽음"을 궁극적인 목표로 삼기에 이르렀다. 그리고 나중에는 진짜로 성실한 자는 차츰 다 죽어버리고 교활한 협자만이 남았다. 한나라에 이르러 대 협자들은 위험에 대비하여 귀족이나 대관에게 뇌물을 바친다.
>
> 사마천은 "선비는 글로 법을 어지럽히고 협자는 무력으로써 금기를 범한다"고 하였다. "어지럽히는" 것과 "금기를 범하는" 것은 절대 "반란"이 아니다. 하물며 "5후(五候)"와 같은 대감이 뒤에 있음에랴.
>
> "협자"라는 말은 점차 사라지고 도적이 생겨났다. 하지만 협자와 같은 부류로서 그들이 내건 깃발은 "하늘을 대신하여 도를 행하는" 것이었다. 그들은 천자가 아니라 간신배를 반대하였고 장수나 대감이 아니라 평민을 노략질하였다.[19]

이 글은 의를 중시하고 자신을 알아주는 사람을 위해 목숨을 바치며 세상에 불만을 품고 개혁하려던 협객들이 사라지고 체천행도(替天行道)를 내세우며 권력에 빌붙고 평민을 약탈하는 도적으로 변한 역사적 사실을 살펴, 힘없는 평민들을 겁박하고 착취하는 깡패와 같은 인간들을 비난한다. 이 글에서 루쉰은 중국의 고전과 역사적 사실들을 매우 많이 인용하고 있다. 그리 길지 않은 이 글에서 앞의 인용문에 나오는 『설문

---

19 루쉰, 「깡패의 변천」, 『삼한집』, 송순남 역, 앞의 책, 228~229쪽.

해자』와 『사기』를 비롯하여 『수호전』, 『시공안』, 『팽공안』, 『칠협오의』, 「꼬리 아홉의 거북」 등 다양한 글을 인용하여 협객들이 도적으로 변하는 과정을 보여준다. 이러한 담론 전개 방식은 아래 인용문들에서 알 수 있듯 루쉰의 잡문에서 자주 사용되고 있다.

> 한대에는 거효(擧孝)가 있었고, 당대에는 효제역전과(孝悌力田科)가 있었고, 청말에도 효렴방정(孝廉方正)이 있어 모두 그것으로 벼슬을 할 수 있었다. 아버지의 은혜를 일깨우기 위해서 황제의 은혜가 베풀어졌지만, 자기의 허벅지 살을 베어 낸 인물은 끝내 드물었다.[20]

> 어떤 사람의 본적이 도시인가 시골인가를 가지고 그 사람의 공과를 결정할 수는 없는 노릇이며, 거처의 아름다움과 누추함이 곧바로 작가의 정신세계에 영향을 주고 있는 것도 아니다. 맹자가 "처해 있는 지위가 그 사람의 기개와 도량을 바꿀 수 있고, 받들어 모심과 양육의 성격에 따라 그 사람의 모습과 자태를 바꿀 수 있다"고 한 것은 이를 말하는 것이다.[21]

자식이 부모에게 바치는 효와 부모가 자식에게 베푸는 사랑의 문제를 검토하면서 효보다는 사랑이 중심이 되어야 함을 설파하여 전통적인 부자 관계를 근대적인 그것으로 바꿀 것을 강조한 앞의 글에서 루쉰은 효행을 기려 벼슬을 내리던 중국의 역사적 사실을 전거로 사용하고,

---

20 루쉰, 「지금 우리는 아버지 노릇을 어떻게 할 것인가」, 『무덤』, 『루쉰전집 제1권』, 루쉰전집번역위원회 역, 그린비, 2010, 213쪽.

21 루쉰, 「'경파'와 '해파'」, 『꽃테문학』, 『루쉰전집 제7권』, 루쉰전집번역위원회 역, 그린비, 2010, 568~569쪽.

또 조정에서 효행에 따라 사람을 뽑자 용감한 사람들은 허벅지 살을 베었다는 『송사』에 전해오는 기록을 인용하면서 황제의 노력에도 불구하고 효를 위해 자신을 희생하는 사람이 흔하지는 않았음을 이야기한다. 또 베이징의 문인들과 상하이의 문인들이 기질이 다름을 말하면서 두 지역의 문인들이 자신들의 사회문화적 배경을 살려 더 좋은 글을 쓸 것을 강조한 글에서도 자신 생각의 타당성을 강조하기 위하여 맹자를 인용한다. 이러한 전거를 사용하는 담론 전개 방식은 중국의 글쓰기 전통의 하나였고 루쉰은 새로운 형식의 글인 잡문에서 글쓰기 전통을 계승하고 있는 면이 적지 않음을 보여준다.

그때(반우파투쟁기 : 필자 주) 극성을 떠는 "프롤레타리아용사"들 중에 녀장 하나가 있었는데 이 녀장이 어찌나 맹렬했던지 그 앞에선 제아무리 배심 좋은 "반동파"도 다 침 먹은 지네들이 돼버렸었다. 다들 꿀꺽 소리도 못했던 것이다.

"개 눈깔에 똥만 보인다더니 저것들 눈깔엔 사회주의제도의 결점밖에 안 보이는 모양이지!"

그녀의 대갈일성에 뭇 "반동파"들은 너무도 송구해 몸 둘 바를 모르며 쩔쩔맸었다.

그런데 야속하신 하느님께서 무슨 변덕이 나셨던지 얼마 아니 가서 그 녀장의 남편까지 "우파분자"를 만들어놓으셨다 아마 그 남편 되시는 분의 눈깔에도 우리처럼 똥만 보였던 모양이다.

하루아침에 "반동의 가족"으로 전락을 해버린 그 녀장의 풀이 죽은 모습과 서리 맞은 소동 같은 우거지상은 참으로 보기가 민망스러울 지경이였다.[22]

22 김학철, 「가해자와 피해자」, 『천당과 지옥 사이』(김학철전집 6), 연변인민출판사,

김학철은 아무리 혼란스러운 시대가 되더라도 타인에게 고통을 주고, 남의 가슴에 못을 박는 가해자가 되기보다는 피해자가 되는 것이 오히려 낫다는 주장을 펴기 위하여 자신이 피해자로서 엄청난 고난을 겪었던 반우파투쟁 시기의 실제 경험을 예로 든다. 정치적 혼란기에 권력이 요구하는 바에 따라 타인들을 심문하고 겁박하던 사람이 자신의 가족이 반동으로 몰리자 풀이 죽어버리는 상황은 반우파투쟁에서 문화대혁명에 이르는 긴 시간 동안 중국 전역에서 수없이 발생한 비극이면서 우스꽝스러운 현실이었다. 이렇게 누구나 경험한 사실을 바탕으로 우리가 어떻게 살아야 할 것인가를 이끌어내는 방식은 매우 설득력 있는 담론 전개 방식으로 김학철의 잡문에서 자주 동원되고 있다.

반우파투쟁 이후 나타난 권력에 빌붙으려는 버릇, 걸핏하면 고소하는 버릇, 타인을 물어먹기 위해 관에 거짓 신고하는 버릇 등, 연변 사람들의 비열한 버릇을 비판하는 「벽(癖)」[23]에서는 10여 년에 가까운 감옥 생활 중에 만난 죄수들이 감옥이라는 억압된 상황에서 살아남기 위해 벌이는 기이한 습벽을 예로 든다. 김학철은 이를 통해 인간이 가진 우스꽝스럽고 인간답지 못한 버릇을 이야기하면서 독자들로 하여금 연변 사람들이 가진 나쁜 버릇을 새롭게 인식하게 한다. 또, 정확한 이론이나 정세 파악이 없이 남이 하는 행동에 부화뇌동하는 것을 비판하고 독립적으로 사고하고 독자적이고 올바른 견해를 가져야 함을 강조한 「고

2011, 214쪽.

23 김학철, 『사또님 말씀이야 늘 옳습지』(김학철전집 3), 연변인민출판사, 2010, 483~488쪽.

혈압병」[24]에서는 감옥에서 만난 죄수 의사가 정상 혈압은 연령에 90을 더하는 것이라는 잘못된 지식으로 고혈압 환자들이 여럿 죽어나가게 만들고 자신도 고혈압으로 죽는 것을 보았던 경험과 일본이 망하지 않을 것이라는 잘못된 믿음으로 현실을 제대로 바라보지 못했던 자신의 여동생을 예로 들어 우리 주위에 만연해 있는 잘못된 믿음이 주는 위험성을 경계한다.

앞에서 살폈듯이 루쉰의 잡문은 대체로 논지를 전개해나가는 데 있어 중국의 고전을 매우 자주 인용하고 있으며 자신의 주장을 정당화하는 데에도 고전의 명문이나 사서의 기록들을 논거로 사용한다. 이에 비해 김학철은 자신의 굴곡진 삶의 궤적에서 경험한 사실들에서 유추된 실천적인 깨달음으로 독자들을 직접 설득하고 있다. 이와 같은 두 작가 사이에 나타나는 담론 전개 방식의 차이는 그들이 경험한 삶의 궤적과 밀접한 관련을 갖는다.

루쉰은 중국에서 정규적인 학업을 끝내고 일본 유학을 마치고 돌아와 상당 기간 고향 사오싱과 베이징 등지에서 공직 생활을 하면서 고문을 연구를 하였다. 그가 본격적으로 창작에 임했을 때 이미 그는 서른여덟이라는 적지 않은 나이였다. 또, 루쉰은『중국소설사략』,『한문학사강요』,『고전서발집』등의 저서를 출간할 정도로 중국의 고전과 함께 한문의 글쓰기 전통에 대한 이해가 매우 깊었다. 그가 잡문을 집필하면서 중국 고전에 대한 해박한 지식과 교양을 바탕으로 전거를 들어 주장을 정당화한 것은 이러한 독서 체험과 무관하지 않을 것이다.

---

24 김학철, 『나의 길』(김학철전집 5), 연변인민출판사, 2011, 306~310쪽.

반면 중학교 졸업과 함께 항일무장투쟁 노선에 뛰어들어 항일투쟁의 현장에서 보낸 김학철로서는 고전에 대한 이해가 부족할 수밖에 없었다. 그가 베이징의 중앙문학연구소 연구원으로 있을 때 창작을 본격적으로 공부했고, 이후 바쁜 작가 생활 중에 읽은 많은 글들이 그의 독서경험의 전부였다. 그가 잡문을 쓰면서 루쉰, 홍명희, 숄로호프 등을 인용하고 있지만 이들은 대부분 창작 방법에 관한 논의에서 근거로 사용될 뿐이다. 고전에 대한 이해가 부족한 김학철로서는 항일무장투쟁과 두 번에 걸친 감옥 생활 그리고 10년에 걸친 강제노동 등 남다른 굴곡진 삶의 체험 등 실천적인 경험에서 얻은 깨달음을 중시하는 글을 쓰게 하였을 것이다.

3) 비판 대상에 대한 태도의 차이

루쉰과 김학철은 잡문을 쓰면서 비유적 표현, 유머, 반어, 풍자 등을 효과적으로 반복 사용함으로써 주제를 구체화해간다. 그러나 두 작가가 담론 전개 과정을 통하여 최종적으로 주제를 드러내는 태도와 방법은 상당한 차이를 보인다. 두 작가의 담론 전개의 과정에서 주제를 드러내는 태도와 방법을 구체적인 작품의 예를 통해 살펴 살펴보자.

> 요컨대 제공들은 신문화를 배격하고 구학문을 과시하고 있는데, 자기모순에 빠지지만 않아도 한 가지 주장은 될 수 있었을 것이다. 아쉽게도 구학문에도 요령이 없고 주장도 맞아떨어지지 않는다. 문장도 제대로 못 쓰는 사람이 국수의 지기라면 국수란 더더욱 처참하다! 한바탕 '저울질'한 결과 기껏 자신의 무게를 '저울질'해 냈을 뿐이

다. 신문화운동에 상처를 입히지도 못했고 국수와도 너무 거리가 멀다.

내가 제공들을 존경하는 유일한 이유는 이런 글들도 뻔뻔스럽게 발표할 수 있는 용기 때문이다.[25]

1922년 난징에서 국수주의자들에 의해 창간된 『쉐형(學衡)』의 필진들을 공격한 이 글은 그들의 글이 논리가 닿지 않는 다양한 예를 보여주고 국수를 주장하는 사람들의 논리와 문장의 수준을 경멸한다. 그들은 신문화운동에 상처도 입히지 못하면서 진정한 국수의 논리도 보여주지 못하였다는 것이다. 루쉰은 이에 더해 마지막 문단에서 그럼에도 불구하고 자신이 그들을 존경하는 이유는 그런 수준의 글을 발표하는 뻔뻔스러움에 있다고 하여 인간적인 모멸감을 드러낸다. 이렇듯 루쉰은 비유적 표현과 풍자와 반어를 사용하여 비판 대상의 문제점을 하나하나 드러내고 최종적으로 매몰차고 냉정한 어조로 그들에게 최대한의 경멸을 보낸다.[26] 설사 루쉰의 글 속에 비난의 대상이 누구인지 명명하지 않았더라도 많은 당대 사람들은 자신을 비판한 것이 아닌가 하여 몸을 사리거나 뒤에서 자신을 드러내지 않고 루쉰을 공격하기도 하였다.

루쉰은 비판하고자 하는 대상을 날카롭게 공격하고 자비심 없이 그들의 논리를 비판하였으며 당대 사회의 모순된 현실을 드러내 보이고 모순을 만들어내는 권력자들을 통렬하게 비난하기도 한다.

---

25 루쉰, 「『쉐형』에 관한 어림짐작」, 『열풍』, 『루쉰전집 제1권』, 루쉰전집번역위원회 역, 그린비, 2010, 533쪽.

26 이러한 루쉰의 글쓰기에 대해 당시 논적들로부터 "루쉰의 글은 욕설"이라는 비판을 당하기도 하였다. 우상렬, 앞의 글, 323쪽 참조.

역사는 결코 후퇴하지 않는 법이므로 문단에 대하여 비관할 필요
가 없다. 비관의 유래는 사건의 바깥에 자신을 두고 잘잘못을 가리지
도 않으면서 한사코 문단에 관심을 가지려 하거나, 하필이면 자신이
몰락하는 진영에 앉아 있는 데서 비롯된다.[27]

토비조차도 견벽청야주의를 가지고 있으니 중국의 부녀자들은 참
으로 해방의 길이 없다. 듣자 하니 지금의 향민들도 군대와 비적과
이미 변별할 수 없게 되었다고 한다.[28]

우파의 논리에 서서 문단의 미래를 걱정하는 문인들을 비판한 「중국
문단에 대한 비판」에서는 다양한 논거를 들어 비판 대상의 잘못된 현실
인식을 비판하고 최종적으로 역사란 발전할 수밖에 없는 일인데 현금
의 문단을 비관적으로 바라보는 것은 그들 자신이 문단에 일어나는 일
과 자신을 분리해 생각하는 잘못된 자세를 가졌거나, 몰락하는 우파 진
영에 자리한 탓이라며 그들을 준엄하게 꾸짖는다. 또, 사회 질서를 바
르게 잡아 국민의 삶을 편안하게 하여야 할 군대가 전쟁에서 승리하기
위해 선택한 견벽청야주의로 인해 대다수 국민들의 삶은 오히려 황폐
해가고 있음을 비판한 「견벽청야주의」에서도 국민들이 자신들이 믿고
따라야 할 군대와 자신들의 생명과 재산을 약탈하는 비적을 구분할 수
없게 되었다며 당시 중국 전역에서 득세를 하고 있었던 군벌들의 해악

---

27 루쉰, 「중국 문단에 대한 비판」, 『풍월이야기』, 『루쉰전집 제7권』, 루쉰전집번역위원
   회 역, 그린비, 2010, 333~334쪽.
28 루쉰, 「견벽청야주의」, 『무덤』, 루쉰전집번역위원회 역, 『루쉰전집 제1권』, 그린비,
   2010, 380쪽.

을 강하게 비판한다.

그러나 김학철의 경우 부조리한 당대 현실을 다양한 일화를 통해 풍자하고 비판하지만 비판 대상에 대해 겨누는 칼날은 루쉰의 그것에 비해 조금은 부드러워져 있다.

> 돈 많은 기업가들에게 충성경쟁을 벌이는 분들이 왜 돈 없는 근로자들에게는 좀 충성경쟁을 벌이지 않는가.
> 그 이유는 아주 간단하다.
> −먹을알 없는 놈을 써서는 무엇해?!
> 철면피, 파렴치도 이 지경에 이르면 고칠 약이 없을 것 이다. 백약(온갖 약)이 무효일 것이다.
> 자본주의나라의 신식문객들은 그래도 수치나 알지. 부채를 들고 행인을 따라오며 자꾸 부채질을 해주는 것이다. 돈 한 잎을 꺼내줄 때까지 끝끝내 부치며 따라오는 것이다. 나도 한번 당해봤는데 그런 놈을 떼치려면 얼른 한 잎 꺼내주는 게 상책중의 상책이었다. 이런 부채질해주며 따라다니는 수법을 우리 작가들은 아예 따라 배울 게 아니다.
> 우리의 인격 있고 자존심 있는 작가들은 절대로 따라 배우지를 않을 것이다.[29]

돈벌이로 글을 쓰고 부자들의 자서전을 대필해주거나 그들의 업적을 칭송하는 글을 쓰는 어용문인들을 비판하는 「문객문화」에서 김학철은 철면피하고 파렴치한 어용문인들을 보여주고 그들의 삶을 풍자하고 비판하지만 최종적으로 글을 마무리하면서 문인들의 그런 자세를 비판

---

29 김학철, 「문객문화」, 『나의 길』(김학철전집 5), 연변인민출판사, 2011, 335~336쪽.

하기는 하지만 자존심이 있는 우리 작가들이 그렇게 행동하지 않으리라는 기대를 드러내 보인다. 루쉰이 비판 대상인 문인들에 대해 마지막까지 통렬한 비난을 멈추지 않고 저주를 퍼붓는 데 비해 김학철은 그들의 태도를 비판하면서도 그들에 대한 믿음 또한 버리지 않는 자세를 보인다. 특히 글의 끝부분에 가서 부채질해주며 한 푼을 부탁하는 거지의 모습을 유머러스한 문체로 제시함으로써 비유와 반어와 풍자 등을 통해 문단 현실을 비난하던 글의 긴장감을 가라앉히고 웃음을 머금고 조금은 여유로운 자세로 작가가 말하고자 한 부조리한 현실을 다시 바라보게 만든다.

이와 같이 엄혹한 현실에 대해 비판의 날을 세우면서도 글의 여기저기와 글의 마무리에서 유머를 사용하여 독자로 하여금 웃을 수 있는 여유로움을 드러내는 것은 김학철 문학의 중요한 특징이다.

> 아무튼 자신을 천당 근처에 살고 있다고 착각을 하지들은 말아달라는 부탁이다. 지상락원에 살고 있다고 자부를 하지들은 말아달라는 부탁이다.
> 속에 가득한 말을 속 시원히 다 털어놓을 수가 없는 형편인지라, 마음에도 없는 "복자(伏字)"를 쓰지 않나, "장마도깨비 여울 건너가는 소리"를 하지 않나… 나의 이 절절한 고충을 미루어 짐작들 좀 해주시라.
> 이러한 수법 또는 필치를 "먼 산 보고 꾸짖기"라고들 하기는 한다지만… 아무튼 적당히 "이심전심적"으로 터득들 해주시라, 제발 덕분에.[30]

---

30 김학철, 「천당과 지옥사이」, 『천당과 지옥 사이』(김학철전집 6), 연변인민출판사, 2011, 10쪽.

지위에 따라 대접이 극단적으로 달라지는 세상의 인심을 비판하는 이 글에서는 권력을 가진 자와 그렇지 못한 사람을 차별 대우하는 한국과 중국 그리고 일본의 고금의 예를 들고 있다. 천세와 만세 그리고 만만 세로 달리 칭송하는 예, 청나라 당국에서 조선 사신을 급에 따라 차별 하여 대접하던 예, 베이징대학 도서관 관장인 리다자오(李大釗)와 관원 인 마오쩌둥(毛澤東) 월급의 엄청난 차이, 일본 봉건시대 사람들의 지위 에 따른 경제 여건의 엄청난 차이, 천당과 지옥이 공존하는 서울, 권력 을 가진 자를 상대하느라 죽어나는 백성들의 삶 등을 예로 들면서 지구 촌 어디에든 천당에 가까이 사는 사람과 지옥의 옆에 놓인 사람이 있다 는 사실을 지적하고는, 위의 인용문처럼 글을 마무리하고 있다. 수많은 예를 들어 우리 사회에 존재하는 부조리한 차별의 현장을 비판하고 나 서, 글의 끝부분에서는 자신이 진짜로 비판하고자 하는 사실을 대놓고 쓰지 못하는 사정을 알아달라며 유머러스하게 말을 돌린다. 자신이 이 렇게밖에 말하지 못하는 저간의 사정을 이해하라는 식이다. 또 김학철 은 여러 잡문에서 자신의 감옥 생활을 유머러스하게 그려 비극적 상황 을 희극적으로 변화시키기도 하고 분노에 찬 상황을 웃음으로 승화시 키기도 한다.

루쉰과 김학철의 잡문은 비유적 표현과 함께 유머, 반어, 풍자 등이 반복적으로 사용되고 있지만, 루쉰의 작품이 반어와 풍자 속에 당대 현 실에 대한 냉정한 비판이 중심을 이루는 반면, 김학철의 작품에는 유머 를 통해 엄혹한 현실 비판을 웃음으로 치환하는 경향을 보인다.[31] 이는

---

31 루쉰과 김학철 잡문의 이러한 차이에 대해서는 우상렬도 지적한 바 있다. 우상렬,

루쉰이 부조리한 현실에 대한 치열한 대결 의식을 반어와 풍자를 통해 드러냄으로써 독자들로 하여금 그 문제를 냉정하게 판단하도록 하는 담론 전개 방식을 사용한 데 비해, 김학철은 경험에서 우러난 사실적 증거를 유머 가득한 문체 속에 반복함으로써 독자가 자신도 모르게 웃음 지으며 작가의 주장에 동조하도록 이끄는 방식을 사용한 결과라 하겠다.

루쉰의 글쓰기는 전통적인 한문의 담론 전개 방식에 상당한 영향을 받고 있다. 그가 비록 5·4운동의 기수이며 백화운동에 앞장선 작가이기는 하지만 전통적인 한문을 통해 교양을 쌓은 인물로서 글쓰기의 담론 전개 방식은 그가 어린 시절 삼미서옥에서부터 배운 한문이나 이후 독학으로 깊이 있게 다가간 고문 연구의 영향을 무시할 수 없을 것이다. 그가 당대 현실에 대한 치열한 대결 의식을 가지고 있으면서 그것을 드러내기 위하여 풍자 기법을 동원하고 비유적인 표현을 반복하거나 대구적인 표현을 자주 사용하거나 하는 것은 그가 가진 한문학적 교양과 무관하지 않다. 이러한 한문의 전통에 따라 글을 쓰는 루쉰이지만 그가 살아간 시대는 군벌 간의 내전과 국민당의 공포정치 그리고 9·18사변 이후의 항일투쟁 등 내우외환이 그치지 않던 시기였다. 상대 진영 인사에 대한 암살과 사형이 횡행하던 시기에 상하이 조계지에 자리 잡고 현실과 투쟁하던 루쉰으로서는 현실에 대한 강한 투쟁 의지를 드러낼 수밖에 없었을 것이다.

「루신과 김학철―루신과 김학철 비교고찰 시론」, 김학철문학연구회 편저, 『루신과 김학철』, 연변인민출판사, 2011, 323쪽.

반면 김학철은 일제강점기에 중학교에서 수학하여 한국어와 일본어에 상당히 능하였고, 항일투쟁의 과정에서 중국어 또한 높은 수준에 이르렀으나 글쓰기의 전범을 구축할 교양을 따로 경험하지는 못하였다. 그러나 그는 항일무장투쟁을 통하여 형성된 낙관주의를 바탕으로 루쉰의 잡문이 지닌 정신을 받아들여 자신의 직접 경험한 사실이나 읽은 글 등에서 제재를 끌어들여 유머스럽게 표현하는 방식을 사용하였다. 이는 치열한 현실 비판 의식을 지닌 행동주의자이자 미래에 대한 낙관주의를 견지한 김학철이 루쉰을 받아들이면서 찾아간 창작 방법의 하나였을 것이다. 또 김학철이 활동한 연변은 14억 한족 사이에 200만 남짓한 조선족들이 삶을 유지하는 공간이다. 김학철이 비판 대상인 조선족들의 삶의 태도에 적대적인 대결 의식을 갖고 공격하기보다는 반성을 통한 공존을 강조한 것은 한족 사이에서 공동체를 이루며 살아가야만 하는 조선족의 현실을 고려한 결과라는 판단을 해볼 수도 있을 것이다.

4. 결론

김학철은 루쉰을 따라 배우며 작가로 성장하여 두 작가 사이의 문학적 공통성과 함께 그 영향 관계가 다양한 각도에서 연구되었다. 본고에서는 두 작가 사이가 사숙의 관계임을 바탕으로 두 작가의 잡문을 비교하면서 루쉰과 김학철의 잡문에 나타나는 공통적 요소보다는 두 작가가 잡문 창작에서 사용하는 담론 전개 방식의 차이를 살피고 그 원인을 검토해보았다.

루쉰과 김학철은 당대 현실에 대한 치열한 대결 의식으로 현실을 풍자하고 비판하는 잡문을 주로 썼지만 담론 전개하는 과정에서 주제 도출 방식과 담론 전개 과정에서 논거 그리고 비판 대상에 대한 태도 등에서 중요한 차이를 보인다. 첫째, 글의 서두에서 루쉰이 타인의 글을 인용하고 거기서 글의 주제를 이끌어내는 데 비해, 김학철은 주변 사람들의 행동이나 삶의 자세 등을 예로 들어 이야기하다가 자연스럽게 주제로 담론을 변환한다. 둘째, 루쉰은 자신의 주장을 정당화하기 위하여 중국의 고전이나 역사적 사실에서 빌려오는 전고(典故)의 방식을 많이 사용하는 데 비해, 김학철은 자신의 굴곡진 삶의 체험에서 얻은 실천적인 깨달음으로 독자들을 설득하는 방법을 주로 사용한다. 셋째, 글의 말미에서 루쉰이 당대 현실이나 비판 대상에 대해 냉엄한 공격을 가하는 데 비해, 김학철은 유머를 통해 엄혹한 현실을 웃음으로 치환하여 독자가 자신도 모르게 작가의 주장에 동조하도록 하고 있다. 이런 세 가지 담론 전개 방식의 차이는 김학철이 루쉰을 사숙한 결과 사상이나 문학작품이 상당한 공통점을 갖고 있지만, 글을 시작하고, 논지를 전개하고, 글을 마무리 짓는 전 과정에서 일정한 차이를 보이고 있음을 보여준다.

5·4운동의 기수였고 백화운동을 이끈 인물의 하나인 루쉰이 현실에 대한 치열한 대결 의식을 드러내기 위하여 반복과 대구와 풍자 그리고 전고의 방식을 주로 사용한 것은 성장 과정에서 익힌 깊은 한문학적 소양의 결과이다. 반면 김학철은 전통적인 글쓰기의 전범을 접하지는 못했지만 루쉰을 사숙하면서 그의 정신과 함께 잡문 창작 방법을 받아들이면서 항일투쟁과 감옥 생활 등 굴곡 많은 삶에서 체득한 지혜를 바탕으로 주제를 자연스럽고 유머스럽게 드러내는 자기만의 담론 전개 방

식을 창안하였다.

　또 두 작가 모두 치열한 현실 인식을 바탕으로 잡문을 창작하였지만 처한 현실은 매우 달랐다. 루쉰은 내전과 공포정치 그리고 항일투쟁 등으로 불안하고 암울한 상황 속에 상대 진영에 대한 살인과 사형이 횡행하던 시기에 좁디좁은 상하이 조계지에 몸을 피하고 글만으로 적대 세력과 투쟁하였기에 강한 투쟁 의지를 불태웠을 것이다. 반면 김학철이 비판 대상에게 강한 적대감을 드러내지 않고 그들에게 반성을 통해 공존해야 함을 강조한 것은 다민족 사이에서 섬처럼 존재하는 소수민족 조선족이 화목한 공동체를 이루고 살아야만 한다는 현실과 당위성을 일정하게 반영한 결과일 것이다.

조선족 소설과 문화대혁명의 기억

1. 서론

1966년부터 1976년까지 10년 동안 중국에서 벌어진 문화대혁명[1]은 중화인민공화국 수립 이후 이상적인 공산주의 사회로의 안착을 위해 진행되던 농업의 집단화와 대약진운동과 같은 경제 정책의 실패와 소련의 수정주의 등장 이후의 정치적 문제를 일거에 극복하기 위한 극좌적인 선택이었다. 즉 외적 상황의 변화와 내적 상황의 악화는 정치적·사상적 통합으로 사회적·경제적인 문제를 일거에 해결하려 한 것이다. 그러나 문혁은 군중이 국가 체제에 대해 가지고 있던 잠재적인 불만 정서를 일거에 폭발하도록 만들었고, 중국 대륙은 온통 그러한 원한으로 뒤덮이게 된다. 즉 문혁은 긍정적으로 말하면 군중 대혁명이었고, 부정

---

1 10년 동란이라고도 일컬어지는 문화대혁명은 이하 편의를 위하여 '문혁'으로 지칭한다.

적으로 말하면 바로 대동란으로 무질서 혹은 무정부 상태였던 것[2]이다. 그 결과 문혁은 이 시기를 산 중국인들에게 엄청난 고통을 안겨주었으며 현재까지도 커다란 정신적 외상으로 남아 있다.

개혁개방과 함께 창작의 자유가 주어지자 문예계에서는 문혁을 극복하기 위한 다양한 노력이 나타났다. 1980년에 있은 '판샤오(潘曉)' 토론에서 비롯된 문혁에 대한 비판적 글쓰기가 그 좋은 예[3]이며 이 토론의 앞과 뒤로 문혁 기간 동안의 고통과 상처를 다룬 상흔문학(傷痕文學), 문혁을 겪은 지식인들의 자기 참회와 반성을 다룬 반사문학(反思文學), 문혁 기간 동안의 부조리를 폭로하고 개혁의 방향을 모색한 개혁문학(改革文學) 등 문혁이라는 비정상적 상황을 비판적으로 사유해보는 문학이 등장한다.[4] 그리고 이후에도 문혁은 중국 문인들에게 정신적 외상으로 남아 지속적으로 문학의 제재로 등장하고 그 의미를 되짚어보는 문학작품이 생산되고 있다.

조선족 문학에서도 문혁 이후 문혁을 다루는 문학은 중국문학사의 본류와 크게 다르지 않은 양상을 보이고 있다.[5] 문혁이 전 중국적인 사건

---

2 천쓰허, 「중국 당대문학과 '문화대혁명'의 기억」, 윤해연 역, 『문학과사회』 2007년 여름호, 370쪽.

3 판샤오 토론의 경과와 이것이 갖는 의미에 대해서는 김미란, 「판샤오(潘曉) 토론 (1980)에 나타난 문화대혁명의 극복서사」(『외국문학연구』35, 2009.8)에서 상론된 바 있다.

4 이들 문학에 대해서는 김시준, 『중국당대문학사』(소명출판, 2005) 4편 2장과 천쓰허, 『중국당대문학사』(노정은·박난영 역, 문학동네, 2008) 10~12장에 다루어진 바 있다.

5 문혁을 다룬 조선족 문학의 양상에 대해서는 권철 외, 『중국조선족문학사』(연변인민출판사, 1990) 6장 1~3절에 개괄되어 있다.

이어서 연변조선족자치주 주민들도 문혁의 대혼란을 경험하였다는 점
에서 조선족 문학 속에 상흔, 반사, 개혁 문학의 특성들이 나타나는 점
은 당연한 현상이 아닐 수 없다. 그러나 문혁은 전 중국에서 동일한 양
상으로 진행된 것은 아니어서 도시와 농촌이 다른 양상을 보였으며, 북
경과 상해의 문혁도 다른 양상을 보였다. 더욱이 지역마다 정치적, 경
제적 상황이 일정한 것은 아니어서 지역마다 문혁은 상당히 다른 양상
과 강도로 진행되었다. 따라서 문혁에 대해 갖는 기억의 강도 역시 지
역마다 상당히 다른 양상을 보이게 된다.[6]

현재까지 조선족 소설에 타나난 문혁의 체험에 대해서는 조선족 연
구자들에 의해 쓰여진 문학사류[7]의 저서에 개괄적으로 언급되어 있기는
하나, 조선족 연구자들에 의해 이루어진 본격적인 연구 성과는 거의 없
는 실정이다. 차희정[8]은 1965~66년 사이에 『연변일보』에 발표된 19편의
소설을 분석하여 조선족 문학이 문혁의 발생에 어떻게 대처하였는가를
살펴, 이들 작품은 일제하 재중조선인의 문학과는 달리 당 정책에 적극
찬동하여 중국 공민으로서의 역할을 하고 있는 바 이는 중국의 소수민

---

6 이강원은 이런 점에 착안하여 내몽고자치구 지역의 문혁 사례를 연구하면서 "'문혁'
   이라는 거대한 정치적 운동을 배경으로 하고, 구체적으로 전개된, '공간'과 '지역'이
   드러나지 않기 때문에, 문혁의 전모에 대한 이해에 장애가 되고 있다"(이강원, 「문화
   대혁명과 소수민족지구의 정치지도 : 내몽고자치주와 어룬춘자치기의 사례」, 『한국
   지역지리학회지』 8-1, 2002, 2쪽)고 지적한다.

7 권철, 앞의 책과 오상순, 『개혁개방과 중국조선족 소설문학』(월인, 2001) 그리고 이광
   일, 『해방 후 조선족 소설 문학 연구』(경인문화사, 2003), 김호웅·조성일·김관웅,
   『중국조선족문학통사』(연변인민출판사, 2012)와 같은 조선족 연구자들의 저서가 그
   대표적인 예이다.

8 차희정, 「문화대혁명의 발생과 중국 조선족의 대응」, 『한국문학논총』 60, 2012.4.

족으로서 통합의 전략을 견지하는 역할을 하는 것으로 파악하고 있다. 이 논문은 대상 작품들을 통해 조선족들이 지닌 의식의 단면을 읽어낸 것은 의의가 있으나 문혁 발생 이전의 작품에서 문혁의 발생에 대응하는 조선족의 모습을 읽는다는 것은 역사적 순서의 선후가 맞지 않는다는 한계를 지닌다.

이해영과 진려[9]는 주덕해의 존재와 관련하여 전개된 연변 문혁의 특수성과 중국 수립 후 조선족 간부의 문제, 국적 문제, 북한과의 관계 등 연변 문혁의 역사성을 살펴 조선족들이 체험한 문혁 체험의 특징적 측면을 검토하고 그 기억이 드러난 몇 작품을 검토한 바 있다. 이 논문은 연변 문혁의 특수성을 검토하고 이를 다룬 조선족 소설의 의의를 구명한 점에 의의가 있으나, 연변 문혁의 특수성을 깊이 있게 다루지 못한 점과 분석의 대상으로 삼은 작품들이 한정되어 조선족 소설에 나타난 문혁에 대한 기억의 전체적 모습을 보여주지 못한 한계를 보인다.

본고에서는 이런 한계를 극복하기 위하여 문혁의 전개와 그 의의 검토하고 조선족이 경험한 연변조선족자치주에서 진행된 문혁의 특수성을 보다 객관적으로 파악하고자 한다. 그리고 이를 바탕으로 조선족 소설을 검토하여 조선족 소설에 나타난 문혁 기억의 양상과 연변 문혁의 특징적 국면을 몇 가지로 나누어 살피고, 이들 작품에 나타난 문혁의 기억이 갖는 의미를 해명할 수 있을 것이다.

---

9 이해영·진려, 「연변 문혁과 그 문학적 기억」, 『한중인문학연구』 37, 2012.12.

2. 문혁의 전개와 연변 문혁의 특수성

1) 문혁의 전개와 그 역사적 의의

문혁은 1966년 5월 16일 「중국공산당 중앙위원회 통지」(5 · 16 통지)를 신호로 중국 전역에서 전 계층에게 폭발되어 1976년 1월 저우언라이(周恩來)가, 9월 마오쩌둥이 사망하고 난 뒤, 권력을 장악하려 시도한 사인방이 체포되기까지 10년[10]에 걸쳐 전개되었다. 10년이라는 긴 시간 동안 광대한 공간에서 공산당 내부만이 아닌 전 국민들에 의해 진행된 엄청난 대동란이었기에 문혁의 경과에 대한 정리는 물론 그 평가 역시 아직 진행 단계에 있다. 본고는 자세한 문혁의 전개 과정[11]보다는 그 역사적 배경과 전개 과정을 개괄하고 그 역사적 의의를 살펴보고자 한다.

문혁의 씨앗은 1957년 2월 마오쩌둥이 최고국무회의에서 행한 「인민의 내부 모순을 정확하게 처리하는 문제에 관하여(關于正確處理人民內部矛盾的問題)」라는 보고에서 배태되었다. 중국공산당에서는 이 보고와 이어진 몇 개의 문건을 바탕으로 그해 7월 이후 1956년 5월에 제창된 쌍백[12] 방침에 따라 정부에 대해 비판적인 글을 발표한 지식인들을 반혁명

---

10 문혁을 이렇게 10년으로 규정하는 것은 1981년 6월 27일 중국공산당 11기 6중전회에서 문혁을 평가하고 채택된 「건국 이래 당의 약간의 역사문제에 대한 결의」에서 정리된 것으로 중국의 정통적 입장이다.

11 문혁의 전개 과정에 대해서는 진춘밍 외, 『문화대혁명사』(이정남 외 역, 나무와숲, 2000)에 비교적 상세하게 정리되어 있다. 문혁의 전개 과정에 대해서는 이 책을 참조한다.

12 사회의 다양한 목소리를 들어 정책에 반영하겠다는 '백화제방(百花齊放) 백가쟁명(百家爭鳴)'의 줄임말.

분자로 몰아 색출하기 시작하였다.[13] 불과 몇 달 만에 수많은 지식인들이 고초를 겪거나 투옥되고, 농촌으로 하방되어 노동을 통한 사상 개조를 받기에 이르렀다.

반우파투쟁기로 명명되는 이 시기가 지난 이후 대약진운동의 실패로 황폐화된 경제를 되살리기 위하여 실무형의 지도자였던 류사오치와 덩샤오핑 등 당권파에 의해 새로운 경제 정책이 실현되기 시작하였다. 이 과정에서 당권파가 권력의 일부를 장악하기는 하였지만 마오쩌둥에 대한 개인 숭배는 여전하였고 당의 권력은 마오쩌둥에게 집중되어 있었다. 소련 정부의 수정주의 정책을 자본주의화로 비판한 중국 정부는 수정주의가 준동하는 것을 막기 위하여 전 인민들에게 마르크스 · 레닌주의 사상을 고취함으로써 진정한 공산주의 사회를 만들기 위하여 소련의 수정주의를 방어하고 그것을 극복하자는 방수반수(防修反修)[14]로 나아가게 된다. 여기에 1950년대 중반에 공산 사회를 강타한 동구권의 자유화 물결, 미국의 베트남 침공으로 대표되는 제국주의의 공격 그리고 소련과 인도 등 주변 국가와의 국경 분쟁 등은 중국 당국에게 체제를 위협하는 커다란 위기로 인식된다. 즉 중국공산당 내에는 이러한 상황의 변화로 인해 자신들이 목숨을 걸고 쟁취한 사회주의 이념이 퇴색하는 것은 아닌가 의심하는 간부들이 적지 않았고, 당의 실제적인 권력을 장악하고 있었던 마오쩌둥도 아래로부터의 사회운동을 통하여 자본주

---

13 흔히 '뱀을 유인하여 굴에서 나오게 하는(引蛇出洞) 방법'으로 일컬어지는 이러한 방법은 공산화된 중국에서 몇 차례에 걸쳐 지식인을 탄압하는 방법으로 사용되었다.

14 중국 정부의 반수정주의 정책의 성립과 방수반수의 왜곡된 변화 과정에 대해서는 진춘밍 외, 앞의 책, 66쪽 이하 참조.

의화되어가는 중국 사회를 바로잡아야 한다는 생각을 갖게 되었다. 이렇듯 내외적인 위기 상황을 이념의 결속을 통하여 단기간에 극복하고 진정한 사회주의 체제를 완성하려는 시도는 거대한 중국을 혼란의 장으로 변화시킨 문혁으로 나아가게 하였다.

문혁은 크게 세 단계를 거쳐 진행되었다. 당의 방침에 따라 홍위병들을 중심으로 지식인을 비판하고 조반과 탈권을 시도한 1966년 5월 문혁이 발동한 때부터 1969년 4월 중국공산당 9전대회까지의 첫째 단계, 마오쩌둥이 구상한 사회주의 국가 건설을 본격적으로 시도하여 균등 분배의 원칙 아래 혁명위원회 중심으로 국가가 운영되던 중국공산당 9전대회에서 1973년 8월 10전대회까지의 둘째 단계, 그리고 마오식 국가 건설의 실험과 현실 사이의 괴리를 조정하여 문혁의 성과를 정착시키려 했으나 실패하고 문혁의 종언을 고하게 되는 중국공산당 10전대회에서 1976년 사인방이 체포되기까지의 셋째 단계로 나누는 것[15]이 그것이다. 이러한 문혁의 세 단계 중에서 중국인들에게 가장 충격적인 기억으로 남아 있고 또 기득권층과 지식인들이 가장 피해를 많이 본 시기는 첫째 단계이다. 그러나 첫째 단계가 당의 압력으로 끝난 후 농민에게서 배우자는 구호 아래 수많은 청년들이 하향되어 농촌에서 집체 생활을 한 둘째 단계 이후의 기억도 중국인들에게 처참하고 강렬한 기억으로 남아 있다.

문혁은 중국인들에게 엄청난 시련을 주었으며 10년 동안 사회 발전이

---

15 전인갑, 「근현대사 속의 문화대혁명 — 수사(修史)의 당위와 한계」(『역사비평』 77, 2006.11) 참조.

멈추었거나 오히려 퇴보한 결과를 낳게 되어 중국 현대사의 큰 아픔으로 남았다. 정치적 격동과 집체주의적 현실 속에서 개인은 질식되었고, 사회 발전과 사회주의 국가 건설에 독초라 지적된 지식인들은 말할 수 없는 고초를 당했으며 죽음으로 내몰리기도 하였다. 이 같은 문혁의 비극은 리저허우의 지적대로 마오쩌둥의 내면에 존재하던 '이데올로기에 대한 고독한 맹신'과 '평생 벗어나지 못한 전쟁의 그림자'[16]라는 두 가지 비극에서 비롯되었다 하겠다. 이는 생전에 중국공산당의 절대 권력을 가지고 있었고 국민들에게 신적인 존경을 받고 있었던 마오쩌둥의 존재를 생각하면 권력 갈등으로 생각하기는 어렵다는 점에서 그의 내면 의식에서 비극의 원인을 찾은 것이다.

　리저허우의 견해에 따르면 인간과 사회라는 현실적인 면보다 이데올로기의 절대성을 맹신한 마오쩌둥이 현실적인 타협보다는 이념의 순수성을 강조하여 우경화되는 사회를 이념 무장을 통해 사회주의화하려 한 것이 문혁 발생의 한 요인이다. 이데올로기를 맹신한 마오쩌둥은 자본주의 교육을 받은 지식인에게 국가 경영을 맡길 경우 우경화될 것을 우려해 문혁의 과정에서 이념에 충실한 신지식인을 양성하려 시도했으나 문혁이 종식되면서 그 역시 실패하고 만다. 그리고 30년에 가까운 전쟁 기간 동안 농민 속에서 농민들의 헌신적인 도움으로 승리한 마오쩌둥은 혁명과 관련하여 농민이 지닌 순수성의 힘을 절대적으로 믿어 문혁 기간 중 지식인들에게 농촌으로 내려가 농민에게서 배우라는 하향

---

16 리저허우 · 류짜이푸, 『고별혁명』(김태성 역, 북로드, 2003)의 9~10장 참조. 문혁의 발생 원인에 대해서는 마오쩌둥의 정치적 욕망, 중국공산당 내 권력투쟁, 공산주의의 영구혁명론 등과 관련하여 설명하나 리저허우의 설명이 상당한 설득력을 지닌다.

정책을 시도하였다. 마오쩌둥이 전란을 종식시키고 치세로 나아가기 시작하면서 국가 경영을 담당하기 위하여 각 분야 전문 지식인의 도움이 필요했으나, 전시의 체험만을 절대적인 것으로 믿고 지속적으로 지식인들을 배제하고 인민의 힘으로 국가를 경영하고자 문혁을 발동하여 기존의 체제를 청산하려 한 결과 국가가 대란의 상황으로 나아가게 된 것이었다.[17]

2) 연변 문혁의 특수성

북경과 상해에서 시작된 문혁은 연변조선족자치주에서도 예외 없이 진행되었다. 문혁 초기 주덕해 주장의 영도 아래 비교적 조용하게 진행되던 문혁이 1966년 12월 7일 모원신이 연변대학에서 선동 활동을 시작[18]하여 주덕해를 타도하자는 주장을 펴면서 급작스럽게 극렬한 양상을 띠기 시작하였다. 모원신은 "주덕해를 타도하고 전 연변을 해방하자"는 구호를 제시하여 연변에서의 탈권 투쟁의 방향을 주덕해 타도로 집중시킨다. 모원신의 주장에 따라 연변 지역 인민들은 주덕해 옹호파와

---

17 리저허우는 한고조 유방과 태평천국의 홍수전의 예를 통해 천하를 얻는 것과 천하를 다스리는 것 사이에는 큰 차이가 있음을 지적하고, 마오쩌둥이 전시는 비정상적 시기라는 점을 망각하고 전쟁을 통해 얻은 경륜을 평화시에 국가 정책으로 지속한 데서 문혁의 실패 원인을 찾고 있다. 위의 책, 212~219쪽.

18 연변조선족자치주당안관 편, 『연변대사기(1712-1988)』(연변대학출판부, 1989). 모원신이 연변에 들어온 시기는 자료에 따라 달라서 연변당사학회 편, 『연변40년기사』(연변인민출판사, 1989)에는 67년 1월 4일 모원신이 연변에 기여들었다고 되어 있는 등 1966년 12월부터 1967년 1월까지 50일 정도 편치를 보인다. 이에 관한 논의는 성근제, 「문화대혁명과 연변」(『중국현대문학』 43, 2007.12) 77쪽을 참조할 것.

주덕해 비판파로 나뉘어 치열한 투쟁을 하게 되고, 주덕해는 연변 문혁의 핵심 문제로 떠올랐다. 모원신을 지지하는 파들은 주덕해를 비판하는 '홍색반란자혁명위원회'(약칭 홍색)라는 조직을 만들어 주덕해의 죄상을 추적하였다.[19] 이들에 의해 밝혀진 주덕해의 죄상 100여 가지는 주자파, 반역자, 지방민족주의자, 매국역적, 간첩 등 다섯 가지로 압축된다.[20] 연변조선족자치주 성립에 큰 기여를 하고 주장으로서의 소임에 충실히 복무해온 주덕해에게 씌워진 죄상은 주자파라는 것을 제외하고는 모두 '조국인 중국을 배반하였다'는 한마디로 요약된다. 모원신을 비롯한 홍색파가 타도의 대상이었던 주덕해에게 들씌운 죄상은 조작된 것임이 확인[21]되었지만 이는 연변 문혁의 특수성을 단적으로 보여준다 하겠다.

문혁 당시 반대파를 몰아세우는 데 가장 많이 동원된 것이 자본주의의 습성을 벗지 못하고 자본의 논리에 따른다는 주자파와 일제 또는 국민당의 특무라는 것이었다. 주자파라는 개념이 너무나 자의적이어서

---

19 염인호, 「중국 연변 문화대혁명과 주덕해의 실각」, 『한국독립운동사연구』 25, 2005.12, 399쪽. 이하 주덕해와 관련한 사실들은 이 논문에서 참조한 바 크다.

20 성근제, 앞의 글, 85~86쪽. 이러한 죄상들은 주덕해의 신변을 위태롭게 하였고, 저 우언라이는 그를 보호하기 위하여 연변군분구 부정치위원이었던 조남기를 동원하여 요양을 이유로 심양군구로 보냈다가 북경으로 옮기게 하였다. 1969년 호북성으로 소산된 후, 그곳에서 지내던 주덕해는 끝내 연변으로 돌아오지 못하고 1972년 여름 사망하였다. 강창록·김영순·이근전·일천, 『주덕해』, 실천문학사, 1992, 274쪽 이하 참조.

21 문혁이 끝난 후 사인방의 비리를 적발하는 운동이 있었고 주덕해에게 씌워진 죄상도 부정되었다. 모원신 일파가 주덕해의 죄상을 날조하였음은 취아이궈·정판시앙, 『조남기전』, 김봉웅·김용길 역, 연변인민출판사, 2004, 203~221쪽에 상세하게 증언되어 있다.

상대를 모함하는 데 자주 사용되었다는 비판의 소지는 있지만 단기간 안에 사회주의 국가를 건설하고 자본주의 국가의 경제력을 극복하기에 몰두하는 상황에서 주자파를 비판하는 것은 현실적인 이유가 있었다. 또 일제 때 특무를 지냈다거나 국민당의 특무였다는 비판 역시 충분한 근거 없이 한 개인을 파멸시킨다는 점에서 모함의 소지가 컸지만 일본 제국주의와 국민당과의 20년이 넘는 전쟁의 역사를 고려하면 특무에 대한 중국인들의 정신적 상처를 느끼게 해준다.

이들 죄목은 문혁 기간 동안 중국 전역에서 반대파를 몰아내기 위하여 수없이 사용된 죄명인 데 비해 주덕해에게 들씌워진 나머지 죄목들은 그 예가 드물다. 주덕해에게 붙여진 죄목 중에서 지방민족주의자라는 것과 북한의 간첩, 나아가 매국역적이었다는 죄명은 문혁의 과정에서 조선족에게 자주 붙여진 특수한 죄명이라는 점은 연변 문혁의 특수성을 해명할 수 있는 단서가 된다.

먼저 지방민족주의자라는 죄명에 대해 생각해보자. 문혁은 중국 전역에서 발생한 광범위한 사건이었지만 지역마다 다른 양상을 보인다. 특히 중국공산당의 소수민족 유화정책이 대한족주의로 변화하는 과정에서 소수민족들의 반발은 충분히 예상할 수 있는 일이었다. 중국 당국에서도 이 문제는 충분히 예측하고 있었기에 다소 폭압적인 방법으로 이 문제에 대처해나갔다. 문혁의 당위성과 한계를 논구한 전인갑은 이 문제에 대해 다음과 같은 이해를 보여준다.

문혁은 소수민족지구에 파급되면서 이들 지역의 자율성과 민족문화에 폭압적으로 작용했다. 계급이론이 유일한 진리로 강요되면서 고유문화와 '차이'는 봉건주의·수정주의라는 명목하에 청산대상으로 전락했다. 이 과정에서 민족 지도자들이 대거 숙청되었다. 사실 소수민족에게 계급이론은 중국과의 일체화이론이자 중국화의 다른 얼굴이었다. 문혁은 전 중국이 공유하는 보편적 가치인 계급이론을 매개로 비중국문화 지역을 중국화시켰다고 할 수 있다. 나아가 소수민족이 거주하는 변경지역은 국방 차원에서 다루어져 혁명위원회 내에서 군대의 영향력이 다른 지역보다 강했으며, 강력한 군사통치를 받았다. 이러한 과정을 거치면서 이들 지역에 대한 신생 중국의 영토적 통합력이 대폭 제고되었다.[22]

문혁이 소련의 수정주의를 부정하고 마르크스·레닌주의로 무장하자는 운동이었으니만치 이외의 모든 이념은 부정될 수밖에 없었다. 중국공산당이 허용해왔던 소수민족의 고유한 문화는 마르크스·레닌주의와 차이를 보일 수밖에 없어 비판의 대상이 되었던 것이다. 소수민족들은 자신의 고유문화를 유지하기 위하여 마르크스·레닌주의로 무장하자는 것이 한족 문화로 획일화되는 것으로 인식되어 반대하게 된다. 그러나 이들 반대파들은 수정주의자 또는 민족주의자로 비판되어 엄격한 탄압을 받아 문혁 기간 중에 중국인 전체가 겪은 고통과 함께 소수민족으로서의 핍박 등 이중적 고난을 경험하게 되었다. 다른 점에서 볼 때 이러한 소수민족에 대한 탄압은 중국의 역사나 민족 구성으로 보아 중화인민공화국 수립 이후에도 허약하였던 민족적·영토적 통합성을 문혁을 통하여 극복하려 한 것으로 이해해볼 수도 있다.[23]

---

22 전인갑, 앞의 글, 198쪽.

23 전인갑은 "비록 그것이 폭압적으로 진행되었다고는 하지만, 역사적인 관점에서 그리

제2부 조선족 문학의 풍경

소수민족이 체험한 문혁의 이런 점에 착안하여 내몽고자치주 내 어른춘자치기의 문혁의 특수성을 연구한 이강원은 수렵민족의 전통적인 삶을 영위하여오던 어른춘인들이 문혁 과정에서 자신들의 삶의 방식을 부정하고 민족 지도자들을 타도하는 데에 크게 반발한 것을 두고 다음과 같은 해석을 내린다. 문혁 과정에서 타도당한 어른춘인 지도자들은 나이가 많고, 수렵 경험이 풍부하며, 구성원들로부터 존경을 받고 있었기 때문에, 이들에 대한 비판과 공격은 어른춘인들을 격분시킬 수밖에 없었으며, 그 결과 어른춘인들은 문혁을 자신들의 전통을 완전히 와해시키려는 운동으로 받아들이게 되었다는 것이다. 이강원은 어른춘자치기에 거주하는 어른춘족 지식인들은 어느 누구도 문혁 시기에 자신들이 겪었던 일들에 대해서 이야기를 하려 하지 않았음을 보고하면서 그것은 문혁이 그들 모두에게 일종의 '치욕'으로 남아 있었기 때문이라는 점을 지적한다.[24]

이강원의 지적은 연변 문혁을 체험한 조선족들에게도 그대로 적용된다. 19세기 말부터 연변 지역으로 이주해온 조선인들은 일제강점기에 살길을 찾아 이주해온 자들로 엄청나게 증가했으며, 그 절반이 넘는 조선인들이 일본 제국주의가 패망한 이후에도 귀환하지 않고 남아 조선족의 뿌리가 된다. 팔로군 휘하에서 항일전쟁을 하고 있던 조선의용군

고 국가 통합을 강화해야 한다는 통치자의 입장에서 볼 때, 문혁은 결과적으로 국가의 사회·경제 장악력, 지방통합, 영토적 통합성을 강화하는 데 기여했으며, 문혁이 끝나고 개혁개방의 시대를 맞아 중국이 하나의 국가로서 경제 성장을 이룩하는 밑바탕이 퇴있다"고 평가한다. 위의 글, 208쪽.

24 이강원, 앞의 글, 8쪽.

들은 일제 패망과 함께 중국공산당의 결정에 따라 동북 지방으로 이동하였다. 이들은 심양 부근에서 조선의용대 대회를 열어 소수의 나이든 혁명가만 북한으로 돌아가고, 나머지는 만주 각 지역의 조선족 집거지구에 이동하여 조선인들을 참군시켜 조선의용군의 힘을 확대하여 튼튼한 동북 근거지를 건립하기로 결정한다. 그들은 전군을 제1지대, 제3지대, 제5지대로 나누고 제1지대는 남만으로, 제3지대는 북만으로, 제5지대는 동만으로 진출한바, 이들은 중국공산당 내 조선인 간부의 중심을 이룬다. 이들 조선인 간부들의 지도 아래 많은 조선인들이 참군하여 중화인민공화국 수립에 적지 않은 공을 세웠다.

조선의용대 제3지대장이었던 주덕해와 같은 조선인 간부들의 지도 아래 동북 지방을 해방시키는 데 큰 공을 세운 조선인들은 일제로부터 해방된 만주 지역에 조선인들의 낙원을 세우려 하였고, 중국 정부의 결정에 따라 1952년 연변조선족자치주가 성립된 후 연변을 조선족의 삶과 문화의 고향으로 만들려고 한바, 그 중심에 주덕해가 있었다. 이러한 민족 중심의 움직임은 중국 전체가 하나의 이념으로 통합되어가는 문혁 기간 중에 철저하게 비판받는 요인이 되었고, 조선족 간부들이 지방민족주의자로 낙인찍히는 이유가 된다.[25] 조선족 지도자들을 지방민족주의자로 분류하고 탄압한 일은 이강원이 논문에서 지적한 대로 조선족 지식인들에게 정신적 외상으로 남아 현재까지 연변 문혁의 특수

---

25 소수민족의 민족주의적 성향이 비판받은 것은 반우파투쟁기에도 있었던 일이다. 이에 대해서는 최병우, 「정치우위 시대의 조선족 소설에 나타난 주제 특징」, 『조선족 소설의 틀과 결』(국학자료원, 2012), 149~168쪽에서 상론한 바 있다.

성에 대한 접근을 막고 있는 것인지 모른다.[26]

주덕해를 비롯한 조선족 지도자들을 북한의 간첩이나 매국역적으로 몰아 비판한 것은 조선족의 역사와 국적 문제 그리고 문혁 당시 중국과 북한 간의 정치 문제 등이 맞물린 복잡한 상황의 결과로 파악된다. 문혁이 시작되기 직전까지도 조선인들 사이에는 자신의 국적에 대한 고민이 남아 있었다.[27] 해방 직후 연변 지역을 관할하던 한족 간부 유준수가 토지개혁이라는 상황을 맞아 만주 지역에 거주하는 조선인에게 토지를 분배하기 위하여 조선인은 국적이 둘이라 주장한 이중국적관, 연변조선민족자치구 창립 전에 조선인 사이에 존재하던 정치의 조국은 소련이고 민족의 조국은 조선이며 현실의 조국은 중국이라는 다조국론, 양자 모두를 부정하고 주덕해가 내세운 중국 조선족은 조선의 조선인과 민족은 같지만 어디까지나 중국의 공민이라는 단일국적관 등은 두만강을 사이에 두고 타국에서 살아가는 조선족들의 국적 인식의 복잡성을 잘 보여준다.

주덕해의 평전에서는 이에 대해 "력사와 현 상태를 똑바로 보는가 하는 것은 120만 동북 조선족이 어디로 나아갈 것인가, 발전할 것인가, 어

---

26 류은규는 '사진으로 보는 조선족백년사'를 편찬하면서 문혁 시기의 사진 자료를 찾았으나 도서관이나 당안국에도 존재하지 않아, 문혁 당시 용정소학교 교사였던 황영림 선생이 본인이 찍은 사진을 갖고 있다는 것을 알고 찾아가 보여달라고 했을 때 황선생은 말 한마디 없이 자리를 피했고, 나중에 사진을 전해주면서 자신이 죽은 다음에 공개해달라고 부탁했다는 사실과 조선족들이 항일투쟁에 대해 자세한 저술을 남기면서도 문혁에 대해서는 입을 다무는 현실을 지적하고 있는바, 이는 조선족들이 문혁에 대해 갖는 정신적 외상의 결과라는 짐작이 가능하다. 류은규, 『연변문화대혁명─10년의 악속』, 토향, 2010, 6~10쪽 참고.

27 조선족들의 국적관에 관해서는 이해영·진려, 앞의 글, 93~94쪽 참조.

떻게 생존할 것인가에 관계되는 중대한 문제이며 이 문제를 잘 처리하는 것은 조선족 자체에 리롭다"[28]고 지적하여 주덕해가 당간부로서 조선족의 국적 문제를 중국 공산당의 시각에서 객관적으로 보고 있었음을 알려준다. 이러한 주덕해의 국적관은 조선족 지도자이자 중국공산당 간부로서 정치적 · 현실적 조건을 고려한 심각한 고민의 결과로 이해해볼 수 있다. 그러나 조선족들의 불분명한 국적관은 중국 정부에서 전 인민을 중국의 공민으로 묶으려 할 때 비판의 대상이 될 수밖에 없다. 더욱이 자신의 조국이 중국이 아닌 다른 나라라고 생각하는 소수민족이 조선족밖에 없는 상황에서 국적 문제에 대한 조선족의 입장은 비판의 여지가 없지 않았을 것이다.

마찬가지로 조선족들에게 두만강 건너 북한은 단순한 타국이 아니라 자신들이 떠나온 땅이고 돌아가고 싶은 고향이기도 하였다. 그래서 조선족들은 중국과 북한을 별 거리낌 없이 왕래하였다. 연변조선족자치주 정부나 북한의 필요에 의해 인적 · 물적 교류가 흔히 이루어졌고, 중국이 경제적으로 어려움에 빠지면 많은 조선인들이 북한으로 건너가 상당 기간 살다 돌아오기도 하였다. 예컨대 대약진운동의 실패로 중국이 경제적으로 어려움을 겪던 1961년부터 5년 동안 28,000명이 북한으로 건너갔으며, 1961년 초에만도 400여 명의 간부들이 북한으로 건너간 바 있다.[29] 국가 체제가 정비되면서 중국 당국으로서는 국가 정체성의 확립을 위해 조선인들의 불분명한 국적관과 잦은 월경은 계속 용납할

---

28 주덕해의 일생 편집조, 『주덕해의 일생』, 연변인민출판사, 1987, 229쪽. 위의 글, 94쪽에서 재인용.

29 염인호, 앞의 글, 429~430쪽.

수는 없었을 것이다. 북한이 중국과 혁명을 같이한 혈맹의 관계에 있기는 하였지만 조선족들이 법적 장치 없이 국경을 넘나드는 행동은 한 국가의 공민으로서 해서는 안 될 일이었고, 만주 특히 연변의 역사적·지리적 특성과 전략적 중요성은 이러한 현실을 재고하지 않을 수 없게 하였다. 그 결과 전 국민을 하나의 이념과 체제 속에 포함시키려는 문혁의 과정에서 과격한 방법을 동원하여 이 문제를 해결하려 한 것이다.

문혁 시기에 북한을 건너다니고 친북한 정서를 갖는 조선족들을 엄격하게 비판한 것은 이 시기 중국과 북한의 정치·외교적 상황이 역사 이래 가장 나빴다는 사실[30]과도 무관하지 않다. 항일투쟁 시기부터 한국전쟁까지 중국과 북한은 힘을 합쳐 제국주의와 싸워온 역사를 지니고 있으며, 중국과 북한이 수립된 후에도 양국은 전 분야에서 긴밀한 관계를 유지하였다. 소련의 흐루시초프 정권이 수정주의를 내세우자 마르크스·레닌주의에 입각한 마오주의를 내세운 중국은 수정주의를 자본주의로의 회귀라 비판하여 중소 간의 갈등이 정점에 이르렀던 1963년 6월 북한의 김용건과 류사오치는 제국주의와 수정주의를 반대하는 공동성명을 발표하여 양국 간의 동맹 관계를 강화하였다. 그러나 1964년 흐루시초프가 실각한 후 북한과 소련이 상호 접근을 시도하면서 중국과 북한의 관계가 악화되기 시작하였고 문혁 발생 이후 최악의 상황으로 전개된다.[31]

---

30 북한과 중국의 동맹 관계의 변화에 대해서는 박종철, 「1960년대 중반의 북한과 중국 : 긴장된 동맹」(『한국사회』 10-2, 2009)에서 상론된 바 있다. 이하 중국과 북한의 외교 관계에 대한 논의는 박종철의 글을 참조함.

31 한 해에 수차례씩 이루어지던 중국과 북한의 고위층 회담은 1965년 3월 베이징에

중국과 북한의 관계 악화는 문혁을 전후하여 최고조에 달한다. 북한과의 외교가 단절된 1965년부터 문혁 지도자들과 홍위병들은 북한 지도부를 수정주의자로 몰아붙이고, 김일성에 대한 인신공격을 감행하기도 하였다. 북한에서도 중국 지도부에 대한 비판을 강화하였고, 두만강에서는 수로를 변경하여 중국 측 농가가 침수되도록 하기도 하였다.[32]

문혁이 진행되면서 중국은 북한의 지도부를 수정주의자로 명명하여 적으로 규정하였고, 북한 측은 중국이 북한 지도부를 경질하려 한다는 의심을 하기도 하였다.[33] 양국 간의 이러한 대치 국면이 진행되면서 가장 큰 피해를 보게 된 것은 조선족들이었다. 모원신이 주도하는 홍색파들은 북한을 비방하면서 동시에 북한과 내통한다고 생각한 조선족들을 핍박하였고, 그것은 주덕해를 비롯한 조선족 간부들을 투쟁의 대상으로 삼기에 이른다.[34]

서 최용건과 마오쩌둥의 회담을 끝으로 1969년 9월 호치민의 장례식에서 최용건과 저우언라이가 만나기까지 성사되지 않다가 이후 다시 관계가 복원된다. 위의 글, 154~155쪽 참조.

32 위의 글, 145~146쪽

33 위의 글, 150쪽.

34 조선족 간부들에게는 주로 '외국특무'라는 죄명을 씌워 탄압하였다. 그 상세한 정황은 정판룡이 쓴 「연변의 '문화대혁명'」에 다음과 같이 상술되어 있다. "1968년 4월부터 연변에서 처음으로 '계급대오정리학습반'이 주공안국, 주검찰원, 주법원에서 열렸다. 이 학습반에서는 각종 형벌을 다 써가면서 소위 '외국간첩'이라는 명의로 51명의 계급의 적을 붙잡아냈는데 그중 3명은 형벌을 못 이겨 죽었으며 10여명은 불구자로 되었다. 몽둥이와 채찍으로 소위 '외국특무'를 잡아내는 이 '경험'은 곧 주 전 사법계통에 보급되었다. 전 주 사법계통의 이런 '학습반'에서 175명이나 되는 조선족정법계통의 간부와 경찰들이 '외국특무'로 몰리웠는데 이는 전 주 정법계통 조선족정법간부, 경찰총수의 70%를 점한다. 그중에서 12명이 학습반기간에 맞아죽었으며 82명이

주덕해를 실각시키려는 홍색파와 그를 옹호하는 보황파로 나뉘어 갈등을 일으키던 연변 문혁의 상황은 점차 악화되어 양측이 총과 폭약으로 무장을 하면서 연변 여러 지역에서 무력 충돌이 발생하여 적지 않은 인원이 사망하거나 부상을 당하게 된다. 특히 연변의학원과 연변병원에서 농성을 벌이던 보황파를 진압하는 과정에서 모원신과 고봉은 홍색파의 민병대와 인민해방군을 투입하여 3,000여 명의 농성자를 연행하였으나, 이 과정에서 53명이 사망하고 130여 명이 부상당하는 참사가 벌어지기도 하였다. 1967년 여름부터 1968년 봄에 이르는 기간 동안에 연변의 전 지역에서 무력 충돌이 계속되어 적지 않은 인명이 희생되었다.[35] 이러한 무력 투쟁은 1968년 8월 연변조선족자치주 혁명위원회가 수립되면서 종식[36]되었지만, 이 기간 동안의 물적 인적 손실은 물론 이 과정에서 연변 인민들 특히 조선족에게는 씻지 못한 상처를 남기게 되었다.

이와 같이 문혁 기간 중 중국인 전반이 경험한 고난과 소수민족들이 겪게 된 피해 그리고 북한과의 관련하여 겪게 된 한족과의 갈등 등 삼중적인 고통이 연변 문혁의 특수성이며 조선족들이 경험한 연변 문혁의 비극적 현실이었다.

종신불구자로 되었다."(중국조선족역사족적 편집위원회편, 『중국조선민족발자취총서 7 풍랑』, 민족출판사, 1993, 306쪽)

35 『연변40년기사』에 따르면 양 진영의 갈등이 첨예화된 1967년 한 해 동안 수없이 많은 무력 충돌이 발생하여 사망자가 발생한 사건만도 10여 차례나 된다. 연변당사학회 편, 앞의 책, 247~265쪽 참조.

36 연변 문혁의 전개 과정에 대해서는 성근제, 앞의 글에 잘 정리되어 있다.

3. 조선족 소설에 나타난 문혁의 기억 양상

조선족 연구자들은 조선족 문학에 나타난 문혁의 영향과 그 양상 등에 관한 연구에 관심을 기울이지 않았다. 조선족 문학을 사적으로 정리한 연구에서 중국 문학사에서 문혁 이후 문학의 특징으로 언급된 상흔문학, 반사문학, 개혁문학 등으로 범주를 구분하고 작품 몇 편을 살펴보고 있을 뿐이다.[37] 조선족 문학이 중국 문학과 궤를 같이할 수밖에 없다는 점에서 중국 문학사의 범주를 조선족 문학의 사적 정리에 그대로 원용한 것은 큰 무리가 없다. 그러나 조선족 문학 연구에서 중국 문학사와는 다르게 나타나는 조선족 문학의 특수성의 범주를 다루지 않았다는 점은 한계로 남는다. 이러한 연구의 한계는 문혁만을 다루는 연구가 아닌 사적 정리라는 연구의 성격에서 비롯된다 하겠다.[38]

문혁이 공식적으로 종식(1976)되고 새로운 정책이 시작(1978)되는 시기를 경계로 중국 현대사는 이념 중심의 시대에서 시장 중심의 시대로 변화하였다. '흑묘백묘론'이라는 말로 일컬어지는 문혁 이후의 국가정책은 실상 사회주의에서 자본주의로의 전환이었고, 그 결과 문혁 이후 중국 사회는 문혁 이전의 지향 가치와는 전혀 별개의 가치를 지향하는 사회가 되었다. 문혁이 종식된 직후 조선족 문인들은 문혁의 아픈 경험을 떠올리고, 문혁의 기억들을 반성하고 문혁 이후 새로운 개혁을 생각

---

37 각주 7)에서 언급한 권철, 오상순, 이광일, 김호웅 · 조성일 · 김관웅 등의 저서 모두 동일한 양상을 보인다.

38 이해영 · 진려의 각주 9) 논문은 소논문의 특성을 살려 연구 대상을 조선족 소설에 나타난 문혁의 특수성만으로 한정하여 기존의 연구의 한계를 극복하고 있다.

제2부 조선족 문학의 풍경

하는 작품들을 양산하였지만 사회가 변화해감에 따라 문혁의 기억은 빠른 속도로 사라진다. 그러나 조선족 문학은 문혁을 경계로 크게 달라졌다. 시대의 변화에 따라 문학도 변화하지만 트라우마로 자리 잡은 문혁은 지속적으로 조선족 문학에 일정한 영향을 미친 것이다. 이 장에서는 조선족 소설에 나타나는 문혁의 모습을 주제적 양상에 따라 몇 가지로 나누어 살피고자 한다.

1) 비정상적 상황 속의 고난 묘파

문혁이 종식되고 몇 해 지나지 않은 1979년 2월 『연변문예』에 박천수의 「영혼이 된 나」라는 짧은 작품이 발표된다. 많은 연구자들에 의해 조선족 최초의 상흔소설이라는 평가를 받은 이 작품은 문혁의 와중에 현행반혁명죄로 타살된 인물이 원혼이 되어 자신의 집에 돌아와 겪는 일과 자신의 회한을 이야기하는 형식을 취하고 있다. 문혁 직후에 발표된 이 작품은 원혼이 된 일인칭 서술자의 회상을 통해 당과 인민에 헌신하던 자신이 보수파로 타도당하여 죽음으로 내몰린 한스러운 상황을 이야기하고, 언젠가는 당과 군중이 자신의 원한을 풀어주리라는 기대를 드러내어 문혁 과정 중에 개인이 당한 비정상적인 고난을 잘 보여준다. 그러나 이 작품은 분량의 한계도 있겠지만 문혁 당시의 일들이 관념적으로 서술되어 작품의 구체성을 확보하지 못해 소설로서 한계를 보인다.

박천수의 「영혼이 된 나」가 발표된 이후 문혁을 다룬 조선족 소설의 상당수는 문혁이라는 미증유의 혼란 속에서 핍박받는 사람들의 모습을 다루고 있다. 반혁명이라는 죄명으로 적법한 절차도 없이 대중들에게 비판당하고, 고문당하고, 감옥에 끌려가고, 심지어는 죽음에 이르게 되는 비극적인 문혁의 현실이 소설의 중요한 제재가 된다.

> "야, 이놈이 무슨 말을 지껄이는가 좀 시켜봤더니 마지막엔 우리
> 나라 오성붉은기까지 모욕하는구나. 호되게 족쳐라."
> 우지끈 쾅.
> "앗!"
> "그래도 특무조직의 내막을 털어 내놓지 못할가?"
> "……"
> "정신을 잃었어."
> 삼층대 걸상에서 굴러떨어진 최명운은 다리가 부러졌다.[39]

　　문혁의 과정에서 반혁명이나 특무라는 죄명으로 몰린 사람들은 혁명의 와중에 홍위병들에게 끌려가 억압된 분위기 속에서 취조를 당하고 고문을 당하였다. 장지민은 「노랑나비」에서 조선족 혁명 열사들의 족적을 연구하던 최명운이 특무라는 죄명으로 붙들려가 엄청난 고문을 당하고 결국은 다리 하나가 부러지고 마는 과정을 사실적으로 그려낸다. 당과 인민을 위해 헌신한 자신에게 아무런 잘못이 없음에도 불구하고 자신을 붙들어온 홍위병들이 몰아세우는 죄를 인정하여야 하는 상황은 육체적인 고통보다 더 참기 어려운 모욕이었을 것[40]이다. 최명운은 2년

---

39 장지민, 「노랑나비」, 『올케와 백치오빠』, 료녕민족출판사, 1995, 65쪽.

40 실제로 리다(李達)는 일흔여섯 고령에 호위병의 폭력을 못 견뎌 사망했고, 라오서(老舍)는 홍위병에게 규탄당한 다음 날 자살했으며, 마쓰충(馬思聰)은 홍위병 폭행을 피해 몰래 망명했다. 구보 도루, 『중국현대사 4 − 사회주의를 향한 도전 1945~1971』, 강

의 감옥 생활 끝에 버들골로 하방되고, 함께 외국으로 도피하자는 아내의 요구를 거절하고, 아내가 출국한 후 간난의 시간을 보낸다. 그러나 문혁이 끝나자 그는 다리 치료를 받아 정상으로 돌아오고 누명을 벗고 복직을 하게 되고 아내도 귀국하기로 하는 등 정상적인 자리를 되찾는다. 최명운의 고난은 문혁이라는 비정상적인 기간에 갑작스레 닥쳐온 악몽이었던 것이다.

문혁 시기에 타도당한 사람들이 겪은 고통은 류연산의 「아 쪽박새」[41]에 사실적으로 그려져 있다.

> 이튿날 '악당'들은 '홍위병'들의 총부리의 감시 밑에 일렬종대로 진 거리를 나섰다. '반란단' 두목이 전날 떠벌인 최후의 심판장으로 가는 길이였다. 철모르는 애들의 돌멩이나 무지한 인간의 우악진 몽둥이찜질에 어느 목숨이 질지 모를 일, 개개의 '죄범'들은 마치도 도살장으로 끌려가는 소처럼 걸음이 떴고 낯색이 새까맣게 죽어 있었다.[42]

죄 아닌 죄를 뒤집어쓰고 비판을 당하고 언제 죽을지 모르는 공포 속에서 심판장으로 끌려가는 사람들에게 길가에 둘러선 사람들은 돌을 던지고 몽둥이찜질을 한다. 인용문에 나타난, 자신도 알지 못하는 죄과가 씌워져 고문을 당하고 언제 죽을지 모르는 처지가 되어 있는 상황에 가족들은 계선을 나눈다고 나서고 주변 사람들로부터 버림을 받은 사

진아 역, 삼천리, 2013, 185쪽 참조.

41 김학 외, 『그녀는 고향에 다녀왔다』, 슬기, 1987, 164~196쪽.

42 위의 책, 184쪽.

람들이 총부리에 밀려 줄지어 끌려가는 모습은 문혁 시기 비판을 당해 조리돌림당한 수많은 죄 없는 사람들을 사실적으로 그려내고 있다.

　문혁은 투쟁의 대상이 된 사람들에게만 비극적인 사건은 아니었다. 투쟁당한 사람보다 남은 사람이 더 신난한 삶을 살아가게 마련이었다. 박천수의 「원혼이 된 나」의 아내와 자식들의 삶의 곤고함도 그렇지만 윤림호의 「돌배나무」[43]에는 소학교 교원이었던 가장이 '고린내 나는 아홉째'로 몰려 비판 투쟁을 받다가 산중으로 도망쳐와 자살한 후 '사류분자'로 분류되어 말 못 할 고초를 겪는 모자의 삶이 그려진다. 교원의 아내로 살아왔고 또 양심적인 따썰이었지만 문혁의 와중에 남편을 잃고 난 후 살아남기 위해 인간다운 삶을 포기한다. 그녀는 돈이 궁해 자신을 친동생처럼 대해주는 조선족 집에서 작은 물건들을 훔치고 인근에 있는 방목장의 남자들에게 몸을 팔기도 한다. 그렇지만 자신을 인간적으로 대해주는 옆집의 조선족 언니가 '사류분자'인 자신의 신분 때문에 피해가 갈까 걱정을 하고, 방목장 일로 구류소에 가게 되자 아들 쇼밍을 계속 학교에 다니게 하기 위해 자신과 계선을 나누라 이르고는 도주해버린다. 문혁 과정 중에 비판받은 개인의 고난도 고난이지만 살아남은 가족들의 삶 또한 황폐해졌음을 이 작품은 사실적으로 보여준다.

　한국전쟁 시기 포로가 되었다가 돌아와 배신자라는 주변의 시선을 피해 산속에서 양봉업을 하고 살다가 문혁 기간 중에 또다시 비판을 받는 한 인물의 삶을 그린 리성백의 「곰사냥」,[44] 문혁 기간 중 서로서로 모함

43 윤림호, 『고요한 라고하』, 흑룡강조선민족출판사, 1992, 52~79쪽.

44 김학 외, 『그녀는 고향에 다녀왔다』, 슬기, 1987, 135~150쪽.

하고 핍박받는 과정 중에 한 가족 모두가 우파로 몰려 같은 마을에 모이게 되는 과정을 그린 리웅의 「수난자들」,[45] 수정주의 교육 노선을 행한 교사라는 죄명으로 비판당하여 감옥 노동을 하던 중 아들이 썰매를 타고 얻은 병을 제대로 치료하지 못해 죽음에 이르는 과정을 담은 리상각의 「망각을 위한 O선생의 회상」[46]을 비롯한 문혁을 다루는 거의 모든 작품에서 문혁이라는 역사의 흐름 속에서 개인들이 겪은 고통과 고난의 양상들이 상세하게 묘파되고 있다.

2) 상황에 부화뇌동한 행위 반성

정세봉은 1984년 4월 『연변문예』에 「하고 싶던 말」을 발표하여 많은 평자들로부터 최초의 반성소설이라는 평가를 받는다. 이 작품은 문혁 기간 중 이혼을 당한 아내가 세월이 지난 후 남편에게 그간의 일을 회상하며 쓴 편지의 형식을 사용하고 있다. 가난한 집안에 시집을 간 금희는 집안을 일으키기 위해 돼지, 오리, 염소 등을 키우지만 이러한 아내의 소생산 때문에 입당되지 못할 것을 겁낸 남편은 불만을 갖고 아내와 이혼을 강행한다. 이혼 후에도 시댁 마을을 떠나지 않던 금희는 남편의 핍박에 친정으로 가고 문혁이 끝나고 2년이 지난 후에 새로운 삶을 시작한다. 남편은 결국 입당을 하지 못하고 사랑에 빠졌던 여성과 결혼도 하지 못해 2년이란 시간이 지난 뒤 금희에게 새로 시작하자는

---

45 리웅, 『고향이 넋』, 연변인민출판사, 1984, 62~93쪽.
46 리상각, 『백두의 얼』, 민족출판사, 1991, 208~219쪽.

연락을 하지만 금희는 이미 늦었다는 편지를 쓰게 된다. 금희네 가족이 겪은 상처를 만들어낸 문혁이라는 비정상적 상황에 부화뇌동한 남편과 같은 사람들의 행동에 대한 반성이 이 작품의 주제이다.

이같이 문혁 시기에 사회적 분위기에 들떠 가정을 버리면서까지 부화뇌동한 일이나 가족이 고통을 당하는 상황에서 피해를 겁내 가족과 계선을 가르는 등 비인간적인 행위에 대한 반성은 문혁을 다룬 소설의 중요한 주제가 되고 있다. 윤림호는 「념원」[47]과 「자취」[48] 등의 작품을 통하여 이러한 주제를 사실적으로 그려내고 있다.

「념원」에서 만 영감은 다리를 저는 아들을 고쳐주기 위해 남몰래 작은 규모로 담배 농사를 짓고 또 인삼 농사를 짓지만 부녀의원이 되어 혁명에 앞장선 아내 한길녀는 남편을 타도한다. 인근의 혁명분자인 심정림을 따라가려 죽을 애를 쓰다 보니 남편이 담배 농사를 짓는다는 사실을 선전위원을 비롯한 마을 사람들에게 고발한 것이다.

> 담배밭은 아주 거덜났다. 그 뿐 아니라 이튿날 선전위원은 만신창이 된 담배밭머리에 "로선투쟁의 심각한 반영"이란 커다란 패쪽을 세워놓고 하루 동안 사원들에게 로선각오교육을 진행했다. 그번 사건이 있은 후 심정림 못지않은 본보기로 된 마누라는 사흘이 멀다하게 받들려 강용을 다녔으나 일주일에 한 번씩 한 쪽 알 깨진 돋보기를 끼고 반성서를 써내야만 하는 령감의 위신은 아이들까지 종주먹질하게 신바닥이 되여버렸다. 마누라의 버릇은 점점 고약해졌고 리

---

47 윤림호, 『투사의 슬픔』, 흑룡강조선민족출판사, 1985, 309~339쪽.
48 위의 책, 340~374쪽.

혼이란 소리를 아주 잠꼬대같이 해댔다……[49]

착하고 성실한 농사꾼이었던 한길녀는 문혁이 시작된 이후 열성적으로 혁명에 앞장선다. 그녀가 특별히 문혁의 이념에 동조하였거나 집체 농업의 긍정적 효과를 알아 마을 일에 앞장선 것은 아니다. 심정림이 남편의 계급이 상농이었음을 고발하고 스스로 계선을 구분한다고 혁명을 함으로써 현부녀회에까지 승급한 것을 본 한길녀는 더 높은 감투를 쓰기 위해 열성적으로 혁명에 나선 것이다. 그래서 그녀는 남편이 아들의 병을 고치기 위해 소규모로 담배 농사를 짓는다는 것을 알면서도 남편을 고발하여 마을 사람으로부터 더할 수 없는 치욕을 당하게 하고 그 대가로 부녀위원이 된다.

만 영감은 담배 농사로 타도당한 뒤 깊은 골에 묵밭을 일구어 인삼을 심었으나 아내가 이를 알아차리자 지난번과 같은 치욕을 당하지 않기 위하여 자살을 결심한다. 그러나 심정림의 남편처럼 혼자 죽을 수는 없다고 생각하고 아내의 목을 조른 뒤 자신도 목을 매단다. 인삼밭에 모인 사람들은 인삼밭 규모에 놀라고 이 사건은 마을 사람들에게 자본주의 소생산의 전형 사건으로 교육된다. 그러나 한길녀는 남편이 죽은 뒤 혁명의 열기를 잃고 만다. 퇴당 신청을 하고 집에 앉아 울기만 하다가 자신을 노선투쟁의 화신으로 받드는 기사를 보고 까무러치기도 한다. 남편과의 일 그리고 혁명을 한다며 돌아치던 시기의 잘못을 반성하며 자신을 죽이지 못한 남편을 한하기도 한다. 결국 마음속에 박힌 회한이

---

49 위의 책, 314~315쪽.

병이 되어 죽으면서 아들에게 자신이 저지른 잘못들을 반성하고 남편 옆에 묻어줄 것을 당부한다.

이 작품은 문혁의 열기에 부화뇌동하여 날뛴 사람들에 대한 통렬한 비판을 보여준다. 심정림이 죽기 얼마 전에 병원에서 만난 심정림과 한 길녀는 자신들은 죽어도 묻힐 곳이 없으니 둘이 함께 묻히자는 이야기를 나누며 자신들의 과오를 뉘우친다. 남편과 계선을 가르고 사지로 몰아가면서까지 혁명에 앞장섰던 심정림은 시동생들의 칼에 맞아 죽을 고비를 넘기고 난 뒤 자신의 삶을 통렬히 반성하고, 만 영감의 아내 한 길녀 역시 문혁의 열기 속에 남편을 사지로 내몬 자신의 잘못을 반성하며 죽음을 맞이하게 된다.

「자취」는 노력모범이었던 어머니의 9주기에 모인 세 딸이 어머니를 기억하고 게으르고 어머니를 괴롭히기만 하여 죽음으로 내몬 백수건달 아버지를 성토하는 과정에서 아버지와 어머니의 진정한 모습을 알아가는 구조로 되어 있다. 첫째, 둘째 딸의 아버지에 대한 성토를 통해 어머니가 얼마나 훌륭한 노력모범을 보인 훌륭한 인물이었는가를 보여주고, 막내딸의 말을 통해 아버지가 그렇게 어머니를 돕지 않고 괴롭히기만 한 진짜 이유를 드러냄으로써 문혁의 과정에서 인간이 얼마나 황폐해질 수 있었는가를 보여준다.

항일투쟁 과정에서 여걸다운 행동으로 많은 공을 세웠던 아내는 건국 이후에도 사회주의 건설을 위해 헌신하고 마을을 위해 몸을 사리지 않는다. 항일투쟁 당시 동지였던 남편은 아내가 남모르는 곳에 총상을 입어서 자신의 몸을 돌보아야 함에도 주변 사람들의 칭송에 밀려 또 부녀대장이라는 직책 때문에 몸을 돌보지 않고 죽을힘을 다해 일하는 것을 보며 건강을 다칠까 걱정한다. 현성에서 살다가 전후 복구 작업에 몸을 돌보지 않고 나선 아내가 코피를 쏟는 지경에 이르자 아내를 쉬게 할 생각으로 산골마을 연자포로 찾아들었지만 거기서도 아내는 몸을 아끼지 않고 마을 일을 한다. 남편은 아내가 쉬도록 하기 위해 온갖 애를 쓰고, 아무 일도 거들지 않고 또 구박까지 하지만 아내는 남편의 뜻을 받아들이지 않고 마을을 위해 헌신하다가 죽음에 이르고 만다. 그녀가 온몸을 다해 일을 하고 죽은 후 남은 것은 몇 장의 상장뿐이다. 이 작품은 헌신적인 한 인물의 자취를 통하여 혁명의 미명 아래 얄팍한 명예를 대가로 사람들을 희생시키는 사회를 비판하고, 동시에 작은 명예 때문에 자신을 죽음으로 내모는 인간을 희화하고 있다.

문혁을 제재로 하여 시대 상황에 부화뇌동하거나 윗선의 지시에 꼭두각시처럼 따르는 인간에 대한 반성을 드러내는 작품은 매우 많다. 혼란스런 시대를 살면서 당을 믿고 당의 정책대로 살아야 한다는 일념으로 남편과 계선을 나누기까지 했다가 문혁 이후 잘못을 깨닫게 되는 한 여인의 삶을 그린 정기수의 「시대의 그림자」,[50] 문혁 기간 중에 자신의 안위를 위하여 은인이자 선배를 모함하여 비판받게 한 인물의 회한과 후에 같은 사무실에서 만나 화해하는 과정을 그린 리웅의 「참회」,[51] 문혁 시기에 자신에게 닥친 위험을 피하고 개인적 영달을 위하여 동료를 모함한 인물에게 복수하는 내용을 담은 우광훈의 「복수자의 눈물」,[52] 문혁의 비정상적인 광기 속에서 홍위병들이 빈한한 마을에 학교를 세워 아

50 정기수, 『생활의 소용돌이』, 흑룡강조선민족출판사, 1989, 201~224쪽.

51 리웅, 『고향의 넋』, 연변인민출판사, 1984, 171~188쪽.

52 우광훈, 『메리의 죽음』, 연변인민출판사, 1989, 234~262쪽.

이들을 가르친 성실한 교사를 탄핵하자 마을 사람들이 열렬히 동조하고 결국은 그들과 타협하여 노동개조를 하게 되는 과정을 담은 리여천의 「울고울어도」[53] 등 문혁을 다룬 많은 소설들이 이러한 문혁 당시의 삶에 대해 반성하는 내용을 담고 있다.

특히 리여천은 「울고울어도」에서 "문화대혁명의 큰 과오라면 바로 인간들에게 거짓말을 배워준 것이다. 봉건사회의 노예성을 가지고 어리숙하게 살던 백성들도 문화대혁명에서 배운 대로 매끄럽고 교활해졌고 거짓말을 얼굴색 하나 변치 않고 본때 있게 할 줄 알았다."[54]는 점을 문혁의 폐해로 들고 있다. 이는 문혁이라는 광란의 시대를 살면서 시대 상황에 부화뇌동하여 남에게 피해를 주고, 자신의 안위를 위해 남을 모함했던 보통 사람들의 삶에 대한 통렬한 반성이자 비판이라 하겠다.

3) 문혁 기간의 정책적 오류 비판

류원무는 1982년 7월 『연변문예』에 「비단이불」을 발표한다. 불로송 아바이라는 별명을 가진 신흥평에 사는 송희준 노인은 아들이 한국전쟁 때 전사한 대가로 지급된 돈으로 비단이불을 짓고, 자신의 집을 초대소로 정한다. 그는 마을로 파견되어 불철주야 일하는 간부들에게 더욱 열심히 일하라는 당부를 잊지 않으며 비단이불을 내어 재워준다. 그러나 증산을 명목으로 현실과 맞지 않는 정책이 하달되어 농민들의 삶

---

53 리여천, 『울고울어도』, 연변인민출판사, 1999, 1~54쪽.
54 앞의 글, 44쪽.

이 곤고해지자 간부들이 내려와도 비단이불을 내어놓지 않는다. 그러나 문혁이 끝나고 그릇된 정책을 모두 바로잡고 나자 불로송 아바이는 드디어 농민이 살 수 있게 되었다며 마을로 내려온 간부들에게 비단이불을 다시 내어놓는다.

이 작품에는 문혁이 직접 서술되지는 않는다. 그러나 대약진 시대를 지나 문혁을 거치는 시기에 백성들의 삶을 윤택하게 해주기보다 불가능한 목표를 설정하고 그것을 달성하기 위해 농촌의 현실에 맞지 않는 정책을 하달하고 강제로 집행하는 정책적 오류를 비단이불을 통해 암시적으로 비판한다. 문혁 기간 중의 정책적 오류에 대한 비판은 류원무의 「비단이불」이 발표된 시기부터 조선족 소설의 중요한 주제가 된다. 이러한 사회주의적인 정책의 오류를 비판하는 방향으로 조선족 소설의 주제가 변화한 것은 문혁이 끝난 후 시장경제를 앞세운 새로운 경제 정책이 시행된 것과 궤를 같이 한다.

리태수의 「조각달 둥근달」[55]은 사회주의 경제 체제에서 시장경제로의 전환이 갖는 의미를 소설적으로 그려낸 점에서 주목된다. 이 작품은 한 평생 기차 구경도 못 하고 죽는 사람이 있을 정도로 대대로 가난한 두메산골의 작은 마을인 조각달마을을 배경으로 사회주의를 신봉하는 구세대와 시장경제로 나아가야 한다는 새로운 정책을 신봉하는 신세대 사이의 갈등을 박진감 있게 그리고 있다. 아무도 농사를 짓지 않으려는 후미진 골짜기에 자리한 과수원을 맡아 농사를 짓기로 한 단오가 과학적인 영농으로 일만 오천 원이 넘는 큰돈을 벌자 이 돈의 처리 방법을

---

55 김학 외, 앞의 책, 7~134쪽.

놓고 마을 사람들 사이에 갈등이 일어난다. 생산대와 약정한 이천 원만 납부하고 남는 돈은 단오 것이라는 측과 당연히 마을에서 생산된 돈이니 생산대에 귀속시켜 마을 사람들이 공동으로 나누어야 한다는 측의 갈등이다. 단오의 수입은 당연히 생산대에 귀속해야 한다는 사회주의적 신념을 지닌 노당원 박봉애는 문제의 해결을 위해 현당위서기를 찾아가 상의한다. 그러나 현당위서기는 새로운 정책에 따라 박봉애가 생각하는 것과는 반대의 의견을 내보인다.

> "아주머니, 아주머닌 단오가 번 돈을 내놓아 촌민들이 나눠가지고 골고루 잘살아야 한다고 하셨지요?"
> "예, 그랬수다."
> "그건 안 됩니다. 또 그런 방법으로 부유한 길로 이끌 수 없습니다. 그것 마치 가마땜쟁이가 구멍을 때는 것과 같지요. 우리가 몇십 년 동안 공동히 부유해야 한다면서 큰가마밥을 먹어보지 않았습니까? 이 마을뿐만 아니라 전 향적으로 누구나 못 살았지요. 실천으로부터 보아 이런 방법으로 백성들을 부유해지게 할 수 없다는 것이 이미 실증되었습니다. 그러나 지금 생산책임제를 실시하면서 호도거리나 전업호, 중점호가 생겨 첫해에 부유해진 집이 있지 않습니까. 그들이 선두에 서서 모범이 되고 추동이 되어 지금 많은 사람들이 부유해지고 있습니다.……"
> "……"[56]

옛 지주 문병삼의 아들인 단오가 그 돈을 갖는 것은 새로운 부농을 탄생시키는 것이기에 공동의 재산으로 분배되어야 한다고 믿었던 박봉애

---

56 위의 책, 110쪽.

로서는 사회주의 신념과 어긋나는 현당위서기의 말이 이해가 되지 않는다. 그러나 단오는 과수원 수입으로 트럭을 사서 운수업을 벌여 더 많은 돈을 벌고, 과일을 직접 시장에 내다 팔아 과수원의 수입을 더욱 늘린다. 몇 년이 지나 큰돈이 모이자 현당위서기의 도움으로 이십만 원이라는 돈을 대부받아 통조림 공장을 지어 생산에 들어가고, 추후 술 공장을 만들 계획도 세운다. 그러고는 과일 생산, 통조림 제조, 과일과 통조림 수송 그리고 판매에 이르는 일들을 마을 사람 각각에게 합당하게 맡김으로써 마을 전체가 함께 윤택해질 수 있는 길을 마련한다.

이 작품이 보여주는 바, 능력 있는 사람이 먼저 큰돈을 벌고 이를 바탕으로 사업을 경영하여 마을 주민 전체가 함께 잘살게 되는 과정은 공동으로 생산하고 분배한다는 사회주의 이념과는 정면으로 배치된다. 이는 사회주의 이념에 충실했던 중화인민공화국 건국 이후 문혁에 이르는 30년의 정책적 오류를 극복하고, 한 개인이 자신의 역량에 따라 부를 획득하면 이를 바탕으로 모두가 부유해질 수 있다는 시장경제의 원리에 따르는 새로운 정책의 우월성을 소설적으로 형상화한 것이다. 이 작품이 발표된 시기를 전후하여 사회주의 정책의 오류를 비판하고 시장경제의 당위성을 주장하는 작품들이 적지 않게 발표된다.

문혁이 끝나고 집체에서 개체로 전환하는 과정에서 누가 어떤 토지를 경작할 것인가를 놓고 갈등하는 과정 속에서 문혁 당시 자본주의로의 퇴보라 비판받은 사람이 추구하던 방향으로 나아가는 현실을 그린 리웅의 「고향의 넋」,[57] 두부와 관련된 집안의 역사를 이야기하면서 새로운

---

57 리웅, 앞의 책, 189~215쪽.

변화의 시기에 두부 장사를 하여 집안을 일으킨 며느리를 통해 문혁의 사회주의적 정책을 은연중에 비판한 리원길의 「두루미며느리」,[58] 집체든 개체든 상관없이 경제적인 부를 누리는 것이 백성들이 바라는 바임을 자각하여, 당원이자 간부로서 백성의 마음을 알고 그것을 소중히 여길 때만이 백성들에게 죄를 짓지 않을 수 있다는 자각을 보여주는 리원길의 「백성의 마음」,[59] 등이 그 대표적인 작품이다.

경제 정책에 대한 비판을 보인 앞의 작품들과는 달리 우광훈의 「재수없는 사나이」[60]는 문혁 시기의 교육 정책을 비판하고 있다. 농촌으로 하방되어 집체호 생활을 하던 남국은 당성이 충실하다는 이유만으로 남보다 먼저 대학생이 되어 집체호를 떠났다. 그러나 남국이 대학 생활을 하는 동안 농장과 공장으로 노동단련만 다니고 제대로 된 공부는 못 하였다. 그러나 남국은 성실하게 노동단련을 하여 공농병 결합이 잘 되었다는 평가를 받아 다른 학생들이 시골로 발령받을 때 연길 시내의 공장에 배치받는 영광을 누리고, 1년 후 대학을 졸업한 지식인이라는 이유로 공장장이 된다. 그러나 폐쇄된 공간에서는 먼지가 폭발할 수 있다는 단순한 과학 상식도 없어서 위험성을 경고하는 여공의 말을 무시하고 작업을 강행했다가 공장이 폭발하자 그 책임으로 재판을 받고 인생이 꼬여버린다. 이는 개인의 의지나 능력과 상관없이 당성만으로 인재를 양성한 문혁 시기의 교육 제도에 대한 통렬한 풍자이다.

문혁 시기 상부의 정책을 단위에서 공작하던 하급 간부들은 이러지도

---

58 리원길, 『백성의 마음』, 연변인민출판사, 1984, 177~240쪽.

59 위의 책, 77~119쪽.

60 우광훈, 『메리의 죽음』, 연변인민출판사, 1989, 5~24쪽.

저러지도 못하는 존재였다. 문혁을 비판하는 많은 작품들에서 하급 간부들을 비난과 비판의 대상으로 삼고 있지만, 그들은 윤림호의 「념원」에서 소자본이라 하여 인삼밭을 갈아엎어버린 하급 간부가 시대가 바뀌자 그 인삼밭에 살아남은 인삼을 새로운 영농 영웅을 증명하는 증거라 치켜세우듯이 상부의 지시를 최선을 다해 실행한 것뿐이다. 정세봉은 「볼세위크의 이미지」[61]에서 자신의 의견을 내세우지 않고 묵묵히 당의 정책을 집행하는 하급 간부를 당과 인민을 위해 헌신한 인물로 그리고 있다.

> 십여 년 전에 마을에 내려왔던 '하방간부'들의 희디흰 얼굴들이 떠올랐다. 월급은 월급대로 타먹으며 이밥생활을 하다가 다시 도시로 돌아갔던 그들이 농촌에서 지낸 그 몇 해를 정배살이나 갔다온 것처럼 외워대던 것을 준호는 여러 번 들었었다. 그들도 공산당원 간부들이였지마 농촌을 사람이 못살 지옥처럼 여기고 있었다. 그런 '지옥'에서 아버지─볼세위크 윤태철은 평생을 살아오고 있는 것이다.[62]

인용문은 문혁 시기의 정책 오류에 대한 비판은 아니지만 정책의 오류를 집행하고 그것을 성취하기 위해 있는 힘을 다하는 하급 간부의 삶이야말로 이타적인 것이어서 그들을 비판할 수는 없는 일이라는 사실을 강조한다. 이는 문혁에 대한 직접적인 비판은 아니지만 국가 정책을 수립하고 하달하는 인용문에서 '하방간부'로 그려진 정책 입안자들에 대한 간접적인 비판으로 이해해볼 수 있다.

---

61 정세봉, 앞의 책, 185~281쪽.

62 위의 책, 256쪽.

4) 연변 문혁의 특수성 인식과 고발

김관웅은 1979년 12월 『연변문예』에 「청명날」[63]을 발표한다. 이 작품은 문혁 초기 특무라는 죄명으로 15년형을 받고 10년 만에 누명을 벗은 억철이 청명날 자신이 감옥에 가고 두 달 후에 해산하다 죽은 아내의 산소에 갔다가 우연히 아내와 한 마을에 살았던 한족 여교사 왕수매를 만나 아내가 어떻게 죽었는지를 듣고, 그녀가 길러준 자신의 딸을 찾게 된다는 내용으로 되어 있다. 그러나 이 작품은 문혁 중에 특무로 감옥생활을 한 억철과 지구당의 일을 보다가 국민당 특무라는 죄명을 쓰고 죽어간 왕수매의 남편 그리고 우수교원 표창식에서 류소기를 만나 악수하는 사진을 가지고 있다는 죄명으로 엄청난 박해를 받은 왕수매 등의 삶을 다루어 문혁의 폭력에 입은 평범한 사람들의 상처를 정면으로 다루고 있다. 그리고 수매 부부의 고난에 대해 듣던 억철이가 "정말 그땐 사람이 요귀로 몰리우고 요귀가 사람인 체하던 세상이였지요……"[64] 라 말하여 문혁을 한마디로 정의하기도 한다.

이 작품은 문혁이 끝난 지 얼마 되지 않은 시기에 문혁 기간의 상처를 구체적으로 보여준 점에 의의가 있지만, 특히 조선족들이 경험한 문혁의 특수한 국면을 보여주고 있다는 점에 주목할 필요가 있다. 억철이 특무라는 누명을 쓰고 15년형을 받게 되는 것은 전 장에서 살핀 바연변 지역의 문혁의 특수성과 깊은 관련이 있다. 문혁 기간 중 연변에는 반란파와 보수파로 불리는 두 파벌이 주덕해의 처리 문제로 투쟁하

---

63 김관웅, 『소설가의 안해』, 료녕민족출판사, 1985, 30~64쪽.

64 위의 책, 48쪽.

였으며 이는 조선족들에게 이중의 아픔을 주는 사건이었다. 주덕해를 끌어내리려는 반란파들은 조선족들이 북한과 연계하려 한다며 비난을 퍼부었고, 종국에는 수많은 조선족 항일열사들을 북한과 결탁해 중국을 파괴하려는 특무라는 누명을 씌워 타도한다. 왕수매는 억철에게 자기 부부의 과거를 이야기하면서 이 문제에 대해 "우리나라 오성붉은기의 진붉은 바탕에는 수많은 조선족렬사들의 선혈도 물들어 있다고 생각해요. 하여 전 당초부터 연변의 조선족들이 나라를 배반하는 '폭란'을 일으키려 했다는 것을 도무지 믿지 않았어요."[65]라고 말한다. 작가는 왕수매의 말을 통해 문혁 기간 중에 조선족들이 입은 많은 고통의 원인을 보여주고 그것이 엄청난 오해에서 비롯된 것임을 분명히 하고 있다.

연변 문혁의 특수성은 장지민의 「노랑나비」에 잘 드러난다. 이 작품에는 문혁 기간 중 수많은 조선족들에게 들씌운 특무라는 죄명이 어떻게 만들어졌는지를 소설적으로 보여준다.

> '동북의 신서광'에서 H시에 파견되어 온 홍위병연락소에 잡혀가던 날 저녁이었다.
> "너의 수첩에 적힌 일백오십 명 명단은 무슨 명단이냐?"
> "민족렬사사전을 쓰려고 수집한 혁명가들 명단입니다."
> "무슨 혁명을 한 혁명가들이냐?"
> "중국혁명을 한 혁명가들입니다."
> "제길할, 무슨 조선 사람들이 이렇게도 많이 중국혁명에 참가했단 말이냐?"
> "그 뿐인 것이 아니라 몇 만 몇십 만이 넘습니다. 그 일백오십 명은

---

65 위의 책, 58쪽.

대표인물에 불과합니다."

"옳다. 말을 잘했다. 우리는 네가 발전시킨 특무가 몇 만 몇십 만에 달한다는 것을 다 알고 있다. 이 일백오십 명은 특무조직의 골간에 불과한 것이고 이제부터 묻는 말이나 바른대로 대답해라. 그렇지 않다간 산생되는 일체 후과를 네 본신이 책임져야 한다."[66]

조선족 혁명열사 사전을 만들기 위한 자료를 모으고 있던 최명운이 북한의 특무라는 죄명으로 취조를 받는 과정에서 특무의 조직을 밝히려는 홍위병들과의 대화 내용이다. 항일전쟁에서 국공내전에 이르는 중국 혁명에 참가하였던 많은 조선족들은 북한의 지도층들과 일정한 연계를 가지고 있었고 북한에 다녀온 사람들도 적지 않았다. 이러한 조선족 혁명열사의 명단이 있다면 이것은 주덕해를 옹호하는 보수파들을 북한 특무로 엮을 수 있는 좋은 자료가 될 수 있다. 인용문은 조선족들이 문혁의 과정에서 겪게 된 고통의 연원이 무엇이었는가를 소설적으로 그려내고 있다.

리혜선은 「빨간 그림자」[67]에서 연변 문혁의 특수성을 보다 분명히 보여준다. 이 작품은 장편소설이 갖는 장점을 이용하여 짧은 지면에 암시적으로 드러내야 하는 단편소설의 한계를 극복하고 60쪽에 가까운 지면[68]을 할애하여 연변 문혁의 경과를 상세하게 형상화해준다. 특히 이 작품은 문혁 당시 한족들이 가지고 있던 조선족에 대한 왜곡된 시각과

---

66 장지민, 앞의 책, 63쪽.

67 리혜선, 『빨간 그림자』, 연변인민출판사, 1989.

68 이 작품 2부의 4~6장에 해당하는 '불길', '확인', '끝나지 않은 일의 결말'이 문혁 기간 을 다루고 있다.

잘못된 정보들이 다양하게 그려져 있다.

> "당신들 조선 사람들이 전 연길시내 수돗물에 다 독약을 탔다는데
> 왜 그렇게 량심이 없는 짓을 하는 거요?"
> "당신들이 나라를 배반하고 고향으로 도망치려고 한다던데 정말이
> 요?"
> "당신네 정말 량심이 없소. 중국이 없으면 당신네 어디서 살겠소?
> 남조선은 자본주의나라지, 조선두 소문에 수정주의라던데. 당신네
> 어떻게 이 사회주의 나라를 배반한단 말이요? 키워준 개 발뒤축 문
> 다더니!"[69]

> "저 사람들은 기어코 조선고위급 장교가 '나라배반의 참모'였으며
> 조선에서 가져온 무기와 탄약으로 '나라배반폭란'을 일으켰다는 것
> 을 승인하라고 하고 있습니다. 세균전을 하고 있다는 것을 승인하라,
> 연길시 우전국과 중약국, 중앙소학교, 수놓이 공장 등이 불붙은 것을
> 우리가 방화한 것이라고 승인하라는 것입니다."[70]

문혁 기간 중 조선족들을 북한의 특무로 몰고, 연변 지역의 극심한 혼
란의 책임을 조선족에게 돌리려는 이러한 시도로 인해 조선족은 문혁
기간 중에 삼중적인 시련을 경험하였다. 조선족들이 문혁 과정에서 겪
은 고통의 원인을 고민하고 그것이 어떻게 현실화되었는가를 고민한
이들 작품은 연변 문혁의 특수성을 인식하고 비판한 것으로 평가될 수
있다.

이러한 문혁의 과정에서 조선족들이 겪은 고통은 또 다른 특수한 국

---

69 리혜선, 앞의 책, 204~205쪽.

70 위의 책, 214~215쪽.

면을 드러낸다. 한족과는 다른 언어와 문자 그리고 문화를 가진 조선족들은 문혁의 과정에서 민족문화와 관련하여 한족들과 많은 마찰을 겪게 된다. 현용순의 「다시 핀 라이라크」[71]는 문혁 시기 대학에 진주한 모택동사상선전대 류 주임이 교정의 라일락이 자본주의적이라 하여 모두 뽑아버리라는 지시를 내리나 박 교수가 그것을 몰래 이식해두었다가 문혁이 끝난 후 교정에 옮겨 심어 라일락을 다시 즐길 수 있게 되었다는 내용으로 경직된 이념의 폐해를 비판한 작품이다. 그러나 이 작품에는 『중세조선어』라는 책에 세종대왕이 한글을 창제하였다는 내용을 담은 박 교수가 학부장직을 파직당한 사건과 세종대왕이 훈민정음을 창제했다는 박 교수의 주장에 류 주임이 '인민만이 세계력사를 창조하는 동력'[72]이라는 신념 아래 비판을 가하고, 박 교수가 다양한 전적을 들어 재비판하는 내용이 삽입되어 있다. 이는 문혁 과정에 소수민족의 문화를 말살했던 역사적 오류를 비판하고자 하는 의도로 파악된다.

비교적 소품에 해당하는 장지민의 「관심병 발작」[73]은 일제 때는 일본어를 몰라 업신여김을 당하고 사회생활을 하기 힘들었다가 중국 건국 이후 조선말을 찾아 다행이라 여겼는데 문혁의 과정에서 한어만 사용하게 하고 조선어를 말살하려 했던 사실을 비판하고 있다. 이 작품은 한어를 몰라 타도당하고 죽음에 이르게 된 남편에 대한 기억을 통해 문혁 시기 소수민족의 문화를 말살하려 했던 역사적 사실을 비판하고 있다는 점에서 「다시 핀 라이라크」와 동궤의 역사인식을 보여준다.

---

71 현용순, 『우물집』, 민족출판사, 2003, 116~125쪽.

72 현용순, 위의 책, 118쪽.

73 장지민, 앞의 책, 41~52쪽.

5) 그리움의 대상 혹은 소재로서 문혁

조선족 소설에 나타난 문혁은 비판과 반성의 대상으로 제시되지만 시간이 지나면서 문혁 기간이 그리움의 대상으로 그려지고, 작품의 주제를 효과적으로 드러내기 위한 소재로 사용되는 등 문혁 직후와는 다른 양상을 보이기도 한다. 최홍일의 「푸르렀던 백양나무 숲」[74]에는 연변의 학원에서 있은 반란파와 보수파 사이의 총격 사건과 같은 연변 문혁의 비극을 그리고 있지만 어린 시절을 회상하는 일인칭 시점을 사용하여 문혁의 과정에 대한 회한이나 분노보다는 아스라한 그리움이 드러난다.

문혁이 발생하던 때 중학교 2학년이던 철수는 어느 조직에도 가입하지 않은 소위 소요파인 대학교수 아버지의 엄명으로 혁명에 참여하지 못하고 동네 몇몇 친구들과 방학과 같은 시간을 보낸다. 이때 음악학원 선생인 어머니의 제자 옥설이 누나가 집으로 피신해 와 있어 누나와 마을 어귀 백양나무 숲과 개울을 돌아다니며 즐거운 시간을 보낸다. 그러나 애인이 보수파의 핵심 간부로 의학원에 들어가 있는 누나는 시내에서 들리는 총소리에 불안해하곤 한다. 한여름을 누나와 즐거이 보냈으나 의학원이 공격을 당하고 부상당한 누나의 애인이 철수네 집으로 피신해 백양나무 숲속 낡은 오두막집에 숨어 지낸다. 오두막집에서 세 사람은 즐거운 시간을 보내지만 마을에 있던 반란파의 밀고로 누나의 애인은 철수와 누나가 보는 앞에서 총격전을 벌이던 중 사살당한다. 이 사건의 충격으로 누나는 정신이상이 되어 할빈에 있는 고향집으로 돌

---

[74] 최홍일, 『흑색의 태양』, 흑룡강조선민족출판사, 1999, 1~44쪽.

아간다. 이후로 누나를 본 적이 없는 철수에게 옥설이 누나와 함께 즐겁게 보낸 그해 여름과 오두막집 근처의 백양나무 숲은 언제나 그리운 시공간이 된다.

> 그 뒤로 나는 그녀를 본적이 없다. 후에 병이 나았는지 또 지금 살아있는지 감감 모르고 있다. 대학을 졸업한 이듬해에 나는 그 백양나무숲을 찾은 적이 있다. 그러나 실망하고 말았다. 숲 자리엔 공장이 들어앉았다.[75]

이 작품은 철수가 그해 여름 누나와의 아름답고 즐거운 시간 속을 보내면서 이성을 알아가고 갑자기 뛰어든 누나 애인의 죽음을 경험하면서 어른이 되어가는 모습을 보여주는 성장소설이다. 어떤 충격적인 일을 겪으며 세상을 알게 되었을 때, 그 시간은 잊지 못할 기억으로 각인된다. 어린 시절 문혁을 경험한 세대들에게 문혁은 엄청나게 놀라운 충격이면서도 아스라하고 아름다웠던 시간일 수 있다. 철수는 문혁으로 어수선하던 그해 여름 백양나무 숲에서 있었던 누나와의 아름다운 사랑의 감정, 총격 속을 빠져나와 자신의 집으로 숨어든 누나의 애인, 누나와 애인의 육체적 행위 그리고 총격전과 비장한 죽음 등 아이로서는 감당하기 어려운 사건들을 한꺼번에 경험한다. 이런 과정이 그에게는 성인이 되는 통과의례의 시간이었을 것이고, 그 시간과 공간은 그에게 영원한 그리움의 공간이 된 것이다. 이렇듯 이전 세대들에게 비판과 반성의 대상이었던 문혁이 점차 그러한 부정적 가치는 소멸되고 문혁 기

---

75 위의 책, 44쪽.

간 중의 하나의 풍경으로만 존재하고 그 시간은 그리움의 공간으로 변화한 것이다.

문혁 기간의 기억이 그리움으로 드러나는 다른 예로 우광훈의 「묘지명」[76]과 「외로운 무덤」[77]을 들 수 있다. 두 작품은 문혁 기간 중 하향하여 집체호 생활을 하던 시기에 있었던 일들을 회상하는 형식을 취하고 있다. 「묘지명」에서는 하향되어 집체호 생활을 하던 박상호가 아버지가 반혁명분자로 20년형을 받은 탓으로 혼자 남게 되자 대대 양봉장을 지원하고, 거기서 만난 리은희라는 처녀와 사랑에 빠진다. 그러나 상호는 자신의 성분을 안 은희의 아버지가 간곡히 설득하자 은희 몰래 마을을 떠난다. 그 후 아이를 낳고 살던 상호가 백혈병으로 죽음을 맞이했을 때 아내에게 은희에 대한 이야기를 하자 아내가 은희를 병원으로 데려온다. 병상에서 만난 두 사람은 하염없이 울었고 아내와 은희의 간호에도 상호가 운명하자 은희는 그날 밤 자살을 한다. 아내는 상호와 은희를 함께 장례 지내주고 합장을 해준다. 상호에게 있어 문혁 기간의 집체호 생활은 죽을 때까지 그리움의 대상으로 남아 있었던 것이고, 그의 아픔과 그리움을 이해한 아내는 두 사람의 장례를 함께 치러준 것이다.

「외로운 무덤」에서 '나'는 집체호 시절에 만난 한족 연인 동매와 깊은 사랑에 빠졌으나, 자신의 성분 때문에 딸이 꿈을 이루지 못하는 것을 비관하는 동매 아버지가 딸이 성분이 좋지 않은 자신과 사귀는 것을 반대하는 것을 알고는 붕괴된 마음을 안고 마을을 떠난다. 집으로 돌아온

---

76 우광훈, 『메리의 죽음』, 연변인민출판사, 1989, 56~70쪽.
77 위의 책, 113~133쪽.

그는 아버지와 관련된 일로 많은 고초를 겪고 몸과 마음이 황폐해져 풀려나오자 동매와의 기억이 남아 있는 마을을 찾아가지만 동매 아버지에게 동매가 슬픔과 절망 속에 죽었다는 소식을 듣는다. 이 작품에서도 집체호 시절은 힘들기는 하였지만 순수한 사랑을 나눌 수 있었던 아름다운 시간으로 기억되고 있다.

이들 작품과는 달리 방룡주의 「멘젤에예브 마크」[78]는 당대의 과학자인 김익준 교수가 전문 학자는 아니지만 정열을 바쳐 과학 연구에 몰두하여 가치 있는 연구 성과를 낸 리준호라는 청년의 업적을 인정하여 그를 전국물처리과학자회의에 데리고 가기로 하고 자신의 학문적 명예로 알고 있는 멘젤레예브 마크를 선사한다. 보일러공의 아들인 리준호는 문혁 기간 중에 김익준 교수를 타도하여 그의 집을 수색하다가 발견한 보일러에 관한 연구 주제를 보고는 그것의 중요성을 알아 그것을 감추어 집으로 돌아왔고 이후 보일러공이 되어 그것을 꾸준히 연구하여 큰 성과를 낸 것이다. 이 작품에서 문혁은 김익준 교수의 연구 주제가 리준호에게 넘어가게 되는 과정을 보여주는 소재로 등장하여 작품의 주제를 드러내는 데 필요한 스토리 전개 과정에서 필연성을 확보하기 위한 소설적 장치가 된다.

이와 같이 문혁은 적지 않은 조선족 소설에서 작품의 주제를 강조하거나 스토리 전개 과정에서의 필연성을 확보하기 위한 장치로 사용된다. 어린 시절 문혁의 와중에 부모들이 비판을 받게 되어 가족이 이산

---

78 방룡주, 『황혼은 슬프다』, 연변인민출판사, 2000, 42~60쪽.

할 때 외가에서 지낸 일들을 작품화한 우광훈의 「시골의 여운」[79]에는 문혁의 상황과 문혁 시기 농민들의 어려운 삶 등이 단편적으로 등장한다. 남녀가 주고받는 서신의 형식으로 집체호 시절에 만나 뜨거운 사랑을 나누던 남녀가 엇갈리는 운명으로 헤어지고 오해로 인해 여자가 죽음에 이르는 연애소설인 양고범의 「저승에서 온 편지」[80]에는 문혁이 사랑하는 남녀의 운명이 엇갈리게 되는 장치로 사용된다. 또 개혁개방 시대를 맞이하여 공사 사장으로 부임하여 주변 사람들의 불안한 시선에도 불구하고 다소 무원칙해 보이는 방식으로 공사의 여러 사업을 성공적으로 이끄는 송범 사장을 통해 새로운 시대의 지도자상을 그리고 있는 김길련의 「인민대표」[81]에서는 송사장의 인물됨을 드러내기 위한 장치로서 문혁 기간 중 그가 어떻게 지냈는지를 보여주고 있다.

4. 결론

본고는 조선족 소설에 나타난 문혁의 기억을 살피고자 하는 목표로 시도되었다. 문혁은 중국 현대사상 10년에 걸친 미증유의 사건으로 미국이나 일본 등지에서 상당한 연구가 축적되어 있음에 비해, 중국 내에서는 1981년 6월 중국공산당에서 문혁을 평가한 「건국 이래 당의 약간의 역사문제에 대한 결의」 이후 본격적인 연구는 소루한 형편이다. 마찬가지로 조선족 사회에서의 문혁의 양상과 그 의미 그리고 조선족 문

---

79 우광훈, 『가람 건느지 마소』, 흑룡강조선민족출판사, 1997, 1~98쪽.
80 『연변대문학반 졸업작품집』, 연변인민출판사, 1986, 338·364쪽.
81 김길련, 『김길련작품집』, 료녕인민출판사, 2996, 262~283쪽.

학에 미친 문혁의 영향 등도 본격적인 연구는 크게 진전되지 않고 있다. 본고에서는 이런 점에 착안하여 조선족 사회에서 전개된 문혁의 특수한 국면들을 살피고 문혁 이후 조선족 소설에 나타난 문혁의 기억을 정리해보았다.

조선족 사회에서의 문혁은 중국 전역에서 전개된 문혁과 비슷한 양상을 보이기는 하지만 몇 가지 특수한 국면을 보인다. 그것은 문혁 기간 중 중국 전역에 몰아닥친 정치적, 사회적 혼란과 고통과 함께 중국공산당이 지향하는 이념의 방향과 소수민족의 현실 사이의 괴리에 의해 나타난 박해, 그리고 문혁 당시 한국과 북한 사이의 갈등에서 비롯된 한족과의 갈등 등이 그것이다. 연변 문혁의 특수성은 이러한 세 가지 상황이 맞물려 극렬한 양상을 보이며 문혁 기간 동안 조선족들은 비극적 현실을 맞이하게 되었다.

이후 조선족 소설에는 문혁이 중요한 제재로 등장하여 상당수의 소설이 다양한 각도에서 문혁을 다루고 있다. 본서에서는 문혁을 제재로 한 조선족 소설을 문혁이라는 비정상적 상황 속에서 겪게 된 고난을 묘파한 작품, 서로가 서로를 비판하고 모함하는 문혁이라는 상황에 부화뇌동한 행위를 반성하는 작품, 문혁으로 대표되는 사회주의를 지향하던 시기의 국가 정책이 범한 오류를 비판한 작품, 연변 문혁의 특수성 인식하고 그 문제점을 고발한 작품, 과거가 되어버린 문혁 기간을 그리움의 대상으로 삼거나 단순히 주제를 강화하기 위한 소재로 다루고 있는 작품 등 다섯 유형으로 나누어 그 양상과 의미를 규명해보았다.

문혁은 중국인들에게 엄청난 정신적 외상을 갖게 한 사건이기는 하지만 이를 직접적인 제재로 다루고 있는 조선족 소설은 그리 많지 않다.

그 이유는 몇 가지로 추정해볼 수 있을 것이다. 먼저 문혁이 너무나 엄청난 정신적 상처를 남기었기에 아직은 그것을 직접적으로 소설의 제재로 다루어 그 의미를 구명하기에는 시간적 거리가 너무 짧다는 점이다. 더욱이 문혁은 피아가 구분되지 않는 내부 혁명의 과정이어서 가해자와 피해자가 명확하지 않는다는 점에서 서사적 사건으로 다루기에는 어려움이 내재한다. 또 문혁 이후 개혁개방으로 나아가 사회적으로나 경제적으로나 급격한 변화를 겪게 되어 문혁에 대한 기억이 옅어질 수밖에 없었다는 점과 함께 조선족들에게는 한중수교라는 엄청난 역사적 상황과 맞물려 문혁의 의미를 구명하는 일은 후순위로 밀린 점도 중요한 이유가 된다.

그러나 문혁은 중국 현대사에서 가장 큰 트라우마이며 조선족들에게 지울 수 없는 정신적 외상으로 자리하고 있다. 문혁이 끝난 지 30년이 훨씬 지난 현재 문혁의 기억이 모두 사라지기 전에 문혁을 체험한 세대들의 기억을 정리할 필요가 있다.[82] 그리고 조선족이 경험한 문혁의 특수한 국면들이 문학작품에 어떤 방식으로 스며들어 형상화되고 있는지를 고구하여야 할 것이다. 이를 위해서 조선족 소설에 나타난 문혁의 기억을 살피는 것과 함께 문혁 세대와 이후 세대 작가 사이에 나타난 문혁을 다루는 방식의 차이에 대한 고찰, 그리고 문혁 이전과 이후의 조선족 소설에 나타난 현실 인식과 정서 그리고 상상력 등의 차이를 구명하는 연구 등이 요구된다.

---

82 현재 문혁 세대들의 기억을 정리하고 연구한 결과가 축적되기 시작하였다.

제3부

한국 현대문학의 주변

한국 현대소설과 로컬리즘

1. 로컬리즘이란 용어의 이중적 성격

한국 현대소설[1]은 새로운 시대의 도래와 함께 등장한 근대성을 주제로 하면서 중세적 보편성을 벗어난 개성을 표출하는 것을 그 특징으로 하였다. 그러나 한국 현대소설은 개성을 중시하면서도 그 구성원들이 상상적 공동체로서 통일되어야 한다는 근대국가의 이념을 전제하면서 전개되었다. 한국 현대문학의 여명기가 외세 침탈과 함께 도래한 것은 타자에 대한 대결 의식으로서 민족의 전통과 민족문화의 우수성을 강조하는 문학적 경향을 잉태하였다. 그 결과 한국 현대문학은 민족문화의 주류로 인식되거나 민족사를 빛낸 사실들을 찬양하는 경향이 지배적이었다. 또한 이러한 정황에 따라 근대 한국의 표준은 전국 각지의

---

1 한국 소설사에서는 근대소설과 현대소설을 시기 구분하고 있으나 본고에서는 학술대회의 주제를 살려 근대 이후의 소설을 한국 현대소설로 통용하여 지칭한다.

다양성을 통합하여 서울을 중심으로 재편하게 되었고, 한국 현대소설 역시 전국 각지의 지방성을 바탕으로 새로운 민족문학의 틀을 수립하게 된다. 따라서 한국 현대소설과 로컬리즘을 논의하기 위해서는 이처럼 민족문학이란 로컬리즘을 바탕으로 하고 있음을 전제하여야 할 것이다.

한국 현대소설과 로컬리즘이라는 학술대회의 주제에 접근하기 위해 먼저 '로컬리즘(localism)'이라는 용어에 대해 생각해볼 필요가 있다. 한국 현대소설을 논의함에 있어서 로컬리즘이란 소설 속에 담겨 있는 지역 정서 즉 로컬리티(locality)라는 의미와 함께 서울 중심의 민족문학에 대한 안티테제로서의 지방문학(local literature)이라는 이중적 의미를 지닌다.

소설을 하나의 시공간을 살아가는 작가에 의해 창작된 작품이라고 범박하게 정리할 때, 소설은 구체적인 시간과 공간 그리고 한 개인의 사상과 성격 등이 반영되어 창조된 결과물이다. 한국 현대소설을 논의하면서 역사성과 지역성 그리고 개성이 함께 논의될 수밖에 없는 것은 소설이 갖는 이러한 태생적 한계에서 비롯된다. 한 작가의 소설 속에는 그가 살았던 지방의 자연과 문화 그리고 그 속에서 살아가는 사람들의 삶과 정서가 담기어 있기에 소설을 읽고 한 작가 또는 작품 속에 내재한 지방성을 고찰하는 것은 소설 연구의 한 중심을 이루어왔다.[2] 한국 현대소설을 로컬리티의 관점에서 살펴온 오래된 연구 방법은 소설이

---

2 18~19세기의 유럽 학자들이 비교문학에 관심을 갖게 된 것은 각 민족문학에 나타나는 개별성에 대한 관심의 결과이며, 이는 민족문학 형성기에 자국 문학의 독자성을 수립하기 위한 노력의 일환으로 이해해볼 수 있다.

지닌 이 같은 본질적 속성과 깊이 관련된다.

이와 달리 한국 현대소설 연구에 있어 로컬리즘을 지방문학이라는 관점에서 살피는 것은 근대 이후 등장한 민족문학이 지닌 특성에서 비롯된다. 상상의 공동체로서 민족을 중심에 두고 그 대타의식으로서 주변을 상정하게 되면 민족문학을 중심으로 몇 개 층위의 문학이 설정해볼 수 있는 바, 이는 '세계문학–지역문학–민족문학–지방문학'[3]과 같은 도식으로 설명이 가능하다. 이 네 층위의 문학이란 세계민족과 민족문학에 대한 대타의식의 결과로 개념이 형성되었다 하겠다. 사실 상상의 공동체로서 한민족은 중국이나 일본에 대한 대타의식에서 출발하였고, 한국의 민족문학이란 개념 역시 중국 문학과 일본 문학이라는 민족문학을 타자로 하여 설정된 개념이다. 마찬가지로 동아시아 문학이라는 지역문학을 범주화하는 것은 세계문학의 중심으로 자부하는 서구 문학에 대한 대타의식의 결과이며, 지방문학이란 개념 역시 민족문학에 대한 대타의식으로 형성되었다. 이런 점에서 지방문학에 관한 논의는 민족문학과의 관련이 전제되어야 할 것이다.

본고에서는 한국 현대소설과 로컬리즘과 관련하여 한국 현대소설사

---

3 조동일은 지방문학사의 가능성을 언급하면서 문학의 층위를 '상위문학–중위문학–하위문학'으로 구분하고, 상위문학으로 문명권문학과 세계문학을, 중위문학으로 민족국가문학을, 하위문학으로 소수민족문학, 지방문학, 특수집단문학 등을 설정하고 있다(조동일, 『지방문학사』, 서울대학교 출판부, 2003, 1~6쪽 참조). 본고에서는 민족문학과 그 하위 개념인 지방문학을 논의의 대상으로 삼으면서 문학의 층위를 이같이 넷으로 구분하였다. 세계문학과 민족문학의 중간 층위로 지역문학을 설정한 것은 최근 동아시아 지역의 문학을 한 연구 주제로 하는 한국 현대소설학계의 경향을 반영한 것이다. 지역문학과 지방문학은 로컬리즘과 관련하여 혼용되기도 하나 본고에서는 층위를 구분하여 사용한다.

에서 로컬리티의 전개 과정과 지방문학 연구의 성과를 개관하고자 한다. '한국 현대소설의 전개와 로컬리티'에서는 한국 현대소설의 사적 전개 과정에서 각 지방의 로컬리티가 어떻게 소설화되었으며 그것이 민족문학의 형성에 어떻게 작용하였는지를 살필 것이다. 한국 현대소설에 나타난 로컬리티에 관한 학문적 성과는 한국 현대소설 연구 초기부터 진행되어 상당한 축적이 이루어졌다. 본고에서는 한국 현대소설사에 나타난 로컬리티의 양상을 정리하는 데 치중하고, 한국 현대소설과 로컬리티에 대한 그간의 학문적 성과에 대한 검토는 생략하고자 한다.[4] 다음으로 '한국 현대소설과 지방문학'에서는 민족문학과 지방문학과 관련한 연구 성과들을 몇 가지 하위 범주로 나누어 살피고자 한다. 그리고 결론에서는 한국 현대소설과 로컬리즘에 관한 연구를 진행함에 있어 전제되어야 할 몇 가지 사항을 점검할 것이다.

2. 한국 현대소설의 전개와 로컬리티

한국 현대소설은 일본을 통해 수입된 서구 소설을 받아들여 근대성을 획득해가는 과정에서 형성되었지만 다른 한편으로는 로컬리티의 통합을 통한 민족문학의 수립 과정이기도 하였다. 동아시아 문학의 중심으로 자리하였던 중국 고전소설의 일정한 영향 내에서 탄생하고 발전한 한국 고전소설은 동아시아의 보편성을 지향하였다. 그러나 한국 고

---

4   한국 현대소설에 나타난 로컬리티에 대한 연구는 상당한 성과를 축적하고 있다. 이에 대한 세세한 소개와 검토는 본고의 한계를 넘는 일이라 판단되어 구체적인 검토를 제외한다.

전소설이 전개됨에 따라 중국 문학에 대한 대타의식을 갖게 되었고, 점차 한민족의 특수성을 소설 작품 속에 담기 시작하였다. 그러나 조선조 말기 이후 새로운 문물을 받아들여 한국 현대소설이 싹을 틔우기 이전까지 민족이라는 인식은 분명하게 존재하지 않았고, 당대 한민족 사이에 유통되던 소설에는 현재와 같은 공통된 한민족의 삶과 정서는 담기지 않았다.

근대의 등장과 함께 신문학에 대한 관심이 증대하고 일본에 대한 대타의식으로서 민족의 개념이 형성되어 일본 문학과 중국 문학과는 다른 한민족 특유의 민족문학의 수립에 대한 관심이 증대하였다. 그 결과 민족의 현실과 삶 그리고 민족정신을 담아내는 소설을 창작하여야 한다는 새로운 소설관이 탄생하였다. 이러한 변화는 본격적인 한국 현대소설의 시작으로 평가할 수 있을 것이다. 그러나 이보다 한국 현대소설의 맹아기에는 민족의 개념이 제대로 형성되지 않았고 민족의 사상과 정서라는 개념도 매우 추상적인 개념일 수밖에 없었다. 한국 현대소설은 추상적인 민족보다는 작가 자신에게 구체성으로 다가올 수 있는 있던 자신의 고향, 즉 지방을 다룸으로써 소설적 구체성을 확보하게 된다. 이러한 한국 현대소설 초기 작가들의 노력은 로컬리티[5]로 나타나게

---

5 작가들은 소설 창작 과정에서 자신이 태어나고 성장한 지방의 방언을 사용하고, 그 지방 사람들의 삶의 모습과 지방색 등을 제재로 사용하여 소설은 작가의 출신 지방의 역사지리지적인 성격을 지니기도 한다. 즉 소설 작품에 나타난 로컬리티는 작가의 출신 지방과 밀접한 관련을 갖는다. 그러나 작가에 따라 출신 지방보다 제재로 다루는 지방의 로컬리티에 치중하는 경우도 적지 않다. 따라서 한 작가의 작품 속에 나타나는 로컬리티를 다루기 위해서는 작품에 나타나는 지방성과 개성 등을 함께 고려하여야 할 것이다.

되고, 이들이 하나의 추상적 개념으로 정리되면서 민족 개념의 형성에 상당한 영향을 미친다.

조선조 사회의 정치, 경제, 문화의 중심지이던 서울을 중심으로 한 경기 지방은 근대화 과정에서도 그 지위를 잃지 않아서 경기 지방의 로컬리티는 한국 현대소설의 중심을 이루었다. 개화기 소설의 상당수가 서울을 배경으로 하여 경기 지방의 로컬리티가 한국 현대소설의 중심이 되는 데 기여하였다. 근대의 형성과 함께 이광수도 경기 지방을 소설의 배경으로 삼은 작품을 적잖이 발표하였다. 특히 경기 지방의 로컬리티를 본격적으로 드러낸 작가는 『폐허』 동인인 염상섭과 『백조』 동인인 나도향이다. 염상섭은 등단작인 「표본실의 청개구리」에서부터 서울 사투리를 사용하여 서울 사람들의 삶과 정서를 그려 경기 지방의 로컬리티를 한국 현대소설의 중심에 서게 하였으며, 나도향 역시 자신의 고향인 서울 방언을 사용하여 경기 지방 사람들의 삶을 소설화하였다. 영남 출신인 현진건을 비롯한 대부분의 초기 작가들은 자신들이 교육을 받고 삶을 꾸려가는 현장인 서울을 작품의 제재로 다루어 서울 지방의 로컬리티가 한국 현대소설의 중심적인 로컬리티로 자리 잡게 하였다.

충북 괴산 출신 홍명희는 「임꺽정」을 통하여 자신의 고향인 호서 지방의 로컬리티보다는 해서 지방과 서울 지방을 배경으로 하여 그 지방 사람들의 삶과 지방색을 보여줌으로써 해서, 경기 지방 로컬리티를 세밀하게 그려내었다. 홍명희가 「임꺽정」에서 보여준 해서, 경기 지방의 로컬리티는 시간적 배경이 조선조 사회여서 당대와는 상당한 차이가 존재하기는 하지만 경기 지방의 로컬리티를 전면화함으로써 로컬리티와 관련한 한국 현대소설사에서 중요한 지위를 차지한다. 이외에도 박태원, 유진오와 같은 작가들은 자신들이 태어나고 성장한 서울의 여러 지역을 소설화함으로써 서울 지방의 로컬리티를 집중적으로 다루었고, 심훈과 이무영은 자신들이 삶을 영위하던 경기 지방의 농촌의 모습과 지방 사람들의 삶을 집중적으로 다룬 소설을 다수 창작함으로써 서울과 경기 지방의 로컬리티가 한국 현대소설이 지닌 로컬리티의 중심이 되게 하는 데 적지 않은 영향을 미쳤다.

한국 현대소설이 태동하던 시기에는 서북 지방의 로컬리티[6]가 상당한 강세를 보였다. 서북 지방은 조선조 사회에서는 차별을 심하게 받았으나, 근대화 과정에서 이른 시기부터 기독교를 받아들이고 신문명을 받아들일 것을 부르짖는 민족자강운동이 전개된 대표적인 지방이다. 남강 이승훈, 도산 안창호, 고당 조만식으로 대표되는 서북 지방 출신 민족지도자들은 민족의 미래를 위해 신문명 운동을 벌이고 학교를 세워 신교육을 장려했다. 이들의 노력으로 서북 지방 사람들은 여타 지방에 앞서 신교육에 힘쓰고 상공업의 발전에 노력하는 등 근대화에 앞장섰으며, 일제의 침략에 맞서 민족과 국가를 다시 일으켜 세우기 위한 민족운동을 강력하게 전개하였다. 그 결과 신문학 운동에 앞장선 김여제, 김억, 주요한, 김소월 등의 시인과 이광수, 김동인, 전영택, 주요섭 등의 작가가 등장하여 한국 현대문학의 형성에 크게 기여하였다.

서북 지방의 로컬리티를 소설에 담으려 노력한 최초의 작가로 이광수를 들 수 있다. 이광수는 그의 초기 단편부터 서북 지방의 로컬리티

---

6 한국 근대문학 초기에 서북 지방의 로컬리티가 등장한 배경과 그 전개 양상은 정주아, 『서북문학과 로컬리티』(소명출판, 2014)에 상론된 바 있다.

를 드러내기 시작하였으며, 『무정』에서는 평양 출신으로 신문명을 받아들인 선형의 아버지 김 장로와 신문명을 거부하여 몰락하는 영채의 아버지 박 진사를 통해 동시대 시대 상황과 근대화에 대한 작가의 관점을 분명히 드러내고 있다. 아울러 작품의 도처에 드러나는 평양 지방의 모습은 한국 현대소설의 형성기에 서북 지방의 로컬리티가 어떻게 소설 속에 형상화되는지 알 수 있게 해준다. 『창조』 동인인 김동인은 평양 출신으로 한국 현대소설 형성기에 서북 지방의 로컬리티를 작품화한 대표적인 작가이다. 그는 「배따라기」나 「감자」 등에서 평양을 비롯한 서북 지방 사람들의 삶의 애환은 물론 그들의 정서를 소설화함으로써 서북 지방의 로컬리티를 한국 현대소설의 특성으로 자리 잡게 하는 데 크게 기여하였다. 전영택과 주요섭 등은 김동인과 달리 서북 지방을 직접적으로 다룬 작품이 비교적 적기는 하였으나 한국 현대소설에 서북 지방의 로컬리티가 중요한 요소로 자리 잡게 하였다. 또 김남천과 김사량도 평양을 공간적 배경으로 하는 소설을 통해 서북 지방 사람들의 언어와 삶 등 서북 지방의 지방색을 보여주는 작품들을 다수 발표하여 서북 지방의 로컬리티를 한국 현대소설의 중요한 부분이 되도록 하는 데 크게 기여하였다.

영남 지방의 로컬리티가 한국 현대소설에 자리 잡은 것은 『백조』 동인인 현진건에서 비롯된다 할 수 있을 것이다. 현진건은 초기에는 서울을 공간적 배경으로 하는 작품들을 주로 발표하였지만 『조선의 얼굴』에 실린 작품들에서 영남 지방의 로컬리티를 보여주기 시작하였다. 충북 진천 출신 조명희가 쓴 「낙동강」은 사회주의 운동에 대한 열정을 보여주는 소설이지만 낙동강 지방을 다룸으로써 부분적이기는 하나 영남 지방의 로컬리티를 보여주었다. 그러나 영남 지방의 로컬리티가 한국 현대소설의 로컬리티의 중요한 요소로 등장하게 되는 것은 김동리, 김정한, 이주홍 등에 의해서이다. 김동리는 많은 작품에서 영남 지방을 배경으로 하여 그들의 삶과 정신을 다루어 영남 지방의 로컬리티를 구체화한 대표적인 작가로서 영남 지방의 로컬리티가 한국 현대소설의 중심으로 자리 잡는 데 큰 역할을 하였다. 김정한과 이주홍은 해방 이후 많은 작품에서 부산의 역사와 현실 그리고 부산 지방 사람들이 삶과 정서를 그려냄으로써 영남 지방의 로컬리티를 다양화하였으며 영남 지방의 로컬리티가 한국 현대소설의 핵심적인 로컬리티의 하나로 자리 잡게 하였다.

홍명희와 조명희는 앞에서 보았듯이 호서 출신이면서도 자신들의 고향인 호서 지방의 로컬리티에는 크게 관심을 두지 아니하였다. 한국 현대소설사에서 호서 지방의 로컬리티를 본격적으로 소설 속에 담아내기 시작한 작가로는 이기영을 들 수 있다. 그는 대부분의 소설에서 자신의 고향인 호서 지방을 배경으로 하여 그 속에서 살아가는 사람들이 갈등하고 반목하고 투쟁하는 모습을 효과적으로 형상화 하였다. 초기작 「민촌」으로부터 「고향」까지 그의 거의 모든 소설들은 사회적 평등을 위해 투쟁하는 모습을 다루고 있지만, 그 속에 호서 지방의 풍토와 정서를 담음으로써 호서 지방의 로컬리티는 한국 현대소설의 중요한 자원이 된다.

한국 현대소설 초기에 호남 지방의 로컬리티를 드러낸 작가는 거의 없다. 『창조』, 『폐허』, 『백조』 등을 통해 한국 현대소설을 개척한 세대의 작가들이 경기, 서북, 영남 지방의 출신이 중심을 이루었다는 데 그 원인의 일단이 있을 것이다. 한국 현대소설을 개척한 세대보다 조금 늦게

등단한 채만식은 등단작인 「세 길로」에서부터 호남 지방을 배경으로 하고 그 지방 사람들의 삶을 구체화하여 호남 지방의 로컬리티를 형상화하였다. 채만식은 대표작인 『탁류』에서 호남 지방의 로컬리티를 소설의 전면에 내세워 일제강점기의 조선 현실을 사실적으로 그려내는 데 성공하였으며, 그의 유작 「소년은 자란다」에서도 만주에서 귀환한 영호 남매가 전북 이리에 자리 잡는 것으로 끝맺어 호남 지방에 대한 애정을 드러내었다. 이러한 사실은 채만식이 평생에 걸쳐 호남 지방의 로컬리티를 소설화하는 데 힘썼으며, 그 결과 호남 지방의 로컬리티가 한국 현대소설의 한 부분으로 자리 잡는 데 커다란 역할을 하였음을 알게 된다.

강원 지방의 로컬리티[7]는 1930년대에 들어와 본격적으로 소설에 등장하였다. 영서 지방 출신인 이효석, 김유정, 이태준 등은 중등교육을 받기 위해 상당 기간을 보낸 조선의 중심인 서울을 배경으로 한 작품을 상당수 발표하였지만, 자신들이 태어나고 자란 강원 지방의 로컬리티를 담고 있는 여러 작품을 발표하였다. 동반자 작가로 출발한 이효석의 초기 소설에는 강원 지방이 배경으로 사용되지 않았지만 이념을 포기하고 서정의 세계로 나아간 이후 「메밀꽃 필 무렵」, 「산협」 등 많은 작품에서 고향 영서 지방을 배경으로 하여 그 속에서 살아가는 강원도 사

---

7 강원 지방은 영동과 영서로 구분되고 두 지방의 자연과 문화가 달라 로컬리티를 논의하려면 영서와 영동을 구분하는 것이 타당하다. 그러나 일제강점기에 활동한 작가 중에 영동 지방 출신 작가가 없고 영동 지방의 로컬리티를 다룬 작품도 눈에 뜨이지 않아 일괄해서 영서 지방 로컬리티라 칭하는 것이 타당하나, 본고에서는 이를 구분하지 않고 강원 지방 로컬리티라 통칭하고 필요한 경우에만 영서와 영동을 구분하여 사용한다.

람들의 삶을 소설화하여 강원 지방의 로컬리티를 극적으로 그려낸다. 김유정은 자신의 체험을 바탕으로 한 많은 작품을 발표하면서 「봄봄」, 「만무방」, 「동백꽃」 등 여러 작품에서 고향 실레 마을을 배경으로 하여 이효석과는 다른 강원 지방의 로컬리티를 한국 현대소설에 제공하였다. 이 두 작가에 비해 강원 지방의 로컬리티를 별로 다루지 않은 이태준은 작품을 쓸 당시 생활하던 서울 사람들을 관찰하는 작품을 많이 썼고 또 「패강랭」과 같이 여행 경험을 바탕으로 한 작품을 창작하였다. 그러나 그는 「해방 전후」에서 고향 철원을 배경으로 하여 어느 정도 강원 지방의 로컬리티를 보여주기도 한다. 이들 작가들에 의해 강원 지방의 로컬리티는 한국 현대소설을 보다 풍성하게 해주었다.

이외에도 일제강점기에 작가들은 만주 여행을 통해 살펴본 사실이나 만주로의 이주를 통해 직접 체험한 바를 제재로 하여 만주 지방에서 살아가던 조선인들의 삶을 소설화하여 한국 현대소설에서 로컬리티의 영역을 넓혔다. 특히 만주 지방의 여행을 통하여 그 지방 조선인들의 삶을 그린 이효석, 최명익, 이태준을 비롯한 여러 작가와 연변 지방으로의 이주를 통하여 그 지방 조선인의 로컬리티를 소설화한 강경애, 안수길, 현경준, 김창걸 등의 작가, 그리고 오랜 기간 상해에 거주하면서 상해 지방에 자리 잡고 살아가는 조선인들의 삶을 소설로 쓴 김광주 등에 의해 중국 여러 지방에 집단 거주하고 있는 조선인들의 삶의 모습이 소설로 형상화되었다. 이들 작품을 통해 중국 여러 지방의 조선인들의 특이한 로컬리티를 한국 현대소설의 영역으로 포함하게 되었다.

해방 이후 정치적 속박에서 벗어나 왕성한 창작 활동을 시작하면서 많은 작가들의 창작적 실천을 통해 한국의 여러 지방의 로컬리티가 한국 현대소설을 보다 풍요롭게 하고, 각 지방의 로컬리티는 민족문학의 한 부분으로 확연히 자리 잡게 된다. 그 구체적인 예로 동북 지방 출신의 최인훈, 장용학, 이호철, 김성한 등과 서북 출신 작가 황순원, 선우휘, 이범선 등은 월남 이후 실향 의식과 함께 자신들이 태어나 자란 지방의 로컬리티를 지속적으로 작품으로 형상화하였다. 경남 지방의 로컬리티는 박경리, 이제하, 홍성원, 김원일, 오영수, 이동하 등에 의해 보다 풍성해질 수 있었고, 이문구는『관촌수필』을 비롯한 여러 연작소설들을 통하여 호서 지방의 로컬리티를 한국 현대소설의 보편성으로 나아갈 수 있게 하였다. 일제강점기에 타 지방에 비해 비교적 소루하던 호남 지방의 로컬리티는 해방 이후 천승세, 김승옥, 이청준, 서정인, 송기숙, 조정래 등 많은 작가들에 의해 작품으로 승화되어 호남 지방의 로컬리티가 한국 현대소설의 중심으로 들어오게 되었다. 한국 현대소설에서 비교적 다루어지지 않았던 제주 지방의 로컬리티는 이석범, 현기영, 현길언 등에 의해 소설화되어 독자들의 반응을 이끌었고, 강원 지방의 로컬리티는 전상국, 윤후명, 서영은 등의 작가에 의해 다양한 양상으로 소설화되어 한국의 보편적 로컬리티로 자리하게 되었다.

최근 들어 많은 작가들이 해외여행을 통해 느낀 새로운 정서와 세계 여러 지역에 살고 있는 한인의 로컬리티를 작품화하여, 한국 현대소설의 배경이 중국과 몽골을 비롯한 동북아시아는 물론 베트남, 라오스 등 동남아시아와 구미 지역 나아가 남미와 호주 그리고 아프리카까지 그 영역이 넓어지고 있다. 작가들이 세계 각지를 여행하면서 느낀 점들을 소설화하여 그 지역의 자연과 문화 그리고 그 속에서 살아가는 한인들의 삶의 모습이 자연스럽게 녹아드는 한국 현대소설들은 로컬리티의 관점에서 고찰할 필요가 있다. 또 조선조 말 중국으로의 이주가 시작된 후 전 세계로 이주해간 700만 명이 넘는 재외한인들에 의해 새로운 한국 현대소설의 로컬리티가 탄생하고 있다. 그들은 그들이 살고 있는 언어사회의 조건에 따라 현지어로나 한국어로 창작을 하고 있다. 일제강점기에 해외로 이주한 한인의 자손들 중에서 중국 조선족은 대체로 한국어로 창작하지만, 구소련 지역의 고려인과 재일교포에게서는 한국어 창작이 거의 이루어지지 않는다. 그리고 해방 이후 이주한 여타 지역의 한인들은 대체로 1세대들은 한국어로 이후 세대들은 현지어로 창작하고 있는 것이 일반적인 현상이다.[8]

한국 현대소설은 근대 이후 한반도 각 지방의 로컬리티를 통합하여 민족문학으로서의 성격을 형성해왔다. 그리고 최근 들어 한국 현대소설의 공간적 배경이 한국을 넘어 세계로 확장되어가는 사실도 한국 현대소설의 로컬리티를 이전과는 달리 보다 넓은 관점에서 바라볼 것을 요구하고 있다. 나아가 일제강점기로부터 최근에 이르기까지 여러 가지 이유로 세계 각처로 이주해 간 한인들이 집단 거주하는 중국, 일본, 중앙아시아, 미주, 남미, 유럽 등지에서 발표되는 재외한인들의 소설들이 지니고 있는 특이한 로컬리티 역시 한국 현대소설의 영역으로 들어와야 할 것이다. 이렇게 한국 현대소설의 영역이 전 세계로 확장되면서 이제는 민족문학을 넘어 더 큰 개념으로서의 한민족문학을 상정하고 확장된 한민족 로컬리티를 논의할 필요성이 증대하고 있다.

---

8 재외한인 문학의 현황은 최병우, 「한민족 문학사 기술을 위한 시론」, 『이산과 이주 그리고 한국 현대소설』, 푸른사상사, 2013, 65~72쪽 참조.

3. 한국 현대소설과 지방문학[9]

근대 초기부터 한국문학은 서울을 중심으로 성장하였다. 근대의 시작
과 함께 발간되기 시작한 신문과 잡지의 대부분은 서울에서 발간되었
으며 근대문학을 시작을 알린 『창조』, 『폐허』, 『백조』 등의 동인지는 물
론 『개벽』, 『조선문단』, 『조광』 등 이후의 문예종합지들도 서울에서 발
간되었다. 전국 각 지방에서 모여든 문인들에 의해 서울 중심의 문단이
형성되었으며, 지방 출신들이 모여 동인지를 발간하고 출신 지방의 로
컬리티를 드러내기는 하였으나 문단은 서울을 중심으로 형성되었다.
그 결과 지방문단은 중앙으로부터 소외되었고, 지방의 문학 지망생들
은 문단의 중심인 서울 문단의 추천을 받아야 문인으로 이름을 올릴 수
있는 현실이 해방이 될 때까지 굳건히 지속되었다.

해방 이후에도 정치, 경제, 문화의 중심은 서울[10]이었고, 강력한 중앙
집권제도가 시행되어 한국 문단이 서울에만 편중되는 현상은 더욱 심
화되었다. 지방에서도 문인들이 모여 동인지를 출간하고 작품집을 발
간하기는 하였지만 중심과는 단절된 주변부의 행사에 지나지 않기 마
련이었다. 더욱이 문협이나 예총 등이 전국적인 단체로 설립되면서 각

---

9 지방문학에 관한 논의는 문학 전반에 관한 논의여서 한국 현대소설 영역으로만 한정
하여 논의를 진행하기는 어렵다. 지방문학과 관련한 그간의 연구 성과를 몇 가지 유
형으로 나누어 살피는 이 장의 내용은 한국 현대소설과의 직접적인 관련은 조금 부
족할 수 있다. 단행본, 신문, 잡지 등에 산재해 있는 기존 연구 성과를 광범위하게 검
토하여 논거를 강화하는 작업이 요구된다.

10 한국전쟁 기간 동안 대한민국의 중심이 잠시 부산으로 이동한 바 있으나, 이는 전시
3년간의 임시적인 현상이었을 뿐이었다.

지방에는 각각의 지부들이 설치되어 문학과 문화예술의 서울로의 집중화 현상은 더욱 심화되었다. 그 결과 지방문단은 점점 약화되고, 지방문인들은 자신들만의 문학 활동에 위안을 받고, 지부 활동을 통해 중앙에 자신들의 존재를 알리는 정도에 만족하는 양상이 오랜 기간 지속되었다.

서울 지역에서 이루어진 중앙문단 중심의 문학 현상에 대한 반성으로 시작된 지방문학 연구는 문민정부 때부터 시작되었다. 1995년 6월 27일 기초의회, 광역의회, 기초단체장, 광역단체장 등을 선출하는 지방선거가 실시되어 완전하지는 못하나마 지방자치가 전면적으로 시행되자 각 지방자치단체들은 자기 지방의 역사와 문화에 관심을 갖기 시작하였다. 이는 자기 지방의 전통문화에 대한 관심, 관광 자원의 개발과 스토리텔링화, 지방의 문학과 예술에 대한 장려 등 다양한 형태로 나타났다. 이러한 지방자치단체의 노력에 따라 지방문학에 대한 재정 지원이 강화되자 문학 연구자들은 지방문학 연구에 관심을 보이기 시작하였다.

지난 20년 동안 지방문학 연구는 크게 네 가지 정도의 방향으로 진행되었다. 첫째 중앙 중심의 문단 현실을 비판하고 지방문학의 중요성을 강조하는 논의이다. 둘째, 중앙문단과의 대결 의식에서 벗어나 지방문단을 대표할 만한 작가와 작품을 발굴하여 소개하고 평가하는 작업이다. 셋째, 작가작품론과 병행하여 진행된 바, 지방문학의 역사를 정리하는 작업이다. 넷째, 지방문학 연구 방법에 대한 모색과 지방문학 활성화를 위한 정책과 관련한 연구이다. 이들 연구는 개별적인 연구이기보다는 거의 동시적으로 진행될 수밖에 없어서 지방문학을 연구하는 개인이나 연구팀들은 거의 모두 몇 가지 작업을 동시에 진행하는 양상을 보인다. 이 장에서는 현재까지 출간된 지방문학을 연구한 결과를 모은 단행본을 중심으로 위에 지적한 네 가지 연구 방법이 어떠한 성과를 보이고 있는지를 살피고자 한다.[11]

중앙문단 중심으로 진행되는 문단의 현실을 비판하고 지방문학을 중앙문단과 대척적인 지점에 자리매김하려는 논의는 지방문학에 관한 연구가 시작된 초기부터 왕성하게 제기되어온 주제이다. 주로 비평적 작업으로 시작된 이러한 논의는 중심과 주변이라는 이분법적인 시각에서 "중심의 정치, 경제, 문화적 독점 체제하에서 서울이 문화자본과 상징권력을 장악하고 각 지방을 종속적 위치로 전락시키고 있으며 이에 따라 지역의 문학이 부당하게 평가받고 있다"[12]는 주장으로 나아간다. 그 결과 지방문학의 문제는 "지역문학의 작품성이 떨어지는 것이 아니라 지역 문예지로 등단한 작가가 중앙문단에 작품을 발표하기 어려운 현실이 문제"[13]라는 인식에 도달한다. 그리고 이러한 방식으로 중앙문단과 지방문학의 관계를 대립적으로 정립하게 되면, 결국 중심부의 문학은 자본과 기술의 이데올로기에 깊이 관여되어 있는 데 비해, 지방문학은 자본-기술의 복합체에 충성하기보다 그에 저항하는 살아 있는 문학

---

11 단행본에 실리지 않은 지방문학 관련 연구 성과를 제외하여 논지를 약화시킬 수 있다는 지적이 가능하겠으나, 단행본에서 논의된 내용만으로도 지방문학 연구에 관한 유형화가 충분히 가능할 것으로 판단된다.

12 구모룡, 『지역문학과 주변부적 시각』, 신생, 2005, 19쪽.

13 남기택, 『강원영동지역문학의 정체와 전망』, 청운, 2013, 19쪽.

이며 나와 자기와 세계를 변화시키는 가치를 창조하는 문학[14]이라는 이 상한 양분법에 도달하게 된다.

지방문학의 범주나 위상을 논의하여 지방문학에 관한 시각을 마련하는 많은 글들은 중앙문단의 독과점적 지위로 인해 지방문학이 현재와 같은 위기의 상황을 맞이하게 되었으므로 지방문학을 재평가하고 새로운 자리매김을 하여야 한다는 논리를 내세운다. 그러나 이러한 중앙문단과 지방문학을 대립적 관계로 인식하는 주장은 일정한 논리적 한계를 갖는다. 그들이 내세우는 중앙문단을 만든 문화 세력이나 문인들이 정치, 경제, 문화의 중심인 서울에 자리하여 문학 매체를 독점하고 한국문학 전체를 이끌어간 것은 사실이지만 그들의 뿌리는 지방이다. 한국 현대소설이 전국 각 지방의 로컬리티를 통합하면서 현재와 같은 민족문학으로 형성되어왔다는 점이 이를 증명한다.

서울과 지방의 문학을 중앙과 주변의 관계로 인식하는 논리는 서구와 여타 지역의 문학을 대립적으로 인식한 탈식민주의 이론을 지방문학 논의에 직접 대응시킨 결과이다. 많은 논자들은 서구 중심의 문학에 대한 동아시아 문학을 언급하면서 중앙과 주변의 대립항 개념을 사용하였다. 그러나 세계문학의 중심이라는 서구 문학과 지역문학으로 설정된 동아시아 문학 사이의 중심과 주변의 논리는 민족문학 내의 중앙문단과 지방문학에 그대로 연결시킬 수는 없다. 고대 그리스에서 로마를 거쳐 서구 중심으로 전개된 가상의 서구 문학은 한 지역문학일 뿐, 지역문학이나 민족문학의 상상적 총합으로서 세계문학이 될 수는 없다.

---

14 구모룡, 앞의 책, 35쪽.

그러나 세계 경제와 문화의 중심으로 자처하는 서구 지역문학이 주변인 여타 지역문학 사이의 관계 설정에 대한 반성에서 비롯한 탈식민적 관점을 지방문학의 통합 과정에서 형성된 민족문학과의 관계에 그대로 대입하는 것은 논리적으로 무리가 따른다.

중심과 주변의 대립 관계 속에서 지방문학을 자리매김하던 지방문학 연구는 점차 지방문학 작가작품론으로 전환하였다. 지방문학 연구자들은 연구 대상의 실상을 파악하고 학문적 엄정성을 획득하기 위한 방편으로 중앙에서는 크게 주목받지 못했으나 지방을 대표할 만한 작가와 작품을 발굴하여 소개하고 평가하거나 중앙에 잘 알려져 있는 지방 출신 작가들을 지방문학의 관점에서 새롭게 조명하려는 지방문학 작가작품론들을 생산하기 시작하였다.

김영화는 양중해, 강통원, 한기팔 등 제주 출신으로 제주에서 활동을 지속한 대표적인 시인들을 소개하고 그들의 시를 세밀히 살피고 있으며, 김대현, 김종원, 김광협, 강금종 등 제주 출신으로 제주를 떠나 활동한 시인의 시세계를 소개하고, 제주 출신으로 중앙문단에서 활동한 작가 강금종과 함남 출신으로 월남 후 제주에 정착하여 제주인으로 작가 생활을 한 최현식을 소개한다. 또 제주 지방을 제재로 한 작품들을 모아 지방의 관점에서 새롭게 논의하고 제주의 근대사에서 가장 큰 아픔인 4·3사건을 다룬 시와 소설들을 정리하고 평가하였다.[15] 양영길도 4·3사건을 다룬 시와 소설의 흐름을 검토하고 4·3문학에 관한 연구

---

15 김영화, 『변방인의 세계-제주문학론』, 제주대학교 출판부, 1998.

의 성과를 살핀 바 있다.[16]

박태일은 경남·부산 지방의 지방문학에 관심을 갖고 지속적으로 연구를 진행하였다. 경남·부산 지방의 시를 발굴하여 재평가하거나, 소지역 문예지『합천문학』에 실린 작품들을 재평가하는 작업, 거창 지방의 시인 김상훈을 소개한 논문들은 지방문인을 발굴하고 그들의 작품을 소개하고 평가한 작업[17]으로 지방문학을 위상을 점검하고 학계에 소개한 점에서 큰 의의를 지닌다. 한정호는 박태일과 마찬가지로 경남의 지방문학에 관심을 갖고 현재까지 소개되지 않은 경남 지방의 남대우, 이원수, 김원룡, 김대봉, 서덕출 등의 동시와 시들을 소개하고 재평가하였다.[18] 또 마산의 결핵 요양소와 관련하여 결핵과 관련한 문학을 모아 정리한 작업[19]은 지방문학 연구의 새로운 시도로 평가할 수 있을 듯하다. 남기택은 영동 지방 문인들의 문학 활동에 관심을 갖고 그 지방 문인들의 작품을 지속적으로 소개하고 평가하고 있다. 삼척 지방의 문학지『두타문학』을 소개하고, 태백을 중심으로 한 탄광시에 대한 관심을 드러내며, 중앙에는 비교적 덜 알려진 심연수, 최인희와 같은 영동 지방 출신 시인의 문학 세계를 정리한 작업[20]은 지방문학 연구의 한 성과로 지목될 수 있다. 김외곤은 홍명희, 신채호, 조명희, 조벽암, 홍구범, 정지용, 오장환, 이흡, 김기진, 채길순 등 기왕에 잘 알려진 충청북

---

16 양영길,『지역문학과 문학사 인식』, 국학자료원, 2006.

17 박태일,『한국 지역문학의 논리』, 청동거울, 2004.

18 한정호,『지역문학의 이랑과 고랑』, 경진, 2011, 1부.

19 위의 책, 2부.

20 남기택,『강원영동지역문학의 정체와 전망』, 청운, 2013.

도 출신 문인들을 대상으로 지역성이라는 관점에서 새롭게 평가하여
기존의 지방문학 연구에서 보여준 작가작품론과는 다른 경향의 연구
성과를 보여주었다.[21]

　이러한 지방문학에 관한 작가작품론은 지방문학 연구를 위해 반드시
필요한 작업이다. 한국 현대소설 연구는 기왕에 알려진 작가와 작품을
새롭게 조명하려는 연구와 현대소설사에서 언급되지 않은 새로운 작가
와 작품을 발굴하려는 노력이 병행되어왔다. 서울을 중심으로 전개된
많은 문학 매체들이 소실되어 현대소설사에서 누락된 작가와 작품이
적지 않은 현실이다. 더욱이 지방을 중심으로 이루어진 많은 문학 활동
들은 한국 현대소설 연구의 사각지대에 놓여 있다. 지방에서 활동한 문
인들과 그들의 작품을 발굴하여 소개하고 재평가하는 연구는 한국 현
대소설을 풍성하게 하는 기초 작업으로서 커다란 의미를 지닌다.

　지방문학에 대한 작가작품론적 접근과 함께 많은 연구자들이 노력
을 기울인 부분은 지방문학의 역사를 정리하는 작업이다. 각 지방에서
전개되어온 문학 활동의 양상이 어떠했는지를 살피는 일은 지방문학
의 지속적이고 체계적인 연구를 위하여 반드시 필요하다. 구모룡은 근
현대 부산 · 경남 지방의 저항문학의 역사를 점검하여 20세기 초부터
2000년대 초까지의 실상을 정리하고, 또 그 기간 동안 부산 · 경남 지방
의 비평 문단에서 어떤 비평가들이 저항의 담론들을 생산했으며, 그 양

21　김외곤, 『한국 근대문학과 지역성(충청북도의 근대문학)』, 역락, 2009.

상은 어떠했는가를 면밀히 살피고 있다.[22] 한정호는 시기와 범주를 좁혀서 광복기 경남·부산 지방의 아동문학의 전개 양상을 면밀히 살피고 있다.[23] 한정호의 연구는 자료의 소실이 매우 심한 해방 이후 한국전쟁까지의 시기적인 제약과 아동문학이라는 연구가 소홀한 분야를 대상으로 매우 면밀한 자료 조사를 통하여 많은 새로운 자료를 발굴하고 소개하여 추후 지방문학사 연구가 나아갈 좋은 방향을 보여준다.

남기택은 기존의 삼척 지방 문인들에 의해 정리된 자료들을 바탕으로 삼척 지방문단의 형성과 전개 양상을 살피고 그들이 간행한 매체들을 정리하였으며, 삼척문단 1세대의 작품들을 검토하고 평가한 바 있다.[24] 또 손종호는 대전 문학 100년을 시기별, 장르별로 정리[25]하여 대전 지방의 문학을 살피는 데 유용한 자료를 제공하였으며, 김영화는 제주 문학 80년의 역사를 자료 목록을 중심으로 간략히 소개[26]하여 이후 연구자들에게 많은 편의를 제공하였다. 양영길은 몇몇 글에서 지방문학사 기술에 필요한 방법론의 모색을 시도하고, 제주 문학의 경우를 예로 들어 그 가능성을 제기하였으나 다른 연구자들과 달리 구체적인 작품이나 자료를 바탕으로 지방문학의 역사를 논의하지 않고 추상적 논의로만 일관하여 연구의 구체성이 떨어지는 한계를 보여준다.[27]

---

22 구모룡, 「저항으로서의 지역문학」, 「비평과 저항담론」, 앞의 책.

23 한정호, 「광복기 경남·부산지역 아동문학」, 앞의 책.

24 남기택, 「삼척지역 문학의 양상」, 앞의 책.

25 손종호, 「대전문학 100년사」, 『문학의 경계와 지역문화주의』, 충남대학교 출판부, 2012.

26 김영화, 「제주문학 80년」, 앞의 책.

27 양영길, 「지역문학사 서술 방법론」, 「지역문학사 서술의 성격」, 앞의 책.

지방문학의 역사를 본격적으로 정리한 대표적인 연구는 경북대학교 대형과제연구단이 근현대사의 전개 속에 대구·경북 지방에서 이루어져온 지성과 운동 전체를 조망하는 거대한 기획연구의 한 부분으로 진행된 바 있다. 대구와 경북 지방으로 나누어 지방문학의 흐름을 다양한 각도에서 살핀 이 기획 연구의 성과[28]는 지방문학 연구의 다양한 면모를 보여준다. 이 연구에서는 대구 지방 문학은 문단형성기, 한국전쟁기, 60~70년대, 『자유시』, 『분단시대』, 『대구 소설』, 80~90년대 등으로 시기를 세분하여 그 역사를 정리하고, 경북 지방 문학의 역사는 경주, 포항, 구미, 김천, 안동, 영양, 예천, 영주, 상주, 의성과 문경 등 지방으로 나누어 각 지방의 문학이 어떻게 전개되어왔는지 상세하게 정리하고 있다.[29] 이 연구는 대구·경북 지방 문학의 역사를 치밀한 자료 확인과 면담 등을 통하여 면밀히 정리하고 가능한 자료들을 소개하여 추후 지방문학사 연구를 위한 좋은 실례를 보여준다.

마지막으로 지방문학 연구를 위한 원론적인 연구와 지방문학의 현실과 활성화를 위한 정책적인 접근들이 있다. 박태일은 지방문학을 학문적으로 연구하기 위하여 어떻게 해야 할 것인가에 대해 매우 구체적인 방법을 제시한 바 있다. 그는 학문적 관심이 고조되어가는 지방문학을 본격적인 학문 연구의 대상으로 만들기 위하여 무엇보다 기초적인 문헌을 잘 간수하고 갈무리하여야 함을 강조하고, 대학이나 지방의

---

28 경북대 대형과제연구단, 『근현대 경북지역 문학의 흐름과 특성』, 정림사, 2005.

29 자료의 양이 대구와 경북으로 나누어 이러한 사적 정리를 하도록 요구하였겠지만, 이 기획은 지방문학 내에서도 중앙과 주변이라는 차이가 엄연히 존재하고 있음을 여실히 보여준다.

유관 단체에서 지방문학을 전공할 연구자들을 배양하여야 하며, 지방 문학 연구자들이 아마추어리즘과 정실주의를 극복하여 지방 문학작품에 대한 객관적인 연구와 평가가 이루어지도록 해야 한다는 점을 강조한다.[30] 남기택은 강원, 영동 지방 문학을 연구하기 위하여 기존의 연구 성과를 바탕으로 지방문학 연구 방법론을 재구성해보고, 지방문학의 연구 대상을 지리적 범주와 지방을 대표하는 작가의 범주 그리고 문학단체 및 매체 범주 등으로 나누어 설정하여 그 특성을 세밀하게 살펴 지방문학 연구의 한 모형을 보여준다.[31]

그러나 지방문학에 대한 원론적 연구는 그것이 일반적인 문학 연구 방법과 크게 변별되지 않는다는 한계를 지닌다. 남기택이 지방문학 연구를 위해 제시한 연구 방법은 일반 문학 연구 방법과 크게 다르지 않으며, 박태일이 제시한 방법론 역시 일반 문학 연구 방법론을 지방의 실정에 맞추어 수정하고 지방문학과 관련한 정책적인 방안 한두 가지를 보충한 것이라는 지적이 가능하다. 민족문학 연구와 세계문학 연구가 언어적·문화적 차이에 차이에도 불구하고 그 연구 방법은 원론적으로 크게 다르지 않은 점을 생각하면 민족문학과 지방문학의 관계도 그와 대동소이할 수밖에 없다는 점에서 지방문학 연구를 위한 새로운 방법론을 제시하는 데에는 적지 않은 무리가 따를 것으로 예상된다.

지방자치가 실시된 이후 지방문학에 대한 논의가 진행되면서 지방문학 활성화를 위해 무엇을 어떻게 해야 하며, 지방자치단체나 문화예술

---

30 박태일, 「지역문학 연구의 방향」, 앞의 책, 15~32쪽.

31 남기택, 「강원영동지역문학 연구의 방향」, 앞의 책, 20~39쪽.

관련 단체가 어떻게 협조해주어야 하는가에 대한 논의가 있었다. 구모 룡은 『지역문학과 주변부적 시각』의 3부에 실린 여러 글에서 부산에서 진행되고 있는 지방문화 운동의 현실을 상세히 분석하고, 부산 지방의 문화를 혁신하기 위해 시민사회가 하여야 갖추어야 할 여러 측면과 부산 지방의 문화진흥을 위한 재원 확보 방안을 모색하고, 민예총의 문화 운동의 방향과 지방자치단체의 문화 정책 수립 방법 등을 상세히 논하고 있다.[32] 여덟 편의 글에서 반복되어 강조되는 이러한 지방문화 혁신을 위한 정책과 관련한 논의는, 지방문화를 활성화하고 진흥하기 위하여 필요한 다양한 정책적 요소와 사회운동의 필요성을 상세히 제시한점에서, 부산 지방뿐 아니라 여타 지방의 문화 정책과 관련한 연구에 참고가 될 것이라 생각한다.

4. 한국 현대소설과 로컬리즘 연구를 위한 제언

한국 현대소설 연구에 있어 로컬리티는 한국 현대문학 연구가 시작된 이후 지속적으로 연구의 대상이 되어왔다. 이는 한국 현대소설이 태동 단계에서부터 각 지방의 로컬리티를 통합하는 과정을 통해 민족문학으로서의 성격을 형성해왔다는 사실을 생각하면 당연한 일이다. 각 지방의 로컬리티가 가지고 있었던 개별성을 파악하고, 그러한 로컬리티가 형성된 배경을 살피고, 그것이 소설로 표출되는 양상을 밝히려는 노력은 향후 한국 현대소설과 로컬리티와 관련한 중요한 연구 주제가 될 것

---

32 구모룡, 앞의 책, 155~231쪽.

이다. 이와 함께 각 지방의 개성적인 로컬리티를 담고 있는 한국 현대소설 작품들이 한국 현대소설 형성과 전개에 미친 영향을 검토하고, 각 지방의 로컬리티가 민족문학의 한 요소로 형성되는 구체적인 양상을 추적하는 것 역시 향후 한국 현대소설과 로컬리티를 연구하는 중요한 영역이 될 것이다.

한국 현대소설을 중심과 주변으로 나누어 고찰하려는 지방문학 연구는 그간 정치·경제·문화의 중심지로 자리했던 서울을 중심으로 한 중앙문단 중심으로 이루어진 한국 현대소설에 관한 연구와 사적 정리 태도를 반성하는 좋은 계기가 되고 있다. 지방문학으로 분류되어 문학 연구 분야에서 도외시되었던 많은 작가·작품을 발굴하고 정리하여 학계에 소개하고 평가하는 일은 한국 현대소설을 풍성하게 하고 한국 현대소설의 실상을 분명히 하여, 한국 현대소설 연구의 새로운 장을 마련하게 해줄 것이라는 점에서 큰 의의를 지닌다. 또 이런 과정을 통해 민족문학으로서 한국 현대소설의 전체상을 바로잡을 수 있고, 보다 새롭고 풍성한 한국 현대소설사의 서술이 가능해질 것이다.

지방문학에 관한 논의와 연구는 그 가능성과 의의에도 불구하고 현재까지의 중앙문단과 지방문학을 중심과 주변의 관계로 설정하여 대립적으로 이해하는 편협된 시각을 벗어날 필요가 있다. 서구 문학을 중심으로 보는 세계문학과 지역문학과의 관계 설정은 동일한 지역문학 중의 하나일 뿐인 서구 문학이 중심을 자처한다는 점에서 탈식민주의적 접근이 필요하다. 그러나 한국 현대소설에서 민족문학과 지방문학의 관계는 지방문학이라는 주변이 통합되어 민족문학이라는 중심을 형성하게 된 것이기 때문에 세계문학과 지역문학에서와 같이 탈식민주의적 시각으로 접근하기에는 무리가 따른다. 이런 점에서 민족문학과 지방문학에 관한 연구는 대립적 시각을 벗어나 상보적 관계를 지향해야 할 것이다.[33]

2009년부터 한국 사회에서 로컬리티가 갖는 다양한 문제를 인문학적 시각으로 고찰하고 있는 부산대학교 한국민족문화연구소가 발간하는 정기간행물『로컬리티 인문학』과 단행본 '로컬리티 교양총서'는 글로벌 세계를 추진하는 현대 한국에서 로컬리티를 어떻게 이해하고 의미화하고 가치화할 것인가에 대한 지속적인 연구 성과를 배출함으로써 이 분야 연구에 큰 시사점을 제공하고 있다. 또 경북대학교 대형과제연구단에서는 2002년부터 2005년까지 학술연구재단과 경북대학교의 지원을 받아 '근대의 도정과 지역의 대응 : 근백년 대구·경북 지역의 지성과 운동'이라는 주제로 대형 과제를 진행하여 사상, 철학, 종교, 법제, 외국문학 수용, 사회 변동 등의 주제와 함께 대구·경북지방에서의 근현대 지방문학의 흐름과 특성을 체계적으로 정리한 것은 지방문학 연구와 관련하여 큰 의미를 갖는 연구 성과로서, 향후 지방문학 연구에 하나의 지침이 될 것으로 기대한다.

---

33 최근 문학교육계에서 학교 문학교육이 현재까지의 중앙 중심의 문학교육을 벗어나 지방문학교육으로 전환해야 하며, 이를 통해 그간 진행되어온 문학교육이 가지고 있던 식민지적 양상을 근본적으로 극복할 수 있는 동인을 확보할 수 있다는 논리를 펴기도 한다(최현주, 「탈식민적 관점에서 본 지역문학교육」, 『지역문학과 문학교육』(한국문학교육학회 제67회 학술대회발표문집), 2014) 이러한 민족문학과 지방문학의 관계 설정은 문학교육 연구를 위해서나 한국문학 연구를 위해서나 매우 위험한 시각이라 하겠다.

문학교육학의 이론적 범주와 문학교육의 방법[*]

1. 문학교육학의 성립과 전개

문학교육학이 학계에 등장한 지는 그리 오래되지 않았다. 국어교육학이 하나의 학문 분야로 자리 잡은 것이 이제 30년이 조금 넘었다[1]는 점을 생각하면 이러한 지적은 타당성을 갖는다. 문학교육학은 그 연한의 짧음에도 불구하고 서울대학교 대학원에 국어교육 전공 박사과정이 개설된 후, 많은 대학에서도 이에 동참함으로써 문학교육을 전공으로 하는 학자들이 점증하여 2012년 현재 문학교육 관련 박사학위 논문과 단

---

* 이 논문은 2012년 12월 8일 이화여자대학교에서 개최된 한국문학교육학회 학술대회에서 발표한 기조발제문으로 이후 문학교육학의 연구 성과를 반영하지 못하였다.

1 1985년도에 국어교육학 분야에서 처음으로 서울대학교 대학원에 국어교육학과 박사과정이 설치 인가가 나고, 1986년부터 신입생을 선발하였다. 박사과정 설치 여부가 그 학문 분야의 정체성을 결정하는 것은 아니지만 통상적으로 박사과정의 존재 여부를 학문 분야로 인정하는 근거로 삼는다는 점을 생각하면 국어교육학이 하나의 학문 분야로 인정된 것은 이 시기부터라 할 수 있다.

행본이 100여 권[2] 출간될 정도로 비약적인 성장을 이루었다.

문학교육학이 학문 분야로 자리 잡는 시기에 국어교육과 문학교육의 위상과 범주에 관한 논쟁이 벌어졌다. 1984년 교육개발원이 주최하여 국어교육학의 위상과 범주에 관한 학술대회를 개최한 후 상당 기간 국어교육학과 문학교육학의 관계를 어떻게 설정해야 하는가에 관해 논쟁이 진행되었다. 국어교육은 언어 능력 신장을 목표로 하므로 문학교육은 국어교육의 범주에 속할 수 없다는 주장과 문학은 언어 사용의 한 국면이므로 국어교육의 중요한 한 부문이라는 주장은 여러 논자들의 논의를 거쳐 현재와 같은 국어교육학의 연구 영역으로 범주화되기에 이르렀다.[3]

지난 30년에 가까운 기간 동안 문학교육학은 다양한 방면으로 연구되어 상당한 결실을 맺었다. 1988년 문학교육학의 원론적 성격을 지닌 『문학교육론』[4]이 처음으로 간행되고, 이후 『문학교육의 방법』[5], 『문학교

---

2 이 숫자는 구인환 외 3인, 『문학교육론』 제6판(삼지원, 2012)의 부록으로 실린 「문학교육 관련 서지목록」에 수록된 '단행본, 박사논문'을 바탕으로 완전한 문학 분야 저서를 제외하고 계산한 것으로 약간의 오차가 있을 수 있다. 이하 이 자료는 「문학교육 관련 서지목록」이라 명명한다.

3 이에 대해서는 노명완 외 7인, 『국어교육학개론』 제4판, 삼지원, 2012, 35~46쪽 참조.

4 구인환, 우한용, 박인기, 최병우, 박대호 등이 1988년 12월에 삼지원에서 공저로 초판을 출간한 이 책은 현재 박대호를 제외한 네 사람의 공저로 7판이 발간되어 문학교육학의 성립과 발전에 일정한 영향을 주었다.

5 민족문학교육회 편, 『문학교육의 방법』, 한길사, 1991.

육과정론』,[6] 『문학교수·학습방법론』,[7] 『문학교육원론』[8] 등 많은 저서들
이 공저의 형태로 출간되어 문학교육학의 정립에 기여하였다. 또 박사
학위 논문들이 공간되고, 그중 일부가 단행본으로 출간되었으며 문학
교육학 전공자들의 저서가 속속 발간되어 문학교육학의 연구는 그 폭
과 깊이를 더해왔다.

본고는 그간 연구되어온 문학교육학 관련 논문들을 중심으로 문학교
육학의 이론적 범주를 정리하고 각각의 범주들이 어떻게 연구되어왔는
가를 살펴 앞으로의 문학교육학 연구가 방법론적으로 점검해야 할 방
향을 모색하고자 하는 데 목적이 있다. 이를 위하여 본고에서는 문학교
육학의 연구 성과를 검토하고 앞으로의 연구 방향을 모색하기 위하여
구인환 외, 『문학교육론』의 부록 「문학교육 관련 서지목록」[9]에 실린 논
문과 1997년 간행되어 현재까지 38호를 간행한 한국문학교육학회의 학
술지 『문학교육학』에 실린 개인 연구 논문 261편[10]을 분류하고자 한다.
본고는 이들 자료 목록의 분류를 통해 얻은 결과들을 논의의 출발점 및
주장의 근거로 삼을 것이다.

---

6 우한용 외 8인, 『문학교육과정론』. 삼지원, 1997

7 구인환 외 18인, 『문학교수·학습방법론』, 삼지원, 1998.

8 김대행 외 7인, 『문학교육원론』, 서울대학교 출판부, 2000.

9 이 부록에 실린 연구 서지목록은 지면의 한계로 인하여 문학교육학 분야의 모든 논
   문을 포함하지 못하고 일정 부분 선별되었다는 한계를 지닌다. 그러나 현재까지 정
   리되어 있는 가장 완벽한 형태의 서지라는 점에서 이 자료를 분석 대상으로 한다.

10 이 학술지에 실린 기획논문들은 학회의 의도에 의해 집필되어 연구자의 연구 성향을
   반영하지 못할 수 있다는 점에서 분석 대상에서 제외하고 참고자료로만 활용하고자
   한다. 이하 이 자료는 「문학교육학 논문 목록」으로 명명한다.

2. 문학교육학의 범주와 연구 현황

문학교육학의 연구 방법과 이론적 범주를 어떻게 설정할 것인가에 대해서는 연구자들 사이에 합의된 바 없다. 이번 제62차 한국문학교육학회 학술대회에서는 '문학교육학 및 문학교육의 방법론 검토'라는 커다란 주제를 설정하여 문학교육과 문학교육학을 구분하고, 문학교육이 지향하는 바에 따라 문학교육학의 하위 범주로 학습자 중심의 문학교육학, 텍스트 기반의 문학교육학, 사회·문화적 맥락 중심의 문학교육학, 융합형 교육을 위한 문학교육학[11] 등을 설정하고 있다. 이 범주화는 문학교육이 이루어지는 과정에 관여하는 학습자, 텍스트, 사회 등의 요소 중에서 어느 하나를 중시하는가 또는 여러 요소들을 고려하는가 하는 차원에서 이루어진 것으로 문학교육학을 범주화하는 매우 설득력이 있는 구분으로 보인다.

그러나 이 장에서는 이번 학술대회에서 설정한 네 가지 범주와는 별도로 몇 가지 기준에 의해 범주화를 시도하고 그간 발표된 문학교육학 관련 논문들의 연구가 어떤 방향으로 이루어졌는지를 살피고자 한다. 이는 문학교육학의 범주화를 위한 가능성을 모색하고자 하는 것이며 동시에 향후 문학교육학이 나아가야 할 연구의 방향을 모색하기 위한 시도이다. 이를 위하여 본고에서는 그간 이루어진 문학교육학의 연

---

11 문학교육이 문학 현상과 그것을 둘러싼 다양한 영역과의 맥락을 고려하여 인지적, 미학적, 가치론적 영역을 모두 아울러야 한다는 최근의 문학교육학의 흐름을 생각하면 문학교육학의 범주로서 '융합형 교육을 위한 문학교육학'이라는 범주를 설정한 것은 커다란 진전이라 하겠다.

구 결과를 문학 장르, 문학교육의 과정, 이론 배경, 연구 목표 및 방법 등 몇 가지 기준에 의해 그간의 문학교육학의 연구 결과를 범주화하여 그 연구 현황을 정리하고 그 결과 발견되는 문학교육학의 문제점을 점검하고자 한다.

1) 문학 장르 범주

먼저 문학교육학의 연구 경향을 살피기 위하여 문학을 분류하는 기본적 방식인 장르를 중심으로 범주화하여 「문학교육 관련 서지목록」의 '논문·석사논문' 목록에 실린 그간의 연구 결과를 정리해보면 아래와 같다.

범주	문학교육 일반론	시 교육	소설 교육	수필 교육	극 교육
편수	426	177	173	8	21

이 범주별 논문 편수는『문학교육론』저자들이 장르와 상관없이 문학교육 일반론을 전개한 경우는 물론 한국어 교육에 있어 문학교육 관련 연구와 장르적 범주화가 어려운 문학교육학 관련 논문 모두를 일반론의 범주에 포함시켜 이 범주가 너무나 많이 산정된 혐의가 없지 않다. 그러나 문학교육 일반론으로 분류된 논문들을 장르별로 세분화해도 도표의 장르별 편수와 그 비율이 크게 다르지 않을 것으로 보면, 그간 문학교육학은 시 교육과 소설 교육에 그 연구가 과도하게 치중되고 수필 교육이나 극 교육에 대한 연구는 심각하게 소홀히 다루어지고 있음을

알 수 있다. 물론 한국문학 연구가 시, 소설 중심으로 이루어지고 있고 또 현장에서의 문학교육도 주로 시와 소설이 중요하게 다루어지고 있다는 점을 생각하면 시, 소설 중심의 문학교육학은 문학교육의 수요에 답하는 연구 성과로 볼 수 있다.

그러나 2009년도 개정 교육과정에 따른 고등학교 검인정『문학』교과서 12종에 본 제재로 수록된 문학작품 907편 중 중복된 작품을 제외한 563편을 장르별로 분류해보면 시가 246편(고전 79/현대 167), 소설이 185편(고전 44/현대 141), 극이 62편(고전 7/현대 55), 수필이 70편(고전 27/현대 43)으로 분포되어 있다는 사실[12]은 고려되어야 할 사항이다. 현재『문학』교과서에 수록되어 있는 극과 수필이 전체 작품의 11%와 12%로 그 비중은 시나 소설에 비해 매우 적기는 하나 무시할 수 없는 비중인데도 문학교육학의 연구 성과는 그에 크게 미치지 못하고 있다. 따라서 현재까지의 시와 소설 중심으로 이루어져온 문학교육학의 연구 경향은 재검토되고 수필과 극의 교육에 대한 연구가 좀 더 활성화되어야 할 것이다.

장르별 범주와 함께 살펴보아야 할 범주는 고전문학 교육 분야와 현대문학 교육 분야의 비율이다. 장르적 관점에서만 본다면 이러한 비교는 큰 의미가 없을 수 있지만 문학작품에 사용된 언어나 문학적 표현이나 감수성의 차이로 인하여 고전문학과 현대문학의 교육방법이 동일할 수 없다는 점을 감안해야 할 것이다. 위에서 살핀 시 교육 분야의 논

---

12 교과서 수록 작품의 장르별 분석 결과는 교과서 출판업체인 비상교과서의 교과서 분석 자료를 참조하였다.

문 177편의 고전문학 분야, 현대문학 분야, 기타[13]의 비율이 40 : 127 : 10으로 나타나는 점은 문학교육학의 관심이 현대문학 교육 분야에 과도하게 치우치 않았는가 하는 지적을 가능하게 한다. 물론 현장에서의 문학교육이 현대문학 중심으로 이루어지고 있다는 점과 현행『문학』교과서에 수록된 고전문학 작품이 전체 작품의 20~30%에 해당한다는 점을 감안하면 40 : 127이라는 비율이 어느 정도 타당성을 지닌다는 지적도 가능하다. 그러나 고전문학 작품을 교육하는 과정의 특수성을 고려한다면 고전문학 교육과 관련한 연구가 좀 더 다양한 각도에서 심도 있게 진행되어야 할 필요가 있다.

문학교육학의 연구 성과를 이같이 장르별로 범주화하는 것은 그간의 문학교육학의 경향을 알아보는 매우 간단한 방법이기는 하고 또 이후 연구자들이 자신의 전공 분야와 관련하여 어떤 연구가 이루어졌는지를 알아보는 손쉬운 방법이기는 하나 문학교육학의 연구 방법을 유형별로 나누어 범주화하기에는 부족한 점이 없지 않다. 문학 연구가 아닌 문학교육학 연구에서는 문학의 장르 범주보다는 교육과정이나 교수−학습 방법이 더 중요한 범주가 될 수 있고, 장르 범주는 문학교육학 연구자 자신이 가진 문학에 대한 취향에 따라 연구 대상을 선택한 결과[14]일 수 있기 때문이다.

---

13 아동문학과 관련한 연구는 기타에 포함시켰다.

14 문학교육학자들은 학문을 시작할 때부터 고전과 현대라는 시대와 시와 소설이라는 장르를 전공을 나누는 기준으로 배워왔다. 이는 문학교육학이 문학연구자들에 의해 학문 범주로 자리 잡아 한국문학의 연구 분야가 상정해온 연구 범주를 그대로 원용한 결과이다. 문학교육학이 나름의 학문 분야로 자리 잡은 지금도 시대와 장르가 문학교육학의 범주를 구분하는 근거가 되는 것에 대해서는 일정한 반성이 필요할 것이다.

2) 문학 교육과정의 범주

문학교육학의 연구 범주를 설정하기 위하여 문학교육학이 문학교육이 이루어지는 과정 중에서 어느 부분을 연구 대상으로 하는가를 기준으로 삼을 수 있다. 교과교육은 교육의 목표를 설정하고, 그에 기초하여 교육과정이 만들어지며, 교육과정을 분석하여 교재가 만들어지고, 교육과정과 제재를 바탕으로 교수-학습 방법이 개발되어 실천되며, 교수-학습이 끝난 후 피드백을 위한 교육평가가 이루어지는 일련의 과정[15]에 따라 진행된다. 문학교육을 연구하는 개별 논문들은 교과로서 문학의 교육목표 설정에서 평가에 이르는 문학교육의 전 과정을 연구 대상으로 삼을 수가 없기에 그중 어느 한 과정에 집중하기 마련이다. 이 절에서 문학교육학의 연구 결과[16]를 교육목표 연구, 교육과정 연구, 교재 연구, 교수-학습 방법 연구, 교육평가 연구, 기타[17] 등으로 나누어 보면 그 각각에 해당하는 논문의 수는 아래와 같다.

---

15 노명완 외, 『국어교육학개론』의 제2부 국어교육의 운용 체제에서는 국어교육의 교육과정 체제, 교재 체재, 교수-학습 체제로 나누어 목표에서 평가에 이르는 이 일련의 과정을 상론하여 문학교육이 이루어지는 과정을 설명할 수 있게 해준다. 노명완 외, 앞의 책, 55~118쪽 참조.

16 이 절에서는 「문학교육 관련 서지목록」 중 '문학교육 일반론'으로 분류된 426편의 논문만을 대상으로 한다. 개별 논문의 연구 범주를 나눔에 있어 필자의 주관이 개입할 가능성을 배제할 수는 없다.

17 이 범주에는 국어교육과 문학교육의 관계를 점검한 논문, 한국어 교육과 관련한 논문, 대학 교육 관련 논문 기타 학회 기획에 따라 그 범주가 애매한 논문 등이 포함된다.

범주	교육 목표	교육과정	교재	교수-학습	교수	기타
편수	46	31	49	133	14	153

총 426편의 논문 중 기타를 제외한 총 273편에 달하는 논문의 절반에 가까운 133편의 논문이 교수-학습 방법에 관한 논문들이다. 분석 대상이 된 문학교육 일반론의 50%에 가까운 논문이 구체적으로 현장에서 어떻게 가르쳐져야 하는가를 고민한 교수-학습과 관련한 논문이라는 것은, 문학교육의 핵심이 문학이라는 교과 또는 대상이 현장에서 학생들에게 어떻게 가르쳐지고 그들에게 문학이 내면화·가치화되어야 하는가라는 교육 실천에 놓인 점을 생각하면 당연한 현상이라 하겠다.

문학교육의 교재 또는 제재와 관련한 논문이 15%를 상회하는 49편에 이른다는 점은 문학교육이 올바로 이루어지기 위해서는 교재의 제작이나 대상 작품의 선정이 중요하다는 점에서 매우 의미가 있는 사실로 판단된다. 그러나 비판적 관점에서 보면 본고의 대상이 되는 논문의 대부분은 최근 30년 동안 발표된 논문들이어서 어쩔 수 없는 현상이었다는 지적이 가능하다. 지난 30년 동안 우리나라의 교육과정은 5차 교육과정에서 7차 교육과정을 거쳐 2010년의 개정 교육과정까지 크게 네 번의 변화가 있었다. 교육과정이 변화할 때마다 문학교육에서 다루어야 할 교재나 제재에 대한 논의는 있기 마련이어서 교재론이 이런 정도의 강세를 보였다는 설명 또한 가능해진다. 이러한 설명에 따른다면 학자의 학문적 관심이 아닌 교육환경의 변화에 따른 어쩔 수 없는 연구의 증가로서 큰 의미를 부여할 수 없게 된다.

교육과정에 대한 논의가 10%를 상회하는 빈도를 보이는 것 역시 그간의 교육과정의 변화와 무관하지 않을 것이다. 특히 7차 교육과정기를 전후한 시기부터 교육과정의 변화기마다 교과교육과 관련된 학계에서 교육과정에 대한 논의가 활발하였고, 학회 차원의 기획에 의해 다양한 각도에서 교육과정에 대한 검토가 이루어졌다는 점을 생각하면, 문학교육학 분야에서도 일정 정도 이상의 교육과정에 대한 논문이 생산된 것이라는 지적이 가능하다. 교육목표에 관한 연구가 15%를 상회하는 것 역시 교육과정에 대한 논의의 단초로서 문학교육의 목표가 무엇인가에 대한 규정이 필요하다는 점과 관련지어 설명이 가능하다.[18]

문학교육의 평가에 관한 논문이 5% 정도밖에 되지 않는다는 것은 문제점으로 지적할 수 있다. 교육은 평가를 통해 교육목표에서 교수-학습에 이르는 전체 교육의 과정의 설계와 실천의 타당도를 확인하고 피드백하여야 한다는 교육학 일반론에 따르면 평가가 다른 과정에 비해 더 왕성하게 연구되기는 어렵다 하더라도 이런 정도의 빈도를 보이는 것은 문학교육학이 어느 한 방향으로 치중한다는 지적을 피할 수 없다. 물론 문학교육이 갖는 정의적 속성과 주관성을 평가할 도구를 만들기 쉽지 않다는 점과 함께 교육평가가 갖는 이론화나 타당도 점검의 어려움을 생각하면 이러한 결과는 예견된 바이기도 하다. 이런 점에서 앞으로 문학교육학의 평가 부분에 대한 연구가 활성화되기를 기대할 수밖에 없다.

---

18 교육목표에 관한 논의가 많은 것은 서론의 도입부에서 밝혔듯이 문학교육학이 출발할 당시 상당 기간 동안 진행되었던 국어교육학의 위상과 범주에 관한 논쟁 중에 국어교육과 문학교육의 목표에 대한 논의가 이루어질 수밖에 없었다는 점도 그 이유가 될 수 있을 것이다.

3) 이론 배경 범주

문학교육학은 응용 학문으로서 주변의 여러 학문의 연구 성과를 원용하고 종합하여 이론을 형성한다. 문학교육학 분야의 논문은 문학의 이론과 교육의 이론은 물론 관련 학문 분야의 연구 성과를 이론적 배경으로 삼거나 아주 현실적으로 공적인 교육과정을 바탕으로 연구를 진행하기도 한다. 따라서 이 절에서는 문학교육학의 한 범주로서 문학교육학 논문의 이론적 배경이 무엇인가에 따라 구분해보고자 한다. 문학교육학 논문들의 이론적 배경으로 가장 많이 사용되는 것은 교육의 대상과 관련한 문학 이론과 이외에도 교육의 방법과 관련한 교육학 이론이며, 최근 들어 문화론 등이 학문적인 이론적 배경으로 사용되는 경우도 적지 않다. 따라서 「문학교육학 논문 목록」에 실린 논문[19]들을 배경 이론의 범주에 따라 문학론, 교육학, 문화론, 공적 교육과정, 기타[20] 등 다섯 범주로 나누어보면 그간의 연구 현황은 아래와 같이 정리된다.

범주	문학론	교육학	문화론	공적 교육과정	기타
편수	118	30	31	20	62

---

19 이 자료만을 대상으로 하는 것은 『문학교육학』에 실린 논문들의 분포가 문학교육학 일반의 경향을 드러내준다는 것을 전제한 것이다. 학위논문들을 포함시킬 수 있으나 많은 경우 학위논문들은 교육학과 문학론 등 다양한 학문 분야를 이론적 배경으로 하여 비교에 어려움이 있기 때문이다.

20 기타에는 순수 문학 연구 논문과 언어학이나 독서 이론 등을 배경으로 한 논문을 포함했다. 또, 한국어 교육, 문학 치료, 북한이나 조선족 문학교육 등과 관련한 논문은 이론적 배경을 고려하지 않고 기타에 포함시켰다.

「문학교육학 논문 목록」에 실린 논문들 중 문학교육에 관한 연구의 범주에서 약간 떨어져 있는 주제를 다룬 것으로 판단하여 기타에 포함시킨 62편의 논문을 제외한 199편의 논문 중 문학론에 배경을 두고 시도된 논문은 118편으로 전체의 59% 정도로 엄청난 비율을 보인다. 그에 비해 문화론을 바탕으로 한 논문이 31편(16%), 교육학을 기반으로 한 논문이 30편(15%), 공적인 교육과정과 관련지어 논의를 전개한 논문이 20편(10%)으로 눈에 뜨이게 빈약하다.

문학교육학은 문학을 가르치는 문학교육을 연구한다는 점에서 무엇보다 문학과 교육의 혼합을 전제로 한다. 문학교육이 문학에 관한 지식을 가르치는 것도 아니고 문학을 통하여 무엇을 가르치는 것이 아니라 문학을 가르치는 것이라 한다면, 문학교육 연구는 문학, 교육 그리고 그것을 둘러싸고 있는 교사와 학생이라는 인간 요인, 문학이 소비되는 문화적 요인, 문학이나 교육 나아가 문학교육이 이루어지는 제도적 요인, 그리고 인간이 문학을 소비하는 제반 환경적 요인 등 다양한 변인들이 고려되어야 한다. 그러나 많은 문학교육학 관련 논문이 문학 이론에서 출발하여 문학교육을 규정하고 연구하는 현실은 문학교육학을 단순화시킬 우려가 크다. 문학 이론과 문화론에 기반을 둔 문학교육학 논문은 문학교육의 교육내용적 측면에 치중한 것이고, 교육학과 공적 교육과정에 배경을 둔 논문은 교육방법적 측면에 중점을 둔 것으로 본다면 현재 문학교육학의 연구 경향이 너무나 일방으로 흐르는 것이 아닌가라는 비판도 가능해진다.

이렇듯 문학교육학 논문의 절대 다수가 문학론을 배경으로 하게 되는 원인으로 각주 14)에서 지적하였듯이 문학교육학을 전공하는 대다수의 연구자들이 문학에 대한 관심에서 시작하여 문학교육학으로 학문의 영역을 심화해왔다는 점을 들 수 있을 것이다. 그러나 최근으로 오면서 점차 문학교육학이 바라보는 관점이 문학을 벗어나 문화론, 교육학 등으로 확장되고 있는 현실은 문학교육학이 자기의 영역을 확보[21]해가는 고무적인 일로 평가할 수 있다. 문학교육학이 문학 이론과 완전히 분리되어 연구될 수는 없을 터이지만 새로운 문학연구 방법을 적용하여 문학교육의 방법을 모색하는 것만이 능사는 아닐 것이다. 문학교육학이 주변 학문의 일방적인 영향권에서 벗어나려는 노력을 경주하여 독자적인 연구 방법을 마련하게 되기를 기대한다.

4) 연구 목표 및 방법 범주

현재까지 이루어져온 문학교육학의 연구 결과들을 그 연구의 목표와 방법의 차이에 따라 구분해볼 수 있다. 물론 문학교육학의 연구 목표와 방법을 구분하는 기준을 정하는 방식에 따라 그 하위 분류는 다양해질 수 있다. 이 절에서는 문학교육학의 연구 방법을 범주화하고 그 현황과 문제를 살핀다는 본고의 취지에 따라 문학교육의 위상과 목표 그리고 범주 등을 논하는 원론적 연구, 정해진 교육목표나 교육과정에 따른 교수-학습 모형이나 교수-학습 방법을 고구하는 방법론 연구, 교수-학

---

21 이는 문학교육학 관련 학위논문을 보면 더욱 분명해진다. 근자에 오면서 '문학 이론 +교육적 적용'의 형식이었던 문학교육학 관련 학위논문의 체제가 보다 다양한 형태를 취하여 문학 이론의 영향을 벗어나고 있는 것이 그 좋은 예이나, 이는 문학교육학의 학문적 정체성을 위하여 고무적인 일로 생각된다.

습 방법론을 구체적인 작품에 적용해 실천해보는 실제 연구, 교육현장
에서의 사례를 중심으로 문학교육의 방향을 모색하는 현장연구 그리고
기타[22]로 구분하여 「문학교육학 논문 목록」에 실린 논문[23]을 정리하면
아래와 같다.

범주	원론적 연구	방법론 연구	실제 연구	현장 연구	기타
편수	72	83	48	12	46

위의 표에서 기타에 해당하는 논문을 제외한 215편의 논문 중에서 문
학교육의 목표, 범주 그리고 방향 등을 연구한 원론에 해당하는 논문이
72편(33%), 원론적 연구의 결과와 교육과정을 바탕으로 교수–학습 방
법을 모형화하는 데 치중한 방법론적 연구가 83편(39%)으로 이론적인
연구가 전체 연구의 72%라는 큰 비중을 차지한다. 반면 실제 수업 상황
에 적용할 수 있는 실제 연구가 48편(22%)에 불과하고, 교육현장의 상
황이 고려된 현장 연구는 불과 12편(6%)뿐이라는 점은 문학교육학의 연
구 상황이 상당히 왜곡되고 있다는 해석을 가능하게 해준다. 이는 한국
문학교육학회가 연구자들의 모임이고 학회지 『문학교육학』에 논문을
발표하는 대다수의 회원들이 문학교육학을 전공하는 학자들이어서 현
장 연구보다는 이론 연구에 몰두한다는 점과 관련이 깊을 것이다.

그러나 원론과 방법 중심의 이러한 연구 현황은 현재 문학교육학이

---

22 각주 21)에서 기타로 분류된 논문 중에서 언어학이나 독서 이론을 활용하여 문학교
육 방법을 고구한 논문을 제외하고 기타로 분류하였다.

23 이 절에서도 각주 20)과 비슷한 이유로 이 자료를 대상으로 한다.

원론적인 연구를 바탕으로 문학교육의 현장의 제반 상황을 반영하고, 실제 문학교육 수업 상황을 고려하여 방법론적인 연구 결과를 만들어 내고, 나아가 방법론적 연구 성과를 수업 상황에 실제로 적용해보는 선순환 구조가 제대로 이루어지지 않았음을 의미한다. 더욱이 많은 문학교육학 논문들이 타 학문의 이론이나 새로운 문학교육의 아이디어에서 원론이 창출될 뿐이고, 문학교육 현장에서 실제로 이루어지고 있는 문학교육의 실천 양상과 실제 그리고 그 성과들을 정리해 교육현장으로부터 새로운 문학교육학의 원론을 창출해내는 성과가 부족한 것은 문학교육학이 동어반복적인 연구로 이행될 위험이 크다. 문학교육학이 새로운 이론을 창출하여 그것으로 문학교육의 장을 선도하고 문학교육 현장을 이끌어나가기 위해서는 현장과 가까워지려는 문학교육학자들의 노력[24]이 절실히 요구된다.

3. 문학교육학의 정립과 문학교육과의 거리 좁히기

앞 장에서 정리한 그간의 문학교육학 논문의 범주별 연구 현황과 범주별 연구의 문제점들을 바탕으로 문학교육학의 연구가 독자성을 갖고, 문학교육학이 새로운 방향으로 나아가고, 또 문학교육학과 문학교육의 거리를 좁히기 위하여 해야 할 바를 모색해본다. 문학교육학의 미래를

---

[24] 현장과 가까워지려는 노력은 현장의 문학 교사들이 실제 수업에서 활용할 수 있는 구체적인 방법론 구안에 힘쓴 연구의 결과물인 R. J. Rodrigues · D. Badaczewski, 『문학작품을 어떻게 가르칠 것인가』(박인기 · 최병우 · 김창원 역, 박이정, 2001)에 잘 나타난다.

위하여 함께 고민하고 해결해야 할 문제들이 산적해 있겠지만 본고에서는 앞 장에서 검토한 바를 중심으로 논의의 범주를 한정하고자 한다.

문학교육학의 미래를 위해 무엇보다 먼저 요구되는 것은 문학교육학의 독자적 연구 영역과 연구 방법의 구안이다. 문학교육학은 학문의 태동기부터 문학 이론과 국어교육학의 자장 속에서 크게 벗어나지 못하고 있다. 국어교육의 한 분야로 설정된 문학교육은 국어과 교육의 전체 설계에 따라 그 방향성이 결정되어왔으며, 국어교육학의 연구 성과가 문학교육학에 상당 정도 영향을 미치기도 하였다. 또 문학교육학은 문학 이론과 불가분의 관계에 있기에 문학계와 문학연구계의 동향이 문학교육학에 일정한 영향을 끼치기도 하였다. 사실 이러한 현실은 응용학문적 속성이 강한 문학교육학이 감당할 수밖에 없는 현실이라 하겠다.

그러나 문학교육은 상상력, 정서, 가치관 등과 깊은 관련을 맺을 수밖에 없다는 점에서 효과적이고 능동적인 언어 사용 능력에 치중하는 언어 기능 중심의 국어교육과는 교육의 방법이 같을 수는 없다. 또 문학의 이해와 감상이 개인적인 기호와 감수성의 차원인 데 비하여, 문학교육은 문학작품을 향유하고 창작하고 비판할 수 있는 능력을 길러주고 나아가 문학을 통하여 세계 인식의 틀을 형성시키는 것이라는 점을 생각하면, 문학 이론은 문학교육을 연구하기 위한 하나의 통로로만 인식하는 것이 타당하다. 문학교육이 이루어지고, 문학 능력을 향상시키고, 언어의 미적 사용 능력을 신장하는 문학교육의 넓은 스펙트럼을 설명하는 데 필요한 인문학, 문화론, 매체 이론, 인지 이론, 사회학 등 다양한 분야의 연구 성과를 수용하여 새로운 이론을 구안하고 이를 통하여 문학교육의 제 국면을 설명할 수 있어야 할 것이다. 그리고 이러한 노력을 통하여 국어교육학이나 문학 이론의 영향에서 벗어나 문학교육학의 독자적인 이론의 범주와 틀을 만들어내는 것이 무엇보다 중요하다.

다음으로 문학교육학은 문학교육의 과정과 관련한 제반 영역으로 연구를 확장하고 문학교육학이 주도적으로 이 연구를 심화시키는 노력이 필요하다. 이는 그간 문학교육의 목표와 문학 교육과정 그리고 문학 교재와 관련한 논문의 상당수가 공식 교육과정과 연계되어 이루어진 것에 대한 반성이다. 현재까지의 공식 교육과정과 관련하여 문학교육과정에 대한 비판적 검토, 문학 교육과정에 따른 교재의 구안, 문학 교육과정을 실현하기 위한 교수-학습 방법을 제시하는 연구에서 벗어나, 문학교육의 특수성을 전제로 문학교육의 목표와 교육과정을 구안하고 이를 바탕으로 이상적인 교재를 설계하고, 이를 실현할 구체적인 교수-학습 방법을 마련하는 연구가 이루어져야 한다.

이를 위해 여타의 교과교육과는 달리 감수성, 상상력, 정서, 가치 등 정의적 영역을 다루는 문학교육의 특수성을 반영한 문학교육의 일반 교육과정을 구안하는 것부터 문학교육의 목표별, 장르별, 주제별 교육과정을 구안하는 데 이르기까지 다양한 층위의 교육과정을 구안해보는 노력이 필요하다. 그리고 이를 바탕으로 각각의 교육과정에 따른 이상적인 교재를 개발하고, 교수-학습의 일반 절차 모형과 목표별 교수-학습 모형을 구안하여 실제 교수-학습에 적용할 절차 모형으로 상세화하는 데까지 나아가야 할 것이다. 그리고 이러한 교육과정과 교수-학습 절차 모형에 따른 평가 방안의 개발도 필수적인 작업이 된다.[25] 이러한

---

25 구인환 외, 『문학교육론』 제6판(삼지원, 2012) 제5장에서 문학교육의 교육과정, 문학

문학교육의 과정에 관한 치밀한 연구는 들어가는 엄청난 품에 비해 그 실천이 이루어질 교수-학습 공간이 없어 연구의 진행이 쉽지 않겠지만, 이러한 연구와 작업이 전제되어야만 문학교육학이 공식 문학 교육 과정의 설계를 선도할 수 있는 힘을 갖게 될 것이다.

문학교육학은 문학교육의 일반론에서 실제적인 분야까지 다양하게 이루어져야 한다. 특히 문학교육학 연구가 장르별로 진행되는 현실에서 문학교육 일반론의 성과를 실천할 수 있는 교수-학습 방법론이나 실제 수업 상황에 적용하는 연구 등은 각 장르마다 부딪히게 되는 서로 다른 양상을 고려하며 이루어질 필요가 있다. 극 장르에 대한 연구가 미흡한 국어국문학계의 현실과 극작품이 교과서의 제재로 크게 다루어지지 않는 문학교육의 현실에서 극 교육에 대한 연구는 소홀해지기 쉽다. 또 수필은 문학과 실용문의 중간쯤으로 인식되는 현실이고 또 수필 자체에 대한 이론 연구가 소루하여 수필 교육에 대한 연구 역시 소홀해지기 쉽다.

그러나 문학교육학자들이 구안한 문학교육 일반론은 실제 수업 상황에 투입되면 장르의 차이에 따라 상황이 달라지기 마련이다. 서술자가 사건을 정리하여 이야기해주는 소설과 인물이 직접 행동함으로써 독자들에게 보여주는 극은 동일한 제재를 다루더라도 전혀 다른 양태를 보임으로써 교수-학습 상황에서 처하게 되는 양상이 달라질 수밖에 없다. 또 서정적 화자가 독백하는 방식과 수필의 화자가 구현하는 방식이

교육의 교수-학습 자료, 문학 제재와 문학 수업, 문학교육의 평가 등을 원론적 차원에서 연구 방향을 제안하고 있다. 이에 대한 구체적인 연구가 이루어져야 할 것이다.

크게 다르기 때문에 교수-학습 상황에서 부딪힐 수 있는 문제는 상이하다는 점을 고려되어야 한다. 현재와 같이 연구자가 구안한 일반론을 한 장르의 한두 작품에만 교수-학습의 실제에 투입해보고, 그 타당도 점검을 끝내는 연구 방식은 가설 상태에서 연구를 마무리 지었다는 비판이 가능하다. 하나의 이론이 현장에 투입되어야 할 타당성을 획득할 수 있는 연구가 이루어질 수 있는 새로운 연구의 방법이 개발되어야 할 것이다.

　문학교육학이 문학교육 현실과 유리되어 있고, 문학교육학의 연구 결과가 문학교육 현장에 투입되지 않는다는 지적은 오래전부터 있어왔다. 한국문학교육학회 설립 초기 학술대회에 참석했던 많은 현장 교사들이 현재는 학술대회에 거의 참석하지 않고, 현장 교사들이 문학교육학 연구 발표에 대해 교육현장을 너무 모른다고 비난하는 현실은 문학교육학이 문학교육 현장을 이끌어가지 못하고 있음을 단적으로 보여준다. 문학교육학은 이제 이러한 현실을 극복하여 문학교육학과 문학교육 현장의 거리를 좁히는 데 더 많은 노력을 기울여야 할 것이다.

　문학교육학 논문들이 학문적 체계에 사로잡혀 문학교육이 이루어지는 교육 현실이 입시 제도에 함몰된 점을 비판하며 현장을 고려하지 않는 것은 문학교육학의 미래를 위하여 바람직하지 않다. 문학교육학은 문학교육 현장에서 이루어지는 교수-학습의 실제에서 이론의 가능성을 찾는 노력과 이론화의 과정에서 문학교육 현장에서의 실천을 통한 검토를 함께 진행하는 노력이 요구된다. 즉 문학교육학 이론의 정립을 위해 다양한 학문의 연구를 참조하여 상위 이론을 만들어내는 '위로부터 아래로'의 연구의 교육 현장의 실제적 경험들을 모아 이론화하는 '아래로부터 위로'의 작업이 공존해야 한다. 이러한 연구의 결과가 만나는 지점에서 비로소 문학교육학이 학계와 현장이 공유할 수 있는 독자적인 이론의 틀이 생산할 수 있을 것이다.

4. 결론

문학교육학이 학문적 정체성을 마련하기 위해서는 무엇보다 독자적인 연구 방법론을 마련하여야 하고, 문학교육의 과정 전반에 대한 다양한 연구가 필요하다. 또 문학교육학의 범주를 넓히고 또 연구 성과를 심화시키기 위하여 연구 영역을 각 문학 장르로 다변화하고 고전과 현대라는 시간적 경계를 넘어서야 할 것이다. 그리고 무엇보다 문학교육학이 문학교육 현장에 영향력을 발휘하기 위하여 문학교육이 이루어지고 있는 교육현장과 교육의 실제에 대한 관심이 요구된다. 특히 문학교육이 문학작품의 감상과 이해 능력을 향상시키고 문학적 문화에 동화되고 나아가 상상력, 정서, 역사의식의 형성에 영향을 미치는 복합적인 교육 현상임을 생각하면 기존의 문학교육학 연구 범주를 종합하는 새로운 범주의 설정도 요구된다. 그런 점에서 이번 학술대회에서 학습자 중심, 텍스트 기반, 사회·문화적 맥락 중심이라는 기존의 세 가지 문학교육학의 영역을 넘어 이번 학회가 설정한 융합형 교육을 위한 문학교육학은 문학교육학이 새롭게 나아가야 할 연구 범주가 될 것으로 기대된다.

이러한 논의와는 별개로 문학교육은 현재까지 본격적인 연구가 이루어지지 않고 있는 몇 가지 연구 영역에 대한 관심이 필요할 것으로 보인다. 그중 가장 먼저 지적할 수 있는 분야는 매체와 관련한 문학교육학 연구이다. 국어교육학이나 문학교육학에서 이미 신문, 광고, 텔레비전, 영화 등의 매체의 교육적 활용에 대해 많은 연구가 이루어져왔고, 또 2000년대에 들어와 인터넷 매체의 교육적 활용에 관한 연구가 다양하게 이루어져 왔다. 특히 유비쿼터스 환경이 현실화되면서 매체를 국어교육이나 문학교육에 활용하는 방안이 다각도로 연구되었고, 이미 상업적으로 인터넷 매체를 활용하여 교육 콘텐츠가 제공되는 단계에 이르렀다. 그런데 EBS와 여러 교육 관련 기업들이 다양한 콘텐츠를 개발하여 상업적으로 제공하기 시작하면서 매체를 활용한 국어교육 특히 문학교육은 오히려 연구가 소홀해지고 있다. 인터넷 매체를 이용한 교육이 상업화되면서 매체 교육이 원론적인 연구보다는 학업 평가에 필요한 콘텐츠를 제공하는 방식과 제작 도구에 대한 관심이 커지면서 매체와 관련된 분야의 연구가 학문적 속성을 상실한 것을 그 주요한 이유로 지적할 수 있을 것이다.

그러나 영화나 비디오 등 영상 매체와 인터넷 매체는 각각의 매체가 가진 속성을 활용하여 문학작품을 효과적으로 교육할 통로가 되고, 매체 변용을 통하여 교육의 장에서 문학적 체험을 다변화할 수 있으며, 나아가 다양한 매체의 특성을 고려한 문학작품을 콘텐츠화할 수 있는 방법을 교육할 수 있는 등 문학교육과 관련하여 활용할 가능성이 적지 않다. 한 콘텐츠의 다양한 활용(OSMU)이 강조되고 또 그것의 구현이 간편해진 현대사회에서 문학교육이 나아가야 할 방향 중 하나가 이 영역이라 할 수 있다. 문학교육학이 문학작품을 가르친다는 전통적인 영역에만 한정되어 있다면 문학교육이 감당할 수 있는 또 감당하여야 할 많은 영역들을 잃게 될 우려가 있다는 점을 명심해야 한다.

다음으로 창작 교육에 대한 연구를 보다 심화할 필요가 있다. 5차 교육과정기까지는 학교교육이 문학의 이해와 감상의 교육으로 한정되어 창작 교육은 교과교육의 장에 들어오지 못하고 특별활동으로 다루어졌다. 그러나 6차와 7차 교육과정을 거치면서 창작 교육은 조금씩 문학교과의 안으로 들어왔으며 2010년 교육과정에서는 문학교육의 한 부분을 차지하게 되었다. 그러나 교육과정의 변화에도 불구하고 창작 교육은 교육과정 면에서도 일정한 한계가 있고, 또 문학 창작이 가지는 주관성과 신비성이 연구와 교육에 어려움으로 작용하여 문학교육학의 중심 범주에 들어오지 못하고 있다.

문학교육을 문학작품의 이해와 감상의 교육으로만 한정하더라도 문학에 대한 관심과 이해와 감상 능력의 심화를 위해서는 창작의 경험이 필요하다. 학생 스스로 시나 소설 한 편을 창작해본 경험은 문학에 대한 적극적인 관심을 촉발시킬 수 있으며 문학작품을 이해하는 능력을 심화시킬 수 있는 요인이 된다. 전통적인 문학의 이해와 감상을 목표로 하는 교육과정에서도 창작 교육은 교육의 효과를 배가시킬 수 있는 효율적인 방법이었다. 문학 교육과정 속에 창작 교육이 포함된 지금 창작 교육의 이론과 교육현장에 투입할 수 있는 교수–학습 방법을 개발하는 일은 시급한 과제이다.

더욱이 현재와 같이 문화콘텐츠의 생산 능력이 중요한 교육 영역이 되어 있는 현실에서 기존의 콘텐츠를 바탕으로 변용된 콘텐츠를 만들고 새로운 콘텐츠를 생산할 수 있는 능력을 교육하는 일은 그 중요성이 강조될 수밖에 없다. 기존의 콘텐츠들을 매체의 속성에 맞추어 적절히 변용하고 변용된 콘텐츠를 매체를 활용하여 새로운 작품으로 재생산할 수 있는 능력은 디지털 매체가 주도하는 사회에서 필수적인 능력으로 간주된다. 이런 시대적 흐름 속에서 문화콘텐츠를 이루는 가장 대중적인 분야가 문학과 영화인 점을 생각하면 문학교육과 문학교육학이 나아가야 할 방향은 분명해진다. 그것은 현재의 교육과정으로 보아 이 영역에 대한 교육은 문학교과가 담당할 수밖에 없기 때문이다.[26] 이런 점에서 현재까지의 글쓰기 수준의 창작 교육을 넘어서서 매체 교육과 창작 교육을 결합하여 디지털 매체 시대에 적합한 새로운 문학교육의 영역을 개발하고 연구의 폭과 깊이를 더하는 것은 문학교육학이 맡아야 할 중요 연구 범주가 되고 있다.

---

26 현행 교육과정상 영화가 교과로 들어와 있으나 그 존재감은 미미하다. 디지털 매체를 이용한 콘텐츠 생산과 관련한 분야도 문화콘텐츠나 스토리텔링과 관련된 학문 분야에서의 접근이 가능하나 현재의 교육과정 체제에서 그 분야가 교과를 확보하기는 지난할 것이다.

문학 영재 판별을 위한 항목 설정에 대한 시론

1. 문학 영재의 자질 항목 설정을 위한 전제

영재교육에 대한 관심이 높아지면서 각 분야의 영재를 조기 발견하여 필요한 교육을 시행함으로써 영재성을 함양하려는 다양한 노력이 기울어지고 있다. 언어–문학적 능력을 가진 학생들을 조기 발견하여 교육하려는 언어–문학 영재 발굴 프로그램과 발굴된 언어–문학 영재를 위한 교육과정을 개발하고 교수–학습 방법을 구안하기 위한 논의를 하는 것도 언어–문학과 관련한 영재의 발굴과 교육이 필요하다는 점에 기인한다. 그러나 언어–문학 영재의 경우에는 그 개념이 모호하다는 점에서 발굴 프로그램이나 교육과정 개발에 많은 어려움이 예상된다. 수학이나 과학과 같은 인지적 속성이 강한 분야나 음악, 미술, 무용, 체육과 같은 기능 위주의 분야의 경우, 해당 분야의 능력을 판정하기가 어렵지 않아서 영재 판별에 어려움이 적으며 그 교육과정의 개발 역시 구조화하기가 어렵지 않을 것이라는 예상이 가능하기 때문이다.

언어-문학 영재의 경우 과학이나 수학과 같은 인지적 속성이 강한 분야나 예술과 체육과 같은 기능적 분야와는 달리 그 개념이나 목표의 설정이 모호하다. 언어-문학 영재는 언어 사용 능력과 이해력, 사고력 등과 밀접한 관련을 갖기 때문에 언어-문학 영역 이외의 능력과 그 경계의 구분이 어려워진다. 예술 분야나 체육 분야의 경우에는 기능 위주로 되어 있기에 언어 사용 능력과 변별될 수 있겠지만, 과학이나 수학과 같은 인지적 영역의 영재는 언어 도구를 사용하여 판별할 수밖에 없기 때문에 해당 영역의 영재성과 언어-문학 영역의 영재성은 중첩될 위험이 커진다. 따라서 언어-문학 영재에 관하여 논의하기 위해서는 여타 영역의 영재성 나아가 일반 영재와의 변별을 위한 적절한 장치가 마련되어야 할 필요성이 요구되는 것이다.

예술이나 체육 영재를 조기 발견하여 전문 교육을 시키는 것은 해당 분야의 전문가 즉 음악가, 화가, 무용가, 운동선수를 양성하는 데 그 목적이 있다. 또 과학이나 수학 영재의 발굴과 교육은 그를 통하여 과학적·수학적 능력을 갖춘 인재를 양성하여 과학과 수학의 발전과 사회적 필요에 부응하고자 하는 데 그 목적이 있다 하겠다. 이러한 각 분야의 영재 교육이 분명한 목표를 가지고 운영되고 있음에 비해 언어-문학 영재에 대한 교육은 보다 광범위한 필요에 부응하는 방향으로 진행될 수밖에 없다. 즉, 언어-문학 영재 교육은 전문적인 작가를 양성하는 것이기보다는 언어 사용 능력이나 문학적 능력을 요구하는 많은 분야[1]

---

1 언어의 효과적 사용을 필요로 하는 거의 모든 분야는 언어-문학 영재와 관련된다. 언어-문학 영재를 필요로 하는 직업 범주를 넓게 잡으면 법조인, 기자, 방송인, 목회자, 광고인 등 언어를 중심으로 하는 분야는 거의 모두 포함시킬 수 있다는 추정이

의 필요성을 담보하게 되는 것이다.

　언어-문학 영재 교육의 필요성을 이렇게 정의할 때 언어-문학 영재에게 필요한 능력이 무엇이냐고 할 때 상정될 수 있는 것은 인간의 언어 활동과 관련한 모든 영역이 될 것이다. 말하기, 듣기, 쓰기, 읽기와 같은 기본적인 언어사용 능력과 함께 이해력, 분석력, 추리력 등과 같은 종합적인 사고력은 물론 문학적 감수성, 상상력 등 언어와 사고와 관련한 다양한 영역에서 언어-문학 영재에게 요구되는 능력을 상정해볼 수 있는 것이다. 따라서 언어-문학 영재에 관하여 논의하기 위하여는 논의의 범주에 따라 그 개념을 조정할 필요가 발생하게 된다.

　다양한 분야에서 복합적으로 상정해야 할 필요가 있는 언어-문학 영재의 능력에 대한 논의를 진행하기 위한 한 부분 작업으로, 본고는 작가로의 성장과 관련하여 필요하다고 생각되는 능력에 집중하여 '문학 영재'라 명명하고, 이에 필요한 몇 가지 항목을 설정해보고자 하는 데 목적을 둔다. 언어-문학 영재 교육이 전문 창작인의 양성을 주된 목표로 하지 않음은 분명하지만, 그 목표 중 한 분야가 전문 창작인의 양성일 수밖에 없다고 상정하고, 전문 창작인이 되기 위하여 필요한 몇 가지 능력을 찾아 항목화하고 이를 문학 영재를 발굴하기 위하여 필요한 능력으로 간주하고자 한다.[2]

　가능해진다. 이 점은 오히려 언어-문학 영재의 발굴 필요성을 약화시키는 것은 아닌지에 대한 반성이 필요하게 한다.

2　언어-문학 영재가 필요한 분야는 일상적인 언어의 사용 능력과 함께 문학적 언어의 사용도 매우 필요한 능력이 된다는 점에서 문학 영재에게 필요한 능력의 항목화는 언어-문학 영재에게 필요한 능력의 항목화에 일정하게 기여할 수 있을 것이다.

본고에서는 문학 영재에게 필요한 능력을 항목화하기 위하여 김동인의 경우를 살피고자 한다. 주지하다시피 김동인은 일본 유학 기간 중 작가가 되기로 마음 먹은 후, 적지 않은 기간의 모색기를 거쳐 주요한 과 함께 『창조』를 창간하여 한국 근대소설의 초석을 놓은 작가이다. 그는 전문 작가로 성장한 후에 자신의 문학적 성장기와 관련한 회고를 담은 여러 편의 글을 쓴 바 있다. 이들 글에는 작가가 되기 위한 김동인의 모색이 잘 정리되어 있는바, 이들 글을 통하여 작가가 되기 위하여 필요한 능력이나 덕목을 선정하고 이를 항목화하여 문학 영재에게 필요한 능력으로 제시해보고자 한다. 이는 문학 영재에게 필요한 능력이 항목화되어 있지 않고, 또 항목화하는 경우 주관적 모순을 벗어나기 어려운 현재의 상황에서 객관적인 판단을 가능하게 하는 판별 근거로서 김동인의 예를 끌어들인 것이라 하겠다.[3]

2. 김동인의 문학적 회고에서 본 문학 영재의 자질

김동인은 고향인 평양에서 소학교를 졸업한 후, 자신의 집안과 깊은 관련이 있던 미션계 숭실중학에 입학하였으나 1년도 채 다니지 못하고 중퇴한 후, 당시 많은 조선인들이 그랬듯이 변호사나 의사를 시켜보려는 부모의 뜻에 따라 열다섯의 나이에 동경 유학을 떠났다. 동경에 도

---

3 작가가 된 후 자신의 성장 과정을 언급한 작가는 김동인 이외에도 없지 않다. 그러나 김동인이 작가로의 성장과 관련된 성장기의 기억을 남보다 비교적 여러 글에서 언급하고 있다는 점이 문제적이다. 본고에서 김동인을 연구의 대상으로 삼은 것은 바로 이러한 이유에 기인한다.

착하여 본국에서 같은 소학교를 다닐 때 절친하게 지내다 일본 교회로 자리를 옮긴 아버지를 따라 김동인보다 1년 먼저 동경으로 유학을 가서 명치학원에 재학 중이던 주요한을 만난다.

주요한이 장차 '문학'을 전공하겠다고 말하였을 때, 그때까지 문학이 무엇을 공부하는 것인지도 잘 모르고 있던 자존심 강한 소년 김동인은 강한 자극을 받아 문학의 길로 나아가게 된다.[4] 김동인의 삶에 있어서 주요한은 강한 타자의식을 갖게 하는 존재였다.[5] 주요한과의 만남을 통해 곧바로 김동인이 의사나 변호사가 된다는 막연한 생각을 아주 접은 것은 아니지만, 주요한을 의식하여 문학에 관심을 두게 된 김동인은 주요한이 시를 공부하고 있다는 사실 때문에 자신은 소설에 뜻을 두고 작품을 구해 읽기 시작하고 작가가 되기 위한 나름의 수업을 착실하게 해나가게 된다.

그러나 우리가 일반적으로 알고 있는 이러한 기억과는 달리 김동인 자신이 아주 어려서부터 책을 읽기 좋아했고 특히 문학작품들을 많이 구해다 읽었다는 아래의 회고를 보면 주요한을 만나기 전에 이미 작가가 될 소인을 어느 정도 가지고 있었고 그것이 주요한에 의해 강하게 촉발된 것으로 추측해볼 수 있게 된다.

---

4 김동인, 「文壇三十年史」, 『김동인전집』 6, 삼중당, 1976, 16쪽. 이한 김동인 글의 인용은 「글명」, 『전집』 권수, 쪽수'로 밝힌다.

5 김윤식은 김동인의 생애의 균형 감각을 이루어온 세 가지 대결 의식을 갖게 한 것이 맏형 김동원의 존재, 주요한의 존재, 이광수의 존재라 정리하고, 첫째는 집안의 귀공자로서, 둘째는 사회인으로서, 셋째는 작가로서 김동인을 지탱케 한 것이라 지적한다(이광수, 『김동인연구』 개정판, 민음사, 2000, 45쪽). 이히 김동인의 연구대로 김동인이 작가로 발을 디디는 데는 주요한의 영향이 절대적이라 할 수 있다.

나는 어려서부터 글 읽기를 좋아하였다. 더욱이 古談, 童話, 小說 −이러한 종류의 책을 퍽이나 좋아하였다.

이미 8, 9세 때에 小品 혹은 노래 같은 것을 써서 당시 「基督申報」 에 揭載하였으니 이것으로 보아 내가 어려서부터 文藝에 대하여 취 미를 가진 것을 짐작할 수 있다.

내가 東京에 건너가 明治中學에 다니며부터 文藝 書籍을 많이 읽 었고 따라서 그 중에도 小說을 좋아하여 西洋 作家와 기타 作家들의 책을 많이 읽었다. 그리고 日記를 쓰고, 小說을 쓰고, 그리고 썼다 찢 었다 하며 文學 靑年이 하는 버릇을 나 역시 면할 수가 없었던 것이 다.[6]

김동인은 이 글에서 어릴 적부터 자신이 문학에 대해 남다른 취미를 가지고 있었다는 근거로 글 읽기를 좋아하였다는 점과 소품이나 노래 등을 지어 『기독신보』에 게재한 점 등을 들고 있다. 이렇듯 문학에 대해 취미를 가졌던 자신이 동경으로 건너가 유학하던 시기에 주요한을 만 나 문학에 깊은 관심을 두게 되면서 서양 작가들의 문학작품을 읽고 일 기를 쓰고 소설을 쓰는 문학청년의 버릇을 갖게 되었다는 것이다. 이 인용문에서 보여주듯, 그가 이렇게 서양 문학에 관심을 두고 소설의 길 로 나아가게 된 것은 주요한에 대한 타자의식의 영향을 무시할 수는 없 지만, 김동인의 내면에 존재하고 있었던 작가가 되기 위한 자질 즉 문 학 영재로서의 속성의 영향도 무시할 수 없었음을 알게 해준다.

이런 점을 고려할 때, 이 글에서 두 가지 문학 영재에게 필요한 항목 을 정리해볼 수 있다. 어린 시절부터 동화나 소설과 같은 문학적 글 읽

---

6 「나의 文壇生活 二十年 回顧記」, 『전집』 6, 293쪽.

기에 대한 취미를 갖고 있었다는 점과 비록 어린아이 수준이기는 하나 문학적 글쓰기에 대해 흥미를 가졌다는 점이 그것이다. 재미있는 동화나 소년 소설을 읽기 좋아하는 것은 대부분의 아이들이 갖는 취미이며, 자신의 느낌이나 감상을 나름의 형식으로 글로 만들어 발표하고자 하는 흥미 역시 유소년기 아이들에게서 흔히 발견되는 특성이기는 하다. 그러나 자발적으로 문학적인 글을 구해 읽고 문학적인 글을 쓰고 또 발표하려는 이러한 자질은 문학 영재로서의 최소한의 자질 중 하나로 생각해볼 수 있을 것이다.

문학작품 독서에 대한 흥미와 문학적 글쓰기에 대한 관심이라는 두 가지 문학 영재로서의 항목 중에서 문학작품 독서에 대한 흥미와 관련하여 김동인은 성장한 이후의 경험담을 비교적 상세하게 기억해내고 있다.

> 어떤 날 역시 탐정소설을 뒤적이노라고 책사를 헤매이던 나는 박문관(博文館) 발행의 『세계 소년 문학집』 가운데 「비밀의 지하실」이라는 책을 얻어가지고 집으로 돌아왔다. 나는 그 책을 읽었다. 표제는 「비밀의 지하실」이라 하여 탐정소설 같으나 그 책은 탐정소설이 아니었다. 그 책은 코로렝코의 「나쁜 벗」의 개역(槪譯)으로서 탐정소설과는 너무나 거리가 먼 것이었다.
>
> 나는 그 책에서 무엇을 발견하였는가? 그 책에는 신비가 있었다. 비애가 있었다. 정서가 있었다. 사람의 감정과 사람의 감동이 있었다. 그리고 탐정소설에서는 도저히 발견할 수 없는 '진실'이 있었다. 서너 시간으로 그 책을 독파한 나는 얼마를 황홀히 앉아 있다가 밤에 다시 거리로 뛰어나가 『세계문학 소설집』의 전부 열 권을 다 사들였다. 그 가운데 메테를링크의 「푸른 새」도 있었다. 달리아 에지워트의 〈소년 기사〉도 있었다. 도데의 '로베르트 헤르몽'도 있었다.

나는 그것을 모두 애독하고 숙독하고 침독하였다. 그리고 탐정소설이 아닌 소설의 가치를 보았다. 그 '가치'는 자랑할 만한 것이었다.[7]

어렸을 때부터 문학작품을 읽는 일을 좋아하였던 김동인은 동경으로 유학을 가고 주요한과의 만남을 통하여 문학에 뜻을 둔 뒤, 탐정 영화와 채플린의 코미디 영화에 몰입하고 점차 탐정소설 읽기에 열심이었다. 탐정소설이 갖고 있는 재미의 요소를 탐닉하며 당시 일본 서사에 꽂혀 있던 거의 모든 탐정소설을 섭렵하던 김동인은 우연한 기회에 탐정소설이 아닌 순수 문학작품을 접하게 되고 그 작품에서 탐정소설에서 느끼지 못하던 새로운 감동을 받게 된다. 나이 어린 김동인으로서는 분명히 알 수는 없는 신비로움과 감동을 느낀 것이다. 김동인은 이들 작품에서 탐정 이야기 아니고 연애 이야기가 아니고도, 사람의 마음을 끄는 이야기가 있다는 사실을 알았고 이는 어린 자신에게 커다란 새로운 지식으로 다가오게 되고 이를 통해 서서히 문학이라는 것을 알기 시작하게 된 것[8]이다.

「비밀의 지하실」에는 신비와 비애와 정서와 사람의 감정과 감동이 존재했고, 탐정소설에는 도저히 발견할 수 없었던 진실을 발견했다는 위의 지적은 문학 독자로서 김동인의 성장을 보여준다. 영화나 탐정소설이 가지고 있는 대중적인 흥미로부터 점차 문학적이고 예술적인 흥미를 발견해나가는 독서로의 변화는 그가 문학의 세계에 대한 이해가 심화되고 있다는 뜻이며 또한 점차 문학의 매력에 빠져들기 시작했음을

---

7 「病床漫錄」, 『전집』 6, 477쪽.
8 「文壇三十年史」, 『전집』 6, 17쪽.

말하고 있는 것이다. 그가 희망하고 있는 장래는 의사나 변호사와 같은 안정적인 직업이었겠지만 그의 내면에 잠재해 있던 문학 영재적인 속성이 점차 내적 욕망으로 전화하고 있음을 보여주는 것이다.

김동인은 다른 글에서도 밝히고 있듯이 청소년용 세계문학 소설집을 모두 구해 밤을 새워가며 읽는다. 이들 작품을 애독하고 또 숙독하는 과정에서 그는 문학의 나아가 소설의 진정한 가치를 발견하게 되며 자기 스스로 작가로의 길로 성장하는 발판을 만들게 되는 것이다. 이처럼 문학 영재로서의 항목에는 자기 스스로 문학작품을 읽는 일에 흥미를 느끼고 문학작품에서 감동을 받고 인간의 진정한 가치를 찾아내는 데서 느끼는 쾌감과 만족을 자발적으로 즐길 수 있고 또 그것으로부터 가치화하는 능력이 포함되어야 한다. 영재란 만들어지는 것이 아니고 선천적으로 주어지는 것이라는 것을 생각한다면[9] 이러한 문학작품 독서에 대한 흥미와 자발성은 문학 영재에 있어 매우 중요한 항목으로 지정될 수 있을 것이다.

앞에서 문학 영재로서의 항목 중 하나로 정리한 문학적 글쓰기에 대한 관심과 관련하여 김동인은 중학교 시절 영작문 시간에 주어진 과제로 한 편의 시를 써서 교사에게서 칭찬을 받은 일을 매우 소중한 기억으로 떠올리고 있다.

> 동경학원 시절, 그러니까 아직 중학 1학년 때에 英作文 시간에 숙제로서, 1년생 정도의 英作文 한 편씩이 과제되었다. 나는 그때 영어

---

9 A. H. Passow, 「영재성이 재능과 본진」(R. J. Sternberg, 『영재성이 정이아 개념』, 이정규 역, 학지사, 2007), 38쪽 이하 참조.

에 매우 취미를 붙이던 때라, 내가 아는 영어 지식의 최선을 다하여 영어 노래를 하나 지었다. 지금은 무론 그 내용도 잊었거니와 스펠까지 잊어버렸지만 '튕클튕클, 리틀 스타'로 시작하여 몇 줄의 노래를 옥편을 뒤적이어 만들어서 내놓았더니, 선생이 보고 네가 지은 것이냐 묻고, 내가 지은 것이라고 하였더니 너는 장차 훌륭한 문학자가 되겠다고 칭찬하여 준다.

나는 선생의 칭찬을 듣고 이런 것이 문학인가 하여 문학의 윤곽을 짐작했다고 스스로 믿었다.

그러나 문학자가 어떤 것인지, 문학자란 무엇을 하는 것인지 전혀 짐작도 못하는 나는, 역시 장래 목표는 변호사나 의사에 두었다.[10]

동경으로 유학을 간 김동인은 처음 동경학원에 입학했고, 학교가 폐교되어 명치학원으로 합병되기까지 1년간 그 학교에 다녔다. 중학 1학년 과정을 동경학원에서 수학한 셈인데, 김동인은 위의 인용문에서 이 학교의 한 영작문 담당 교사로부터 훌륭한 문학자가 되겠다는 칭찬을 받은 것을 대단히 자랑스러운 기억으로 떠올리고 있다. 영작문 과제가 주어지자 영어에 관심을 가졌던 자신이 사전을 뒤져 열심히 영시 한 편을 지었으며 선생에게서 큰 칭찬을 받자 어렴풋이 문학이 이런 것이라는 윤곽을 잡았지만 자신은 문학자가 무엇을 하는 존재인지를 몰랐고 단순히 부모님의 기대대로 변호사나 의사가 될 생각을 하고 있었다는 것이다.

이 기억에서는 다른 회고문들과 다소 차이가 발견된다. 대부분의 회고에 따르면 김동인은 중학에 입학한 뒤 주요한을 만났을 때, 그가 문

---

10 「文壇三十年史」, 『전집』 6, 16~7쪽.

학을 공부하고 있다는 이야기를 들었고 이에 자극을 받아 문학에 뜻을 두고 탐정소설과 문학작품에 몰두한 것으로 되어 있다. 기억 사이의 이러한 차이를 인정하고 위의 인용문을 다시 읽어보면 이 글은 자신이 중학 1학년 때부터 영작문이기는 하지만 창작에 일정한 능력을 갖고 있었음을 은연중에 드러낸 것으로 이해된다. 이러한 경험을 통해 자신이 문학에 보다 가까이 다가갔음을 강조하는 것으로 이해하면 문학자에 대해 아는 것이 없었고 장래 목표는 의사나 변호사였다는 뒷부분은 일종이 겸양이며 사족에 해당한다고 생각해볼 수도 있다.

이 글에서 창작 능력이라는 또 다른 문학 영재에게 필요한 항목 하나를 발견할 수 있다. 문학 창작 능력은 작가 수업에 의해 함양되는 것이기도 하지만 유소년기부터 다른 사람들에게 인정을 받을 만한 일정한 창작 능력을 보여준다는 것은 한 개인이 전문 작가로 성장해 나아가는 데 크게 도움이 될 수 있는 요인이 된다. 김동인뿐 아니라 뛰어난 글쓰기 능력을 가져 다른 사람들의 눈에 뜨이고 또 창작 능력을 인정받아 수상을 한 경험을 가진 사람들이 작가로 성장하는 예가 적지 않다는 사실[11]은 문학 영재를 말함에 있어 유소년기에 발견되는 창작 능력의 중요성을 인정하지 않을 수 없게 한다.

> 日本 歌人 川路柳虹의 門下에서 川路氏의 총애를 一身에 모으고 있던 耀翰은 벌써 詩에 대하여는 얼마만한 自信을 가지고 있었다. 그

---

11 5세를 전후하여 이미 한시를 창작하여 시적 자질을 보였다는 선인들에 관한 이야기나 유소년기에 백일장이나 문학상 등을 수상한 사람이 작가로 성장한 예는 수없이 많다.

뿐 아니라 그는 京都 朝鮮留學生會에서 刊行하는 『學友』라는 잡지에도 「習作」이라는 제목으로 수편의 詩를 寄稿한 사람이었다.

그러나 余로 말하자면, 그런 明治學院에 클래스會에서 발행하는 回覽雜誌에 소설 한 편과 수필 한 편을 써본 것 뿐, 아직껏 余의 글이 활자화하여 본 적이 없었다.

당시 川幡畵學校에 籍을 두고, 藤島氏의 門下에 美學에 대한 상식을 구하러 다니던 余는 남에게 지지 않는 藝術慾과 小說에 대한 웬만한 자신까지는 가졌지만 1918年 가을 당시 유일의 朝鮮 안의 言論機關이던 「每日申報」에 小說 한 편을 投稿하였다가 무참히 沒書를 당하고 東京 留學生의 機關雜誌이던 『學之光』에도 무슨 글을 寄稿를 했다가 몰서를 당한 —— 두 개의 쓴 경험이 가졌는지라 속으로 분하고 울울하기가 짝이 없는 때였다.[12]

이 글은 주요한과 『창조』를 발간하기로 한 직후의 자신의 작가로서의 상황과 심경을 그린 부분이다. 이미 중학교(현 고등학교) 졸업반이 된 김동인이 자신들의 글을 모아 하나의 잡지를 발간하고자 하였지만 아직 자신의 이름으로 글을 발표한 적이 없는 울울하였던 심경을 말하고 있다. 이 글에도 주요한에 대한 타자의식이 강하게 드러난다. 이미 일본의 유명 시인의 문하로서 여러 편의 시를 발표하여 시인으로서 일정한 자리를 마련하고 있었던 주요한에 비해 아직 습작기에 있었던 김동인 자신은 『매일신보』나 『학지광』에 투고했다가 몰서를 당하는 경험만을 가진 상황이었다는 것이다.

이 인용문에서도 우리는 작가가 되기 위해 필요한 중요한 덕목 하나를 발견하게 된다. 주요한처럼 창작에 몰두하기 위해 전문 작가의 문하

---

12 「文壇十五年 裏面史」, 『전집』 6, 290쪽.

에 들어가는 방법이 있고, 김동인과 같이 꺼지지 않는 창작열을 가지고 창작에 임하여 자신의 글을 실어줄 매체에 열심히 기고하는 창작에 대한 열정이 있어야 한다. 가까운 교사나 친지들에게 작가가 될 소지가 있다는 칭찬을 받은 경험은 자연스레 창작에 대한 열정과 노력으로 이어지고 자신의 능력을 평가받으려는 강한 욕망으로 발전하게 된다. 이러한 창작열과 발표욕은 한 개인이 작가로 성장해나아가는 원동력이 된다.

이런 점에 미루어 문학 영재로서의 중요한 항목으로 강한 창작열과 발표욕을 생각해볼 수 있다. 앞에서 살핀 유소년기에 자발적인 창작욕과 교사에 의해 발견되어 칭찬을 받았던 창작 능력이 자연스럽게 강한 창작열과 발표욕으로 이어져야 할 것이다. 이러한 강한 열정이 없이는 작가로의 성장은 불가능하다. 따라서 전문 작가로의 성장과 관련한 문학 영재에게 반드시 구유되어야 할 항목으로 창작열과 발표욕과 같은 문학 창작에 대한 강한 열정을 들어야 할 것이다.

이러한 창작에 대한 강한 열정은 문학 언어에 대한 관심으로 나타날 수밖에 없다. 한 편의 작품을 창작하면서 동일한 사건이나 정서도 남과 다르게 표현하여야 하고 이전 작가와는 다른 언어 표현을 사용하여야 한다는 생각은 작가로의 성장을 위해 반드시 필요하다. 이에 대하여 김동인은 이전의 한국어 소설 문체를 벗어나 새로운 한국 근대소설의 문체를 확립하기 위하여 어떠한 노력을 기울였는지 아래와 같이 회고하고 있다.

순 구어체로 과거사(過去詞)로─이것은 기정 방침이라 '자기 방으

로 돌아온다'가 아니고 '왔다'로 할 것은 예정의 방침이지만 거기 계속될 말이 'カノ女'인데 '머리 속 소설'일 적에는 'カノ女'로 되었지만 조선말로 쓰자면 무엇이라 쓰나? 그 매번을 고유명사로 쓰기는 여간 군잡스런 일이 아니고 조선말에 적당한 어휘는 없고……

이전에도 막연히 이 문제를 생각해 본 일이 있다. 삼인칭인 '저'라는 것이 옳을 것 같지만 조선말에는 '그'라는 어휘가 어감으로건 관습으로건 도리어 근사하였다. 예수교의 성경에도 '그'라는 말이 이런 경우에 간간 사용되었다. 그래서 눈 꾹 감고 '그'라는 대명사를 써버렸다. …(중략)…

소설을 쓰는 데 가장 먼저 봉착하여─따라서 가장 먼저 고심하는 것이 '용어'였다. 구상은 일본말로 하니 문제가 안되지만, 쓰기를 조선말로 쓰자니, 소설에 가장 많이 쓰이는 'ナシカシタク'─'ㅋ感ツタ'─'ニ違ヒナカッタ'─'ㅋ覺エタ'같은 말을 '정답게' '을 느꼈다' '틀림(혹은 다름) 없었다' '느끼(혹 깨달)었다' 등으로─한 귀 한 말에, 거기 맞는 조선말을 얻기 위하여서 많은 시간을 소비하고 하였다. 그리고는 막상 써놓고 보면 그럴 듯하기도 하고 안될 것 같기도 해서 다시 읽어 보고 따져 보고 다른 말로 바꾸어 보고─무척 애를 썼다.[13]

한국 근대소설의 형성에 지대한 공적을 남긴 김동인은 어떤 점에서 무에서 유를 창조하는 심경으로 창작에 임했다고 할 수 있다. 김동인의 앞 세대로 소설 분야를 개척해나간 작가들로는 『혈의 누』, 『은세계』 등의 소위 신소설을 발표하여 독자들에게 새로운 소설을 보여준 이인직과 1917년 장편소설 『무정』을 발표하여 근대소설의 경지를 개척한 것으로 평가되는 이광수가 있었다. 그러나 일본 근대문학사상 비교적 자유로운 문학 사상이 활발히 전개되던 다이쇼(大正) 전기에 문학을 공부한

---

13 「文壇三十年史」, 『전집』 6, 19~20쪽.

김동인의 관점에서 볼 때, 이들 선배 작가들의 소설은 문학을 사회에 종속된 존재로 파악한 것으로 문학을 예술로 보지 않고 사회 교화의 수단으로 보는 점에서 매우 비문학적이었다.[14] 이런 관점에서 본다면 위의 인용문은 김동인 자신은 문학을 개화와 계몽 나아가 사회 교화의 목적으로 삼는 이인직이나 이광수 등의 소설을 극복하고 참 예술로서의 소설을 지향하여 새로운 소설 언어와 표현과 문체를 개발하기에 엄청난 노력을 기울였다는 자신감의 표출이라 하겠다.

서구의 충격으로 이전 시기의 문학을 포기하고 새로운 문학 장르를 만들어가는 근대 초기의 문인들에게 가장 어려운 점은 새로운 문학에 필요한 표현과 문체를 만드는 일이었을 것이다. 초기 문인들에게 전범으로 다가간 것은 전통이 전혀 다른 서구 문학이었다. 조선에 앞서 서구 문물을 받아들여 새로운 문학의 전통을 만들어간 일본의 근대 초기 작가들은 서구 유학을 통하여 서양의 문물과 문학을 직접 접하였고, 그것을 일본의 근대문학으로 정착시키기 위하여 엄청난 노력을 기울였다. 일본은 근대 초기를 대표하는 작가인 나쓰메 소세키(夏木漱石)가 영국 유학을 통하여 동양인으로서의 자각을 심화하고 영국 문학을 일본의 근대문학으로 정착시키려 했던 노력[15]은 근대 초기 일본 지식인과 문인들의 정신적 방황과 혼란을 짐작하게 한다.

일본 근대 초기 문인들은 서구 문명을 경험하면서 동양인으로서의 자각을 하게 되어 주체 세우기에 여념이 없었고, 그 구체적인 양상은 국

---

14 김동인과 이전 세대 작가들의 문학에 대한 관점 차이는 최병우, 『다매체 시대의 한국 문학 연구』, 푸른사상사, 2003, 13~15쪽 참조.

15 히야마 하사오, 『동양적 근대의 창출』, 정선태 역, 소명출판, 2000, 24쪽 이하 참조.

어의 확립으로 나타났다. 이러한 노력을 근대소설로 축소해 바라보면 새로운 소설 문체의 정립으로 나타난다. 전통적인 문체와 전혀 이질적인 서양의 근대소설 문체를 일본 근대소설의 문체로 바꾸는 일은 지난한 작업이었을 것이다. 언어적으로 전혀 다른 서양의 소설 언어를 받아들여 일본의 문체로 전화하는 작업은 서양 문학작품의 번역의 과정에서 많은 논쟁을 겪고 또 창작을 통한 다양한 모색의 과정을 통하여 진행되었다.[16] 전례가 없는 외국어의 번역 과정을 통하여 새로운 일본어 문체를 확립해가는 과정이 엄청난 어려움에 부딪힐 수밖에 없는 작업이었음은 위의 김동인의 회고를 통해서도 어느 정도 짐작할 수 있다.

김동인이 소설을 창작하고자 했을 때 일본어로 번역된 서구 소설을 많이 접한 독서 체험으로 인하여 일본어로 구상하면 되었을 것이다. 그의 회고대로 "과거에 머릿속으로 구상하던 소설들은 모두 일본말로 상상하던 것이라, 조선말로 글을 쓰려고 막상 책상에 대하니 앞이 딱 막"[17] 할 수밖에 없었던 것이다. 한국어로 소설을 창작하려 하는데 자신이 참고할 한국어 표현의 전범이 없다는 것은 소설 창작을 불가능하게 할 일이었을 것이다. 따라서 김동인은 일본어 소설의 표현과 문체를 생각하며 글을 쓰고 그것을 한국어로 번역하는 과정을 거쳐 소설을 창작해간 것이다.

한국 고전소설에서는 사용되지 않던 과거종결어미를 사용한다거나

---

16 일본의 언문일치 운동과 문체 확립 과정에 대해서는 가라타니 고진, 『일본근대문학의 기원』, 박유하 역, 민음사, 1997, 62~102쪽과 고모리 요이치, 『일본어의 근대』, 정선태 역, 소명출판, 2003, 9~169쪽 등에 상론되어 있다.

17 「文壇三十年史」, 『전집』 6, 19쪽.

주인공의 이름을 반복하던 고전소설의 전통을 벗어나 삼인칭 대명사를 사용하는 일 등은 현재의 관점에서 보면 사소한 일인 듯하나 전례가 없던 당시로서는 만만치 않은 작업이었을 것이다. 또 김동인 자신이 용어라고 말하는 관용적 표현에 해당하는 말 역시 일본어 표현의 번역을 통하여 문학적인 표현으로 만들어 나가는 과정이었으며 이것은 새로운 표현과 문체를 만들어 나가는 지난한 과정이었을 것이다. 이러한 새로운 언어 표현과 문체를 찾아가는 일은 개인적으로 보아 자신의 생각이나 정서를 적실하게 소설적으로 표현하고 싶은 작가적 욕망에서 비롯한 것이기는 하지만, 좀 더 큰 관점에서 보면 한국 소설의 언어 표현 방법과 문체를 만들어야 한다는 사명감과 국어에 대한 사랑의 결과라는 설명이 가능하다.

위의 인용문에서 읽어낼 수 있는 국어 표현에 대한 관심과 애정은 김동인이 작가로 성장하는 중요한 원동력이 되었다고 생각해볼 수 있다. 시제나 인칭 문제와 같은 근대 초기 소설 창작과 결부된 핵심적인 문제와 함께 작가 자신의 생각이나 정서를 정확하게 그려낼 수 있는 구절이나 정확한 느낌을 전달하기 위한 어휘의 선택과 같은 표현의 문제는 작품 창작에 있어 핵심적인 요건이 될 수 있다. 문학의 새로운 유파가 생겨나 이전과 다른 창작 기법을 추구할 때는 물론이고, 사회·역사적 요인에 의해 새로운 주제를 다루고자 할 때에도 작가들은 표현의 문제에 매달릴 수밖에 없었다. 새로운 기법이나 주제가 표현의 문제와 불가분의 관계에 놓이기 때문에 그것은 결국 문학적 표현의 문제로 돌아오게 마련인 것이다.

진정한 작가는 자신의 말하는 방법을 찾아야 한다는 점에서 소설의 문체가 확립된 이후에도 이러한 표현의 문제는 늘 작가에게 숙명처럼 따라다닐 수밖에 없다. 바로 이러한 점에서 새로운 표현에 대한 적극적 관심 나아가 국어에 대한 관심과 사랑은 작가가 되기 위한 필수적인 요인이라 할 수 있을 것이다. 바로 이런 점에서 이러한 요소들은 문학 영재에게 있어 중요한 자질 항목으로 상정할 수 있다.

김동인은 자신의 작가적 경험을 바탕으로 작가를 희망하는 후배들에게 작가가 되기 위하여 갖추어야 할 최소한의 능력을 언급한 바 있다. 이 글에서 김동인은 자신의 작가로의 성장 과정에서 언급한 바와 유사한 항목을 최소한의 능력으로 언급하면서 작가에게 필요한 몇 가지 다른 덕목들을 제시하고 있다.

> 소설가를 지망하려는 사람은 먼저 天分이 있어야 할 것이고, 그 다음에는 사람으로서의 많은 경력이 필요하고 그것을 관찰하여 머리에 적어 넣는다는 일이 필요하고, 머리에 적어 넣은 知識箱을 표현할 만한 수완과 역량이 필요하고, 그 表現을 文章化할 재능이 필요하고ー 등등이다.
>
> 요만 것만 가지고야 어찌 소설가가 될 수가 있으련만 이상의 것만은 불가결이라야 한다.[18]

인용문에서 김동인은 작가가 되기 위하여 필요한 자질 항목으로 작가로서의 천분, 인생 체험, 삶에 대한 관찰력, 삶에 대한 기억, 기억을 문학적으로 재구성할 수 있는 역량, 재구성한 삶을 언어화할 수 있는 능

---

18 「小說家 志願者에게 주는 당부」, 『전집』6, 270쪽.

력을 들고 있다. 여기서 김동인이 지적한 여섯 가지 항목 중에서 작가로서의 천분이란 김동인의 회고를 중심으로 앞에서 살핀 바와 크게 다르지 않을 것이다. 또 작가를 지원하는 사람들에게 그가 불가결의 요소로 지적하고 있는 나머지 다섯 항목에도 앞에서 살핀 항목들과 중첩되는 바가 없지 않다. 그러나 이 글에서 추가하고 있는 다섯 가지 항목 즉 체험, 관찰력, 기억, 재구성력, 표현력 등은 김동인이 작가 생활을 하면서 작가가 되기 위하여 반드시 필요한 능력으로 체험을 통해 얻게 된 것으로 보인다.

　김동인이 위의 인용문에서 밝힌 다섯 가지 항목들이 문학 영재가 가져야 할 자질 항목으로 삼을 수 있는가, 나아가 이들을 문학 영재 판별을 위한 항목으로 삼을 수 있는가에 대하여는 의문의 여지가 없지 않다. 인생 체험과 같은 항목은 한 인간이 살아가면서 오랜 시간에 걸쳐 겪게 되는 것이고, 또 책을 읽거나 타인으로부터 듣는 것과 같은 간접 체험에 의해서도 체득될 수 있는 것이기에 작가로 성장하는 데 있어 반드시 필요하다 하더라도 문학 영재를 판별하는 상황에서 체험의 깊이를 평가하기 어렵다는 점에서 문학 영재를 판별해내는 기준으로 활용하기에는 아무래도 어려움이 있다.

　하나의 문학작품을 만들어내기 위해서는 인간의 구체적인 삶의 모습이나 조건들 그리고 이러한 삶의 모습에 대해 글쓴이의 자세나 가치 판단이 매우 중요하다. 즉 삶의 체험과 함께 그러한 삶에 대한 나름의 가치 판단이 필요한 것이다. 따라서 글을 쓰기 위해서는 삶에 대한 다양한 경험과 그 경험에 대한 의미화와 함께 경험에 대한 기억이 반드시 필요하다. 체험이 단순한 체험으로 끝나지 않기 위해서는 그것을 관찰하고 의미화하는 과정과 그것을 생생한 체험으로 기억하는 일이 중요하다. 아무리 많은 체험을 하였더라도 그러한 체험이 단순한 경험으로 끝나 파편화된 기억으로 존재한다면 그 기억을 의미화하고 가치화하여 한 편의 작품으로 만들어내는 것은 불가능하다. 따라서 자신의 체험을 관찰하여 의미화하고 그것을 잘 기억하고 있는 일은 작가가 되기 위해 반드시 필요한 습성 중 하나가 될 수 있다. 따라서 관찰력과 기억은 문학 영재에게 필요한 자질 항목으로 정리될 수 있다.

자신의 머릿속에 저장된 기억을 재구성하여 그것을 언어로 표현해내는 능력 역시 작가에게 반드시 중요한 요소라 할 수 있다. 한 편의 작품을 쓰기 위하여 다양한 관련 경험들을 찾아내어 그 의미와 가치에 따라 구분하고 정리하여 완결된 이야기로 조직해내는 능력이 없다면 하나의 재미있고 가치 있는 작품을 만들어낼 수 없게 된다. 자신의 체험을 복잡한 가공의 절차를 밟지 않고 사건의 발생 순서에 따라 나열하는 데 그친다면 그것은 수기이거나 전기가 될 수밖에 없기 때문이다. 따라서 기억을 재구성하는 능력과 함께 그와 유사하게 눈앞의 여러 사건들을 의미화하여 하나의 재미있고 가치 있는 이야기로 재구성하는 능력 역시 작가가 되기 위한 중요한 능력이라 평가해볼 수 있다.

머릿속에서 재구성된 이야기를 언어화할 수 있는 능력 역시 작가에게 필요한 자질이다. 그러나 체험을 작품으로 변환하기 위해서는 언어적 표현 능력과 함께 장르적 규칙에 따른 많은 제약 조건들이 따른다. 따라서 이러한 표현력은 선천적으로 타고나는 부분이 없지는 않겠지만 문학 수업과 작가가 되기 위한 수련 과정에서 교육되고 습득되는 바 없지 않다. 이런 점에서 기억을 재구성한 이야기를 언어화하는 능력은 능력 있는 작가가 되기 위하여 반드시 필요한 자질이기는 하지만 문학 영재로서의 자질 항목이기보다는 발견된 영재를 교육하는 데 필요한 항목으로 보는 것이 타당할 듯하다.

이런 점에서 김동인이 위의 인용문에서 지적하고 있는 천분 이외의 작가에게 필요한 다섯 가지 덕목 전부를 문학 영재의 판별을 위한 자질 항목으로 선정할 수는 없는 것으로 판단된다. 체험은 한 개인이 살아가는 삶의 전체라는 점에서 평가할 수 없는 속성이라는 점에서 표현력은 천부적인 능력일 수 있지만 교육될 여지가 큰 속성이라는 점에서 제외되어야 할 것으로 보인다. 따라서 나머지 세 가지 덕목, 즉 관찰력, 기억, 재구성력 등은 문학 영재가 갖추어야 할 중요한 자질 항목으로 선정할 수 있을 것이다.

3. 문학 영재 판별을 위한 자질 항목

위에서 김동인의 글을 통하여 문학 영재가 갖추어야 할 자질로 적지 않은 항목을 살펴보았다. 앞 장에서의 긴 논의를 통하여 정리된 항목들을 논의된 순서에 따라 배열해보면 아래와 같다.

- 어린 시절부터 문학작품을 읽는 일에 대해 흥미를 느끼는가.
- 문학적인 글을 쓰는 일에 대해 관심을 가지고 있는가.
- 문학작품에서 읽은 내용에서 감동을 받고 자신의 것으로 가치화 · 내면화할 수 있는가.
- 교사나 선배로부터 인정받을 만한 창작 능력을 가지고 있는가.

- 자기 스스로 창작하고 공개적인 지면에 작품을 발표하려는 창작에 대한 열정을 가지고 있는가.
- 이전의 작가들이 사용하던 표현과는 다른 새로운 언어 표현을 하고자 하는 자세를 가지고 있는가.
- 국어를 세련시키고 발전시키려는 자세나 태도를 가지고 있는가.
- 자신의 삶이나 주변에서 일어나는 일들을 세밀하게 관찰하고 의미화하려는 태도를 가지고 있는가.
- 머릿속에서 가치화되고 의미화된 체험을 잘 기억하고 있는가.
- 저장되어 있는 가치 있는 기억들을 문학적으로 재구성하려는 태도나 능력을 가지고 있는가.

이와 같이 정리된 열 가지 항목을 몇 가지 대영역으로 나누고 그 내용을 정리하여 다음과 같이 도식화해볼 수 있을 것이다.

문학 영재로서의 자질 항목

대영역	소영역
독서 능력	문학작품을 읽은 일에 대한 흥미
	문학작품 독서를 통한 감동과 가치화
창작 능력	문학적 글쓰기에 대한 관심과 흥미
	문학작품의 창작 능력의 소지
	창작열과 발표욕 등 창작에 대한 열정

국어 사랑	남다른 언어적 표현에 대한 관심
	국어에 대한 관심과 사랑
삶과 체험	자신과 주변의 일에 대한 관심과 관찰력
	관찰되고 의미화된 체험의 기억
	가치 있는 기억의 문학적 재구성 능력

위에 정리된 열 가지 항목 이외에도 문학 영재가 지녀야 할 자질은 적지 않을 것이다. 대영역은 물론이고 소영역으로 분류된 항목들은 더 많이 찾아질 수 있을 것이며 또 각 소영역의 하위 항목으로 적지 않은 내용들을 생각해볼 수 있을 것이다. 그리고 제시된 각각의 항목을 판별하기 위한 도구를 만드는 일은 매우 세밀한 작업을 필요로 한다. 이러한 문제들을 해결하기 위해서는 더 많은 작가들의 문학적 성장 과정을 살펴 그것을 의미화하는 작업과 함께 창작 교육과 관련하여 유의미한 영재 판별 항목을 뽑아내는 일이 필요하다. 또한 문학 영재의 자질을 가지고 있다고 판별된 사람들을 전문 작가로 양성하기 위하여 무엇을 어떻게 교육하여야 하는가 하는 교육과정과 교수-학습에 관한 연구 또한 이루어져야 한다. 이러한 연구를 위하여 더 많은 작가들의 문학적 성장의 기록을 비교하고 공통된 내용들을 항목화하는 일들이 요구된다. 이러한 문학 영재 판별과 교육과정 마련을 위한 기초 작업은 추후의 작업으로 남겨둔다.

『한중인문학연구』로 본 한중 인문학 연구사[*]

1. 한중 인문학의 역사적 연관성

유라시아 대륙 동쪽에 자리 잡은 한국과 중국은 압록강과 두만강을 경계로 지난 수천 년 동안 상호 영향을 주고받으며 존재해왔다. 기원전 12세기에 기자조선이 고조선에 이어 정치적 지배력을 장악하였다는 기록이나 기원전 2세기 말에 한나라가 요동 지역과 한반도에 한사군을 설치하였다는 바에서 짐작할 수 있듯이 한국과 중국의 정치적, 경제적, 문화적 교류는 역사 이전 시기부터 꾸준히 이루어져왔다. 한국과 중국의 물적, 인적 교류는 점차 정치적, 문화적 교류로 이어져 한중 양국의 인문학적 교류의 역사는 적어도 2000년이 넘는 것으로 비정할 수 있다.

중국이 한족과 유목민족의 왕조가 교체되며 변화와 발전을 지속하

---

* 이 논문은 2016년 11월 19일 아주대학교에서 개최된 한중인문학회 창립20주년학술 대회에서 발표한 기조발제문으로 이후 한국과 중국에서의 인문학 연구 결과를 반영 하지 못하였다.

는 가운데 한국은 중국의 정치적, 문화적 변화에 매우 민감하게 반응하였다. 한국은 중국으로부터 고도의 문화를 받아들여 자국의 문화로 발전시키고 토착화시켜 독자적인 문화를 형성하였고, 한국의 정치적 변화나 문화적 변동도 중국에 일정한 영향을 미쳐 한중 양국의 문화는 지속적으로 상호 영향을 주고받았다. 또, 한국과 중국의 지식인들이 국가 차원의 외교적 행사로 이루어지는 사신 행차를 통해 인문학적으로 교류한 것과 함께, 개인적인 차원에서 한중의 지식인이 직접 만나 학문을 논하거나 책과 글을 주고받는 등의 직간접적인 교류를 통해 상호 영향을 주고받은 인문학적 교류 역시 단절되지 않고 꾸준히 이어져 한중 간 문화 교류의 중요한 축을 담당해 왔다.

20세기에 들어와 1949년 중화인민공화국이 수립되고 한국전쟁에 항미원조를 한다는 이유로 한국과 중국이 직접 전쟁을 치른 후 한중 간 문화 교류가 잠시 약화된 바 있다 그러나 중국이 개혁개방을 시작한 후, 1990년 1월 한중 양국은 무역대표부를 설치하여 경제적 교류를 시작하였고, 1992년 8월 24일 한국의 이상옥 외무장관과 중국의 첸지천(錢其琛) 외교부장이 베이징 소재 댜오위타이(釣魚臺)에서 「대한민국과 중화인민공화국간의 외교관계 수립에 관한 공동성명」을 교환함으로써 한중수교가 이루어져 한중 간의 정치적, 경제적, 문화적 교류가 새로운 전기를 맞이하게 되었다.

한중 간의 인문학적 교류는 역사 이래로 진행되어왔고, 근대 이후에도 교류가 끊이지 않았다. 근대 이후 한국과 중국의 지식인들이 새로운 학문을 받아들이는 창구가 일본으로 변하였지만 조선인의 중국 유학이나 항일투쟁사에서 보듯이 한중 간의 인문학적 교류는 쉼 없이 이루어져왔다. 또, 중화인민공화국이 수립되고 한국전쟁을 치른 후에는 한중 간의 인문학적 교류가 단절되었다는 지적이 있으나, 이 시기에도 대만을 통해 한중 간의 인문학적 교류는 끊이지 않았다. 그리고 한중수교 이후 한중 간의 인문학적 교류는 다양한 분야에서 현대적인 방법론을 바탕으로 새롭게 전개되기 시작했다.

한중수교 이후 이루어진 한중 간 인문학적 교류의 첫 번째 성과에 해당하는 것이 한중인문학회의 창립이다. 한중수교가 이루어진 후, 중국 대륙의 인문학적 환경에 깊은 관심을 가진 한국사회과학원 김준엽 원장의 후원 아래 한중 양국 인문학자들의 학문적 교류가 시작되었다. 한중 인문학자의 학문적 만남을 통하여 중국 내 한국 학자를 지원함으로써 그들의 연구 역량을 확장하고 한중 간의 인문학 교류를 활성화하고자 하는 시도는 한국과 중국의 많은 인문학자들의 관심과 호응 아래 커다란 성과를 얻었다. 몇 차례에 걸쳐 한국과 중국의 인문학자들이 모여 한중 인문학과 관련한 학문적 모임을 가진 후, 이러한 학문적 모임을 지속적이고 역동적인 학문적 교류로 발전시켜야 한다는 학자들 사이의 공감을 바탕으로 1996년에 한중인문학회의 형태를 갖추고, 학회지『중한인문과학연구』(현『한중인문학연구』)를 발간하면서 한중 간의 인문학적 교류를 본격화하였다. 한중인문학회의 설립은 한중 간 인문학 교류의 방향을 개척하고 한중수교 이후 한중 인문학의 교류와 발전에 커다란 성과를 이루었다.[1]

---

1 한중인문학회의 시발과 발전 과정에 대해서는 한중인문학회 창립20주년학술대회 기조발제문인 송현호,「한중 간 학술교류의 변천과 전망」(『한중인문학연구』 54, 2017.3), 1~27쪽을 참조할 것.

한중인문학회에서는 회원들의 인문학적 연구 성과를 모아 1996년 『중한인문과학연구』 창간호를 출간한 이후 2016년 9월 『한중인문학연구』 52집을 발간하여 800편을 상회하는 한국과 중국의 인문학 연구 성과를 담아내었다. 본고에서는 창간호 이후 52집까지 『한중인문학연구』에 게재된 논문들을 일정한 기준에 따라 분류하여 통계적으로 살펴봄[2]으로써 지난 20년 동안 한중 인문학 연구가 주로 어떻게 이루어졌는지를 분석할 것이다. 이를 바탕으로 그간의 한중 인문학의 연구 성과가 어떠했는지 연구의 현황을 반성적으로 검토하고, 새로운 시대를 맞이하여 한중 인문학 연구가 나아가야 할 방향을 모색해보고자 한다.

2. 『한중인문학연구』에 나타난 한중 인문학 연구 현황

지난 20년 동안 『한중인문학연구』에 게재된 논문의 경향을 통계적으로 검토하기 위하여 몇 가지 변수를 설정하였다. 먼저 한중 인문학 연구 주체의 경향을 분석하기 위하여 그간 『한중인문학연구』에 논문을 게재한 학자의 국적에 따라 그 빈도를 조사해보았다. 다음으로 한중 인문학의 연구 대상을 분석하기 위하여 게재 논문의 연구 영역을 '한국학'

---

2 본고를 위해 학회에서 제공한 『한중인문학연구』 게재 논문의 데이터베이스에 실린 827편 중 한·중 인문학을 주제로 하지 않은 68편과 데이터베이스상 주제를 파악하기 어려운 88편을 제외한 671편의 논문을 분석 대상으로 삼았다. 데이터베이스에 착오도 없지 않고, 필자의 분류 기준에 부적확함도 존재하여 통계에 상당한 오류가 존재할 것으로 보인다. 그러나 분석 대상 자료의 양이 671편에 달해 통계 처리에서 발생하는 수치상의 오류가 한·중 간 인문학 연구사의 전체적인 경향을 이해하는 데 결정적인 영향을 미치지 않을 것이라 판단하였다.

과 '중국학'으로 나누고, 이와 함께 한중 인문학의 교류 양상 연구와 한중 인문학의 비교 연구를 합쳐 '교류비교'라는 항목을 설정해보았다. 이러한 연구 주체와 대상이라는 분류 기준에 따라 한국 학자의 한국학 연구, 중국 학자의 한국학 연구 등 여섯 개의 항목을 마련할 수 있었다. 그리고 학문 영역별 연구 빈도를 검토하기 위하여 한중인문학회 편집위원회에서 사용하는 게재 논문의 학문 영역 구분인 문학, 어학, 역사학, 철학사상, 고전, 사회문화, 한국어 교육이라는 일곱 영역[3]을 설정하였다. 이러한 두 개의 기준에 따라 『한중인문학연구』에 게재된 논문의 연구 현황을 정리한 결과는 아래와 같다.

	문학	어학	역사학	철학사상	고전	사회문화	한국어 교육	계
한국학/ 한국 학자	173	23	12	7	34	29	12	290
한국학/ 중국 학자	5	10	1	3	4	2	1	26
중국학/ 한국 학자	45	9	16	13	1	10	0	94
중국학/ 중국 학자	20	13	3	3	6	3	1	49
교류비교/ 한국 학자	27	11	19	6	11	19	27	120

---

3 흔히 인문학의 영역을 '문사철'이라 한다면 '문'에 해당하는 영역이 문학, 어학, 고전 세 영역이고, '사'와 '철'이 역사학, 철학사상으로 각각 한 영역으로 설정되고, 이외 응용학문적 속성을 지닌 영역으로 사회문화와 한국어 교육 분야로 나누는 것은 『한중인문학연구』에 투고되는 논무이 '문' 영역으로 편향되고 있다는 사실을 알게 해준다. 이는 한중인문학회의 회원 구성과 관련이 있을 것으로 사료된다.

교류비교/ 중국 학자	14	16	14	1	7	14	26	92
계	284	82	65	33	63	77	67	671

　우선 『한중인문학연구』에 게재된 본고의 분석 대상인 671편의 논문을 집필한 학자의 국적을 구분해보면,[4] 한국 학자의 논문이 504편, 중국 학자의 논문이 167편으로 한국 학자와 중국 학자의 게재 논문 편수가 3 : 1 정도의 비율을 보인다. 이는 현재 한중인문학회의 회원의 한국 학자와 중국 학자의 비율이 7 : 3 정도인 것을 생각하면 중국 학자의 논문 게재가 상대적으로 부족한 것으로 이해될 수 있다. 그러나 한중인문학회가 설립된 초기부터 중국 학자의 회원 비율이 점진적으로 늘어온 점을 생각하면 전체적으로는 그간의 한중 양국 회원의 비율이 논문의 게재 편수에 충분히 반영된 것으로 판단된다. 이와 같이 한중 양국 학자의 회원 비율과 게재 논문의 비율이 등가를 보이는 것은 그간 한중인문학회 편집위원회에서 『한중인문학연구』에 투고된 논문을 심사하고 게재 여부를 결정하면서 한중 양국의 회원 비율을 고려하는 방식을 취해온 결과라 하겠다.

　다음으로 분석 대상 논문이 다루고 있는 한중 인문학의 연구 대상에 따라 나누어보면, 한국학 관련 논문이 316편, 중국학 관련 논문이 143

---

4 국적 구분에 약간의 어려움이 있었다. 한국 대학원에 재직하거나 수학 중인 중국 학자 특히 조선족 학자와 중국 대학에서 재직하거나 수학하는 한국 학자의 경우에는 정확한 판단이 어려웠다. 필자가 국적을 정확히 알고 있는 학자의 경우에는 해당 국적을, 그렇지 않은 경우에는 학회지에 밝힌 대학의 소재국 국적으로 판단하는 것을 원칙으로 하였다.

편, 한중 교류 및 비교 논문이 212편으로 나타난다. 연구 대상에 따른 빈도에서 한중인문학회가 한중 양국의 인문학 연구와 인문학자의 교류를 목표로 하고 있지만 현실적으로는 중국학 연구가 한국학 연구의 절반에 이르지 못할 정도로 한국학 편향 현상이 나타나고 있음을 알 수 있다. 이러한 한국학 편향 현상은 회원의 절대 다수가 한국학을 전공하는 학자라는 점에서 한국학 관련 논문이 높은 게재율을 보이는 것은 어느 정도 예견된 것이기는 하다.

그러나 문학 분야에서 확인할 수 있듯이 한국 학자들이 한국 문학에 관하여 쓴 논문이 문학 분야 논문의 61%에 달하는 데 비해, 한국 학자들이 쓴 중국 문학 관련 논문이 해당 분야 논문의 16% 밖에 되지 않는다는 사실[5]은 한중인문학회 회원 중에서 중국문학 전공자가 지극히 적다는 것을 의미하는 것으로 회원들의 학문적 편향성이 매우 심각함을 단적으로 보여준다. 한국학의 세계화와 한중 양국의 인문학 교류를 활성화한다는 학회의 설립 취지를 생각할 때, 문학 분야에서 보여주는 중국학 논문의 빈도가 심하게 낮은 한국학 편중 현상은 문제는 학회 운영과 관련하여 관심을 가져야 할 것으로 사료된다.[6]

한중 간 인문학의 교류 또는 한중 문화의 비교 연구가 분석 대상 논문의 3분의 1정도를 차지하는 것은 매우 고무적인 현상이다. 한중인문학회의 설립 취지가 그러하였듯이 학회가 지향해야 할 연구 분야 중 중요

5　이 중에서 상당수가 한글 창작이 이루어지는 조선족 작가를 대상으로 한 논문이라는 점에서 한국 학자가 쓴 중국 문학에 관한 논문의 빈도는 더욱 줄어든다.

6　문학 이외의 학문 분야는 대체로, 한국학 논문의 게재 비율이 높기는 하지만 전체적으로 적정한 비율을 보인다.

한 한 분야로 한중 간 인문학적 교류에 관한 연구와 한중 인문학의 비교 연구 등을 꼽을 수 있을 것이다. 문학, 어학, 역사학, 철학사상, 고전 등 전통적인 '문사철' 분야의 교류와 비교에 관한 연구 성과는 그간 꾸준한 투고를 보여 126편(19%)을 게재하였다. 특히 한중 간의 대중문화 교류가 활성화되면서 한류와 화류와 같은 새로운 문화 현상에 대한 관심이 증대하여 사회문화 분야에서 교류비교 연구가 급증하여 33편(5%)이나 게재되었다. 또, 중국에서의 한국어(문화) 교육과 한국에서의 중국어(문화) 교육에 대한 학문적 관심[7]이 커지면서 논문 투고가 급격히 늘어나 53편(7.9%)이나 게재되었다. 최근 들어 급격히 논문 투고가 증가하고 있는 이 두 학문 분야는 인문학의 실용성을 확보해줄 수 있는 분야라는 점에서 주목된다. 또 교류비교와 한국어(문화) 교육 영역이 앞으로 한중 간 인문학 교류비교와 관련한 연구의 중요한 분야로 자리를 잡아갈 수 있도록 회원들의 지속적인 관심이 필요하다.

학문 분야별로 게재 논문 편수를 비교해보면 문학 분야가 절대적으로 많아서 현대문학 284편, 고전문학 63편으로 총 347편에 달해 전체 논문의 절반이 약간 상회한다. 여기에 어학 분야 82편(12%)를 합하면 전체 게재 논문의 거의 65%에 달하는 논문이 어문학에 편중되어 있다. 더욱

---

7 한·중 간의 인문학 교육에 관한 학문적 관심은 한중인문학회의 학술대회에도 영향을 미쳐서 2010년 이후 학술대회의 전체 주제로 두 차례 선택되었다(28회 학술대회(한성대, 2011.11) : 한중 간 언어·문화 교육 연구의 과제와 전망, 38회 학술대회(화중사범대, 2016.6) : 한중인문학 교육과 번역의 방향). 그리고 매 학술대회에서 발표 분과 구분에서 한·중 간 인문학 교육이 '한국어 교육'이라는 이름으로 묶인 분과의 발표자 수가 다른 세션에 비해 훨씬 많은 경우가 적지 않은 것은 최근 한중 간의 언어문화 교육에 대한 관심을 알게 해준다.

　　　　　　　　　　　　　　제3부 한국 현대문학의 주변

이 전체 논문의 10%에 달하는 한국어 교육 분야 논문의 대부분이 언어 교육이라는 점을 생각하면 전체 게재 논문 중 4분의 3이라는 거의 절대적인 비율의 논문들이 어문학 쪽에 치우쳐 있음을 알 수 있다.

'문사철'이라는 전통적인 인문학의 하위 영역에서 '사'에 해당하는 역사학 분야의 논문이 65편으로 전체 논문의 10%에 미치지 못하고, '철'에 해당하는 철학사상 분야의 논문은 33편으로 5%에도 미치지 못해 두 분야의 게재 논문을 합쳐도 전체 논문의 15%에도 미치지 못한다. 여기에 이 두 분야와는 조금은 이질적이지만 방송과 영화와 같은 한국과 중국의 대중문화 현상을 다루는 사회문화 분야의 논문 77편(11.5%)을 더해도 전체 논문의 25%를 겨우 넘을 뿐이다. 이는 "한중 양국의 인문학에 편재되어 있는 보편성을 탐색한다"[8]는 한중인문학회의 설립 취지를 생각할 때 올바르지 못한 결과라 아니할 수 없다.

『한중인문학연구』에 게재된 논문이 보여주는 이와 같은 어문학 편중 현상은 학회의 회원 구성이 어문학 연구자들 중심으로 이루어져 있다는 사실과 깊이 관련된다.[9] 한중인문학회 회원의 절대 다수가 어문학 연구자들이고, 『한중인문학연구』에 게재된 논문의 4분의 3 정도가 어문학 분야의 논문이라는 현실은 한중인문학회가 대외적으로 어문학 분야의 학회라는 인상을 주는 요인이 되고 있다. 한중인문학회가 지향하는 방향과 상치되는 이러한 현실을 극복하기 위해서는 앞으로 회원의 확충 과정에서 인문학의 제 분야 연구자들을 적극 유치하기 위한 노력과,

---

8 한중인문학회 홈페이지의 '학회 소개'에서.

9 이는 한중인문학회 탄생 20년 동안 회장을 역임한 분들의 학문 분야가 국어학 한 분, 한국문학 네 분, 중국어학 한 분이라는 사실에서도 간접적으로 확인되는 바이다.

인문학의 제반 학문 영역의 논문이 골고루 투고되고 또 게재할 수 있도록 하는 학회 차원의 다양한 연구와 노력이 필요하리라 생각한다.

앞에서 살핀 도표 내용과는 별도로『한중인문학연구』에 게재된 논문 중에서 공동 연구의 빈도를 조사해보았다. 인문학은 학문의 성격상 사회과학이나 자연과학과는 달리 대체로 개인 연구가 주를 이룬다. 그러나 최근 들어 인문학의 범주가 디지털 콘텐츠에로 확대되고, 연구의 방법이 다양화되면서 서로 다른 분야를 전공하는 학자들이 모여 공동 연구를 통해 기존의 연구와는 다른 결론을 이끌어내려는 시도가 인문학 내에서 점차 확대되고 있다. 더욱이 한중 "양국 문화에 뿌리 내리고 있는 보편성을 추출하여 세계 문화의 한 축인 동아시아 문화의 정체성을 확인"[10]하는 것을 목적으로 하는 한중인문학회의 설립 취지로 보아 자국의 서로 다른 인문학 분야 학자 간의 또는 한중 인문학자 간의 공동 연구의 필요성이 요구된다. 한중인문학회 회원들의 공동 연구의 현실을 확인하기 위하여 분석 대상 논문들의 공동 연구의 빈도를 확인한 결과는 아래와 같다.

	문학	어학	역사학	철학사상	고전	사회문화	한국어 교육	계
한국 학자	1	7	1	1	0	6	3	19
중국 학자	5	3	1	1	3	5	5	23
한중 학자	0	1	0	1	0	2	3	7
계	6	11	2	3	3	14	11	49

---

10 한중인문학회 홈페이지의 '학회 소개'에서.

본서의 분석 대상 논문 671편 중에서 공동 연구로 이루어진 논문은 49 편으로 7.3%에 지나지 않는다. 인문학은 학문의 성격상 자료를 발굴하여, 조사하고, 해독하고, 분석하고, 해석하는 과정을 통하여 새로운 인문학적 가치를 창출하는 개인 연구가 중심을 이루어왔다는 점에서 공동 연구가 크게 많지는 않으리라 예상할 수 있다. 그러나 인문학의 각 하위 분야마다 한중 간의 인문학적 교류와 관련한 연구와 한국과 중국의 인문학적 현상을 비교하는 연구가 존재하는 등 공동 연구의 필요성이 강조되는 분야가 적지 아니하다. 특히 현대적인 문화콘텐츠를 다루어야 하는 사회문화 분야와 한중 양국에서 이루어지는 모국어 교육과 인문학 교육의 실상과 교육 방안을 연구하는 한국어/중국어 교육 분야가 있어, 학문 분야 나아가 하위 분야에서는 공동 연구의 필요성이 요구됨에도 불구하고 『한중인문학연구』에 수록된 분석 대상 논문에서 공동 연구는 매우 희소하였다.

　한국 학자끼리 이루어진 공동 연구 논문은 한국 학자들이 게재한 논문 504편 중에서 19편[11]에 불과해 3.8%에도 미치지 않는 점으로 보아 한국 인문학자들의 개인 연구의 경향이 어느 정도인지를 웅변적으로 보여준다.[12] 이에 비해 중국 학자들의 공동 연구는 조금 더 활발하여 중국 학자들이 게재한 167편의 논문 중 23편으로 13.8%에 달해 한국 학자들의 경우와 달리 매우 고무적인 현상이라 지적할 수 있다. 특히 한국과

11　이 중 무려 6편이 한용수 현 한중인문학회장과 공동 연구자의 논문이다.

12　한국 인문학자들의 개인 연구 중심 현상은 공동 연구와 개인 연구의 성과를 다르게 판별하는 한국의 연구평가제도와 관련이 있을 것으로 생각한다.

중국의 인문학자가 공동으로 연구한 성과는 불과 7편[13]밖에 되지 않아 『한중인문학연구』에 게재된 논문에서는 그간 한중 양국의 인문학자 간의 공동 연구가 거의 이루어지지 않았다는 결론을 내리게 한다. 이렇듯 공동 연구가 극도로 부족한 현황은 한중인문학회 회원들 대다수가 최근에 불고 있는 인문학 분야의 연구 풍토의 변화에 추동하지 않고 보수적인 연구 방법을 고수하고 있다는 점을 보여주는 것이라 하겠다.

3. 한중 인문학 연구 성과에 대한 반성적 성찰

앞 장에서 분석하고 논의한 바를 바탕으로 한중 인문학 연구의 성과에 대한 반성과 함께 향후 관심을 가져야 할 한중 인문학 연구의 방향에 대해 제언하고자 한다.

첫째로 지적할 것은 한중 인문학 연구에 있어 학문 분야별 연구의 어느 정도 균등한 연구 성과가 필요하다는 점이다. 현재 『한중인문학연구』에 게재된 논문의 연구 분야별 게재 논문 수를 비교하면 가장 많이 게재된 현대문학 분야에 비해 가장 적게 게재된 철학사상 분야의 논문은 9 : 1 정도로 매우 심각한 불균등을 보여주고,[14] 철학사상을 제외한 역사학, 고전, 한국어 교육 등의 분야도 각각 4 : 1에 미달하는 상황이다. 이 같은 학문 분야 간 불균등의 문제를 극복하기 위해서는 학회 차원에서 회원 확충이나 투고 독려 등을 통해 다양한 학문 분야의 연구

---

13 그나마 이 중 3편은 전긍 회원과 한재균 회원의 공동 연구이다.

14 이러한 불균등에는 인문학 연구자들 중 현대문학 전공자들의 절대수가 철학 전공자들에 비해 많다는 점이 작용했다는 분석도 가능하다.

성과가 『한중인문학연구』에 반영될 수 있게 하는 노력이 필요하다.

둘째, 『한중인문학연구』에서 가장 왕성한 게재율을 보이는 현대문학 분야 내에서도 하위 분야 내에서 심각한 불균등이 나타나고 있다는 점이다. 우선 한국 현대문학 관련 논문이 63%를 차지하는 데 비해 중국 현대문학 관련 논문은 23%에 불과하고 그나마 대다수가 조선족 문학에 관련 논문이라는 점은 『한중인문학연구』에 게재된 논문의 극단적 편향성을 보여준다. 이는 『한중인문학연구』의 인문학적 위상을 위해 중국 근현대문학 분야의 연구 성과를 반영하려는 노력이 요구되는 부분이다. 다른 한 가지는 한중 간 현대문학 교류와 비교에 관한 연구는 거의 전적으로 조선족 학자들에 의해 이루어지고 있다는 점이다. 조선족 학자들은 중국어와 함께 한국어를 모국어처럼 사용할 수 있는 이중언어 사용자라는 점에서 한중 문학의 비교문학적 연구에서 학적으로 비교 우위를 차지할 수 있다. 이런 점에서 한국 학자나 중국의 한족 학자들과 조선족 학자들이 공동으로 한중 현대문학의 교류와 비교에 관해 공동으로 연구하여 새로운 연구 성과를 만드는 일은 향후 한중 인문학 연구에 있어 매우 중요한 과제로 기대된다.

셋째, 한중 양국에서 이루어지는 상대국 언중을 대상으로 한 모국어 교육에 대한 연구[15]를 보다 활성화시킬 필요가 있다는 점이다. 한중인문학회가 한국학의 세계화라는 목표를 설정하고 있어서 그렇기는 하겠지만, 『한중인문학연구』에 게재된 이 분야 논문에는 한국어 교육 일반과 중국에서의 한국어 교육이 대다수를 차지하고, 한국에서의 중국어 교

---

15 한중인문학회 편집회의에서는 이 분야를 '한국어 교육' 분야로 구분하고 있다.

육과 중국어 교육 일반, 즉 공자학당 등에 대한 연구 성과는 극히 미미하다. 이 분야는 크게 외국인을 위한 모국어 교육 일반론, 중국에서의 한국어 교육, 한국에서의 중국어 교육 등이 하위 분야로 설정될 수 있을 것이다. 이러한 다양한 하위 분야의 연구들이 진행되어 한국어 교육과 이에 대응하는 중국어 교육이 보다 나은 방향으로 발전하는 것은 물론 한국어/중국어 교육을 넘어선 한중 양국 간의 인문학 교육이라는 더 넓은 틀에서의 연구가 필요하다.

넷째, 근대 이후 한중 간의 인문학적 교류 및 비교에 관한 연구가 비교적 소루하다는 점이다. 『한중인문학연구』에 게재된 교류비교 분야 논문 212편 중에는 한중 간의 문화적 교류가 빈번하던 근대 이전의 한중 간 인문학 교류에 관한 연구는 왕성하나, 한국과 중국의 근대화가 일본의 영향을 받은 탓인지 근대 이후 한중 간 인문학적 교류에 관한 연구가 소홀하다. 그러나 근대 이후 한국 지식인들이 새로운 학문을 받아들이는 창구가 일본으로 중심 이동을 하였지만 적지 않은 조선의 젊은이들이 중국으로 건너가 학문을 연마하였고, 지속적인 항일투쟁을 위해 중국으로 건너간 우국지사들이 대한민국 임시정부를 수립하고 조선의 용대를 만들어 중국인들과 함께 항일무장투쟁을 하는 등 한중 간의 교류는 쉼 없이 이루어졌다는 점에서 이 시기 한중 간의 인문학적 교류비교 연구도 보다 왕성하게 이루어져야 할 것이다.

한중 인문학 연구는 전통적인 인문학의 범주에 안주해온 그간의 인문학 연구의 틀을 벗어나 급변하는 현대사회가 요구하는 바를 수용하여 연구의 외연을 넓혀야만 학문적 위상을 견지할 수 있을 것이다. 과학

기술의 발전에 따른 가치관의 변화와 실용적 영역의 확장으로 등장하는 사회·문화적 현상에 대한 인문학적 접근은 한중 인문학 연구의 새로운 영역 개발을 가능하게 해줄 것이다. 이러한 현실 인식을 바탕으로 그간의 한중 인문학 연구 성과를 반성하여 향후 한중 인문학 연구가 나아갈 몇 가지 방향을 제안해본다.

첫째, 21세기에 들어와 한중 양국에서 본격적으로 유행하고 있는 한류와 화류 같은 대중문화 분야에 존재하는 한중 간의 실제적인 문화적 교류 활동에 대한 현황 검토와 인문학적 가치 평가가 필요하다. 이런 점에서 현대사회의 인문학 연구는 전통적인 '문사철'이라는 텍스트 중심에서 벗어날 필요가 있다. 영화, 드라마, 텔레비전 프로그램, 대중가요, 뮤지컬, 인터넷, 디지털 게임 등 수없이 많은 미디어와 디지털 콘텐츠들이 대중의 호응을 받으면서 한중 간을 가로지르고 있다. 이 같은 대중문화 현상에 대한 정리와 함께 이러한 현상에 대해 인문학적 가치를 평가하고 미래의 방향을 제시하는 일은 현재까지는 주로 신문기자들에 의해 이루어지고 있지만, 실상 이 분야는 인문학자들이 연구하여야 할 몫이다. 한국과 중국의 인문학자들이 텍스트 위주의 전통적인 연구 틀을 벗어나 미디어와 디지털 콘텐츠와 관련한 다양한 문화 현상에 적극적으로 대응하려는 노력은 인문학의 영역 확장과 관련해 그 필요성이 점차 증대하고 있다.

둘째, 한국과 중국에서 이루어지는 언어 교육과 인문학 교육 등에 대한 적극적인 대안을 마련하려는 노력이 필요하다. 한국과 중국의 인문학적 교류를 위해서는 무엇보다 양국 국민들에게 상대국 언어의 사용 능력을 신장하고 상대 문화에 대한 이해를 심화하는 일이 필연적으로 요구된다. 현재 대부분의 한국어/중국어 교육과 관련한 연구는 대학교 강의실 또는 세종학당이나 공자학당과 같은 면대면 공간에서 이루어지는 교육의 효과적인 교수-학습 방법을 구안하는 데 치중하고 있다. 그러나 매체 환경의 급격한 변화를 고려하여 면대면의 교육 현장에서 이루어지는 교수-학습 방법의 개발을 넘어서 과학기술의 발전에 따라 급변하는 미디어 환경에 맞추어 디지털 미디어 공간에서 한국어/중국어 교육을 효과적으로 수행할 수 있는 디지털 에듀테인먼트 방법을 구안하고 이를 실제 교육의 장에서 시행하는 노력이 필요해지고 있다. 현실 공간에서의 교육과 함께 미디어, 디지털 공간에서의 한국어/중국어 교육을 위한 효과적인 방안을 모색하는 연구는 앞으로 실용성이라는 측면 때문에 중요한 연구 분야로 자리 잡을 것으로 기대한다.

셋째, 순수한 인문학의 범주를 벗어나는 것이 아니냐는 의문이 없지는 않지만 한국어와 중국어 간의 통번역과 관련한 논의의 장을 넓혀갈 필요성이 있다.[16] 한중 간 인문학의 교류를 지속적으로 발전시켜나아가기 위해, 또 한국과 중국의 정치, 경제, 사회, 문화 등 제 분야의 교류를 보다 활성화하기 위해서는 무엇보다 먼저 한중 문화에 관심을 가진 사람이면 누구나 상대국의 필요한 자료와 학문적 업적에 접근할 수 있는 번역물이 제공되어야 한다. 또 한중 간의 여러 분야에서의 교류를 확장·심화시키기 위해서 더 많은, 더 전문적이고 능력 있는 통역 인재를 양성하는 일도 시급하다. 한중 간의 통번역에 관한 사례 분석, 통번역

---

16 이 주제는 한중인문학회 차원에서 국제학술대회의 전체 주제로 2회 정도 선정한 적이 있다.

의 기본 원리 제시, 통번역 전문가 양성 방법과 양성 제도의 개선 등 학문적, 정책적 문제들에 대해 논의하고 연구할 필요가 있다. 학회 차원에서 통번역과 관련된 다양한 실제적인 문제 해결에 학회 차원에서 집중적으로 지원하여 이 분야의 질적 수준을 제고하는 데 기여해야 할 것이다.

넷째, 앞에서 언급한 바 있지만 한중 간 인문학 연구에 있어 한중 양국 학자의 공동 작업이 반드시 필요하다. 한중 간 인문학의 제 분야에서 공동 연구가 필요한 분야나 주제에 대해 한국 학자, 중국 학자 그리고 중국 조선족 학자가 공동으로 작업하는 환경을 마련하는 일이 중요해지고 있는 것이다. 한중 인문학의 교류 연구 및 비교 연구 그리고 자료의 발굴과 해석이 요구되는 연구 등에서는 이러한 공동 연구가 필수적으로 요구된다. 외국 학자와의 공동 연구를 불편하게 하는 제도적 한계가 없지는 않지만, 앞으로 자국 학자 간 또는 한중 양국 학자들 사이의 공동 연구를 보다 활성화하는 일은 한중 인문학의 연구를 심화시키는 계기가 될 수 있다. 이런 점에서 한중 인문학의 여러 분야에서 한중 양국의 학자가 공동 연구를 할 수 있는 방안을 학회 차원에서 적극적으로 모색할 필요가 있다.

제3부 : 한국 현대문학의 주변

한국 현대소설과 로컬리즘

「한국 현대소설과 로컬리즘」, 『현대소설연구』 58, 2015.4.

문학교육학의 이론적 범주와 문학교육의 방법

「문학교육학의 이론적 범주와 문학교육의 방법」, 『문학교육학』 40,

2013.4.

문학 영재 판별 항목 설정 시론

「문학 영재 판별 항목 설정 시론」, 『인문학논총』 8-2, 2009.2.

『한중인문학연구』로 본 한중 인문학 연구사

「『한중인문학연구』로 본 한중 인문학 연구사」, 『한중인문학연구』 54,

2017.3.

▪▪▪ 참고문헌

1. 자료

강영숙, 『리나』, 문학동네, 2011.

강희진, 『유령』, 은행나무, 2011.

─────, 『포피』, 나뭇잎의자, 2015.

권　리, 『왼손잡이 미스터 리』, 문학수첩, 2007.

금　희, 『세상에 없는 나의 집』, 창비, 2015.

김관웅, 『소설가의 안해』, 료녕민족출판사, 1985.

김길련, 『김길련 작품집』, 료녕민족출판사, 1996.

김동인, 『김동인 전집』 6, 삼중당, 1976.

김영하, 『빛의 제국』, 문학동네, 2006.

김정현, 『길 없는 사람들 1, 2, 3』, 문이당, 2003.

김지수, 「무거운 생」, 『창작과 비평』 1996년 가을호.

김　학 외, 『그녀는 고향에 다녀왔다』, 슬기, 1987.

김학철, 「로신의 방향」, 『길림신문』 1986. 11. 4.

─────, 『우렁이 속 같은 세상』, 창작과비평사, 2001.

─────, 『사또님 말씀이야 늘 옳습지』(김학철전집 3), 연변인민출판사, 2010.

─────, 『태항산록』(김학철전집 4), 연변인민출판사, 2011.

─────, 『나의 길』(김학철전집 5), 연변인민출판사, 2011.

─────, 『천당과 지옥 사이』(김학철전집 6), 연변인민출판사, 2011.

루　쉰, 『루쉰전집 제1권』, 루쉰전집번역위원회 역, 그린비, 2010.

한국 현대문학의 풍경과 주변

———, 『루쉰전집 제7권』, 루쉰전집번역위원회 역, 그린비, 2010.

———, 『루쉰전집 제3권』, 루쉰전집번역위원회 역, 그린비, 2011.

———, 『한 권으로 읽는 루쉰문학선집』, 송순남 역, 고인돌, 2011.

리상각, 『백두의 넋』, 민족출판사 1991.

리여천, 『울어도 울어도』, 연변인민출판사, 1999.

리 웅, 『고향의 넋』, 연변인민출판사, 1984.

리원길, 『백성의 마음』, 연변인민출판사, 1984.

리혜선, 『빨간 그림자』, 연변인민출판사, 1998.

박덕규, 『고양이 살리기』, 청동거울, 2004.

———, 『함께 있어도 외로움에 떠는 사람들』, 사람풍경, 2012.

박범신, 『소소한 풍경』, 자음과모음, 2014.

박천수, 「영혼이 된 나」, 『연변문예』, 1979.2.

방룡주, 『황혼은 슬프다』, 연변인민출판사, 2000.

우광훈, 『가람 건느지 마소』, 흑룡강조선민족출판사, 1997.

———, 『메리의 죽음』, 연변인민출판사, 1989.

윤림호, 『투사의 슬픔』, 흑룡강조선민족출판사, 1985.

———, 『고요한 라고하』, 흑룡강조선민족출판사, 1992.

윤정은, 『오래된 약속』, 양철북, 2012.

이건숙, 『남은 사람들』, 창조문예사, 2009.

이대환, 『큰돈와 콘돔』, 실천문학사, 2008.

이호림, 『이매 길을 묻다』, 아이엘앤피, 2008.

장지민, 『올케와 백치오빠』, 료녕민족출판사, 1995.

정기수, 『생활의 소용돌이』, 흑룡강조선민족출판사, 1989.

정도상, 『찔레꽃』, 창비, 2008.

정세봉, 『볼세위크의 이미지』, 흑룡강조선민족출판사, 1998.

정수인, 『탈북 여대생』, 새움, 2009.

조해진, 『로기완을 만났다』, 창비, 2011.

최　윤, 「아버지 감시」, 『저기 소리 없이 한 잎 꽃잎이 지고』, 문학과지성사, 1992.

최홍일, 『흑색의 태양』, 흑룡강조선민족출판사, 1999.

현용순, 『우물집』, 민족출판사, 2003.

황석영, 『바리데기』』, 창비, 2001.

『개혁개방30년 중국조선족 우수단편소설선집』, 연변인민출판사, 2009.

『연변대문학반 졸업작품집』, 연변인민출판사, 1986.

『연변일보 해란강문학상 수상작품집(1993~2002), 연변인민출판사, 2003.

2. 논저

가라타니 고진(柄谷行人), 『일본근대문학의 기원』, 박유하 역, 민음사, 1997.

강창록 · 김영순 · 이근전 · 일천, 『주덕해』, 실천문학사, 1992.

경북대 대형과제연구단, 『근현대 경북지역 문학의 흐름과 특성』, 정림사, 2005.

─────────, 『근현대 대구지역 문학의 흐름과 특성』, 정림사, 2005.

고모리 요이치(小森陽一), 일본어의 근대』, 정선태 역, 『소명출판, 2003.

고성준 · 고경민 · 김일기, 「재중탈북자 문제와 한국 정부의 정책」, 『한국동북아 논총』 67, 2013.6.

고인환, 『문학의 경계를 넘다』, 국학자료원, 2015.

구모룡, 『지역문학과 주변부적 시각』, 신생, 2005.

구보 도루, 『중국현대사 4 − 사회주의를 향한 도전 1945~1971』, 강진아 역, 삼천 리, 2013.

구인환 외, 『문학교수−학습방법론』, 삼지원, 1998.

─── 외, 『문학교육론』 제6판, 삼지원, 2017.

권세영, 「북한이탈주민 형상화 소설 연구」, 『통일부 신진연구논문집』, 2012.

권순긍, 『한국문학과 로칼리티』, 박이정, 2014.

권　철 외, 『중국조선족문학사』, 연변인민출판사, 1990.

김경진, 「동북아시아 난민 네트워크와 비국가 행위자의 역할 : 선교사와 탈북 브로커를 중심으로」, 서울대학교 석사학위 논문, 2015.

김대행 외, 『문학교육원론』, 서울대학교 출판부, 2000.

김명희, 「문화대혁명기의소설비평에나타난정치권력과 문화권력의변동」, 『중국현대문학』 38, 2006.9.

김문환, 『문화교육론』, 서울대학교 출판부, 1999.

김미란, 「'판샤오(潘曉)' 토론(1980)에 나타난 문화대혁명의 극복서사」, 『외국문학연구』 35, 2009.8.

김성원, 『나에겐 꿈이 있습니다』, 토기장이, 2012.

김성호, 「김학철 에세이창작에 관한 분석」, 김학철문학연구회 편저, 『조선의용군 최후의 분대장 김학철 2』, 연변인민출판사, 2005.

김세령, 「탈북자 소재 한국소설 연구─'탈북'을 통한 지향점과 '탈북자'의 재현 양상을 중심으로」, 『한국 현대소설연구』 53, 2013.

김시준, 『중국당대문학사』, 소명출판, 2005.

김영만, 『대한민국에 사는 탈북자(새터민)들의 적응 실태』, 한국학술정보, 2005.

김영화, 『변방인의 세계(제주문학론)』, 제주대학교 출판부, 2000.

김외곤, 『한국 근대문학과 지역성(충청북도의 근대문학)』, 역락, 2009.

김윤식, 『김동인 연구』 개정판, 민음사, 2000.

김인경, 「탈북자 소설에 나타난 분단현실의 재현과 갈등 양상의 모색」, 『현대소설연구』 57, 2014.

김재선, 『모택동과 문화대혁명』, 한국학술정보, 2009.

김종군 편, 『탈북청소년의 한국살이 이야기』, 경진출판, 2015.

김종군 · 정진아 편, 『고난의 행군 시기 탈북자 이야기』, 박이정, 2012.

김종현 편역, 『개혁개방 이후의 중국문예이론』, 늘함께, 2000.

김준석, 『근대국가』, 책세상, 2011

김진공, 「문화대혁명 시기의 문예 연구」, 서울대학교 박사학위 논문, 2001.

김학철문학연구회 편저, 『김학철 문학과의 대화』, 연변인민출판사, 2009.

──────── 편저, 『소장파평론가와 김학철의 만남』, 연변인민출판사, 2009.

──────── 편저, 『로신과 김학철』, 연변인민출판사, 2011.

김호웅·김해양, 『김학철평전』, 실천문학사, 2007.

김호웅·조성일·김관웅, 『중국조선족문학통사』, 연변인민출판사, 2012.

남기택, 『강원영동지역문학의 정체와 전망』, 청운, 2013.

노명완 외, 『국어교육학개론』 제4판, 삼지원, 2012.

류은규, 『연변문화대혁명-10년의 약속』, 토향, 2010.

류종훈, 『탈북 그 후, 어떤 코리안』, 성안북스, 2014.

리저허우·류짜이푸, 『고별혁명』, 김태성 역, 북로드, 2003.

리향순, 「김학철 산문집 『우렁이 속 같은 세상』에서 나타나는 현실비판의 원리」, 김학철문학연구회 편저, 『조선의용군 최후의 분대장 김학철 2』, 연변인민출판사, 2005.

모리스 마이스너, 『마오의 중국과 그 이후 1』, 김수영 역, 이산, 2004.

문학과문학교육연구소 편, 『창작교육 어떻게 할 것인가』, 푸른사상사, 2001.

문학사와비평학회, 『김동인 문학의 재조명』, 새미, 2001.

민족문학교육회 편, 『문학교육의 방법』, 한길사, 1991.

박경태, 『소수자와 한국사회』, 후마니타스, 2008.

박덕규·이성희 편저, 『탈북 디아스포라』, 푸른사상사, 2012.

박명규 외, 『노스 코리안 디아스포라』, 서울대학교 통일평화연구원, 2011.

박순성 외, 『탈북여성의 탈북 및 정착 과정에서의 인권침해 실태조사』, 국가인권위원회, 2010.

박윤숙, 『탈북청소년의 사회적 지지와 적응』, 한국학술정보, 2007.

박인기 외, 『국어교육과 미디어텍스트』, 삼지원, 2000.

박종철, 「1960년대 중반의 북한과 중국 : 긴장된 동맹」, 『한국사회』 10-2, 2009.

박천관, 『탈북-자유를 향한 용기(上·下)』, 데일리뉴스, 2013.

박태일, 『한국 지역문학의 논리』, 청동거울, 2004.

백승욱 편, 『중국 노동자의 기억의 정치』, 폴리테이아, 2007.

백승욱, 『문화대혁명 – 중국현대사의 트라우마』, 살림, 2007.

백원담 편역, 『인문학의 위기』, 푸른숲, 1999.

번　성, 『포스트 문화대혁명』, 유영하 역, 지식산업사, 2008.

베네딕트 앤더슨, 『상상의 공동체』, 윤형숙 역, 나남출판, 2002.

부산대 한국민족문화연구소 편, 『지역, 예술을 말하다』, 소명출판, 2012.

북한인권시민연합 외, 「언론과 활동가들이 진단하는 재외탈북자 실태와 외교
　　　적 지원방안」, 제28회 북한동포의 생명과 인권 학술토론회 발표요지,
　　　2007.7.2.

서울시립대 인문과학연구소 편, 『한국근대문학과 민족–국가 담론』, 소명출판,
　　　2005.

서현미, 「탈북 '브로커' 약인가 독인가」, 『통일한국』 225, 평화문제연구소,
　　　2002.9.

성근제, 「문화대혁명과 연변」, 『중국현대문학』 43, 2007.12.

손유경, 「한국 근대소설에 나타난 '동정'의 윤리와 미학에 관한 연구」, 서울대학
　　　교 박사학위 논문, 2006..

손종호, 『문학의 경계와 지역문화주의』, 충남대학교 출판부, 2012.

송인호, 「탈북 브로커 계약의 효력에 대한 고찰」, 『인권과 정의』 423, 대한변호사
　　　협회, 2012.2.

송현호, 「한중간 학술교류의 변천과 전망」, 『한중인문학연구』 54, 2017.3.

아마코 사토시, 『중화인민공화국 50년사』, 임상범 역, 일조각, 2003.

양영길, 『지역문학과 문학사 인식』, 국학자료원, 2006.

엄태완, 『탈북난민의 위기적 경험과 외상』, 경남대학교 출판부, 2010.

연변당사학회 편, 『연변40년기사(1949~1989)』, 연변인민출판사, 1989.

연변조선족자치주당안관 편, 『연변대사기(1712~1988)』, 연변대학출판부, 1989.

염인호, 「중국 연변 문화대혁명과 주덕해의 실각」, 『한국독립운동사연구』 25,
　　　2005.12.

오상순, 『개혁개방과 중국조선족 소설문학』, 월인, 2001.

오원환, 「탈북 청년의 정체성 연구 : 탈북에서 탈남까지」, 고려대학교 박사학위
　　　 논문, 2011.

오인혜, 「탈북자의 고향의식과 그 변화」, 『지리학논총』 49, 2007.2.

우한용 외, 『문학교육과정론』, 삼지원, 1997.

우한용, 『한국근대문학교육사연구』, 서울대학교 출판부, 2009.

윤여탁 외, 『매체언어와 국어교육』, 서울대학교 출판부, 2008.

윤인진, 「탈북자와 빈곤」, 한국도시연구소 편, 『한국사회의 신빈곤』, 한울, 2006.

이강원, 「문화대혁명과 소수민족지구의 정치지도 : 내몽고자치주와 어룬춘자치
　　　 기의 사례」, 『한국지역지리학회지』 8-1, 2002.

이광일, 『해방 후 조선족 소설 문학 연구』, 경인문화사, 2003.

이기영, 『탈북청소년의 남한사회 부적응 문제에 관한 유형분석』, 한국청소년개
　　　 발원, 2001.

이동연, 『게임의 문화 코드』, 이매진, 2010. .

이순형 외, 『탈북인의 공·사적 관계와 의사소통』, 서울대학교 출판문화원,
　　　 2011.

이승원 외, 『국민국가의 정치적 상상력』, 소명출판, 2003.

이영선·전우택 편, 『탈북자의 삶-문제와 대책』, 오름, 1996.

이욱연, 「소설 속의 문화대혁명」, 『중국현대문학』 20, 2001.6.

이인화, 『한국형 디지털 스토리텔링-「리니지2」 바츠 해방 전쟁 이야기』, 살림,
　　　 2005.

이학준, 『천국의 국경을 넘다』, 청년정신, 2011.

이해영·진려, 「연변 문혁과 그 문학적 기억」, 『한중인문학연구』 37, 2012.12.

인하대 한국학연구소, 『연변조선족의 역사와 현실』, 소명출판, 2013.

장백일, 『김동인 문학 연구』, 문학예술사, 1985.

장정일, 「김학철 산문의 유모아적 풍격」, 김학철문학연구회 편저, 『조선의용군
　　　 최후의 분대장 김학철』, 연변인민출판사, 2002.

장희권,『글로컬리즘과 독일문화논쟁』, 산지니, 2013.

전인갑, 「근현대 속의 문화대혁명─수사(修史)의 당위와 한계」, 『역사비평』 77, 2006.11.

전정옥, 「김학철 수필 연구」, 김학철문학연구회 편저, 『김학철론, 젊은 세대의 시각』, 연변인민출판사, 2006.

정기웅, 「중국내 탈북자 문제 해결을 위한 한국의 전략 선택」, 『21세기정치학회보』 22-2, 2012.9.

정문길 외,『동아시아, 문제와 시각』, 문학과지성사, 1995.

─── 외, 『발견으로서의 동아시아』, 문학과지성사, 2000.

정주신, 『탈북자 문제의 인식』, 한국학술정보, 2007.

정주아, 『서북문학과 로컬리티』, 소명출판, 2014.

정판룡, 『고향 떠나 50년』, 민족출판사, 1997.

조남현, 『한국 현대소설 유형론 연구』, 집문당, 1999.

조동일, 『지방문학사』, 서울대학교 출판부, 2003.

중국조선족역사족적 편집위원회편, 『중국조선민족발자취총서 7 풍랑』, 민족출판사, 1993.

진춘밍 외, 『문화대혁명사』, 이정남 외 역, 나무와숲, 2000.

차희정, 「문화대혁명의 발생과 중국 조선족의 대응」, 『한국문학논총』 60, 2012.4.

천쓰허, 「중국 당대문학과 '문화대혁명'의 기억」, 윤해연 역, 『문학과사회』 2007년 여름호.

───, 『중국당대문학사』, 노정은·박난영 역, 문학동네, 2008.

최미옥, 「김학철 산문 연구」, 김학철문학연구회 편저, 『김학철론, 젊은 세대의 시각』, 연변인민출판사, 2006.

최병우, 『다매체 시대의 한국문학 연구』, 푸른사상사, 2003.

───, 『조선족 소설의 틀과 결』, 국학자료원, 2012.

───, 『이산과 이주 그리고 한국 현대소설』, 푸른사상사, 2013.

최원식·백영서 편, 『동아시아인의 '동양' 인식 : 19~20세기』, 문학과지성사,

1997.

최현주, 「탈식민적 관점에서 본 지역문학교육」, 『지역문학과 문학교육』(한국문학교육학회 제67회 학술대회발표문집), 2014.

취아이궈·정판시앙, 『조남기전』, 김봉웅·김용길 역, 연변인민출판사, 2004.

한국도시연구소 편, 『한국 사회의 신빈곤』, 도서출판 한울, 2006.

한국문학교육학회, 『문학교육학』 1~38.

한국외국어대학교 외국문학연구소, 『민족문학과 민족국가 2』, 월인, 2003.

한림대 아시아문화연구소, 『중국 문화대혁명 시기 학문과 예술』, 태학사, 2007.

한영진, 「중국의 탈북자 단속 강화정책과 재중탈북자들의 탈중 러시」, 『생명과인권』 44, 북한인권시민연합, 2007.

한정호, 『지역문학의 이랑과 고랑』, 경진, 2011.

한중인문학회, 『한중인문학연구』 창간호 ~ 52호.

허지연, 「탈북자의 탈북요인과 중국·한국 이동경로에 관한 연구 : 이상적 정착지와 행위 변화를 중심으로」, 고려대학교 석사학위 논문, 2003.

홍석표, 「류수인과 루쉰」, 『중국문학』 77집, 2013. 11.

히야마 하사오(檜山久雄), 『동양적 근대의 창출』, 정선태 역, 소명출판, 2000.

Renzulli, J. S., 『영재 판별의 동향』, 이신동 외 역, 학지사, 2007.

Rodrigues R. J.·Badaczewski D., 『문학 작품을 어떻게 가르칠 것인가』, 박인기·김창원·최병우 역, 박이정, 2001.

Sternberg, R. J., 『영재성의 정의와 개념』, 이정규 역, 학지사, 2007.

통계청, 「1993~2055 북한 인구추계」(통계청 홈페이지-새소식-정책뉴스)

통일부, 「북한이탈주민 입국 현황」(통일부 홈페이지-주요통계자료-북한이탈주민정책)

용어

한국 현대문학의 풍경과 주변

저자 소개 최병우(崔炳宇)

문학박사. 강릉원주대 국어국문학과 교수. 한국문학교육학회 회장, 한중인문학회 회장, 한국현대소설학회 회장을 역임하였다. 저서로『문학교육론』(공저, 1988),『한국 근대 일인칭소설 연구』(1993),『한국 근대소설의 미적 구조』(1997),『한국 현대문학의 해석과 지평』(1997),『다매체 시대의 한국문학 연구』(2003),『리근전 소설 연구』(2007),『조선족 소설의 틀과 결』(2012),『이산과 이주 그리고 한국 현대소설』(2013),『조선족 소설 연구』(2019) 등이 있고, 문집으로『칭다오 내 사랑』(2011), 공동수필집으로『우정의 길, 예지의 창』(2008),『사계의 전설』(2011),『지나고 보니 보이는 꽃』(2013) 등이 있다.

한국 현대문학의 풍경과 주변

인쇄 · 2019년 1월 20일 | 발행 · 2019년 1월 28일

지은이 · 최병우
펴낸이 · 한봉숙
펴낸곳 · 푸른사상사

주간 · 맹문재 | 편집 · 지순이 | 교정 · 김수란
등록 · 1999년 7월 8일 제2-2876호
주소 · 경기도 파주시 회동길 337-16
대표전화 · 031) 955-9111-2 | 팩시밀리 · 031) 955-9115
이메일 · prun21c@hanmail.net / prunsasang@naver.com
홈페이지 · http://www.prun21c.com

ⓒ 최병우, 2019

ISBN 979-11-308-1402-5 93800
값 26,000원

저자와의 합의에 의해 인지는 생략합니다.
이 도서의 전부 또는 일부 내용을 재사용하려면 사전에 저작권자와 푸른사상사의 서면에 의한 동의를 받아야 합니다.
이 도서의 국립중앙도서관 출판시도서목록(CIP)은 서지정보유통지원시스템 홈페이지(http://seoji.nl.go.kr)와 국가자료공동목록시스템(http://www.nl.go.kr/kolisnet)에서 이용하실 수 있습니다. (CIP제어번호 : CIP2019001514)